Témoin malgré elle

Le venin du secret

ANGI MORGAN

Témoin malgré elle

BLACK *ROSE*

éditions HARLEQUIN

Collection : BLACK ROSE

Titre original : DANGEROUS MEMORIES

Traduction française de ISABEL ROVAREY

ÉDITIONS HARLEQUIN

83-85, boulevard Vincent Auriol, 75646 PARIS CEDEX 13.

Service Lectrices — Tél. : 01 45 82 47 47
www.harlequin.fr

ISBN 978-2-2803-0798-7 — ISSN 1950-2753

1

— Attention ! Une arme !

Réagissant au quart de tour, le marshal Levi Cooper rentra la tête dans les épaules et tourna à trois cent soixante degrés sur lui-même, cherchant du regard celui qui avait crié et l'objet de sa mise en garde. Rien de suspect, mais il n'entendait pas prendre le moindre risque avec la vie de Jolene. Il entra en action.

— Tout le monde à terre !

Les quelques personnes qui assistaient aux funérailles entendirent son appel et s'éloignèrent en courant du cercueil.

Toutes, à l'exception de celle qui était visée.

Il s'élança. Glissant et dérapant dans la boue, sous la pluie battante, il dévala la butte sur laquelle il avait établi son poste de surveillance, courant aussi vite qu'il le pouvait pour lui sauver la vie.

Jolene Atkins se tenait immobile sous l'auvent qui avait été dressé par l'entreprise de pompes funèbres, devant le cercueil de son père toujours suspendu au dispositif de descente, les épaules secouées de soubresauts, comme si elle pleurait.

Elle n'esquissa pas un geste pour se mettre à l'abri.

Levi renversa une gerbe de fleurs dans sa course effrénée pour arriver plus vite jusqu'à elle. Il aurait dû écouter son instinct et rester auprès d'elle. Il entendit le coup de feu. Se jeter au sol ? Prendre ses jambes à son cou, comme les gens qui, pris de panique, s'égaillaient autour de lui ? D'une détente puissante, il bondit en avant.

Ayant pris son élan sur l'herbe glissante, il atterrit lourdement sur Jolene, l'entraînant à terre avec lui, réussissant malgré tout à pivoter sur lui-même de façon à amortir de son propre corps la chute de sa protégée. Ils roulèrent hors du tapis de faux gazon, dans la boue.

Les couronnes de fleurs tombèrent de leurs supports.

Une pluie de roses et de lys s'abattit sur leurs têtes.

La pluie les martelait comme des échardes de glace.

En appui sur les coudes et les genoux, Levi se plaça au-dessus de Jolene, se servant du gilet pare-balles dont il était revêtu pour la protéger.

— Ça va ? demanda-t-il.

Jolene secoua ses courts cheveux bruns, essuya la pluie de son visage. Elle le regarda, les yeux écarquillés, le souffle court. était-elle stupéfaite de se retrouver subitement plaquée au sol, ou de s'apercevoir que c'était lui qui l'avait poussée ?

— Toi.

Seconde hypothèse, donc. Elle essaya de se dégager.

— J'aurais dû savoir que tu étais capable de tout pour prouver que tu avais raison.

— Qu'est-ce que ça signifie ?

Il déplaça légèrement son corps du côté opposé à celui où il voulait qu'elle roule.

— Si tu t'imagines que je vais te suivre…, reprit-elle, butée, en le repoussant.

Un œillet rouge sang tomba dans la flaque, entre eux deux. Prenant appui des deux mains dans la terre boueuse, elle contempla ses pieds. Il suivit son regard.

Sous la force du choc, elle avait perdu ses chaussures.

— Il fallait vraiment que tu gâches ses obsèques ?

— On ne peut pas rester ici, coupa-t-il d'un ton pressant, s'efforçant de lui faire comprendre l'urgence de la situation.

Ignorant ses reproches, il saisit sa main, la forçant à rester près de lui, et tira son arme de son holster. Ils étaient en mauvaise posture. Pas de renforts. Et il ne savait pas qui avait tiré.

Le coup était manifestement parti de la petite éminence qui se trouvait derrière eux. Passant maladroitement une main autour des épaules de Jolene, il essaya tant bien que mal de l'obliger à rester aplatie sur le sol tant qu'ils ne se seraient pas mis à couvert derrière le cercueil — seule barrière de protection dont ils disposaient.

— C'est toi qui es derrière tout ça ? le questionna-t-elle, le poing serré, indiquant du menton les arbres, sur la butte.

Le manteau qu'elle portait était mince et déjà complètement trempé. Encore quelques minutes et elle serait frigorifiée.

— Derrière quoi ? Tu t'imagines que j'ai engagé un homme pour te tuer le jour des funérailles de ton père ?

— De la part de quelqu'un d'aussi fourbe que toi, ça ne me surprendrait qu'à moitié. Tu serais prêt à tout pour obtenir ce que tu veux.

— Je savais que c'était une mauvaise idée de l'enterrer ici.

D'entrée de jeu, il s'était opposé au choix de Saint Louis, mais Jolene avait insisté pour que Joseph Atkins repose auprès de son épouse.

— Il y a quatre ans, vous m'avez assuré, mon père et toi, qu'il n'était plus sous programme de protection de témoins.

Sa voix vibrait de colère… Quelqu'un venait de lui tirer dessus, mais c'était contre *lui* qu'elle en avait !

Les vrais ennuis commencèrent quand Levi tenta de lui expliquer pourquoi son père avait cherché à la convaincre qu'il ne dépendait plus du programme de protection, la tâche étant d'autant plus ardue que lui-même ne comprenait pas non plus pourquoi Joseph avait menti.

— Jolene, j'ai désobéi aux ordres pour venir ici parce que je suis probablement la seule personne qui croit encore ton père.

Qui *croyait*… Une semaine s'était écoulée et il n'arrivait toujours pas à s'accoutumer à l'idée que Joseph était mort.

— Pourquoi n'as-tu pas confiance en moi ? questionna-t-il.

— Pourquoi aurais-je confiance en quelqu'un qui ne m'a jamais dit la vérité ? rétorqua-t-elle, remontant les genoux sous son menton et se cachant le visage. Tu m'as menti. Vous m'avez menti, tous les deux.

Levi ne répondit pas. C'était un fait qu'il ne pouvait nier ni justifier pour le moment. En aidant Jolene, il tenait la promesse qu'il avait faite au père de celle-ci, mais ce n'était pas ça qui allait la consoler. Il était aussi là pour la soutenir dans cette épreuve. Il savait combien il était dur de dire au revoir à un parent. Rien ne pouvait vraiment soulager la peine que l'on éprouvait.

Le bruit des moteurs décrut au loin, couvert par le hurlement des sirènes des voitures de police qui approchaient.

Les amis du défunt étaient partis. Les compositions florales, détruites. Il n'y avait plus que le son de l'auvent claquant au vent au-dessus de leurs têtes et celui du tambourinement incessant de la pluie sur la toile. Finie, envolée, la possibilité pour Jolene de faire dignement ses adieux à son père, songea sombrement Levi.

— On va rester encore longtemps, assis là, dans la boue ? s'enquit-elle, chassant les filets d'eau qui ruisselaient sur ses joues.

— Laisse-moi une minute… le temps de vérifier qu'il n'y a plus de danger.

Elle parut accepter sa déclaration et demeura immobile tandis qu'il zigzaguait d'une tombe à l'autre, s'efforçant de provoquer une nouvelle attaque. Rien ne se produisit. Personne en vue. Même les employés du cimetière avaient pris la fuite.

— Allons-y, Jolene, dit-il, haussant la voix, en revenant rapidement vers la fosse. Partons avant que les flics ne nous embarquent pour nous interroger.

— Ton badge de marshal devrait les en dissuader, non ?

Elle repoussa une mèche de son front et parut se rendre compte du désordre qui régnait autour d'eux.

— Je ne peux pas laisser la tombe dans cet état.

Vivement, elle entreprit de redresser les couronnes de fleurs puis récupéra ses chaussures.

Son badge… Il ne lui conférait aucune autorité sur Jolene, songea Levi ; aucune mission officielle ne justifiait sa présence dans le Missouri. Jolene s'arrêta net devant une petite pierre tombale — celle qui avait été érigée à son nom lorsqu'elle avait disparu grâce au programme de protection des témoins.

— Jo, viens…, dit-il en la prenant par le coude et en

l'entraînant doucement vers sa voiture. Ce que ton père voudrait, c'est te savoir en sécurité.

— Mais…

— Il n'y a pas de mais. On y va.

Ils se dirigèrent vers la sortie du cimetière, quittant les lieux par le portail situé à l'opposé de l'entrée principale, par laquelle arrivait la police. Joseph Atkins reposerait en paix à côté de l'épouse qu'il n'avait jamais cessé d'aimer. Ce qui était la raison pour laquelle Levi avait finalement accepté qu'il soit inhumé à l'endroit où ses amis d'autrefois le croyaient enterré depuis vingt ans.

Cinq minutes plus tard, alors qu'ils roulaient dans sa voiture de location avec le chauffage réglé au maximum, Jolene prit une profonde inspiration. Ses larmes semblaient s'être taries pour le moment. Levi avait besoin qu'elle recouvre son calme. Qu'elle soit en état de réfléchir.

— Qu'est-ce que tu fais ici, Levi ? Ou dois-je t'appeler marshal Cooper ?

— Je suis venu dire au revoir à un ami très cher.

— Tu veux dire un client ? Ou un témoin ? Je n'arrive pas à croire que papa m'ait caché ça. Pourquoi ? A quoi bon ? Comment as-tu pu accepter de le suivre dans cette idée ?

— Je reconnais que t'avoir été présenté comme un ami de la famille n'était pas mon idée, mais ton père a fait ce qu'il pensait juste. Il s'inquiétait en permanence de ta sécurité. C'était sa priorité.

— C'est ça… Et tu vas me faire croire que tu as trouvé que c'était une bonne idée ?

Ils étaient tous deux trempés jusqu'aux os, ce qui lui fit regretter de ne pas avoir loué une voiture équipée de sièges chauffants. Le maquillage de Jolene qui avait coulé sous l'effet conjugué de la pluie et des larmes cerclait de traînées noires ses yeux émeraude. Est-ce que c'était une bonne idée ? Certainement pas, mais, en tout cas, elle était en vie.

— Au cours de la semaine qui vient de s'écouler, mon père est mort dans un accident de voiture. Le Bureau des marshals des Etats-Unis m'a signalé que l'enterrer auprès de ma mère pouvait indiquer aux meurtriers l'endroit où je me trouvais mais que, comme je ne faisais plus partie du programme de protection des témoins, ils ne pouvaient pas m'apporter leur concours. Et tu es arrivé hier avec une lettre censée avoir été écrite par mon père.

— C'est la vérité.

— Mais bien sûr ! Il a menti pendant quatre ans ; il ment là encore. Je n'ai pas assisté au meurtre de ma mère.

Elle secoua la tête avec tant de véhémence que l'habitacle de la voiture fut aspergé de gouttes d'eau glacée.

— J'ai vu les meilleurs thérapeutes par le biais du programme de protection. Tous sont d'avis que je n'ai *pas* été témoin — il n'y a que toi pour penser le contraire.

— Et ton père. Et la personne qui a essayé de te tuer il y a une demi-heure.

— Si tu n'avais pas hurlé « Attention ! Une arme ! », la cérémonie se serait déroulée normalement. Avec les trombes d'eau qui tombaient, tu as dû voir un bâton ou je ne sais quoi que tu auras pris pour une arme…

— Je n'ai rien hurlé du tout. Ce n'était pas moi.

Qui avait crié ? Quelqu'un qui voulait éloigner la foule ? Une mise en garde. Un coup de feu. Une seule tentative. Et personne ne les avait pris en chasse. Ça n'avait pas de sens. S'il s'apercevait qu'ils étaient suivis, il s'arrêterait dans l'un des restaurants qu'il avait repérés la veille et qui avaient des sorties de secours sur l'arrière, se dit Levi. En cas de filature, mieux valait fausser compagnie à leurs poursuivants par ce moyen plutôt que de tenter de les semer.

— Et je sais faire la différence entre un bâton et une arme à feu. Même sous la pluie.

— Peut-être. N'empêche que tu es quand même un menteur.

— Ça suffit, maintenant.

Il changea rapidement de file, bifurqua pour entrer dans le parking d'un fast-food et freina d'un coup sec à côté des poubelles. Il maîtrisait le véhicule, mais Jolene n'en demeura pas moins agrippée au tableau de bord. Il lui fallut une minute avant de se détendre sur son siège.

Il pleuvait toujours à verse. Des grêlons se mirent à frapper le toit de la voiture, dissuadant Levi de sortir du véhicule. Il se contorsionna pour retirer son manteau dans l'habitacle exigu, puis tira sur les fixations de son gilet pare-balles et jeta le tout sur le siège arrière.

— Je voudrais bien que tu me raccompagnes à mon hôtel sur Paige Street, près de la route 270. Tu n'as pas peur qu'ils nous suivent ?

Ecartant les deux mains, elle leva les yeux au ciel.

— Qui qu'ils soient…

— Si, justement.

Il pivota vers elle sur son siège, l'avant-bras calé sur le volant.

— Mais que les choses soient bien claires : je ne t'ai pas menti de gaieté de cœur ; j'ai seulement respecté les vœux de ton père. Il tenait absolument à t'éloigner de lui. Il disait que c'était important que tu aies une vie en dehors du programme de protection des témoins, une fois tes études terminées. Donc, je l'ai aidé en dissimulant le fait que j'étais l'agent opérationnel chargé de sa surveillance. Je protège aussi d'autres personnes — c'est mon travail. Mais je ne suis *pas* un menteur.

Elle ne répondit pas. Il tourna la clé de contact, jeta un coup d'œil au rétroviseur et se remit en route, obliquant à plusieurs reprises sans actionner le clignotant. Juste au cas où le tireur les suivrait. Sa visibilité était très réduite par la pluie qui continuait à marteler le pare-brise. La lunette arrière était embuée, l'empêchant de bien voir les voitures qui roulaient derrière lui.

— Le meurtre de ma mère remonte à vingt ans, Levi. Je n'en ai réellement aucun souvenir. Je me cachais. C'est écrit noir sur blanc dans tous les rapports. J'étais terrée dans mon coffre à jouets.

Jolene était toujours aussi directe, aussi sûre d'elle. Exactement la même personne qu'il avait admirée pendant les quatre ans durant lesquels il avait été l'agent affecté à la garde de son père. D'accord, il était prêt à admettre que ses visites n'avaient pas *toutes* eu pour *unique* but de voir l'homme désormais bien installé dans la vie que lui avait fabriquée le programme de protection des témoins. Certaines avaient été motivées par des raisons autres que la seule sécurité de Joseph. Comme ces dimanches soir où il venait dîner avec Joseph et Jolene. Puis ces lundis où il revenait finir les restes en leur compagnie... Des visites non protocolaires qu'il rendait, de son propre chef, aux *deux* membres de la famille Atkins.

— L'enquête est toujours ouverte concernant le *présumé triple* homicide dans lequel ta mère a trouvé la mort. On n'a jamais pu coincer ni identifier tous les hommes que ton père a vus. Et celui qu'il a réussi à repousser s'est fait tuer peu de temps après son arrivée en prison, expliqua Levi, jugeant qu'il était temps de jouer franc-jeu avec Jolene. L'une des armes présentes ce jour-là a été utilisée dans trois autres meurtres, dont le dernier remonte à seulement six mois.

— Quoi ? Mais pourquoi ne me l'a-t-il pas dit ?

— Je ne peux pas répondre à cette question, Jo. Ce que je peux faire, en revanche, c'est te faire réintégrer le programme de protection et te mettre en relation avec un professionnel qui t'aidera à retrouver la mémoire.

— Non... Pas question.

Son assurance s'était envolée. Manifestement, la seule perspective de tenter de se remémorer le passé l'effrayait.

— Jolene, avec l'aide d'un psych...

— Je vais être plus claire, le coupa-t-elle. Je ne me prêterai pas à ce jeu-là. Pourquoi voudrais-je me souvenir des circonstances dans lesquelles ma mère a été assassinée à coups de couteau ?

— Pour rester en vie.

La sincérité que Jolene lut au fond du regard de Levi lui glaça le sang. Elle le crut.

« Rester en vie. » Ces mots résonnèrent dans sa tête comme un écho familier. Ils avaient toujours fait partie de son quotidien. D'aussi loin qu'elle se souvienne, elle avait toujours entendu son père prononcer ces mots-là. Ils avaient motivé chacun de leurs actes, chacune de leurs décisions.

— Tu penses vraiment qu'ils veulent me tuer ? Je n'avais que cinq ans quand… quand maman…

— Allons, allons, dit-il d'un ton apaisant.

Il ne quitta pas la route du regard, mais sa main glissa jusqu'à la sienne, couvrant ses doigts tremblants, les réchauffant de sa chaleur.

— Nous parlerons de tout cela plus tard. Pour l'instant, allons récupérer ta valise et passer des vêtements secs.

Tous ces événements, coup sur coup… Tout allait si vite. Trop vite pour elle.

Jolene se dégagea et croisa délibérément les mains sous son menton. Levi était un officier du Bureau des marshals des Etats-Unis, pas un confident, ni l'ami qu'elle avait cru qu'il était.

Elle pouvait sans crainte mettre sa vie entre les mains de Levi Cooper, mais, pour ce qui était de son cœur… C'était une tout autre histoire.

Elle savait à quoi s'en tenir ; elle avait déjà donné. Autant s'épargner une nouvelle désillusion.

Remettre cette discussion à plus tard lui convenait. Elle avait froid, elle était trempée, bouleversée et, pour l'instant, obnubilée par la perspective du danger contre lequel elle avait été continuellement mise en garde sa vie durant. Elle ne savait pas si elle devait croire Levi à propos de cette histoire d'arme, mais elle voulait voir la lettre que son père avait écrite.

Les précautions que son père avait prises lui avaient permis de rester en vie pendant vingt ans. Mais elle n'avait pas l'intention de se laisser conduire là où le marshal voulait l'emmener pour voir *encore* d'autres experts. C'était inutile. Un coup d'épée dans l'eau qui ne servirait qu'à raviver dans sa mémoire des moments tragiques… Rien ne lui reviendrait.

Les cauchemars qu'elle faisait étaient simplement cela : des cauchemars.

Il passa plusieurs feux à l'orange, sans qu'elle y prête réellement attention. Il était nerveux et elle était perdue dans ses pensées. Mais lorsque Levi resserra sa prise autour du volant et ralentit à un feu orange avant d'accélérer à la dernière minute pour le franchir au rouge, elle comprit qu'il y avait un problème.

— Tu pourrais prévenir, dit-elle, le pied appuyé au plancher comme si cela pouvait arrêter la voiture.

— Bon sang, comment nous ont-ils retrouvés ? Il me semblait pourtant que nous n'avions pas été suivis depuis le cimetière.

Il tapa du plat de la main sur le volant.

— Honnêtement, si tu penses que je vais tomber dans le panneau…, commença Jolene en se retournant.

Elle s'interrompit en voyant un véhicule noir franchir le feu à tombeau ouvert derrière eux, provoquant un carambolage entre les voitures qui, arrivant des rues perpendiculaires, durent freiner brutalement pour ne pas la percuter. Elle vérifia que sa ceinture était bien attachée et agrippa le tableau de bord.

— Bonté divine ! Ce n'est pas croyable.

— Et pourtant, c'est bien vrai, malheureusement.

Levi conduisait comme un pilote professionnel, zigzaguant adroitement d'une file à l'autre, entre les voitures, prenant les virages à la corde, sur la chaussée luisante de pluie. Mais la voiture noire était toujours là, derrière eux, à la même distance.

— Tu ne peux pas continuer à rouler à cette vitesse… La chance va tourner. Ils n'auront même pas besoin de nous tuer ; c'est toi qui vas t'en charger tout seul !

Levi demeura imperturbable. Comme s'il ne pensait pas à son père, à l'accident de la circulation qui lui avait coûté la vie. Il était bien trop concentré sur sa conduite pour prendre le temps de tourner la tête vers elle, mais elle continua à garder les yeux obstinément rivés sur lui. Car elle savait qu'elle allait paniquer si elle regardait, ne fût-ce qu'une demi-seconde, la valse des autres voitures autour d'eux. Un sentiment de totale impuissance la gagna. Un sentiment qu'elle s'efforçait tant bien que mal de refouler, mais qui refaisait surface chaque fois qu'un crissement de freins lui signalait qu'ils avaient une nouvelle fois frôlé la catastrophe.

— Pourquoi la police n'est-elle pas encore là ? demanda-t-elle, le regard toujours ancré à celui de Levi. Ça les obligerait à laisser tomber, non ? Je peux les appeler ?

— Ça se pourrait, mais je crains que ce ne soit un mal pour un bien. Autant éviter les grandes explications avec les autorités locales… Non, mieux vaut filer droit à l'aéroport.

— Quoi ? Eviter la police et… et s'en aller comme ça ?

Il ralentit pour quitter la route principale. Jolene tourna la tête à temps pour voir le panneau indiquant l'aéroport international de Lambert-Saint Louis. Ainsi donc, depuis le début, tous les détours qu'avait faits Levi avaient délibérément visé à les amener là, et non pas à son hôtel. Il avait tout organisé, tout prémédité et, elle, elle n'avait rien vu.

Ils franchirent à fond de train la grille de l'aéroport et la voiture noire poursuivit son chemin sur la route. Ouf ! Ils n'étaient plus suivis. Ils étaient en sécurité.

Pour le moment.

— Je me doutais bien qu'ils n'oseraient pas se montrer aux caméras de surveillance de l'aéroport, nota Levi en levant le pied. Appelle la compagnie aérienne.

— Tu veux que je parte maintenant ? Comme ça, sans mes affaires ?

Elle grinça d'abord des dents à l'idée du coût du changement de billet, puis songea non sans un certain soulagement qu'à tout le moins, elle dormirait dans son lit ce soir.

Il diminua encore l'allure jusqu'à rouler au pas pour laisser les passants traverser la chaussée, devant eux. Il était parfaitement calme, maintenant, tenant son volant du bout des doigts, le coude calé avec désinvolture à la portière… Comment faisait-il pour passer d'un état de tension extrême à une tranquillité d'esprit absolue en l'espace de quelques instants ? se demanda Jolene. C'était rageant. Son cœur à elle battait encore à cent cinquante à l'heure ! Autre interrogation qui lui nouait l'estomac : avait-il l'intention de partir avec elle ? La phrase suivante de Levi lui apporta la réponse.

— Mon sac de voyage est déjà dans le coffre. Tant pis pour tes affaires. Aller à ton hôtel est trop risqué. Nous rachèterons l'indispensable. Ces hommes connaissent ton nom, ton adresse, ils savent ce que tu fais. J'ignore comment ils s'y sont pris, mais il est à peu près certain que c'est par le biais de ton téléphone.

— Je ne vais pas me débarrasser *aussi* de mon téléphone, si c'est là que tu veux en venir.

Ni renoncer à ma vie, changer d'identité, tout abandonner derrière moi.

— Qui t'a demandé ça ? On va enlever la batterie.

— Oh.

Que prévoyait-il donc pour la suite ? Il se gara dans la première place libre qui se présenta au dernier étage du parking. Celui-ci était désert. Personne en vue. Mais le crépitement régulier de la pluie composait un fond sonore qui rendait Jolene nerveuse… A moins que ce ne soit la proximité de Levi.

Ou le fait de savoir désormais que quelqu'un la croyait capable de reconnaître les meurtriers de sa mère et avait tenté de la tuer pour cette raison.

— Si mon téléphone leur a permis de me retrouver, pourquoi l'utiliser pour le changement de billets ? s'enquit-elle. Il vaut peut-être mieux aller le faire au guichet.

Il haussa les sourcils et sourit. Avec ses boucles chocolat mouillées qui retombaient sur son front et la trace de boue qui lui barrait la joue, il avait l'air d'un petit garçon innocent qui venait d'édifier son premier château de sable.

— Oh… Je comprends, reprit-elle. Tu *veux* qu'ils soient au courant du changement, c'est ça ?

Il hocha la tête sans un mot.

— Parce que nous n'allons pas les utiliser ?

— Tout juste. Nous allons prendre le train.

— Mais comment vais-je rentrer ? Est-ce qu'ils ne pourront pas retrouver ma trace, quelles que soient les précautions que nous prendrons ?

— On va faire en sorte que cela n'arrive pas, affirma-t-il d'un ton catégorique.

— Pour que les choses soient bien claires entre nous, il est hors de question que je retourne à Boulder, assena-t-elle.

Elle avait déjà demandé à une camarade d'université de s'occuper de la vente des meubles et de l'expédition des effets personnels de son père.

— Je refuse d'évoquer avec qui que ce soit ce que je n'ai *pas* vu, donc, ça ne servirait à rien d'y retourner.

— Mais il faut que tu essaies. Ils ont été très clairs : je ne peux pas te faire réintégrer le programme de protection des témoins si nous n'apportons pas la preuve que tu es bien un témoin.

— Arrête de m'embrouiller. Dis-moi plutôt où nous allons, que je puisse te dire « non ».

— Je pensais à Dallas.

Non. Non. Mille fois non.

— Mais Dallas, c'est là que…

— Ta mère a été assassinée.

2

— Non. Je n'irai pas. Papa m'a toujours dit de ne jamais retourner à Dallas, ni même au Texas.

Levi avait deviné que cela ne plairait pas à Jolene. Ça ne lui plaisait pas davantage, à lui non plus. Mais ce qu'il n'avait pas prévu, c'était la terreur absolue qu'il lisait en ce moment dans ses beaux yeux.

— Bon… Tu m'avais prévenu que ta réponse serait « non ». Malheureusement, c'est mon plan et je n'en ai pas d'autre de secours.

En partie le sien, en partie celui de son père, corrigea-t-il mentalement. Mais c'était effectivement le seul.

Rien de ce qu'il lui avait dit jusqu'à présent — que ce soit aujourd'hui, hier ou même la semaine précédente — n'avait eu l'heur de lui plaire. Oh ! ils avaient tout de même connu un moment d'intense émotion lorsqu'il lui avait annoncé officiellement la mort de son père… Quelques minutes où ils s'étaient souvenu de celui qu'ils aimaient tous les deux, du moment où ils avaient fait connaissance quatre ans plus tôt.

Mais à l'instant où il avait expliqué qu'il appartenait au Bureau des marshals et qu'il était chargé de la sécurité de son père, le moment de partage avait pris fin. Pour lui, ç'avait été un soulagement de lui dire la vérité. Et c'en serait un plus grand encore quand il lui avouerait qu'il n'avait jamais cessé de la surveiller, là où elle vivait, en Géorgie, pour s'assurer qu'elle n'était pas en danger.

Mais chaque chose en son temps.

Dans l'immédiat, il s'agissait de réussir à la faire changer d'avis afin de lui sauver la vie. Comment la convaincre qu'elle courait un grave danger ? Elle avait érigé une véritable forteresse autour d'elle, une forteresse qu'il ne pouvait ni franchir ni contourner. Elle avait refusé de lui adresser la parole, sauf pour discuter des formalités concernant le transport du corps de son père à Saint Louis. Elle n'arrivait pas à accepter que sa vie entière était en train de lui filer entre les doigts.

Ce qui était bien compréhensible.

Pourtant, il fallait absolument qu'il lui fasse entendre raison.

Réprimer sa tendance naturelle à donner des ordres lui demanda un effort. Il n'avait pas l'habitude de voir sa parole mise en doute, ses conseils et son expertise remis en question, voire carrément rejetés par ceux à qui il apportait son aide.

— Enfin, c'est ridicule, déclara-t-elle, rebondissant à retardement sur ce qu'il venait de dire. Pour l'instant, je ne suis même pas certaine qu'il y ait eu un tireur, mais, à supposer qu'il y en ait eu un, comment sais-tu que c'est après moi qu'il en avait ? Après tout, ce pourrait très bien être toi qu'il visait.

— Je n'ai pas été suivi depuis le Colorado, et les assassins de ta mère ne savaient pas que je connaissais ton père.

Pas question d'enrober les choses. Il fallait qu'elle comprenne que ces hommes étaient à ses trousses. Il lui parlerait de la deuxième fusillade plus tard.

— Disons qu'il n'y a pas eu de tireur. Comment expliques-tu la présence de cette voiture noire ?

Elle secoua la tête, niant l'évidence.

— Après tout, pourquoi ne serait-ce pas un traître, de ton côté, qui aurait vendu la mèche et indiqué où se trouvait mon père ?

— Vingt ans, Jolene. Vingt ans qu'il était en sécurité.

— Justement. Ça tendrait plutôt à confirmer qu'il n'y a pas de problème.

— Si j'en crois la lettre de ton père, si. Il m'a dit que tu avais vu les meurtriers et que, si la mémoire te revenait, tu serais en danger.

— Tu vois, c'est là qu'il y a une faille. Si ce qu'il a écrit était vrai, j'aurais au moins des bribes de souvenirs. Un indice quelconque. Or, ce n'est pas le cas. Je ne me suis jamais souvenue de rien concernant cette journée. Rien… Jamais.

La lettre de Joseph mentionnait qu'elle avait souvent fait des cauchemars et qu'ils étaient devenus de plus en plus fréquents au fil du temps. La réticence de Jolene ressemblait surtout à une volonté délibérée d'autopersuasion. Mais l'effroi qu'il avait vu passer dans ses yeux ne faisait que le convaincre, lui, qu'elle avait plus que jamais besoin de son aide.

— Tu n'as jamais fait… de rêves qui t'aient semblé plus vrais que nature ?

Elle haussa les épaules.

— Ça arrive à tout le monde.

— A propos d'un meurtre ?

Ah. Il avait fait mouche. Peut-être ne comprenait-elle pas encore ce qui était en train de se produire depuis quelque temps, mais *lui* le savait. Il avait vu d'autres témoins réagir de façon extrêmement tardive, lorsque le traumatisme initial commençait à se dissiper ou à l'occasion d'un nouveau choc. Peut-être Joseph l'avait-il remarqué, lui aussi.

— Les mots, les mouvements, les sons, les odeurs… Tout cela est en lien avec le subconscient, Jolene. Tout à l'heure, quand tu as entendu crier « Attention ! Une arme ! », tu n'as pas bougé… Pourquoi ? Est-ce que tu t'en souviens ?

— Comment ça ? Il y a eu ce cri et, l'instant suivant, tu te jetais sur moi et me projetais par terre ! Je vais avoir des bleus pendant des jours.

Il la regarda se frictionner l'épaule. Sa confusion n'avait rien d'étonnant ; elle était même fréquente chez les personnes ayant assisté à un événement traumatique.

— Ce n'est pas ainsi que ça s'est passé, corrigea-t-il doucement.

— Bien sûr que si. C'est toi qui fais un drame de tout.

Elle secoua la tête, fronça les sourcils, se frotta le menton d'une main, mordilla un ongle, puis referma ses bras autour d'elle comme si elle avait froid.

Il voyait qu'elle avait peur. Sa poitrine se soulevait et s'abaissait plus vite. Dehors, la pluie s'était calmée, laissant poindre un rayon de soleil au travers des nuages. Levi vit luire un scintillement suspect dans les yeux les plus verts qu'il lui eût jamais été donné de voir.

— Tu te rappelles quelque chose, c'est ça ? Un souvenir que tu n'arrives pas à préciser, mais qui est là, juste sous la surface.

— J'étais dans le coffre à jouets. Ma mère a été poignardée au rez-de-chaussée. Je ne *peux* pas avoir assisté à la scène.

Elle ferma les yeux avant de cacher son visage dans ses mains.

— Mon père a tout vu, lui, mais pas moi. Pas moi, répéta-t-elle à voix plus basse.

— Jolene, j'ai lu le rapport et je ne pense pas que tu saches ce qui est réellement arrivé. Tu t'es convaincue que tu n'avais rien vu, ce qui était très bien quand tu avais cinq ans…, dit-il en lui soulevant doucement le menton, de deux doigts, pour qu'elle le regarde de nouveau. Mais je ne pourrai pas te protéger si tu ne fais aucun effort pour que la mémoire te revienne.

Cette fois, les larmes roulèrent sur ses joues. Elle se couvrit le visage et, remontant les genoux contre sa poitrine, se recroquevilla sur elle-même.

Peut-être aurait-il dû passer un bras autour de ses épaules pour la réconforter, mais l'envie de l'enlacer était si grande qu'il jugea plus prudent de profiter de l'occasion pour s'emparer de son téléphone. Beaucoup plus prudent.

L'unique fois où il s'était autorisé à la prendre dans ses bras s'était soldée par un baiser tout ce qu'il y avait de plus malvenu et inopportun. Aujourd'hui encore, il aurait été bien incapable de dire de façon certaine qui avait pris l'initiative de ce baiser, mais ce n'avait pas été une bonne idée à l'époque, et ce n'en serait qu'une plus désastreuse encore maintenant.

— Je te laisse quelques minutes, le temps de changer les réservations et de régler tous les détails.

Visiblement, s'armer de patience et tenter de l'amener en douceur à considérer les choses de son point de vue ne fonctionnait pas. Elle finirait par se rendre à ses arguments quand elle saisirait la réalité de la situation — elle n'avait pas le choix, de toute façon. Mais, pour le cas où l'idée de lui fausser compagnie la traverserait, il coupa le contact et empocha les clés avant de sortir du véhicule.

Il prit appui sur le capot, sous la pluie fine qui continuait à tomber après l'orage. Il ne pouvait pas être plus mouillé qu'il ne l'était déjà, de toute façon. Ses mâchoires lui faisaient mal tant il avait serré les dents, ce qui prouvait que la décision à laquelle il était parvenu n'avait pas été facile à prendre. Et se couper du soutien dont il avait bénéficié au cours des huit dernières années n'allait pas être plus aisé.

Il modifia les réservations à l'aide du portable de Jolene. Simple comme bonjour. Il envoya ensuite un SMS à la patronne de Jolene — après avoir sans peine trouvé son numéro dans l'historique des appels. Trop simple, là aussi. Un jeu d'enfant.

— Seigneur, murmura-t-il.

Si quelqu'un réussissait à faire main basse sur les informations contenues dans le téléphone de la jeune femme, il connaîtrait sa vie de A à Z. Son estomac se contracta à l'idée de ce qui pourrait lui arriver. Ce qui *aurait pu* lui arriver s'il s'était contenté de faire transférer le corps au lieu de venir assister aux funérailles.

Il retira ensuite la batterie, puis examina l'appareil, cherchant une puce ou un quelconque dispositif électronique qu'auraient pu y placer les hommes qui étaient à ses trousses. Il ne trouva rien, mais ça ne signifiait pas qu'il n'y en avait pas.

Se retournant, il regarda son témoin qui, pour l'instant, n'en était pas un. Elle avait cessé de pleurer. Il s'éloigna de la voiture et s'approcha de la rampe d'accès pour vérifier qu'aucun véhicule noir n'approchait. Plus qu'un coup de fil à passer et il pourrait se remettre en mouvement, la mettre à l'abri. Mais cet appel risquait de changer complètement sa vie.

Risquait ? A quoi bon se leurrer ? *Changerait* complètement sa vie.

Il pouvait repousser l'échéance. S'interroger encore et encore. Ou bien appuyer sur la touche abrégée de son téléphone et en finir. Il rangea l'appareil de Jolene dans sa poche et sortit le sien.

— Levi ? Que s'est-il passé ? Vous n'avez pas donné de nouvelles de la journée.

Sherry Peachtree avait répondu à la première sonnerie. Elle était encore au bureau — et elle était encore, au moins pour les cinq prochaines minutes, son superviseur.

— On a tiré sur Jolene Atkins cet après-midi. Le courrier du ministère de la Justice et celui de Joseph que j'ai apporté disaient que…

— Je sais ce qu'ils disaient. Je me souviens aussi avoir clairement stipulé que ceci ne relevait pas du Bureau des marshals.

— J'ai donné ma parole.

A l'autre bout de la ligne, il y eut un silence. Il se sentit obligé de le combler, de justifier les raisons pour lesquelles il avait poursuivi sa mission en dépit des ordres. D'essayer une fois de plus d'obtenir l'aval de sa hiérarchie.

— Je connaissais bien Joseph, argua-t-il. Il n'aurait pas écrit ceci s'il n'avait été certain que Jolene courait un grave danger. Grave et bien réel.

— A ceci près qu'en écrivant cette lettre, il l'a lui-même mise en péril. Nous avons déjà essayé de faire intégrer le programme à Jolene Atkins.

Il entendit une porte s'ouvrir en arrière-fond, puis une voix étouffée confirma que le « ministère n'était pas concerné ».

— Vous savez que le ministère de la Justice ne peut pas intenter de poursuites sans témoin fiable. Il faut que vous partiez.

— Non, c'est impossible.

— Si les choses tournent mal…

— Elles ne tourneront pas mal.

— Si. Et nous ne pourrons pas vous aider, assena Sherry.

Il pouvait tout perdre ou tenir la promesse faite à Joseph de protéger sa fille.

— C'est ce que je pensais. Cette décision a déjà coûté la vie à un témoin.

— Jolene Atkins n'est pas un témoin et vous n'avez aucune preuve que l'accident dont Joseph a été victime n'ait pas été que cela : un accident.

Un nouveau silence tomba entre eux.

Il ne le comblerait pas, cette fois. C'était inutile. Il avait déjà dit tout ce qu'il avait à dire.

— Je signerai votre demande de prolongation de congé pour la raccompagner chez elle et rentrer ensuite à Denver. C'est tout ce que je peux faire. Vous êtes tout seul.

Un déclic. Elle avait raccroché.

— Bon sang !

— J'aimerais voir la lettre, s'il te plaît.

C'était Jolene, bien sûr, mais sa main se porta automatiquement à son holster tandis qu'il faisait volte-face. Il ne dégaina pas son arme, mais il vit ses yeux braqués sur le côté de sa ceinture.

— Plus tard. Il faut d'abord qu'on s'en aille.

— Tu pars du principe que je viens avec toi.

— Oui, en effet.

Elle le regarda avec de grands yeux tristes.

— Je n'étais pas dans le coffre à jouets, n'est-ce pas ? demanda-t-elle d'une voix résignée.

Admettait-elle enfin que les choses n'étaient pas ce qu'elles semblaient être ? L'envie le traversa, plus forte encore que dans la voiture, de tendre la main, de lui insuffler du courage. Mais il ne fallait pas. Il se dirigea vers la voiture de location.

— Tu viens ? se borna-t-il à lancer par-dessus son épaule.

Jolene regarda par la fenêtre les derniers passagers embarquer à bord du train tout en veillant à rester dissimulée derrière les rideaux tirés. Son garde du corps les avait fermés et elle se sentait tellement à l'étroit dans le petit compartiment hermétiquement clos qu'elle avait éprouvé le besoin de voir un espace ouvert.

Si seulement ce train se mettait en route… Ce n'était pas le moment de s'affranchir de la protection de Levi. Elle avait eu tout le temps d'apprendre que, lorsqu'on disparaissait, il convenait de prendre certaines précautions, la première étant de n'utiliser que de l'argent liquide. La cagnotte qu'elle conservait dans un petit coffre-fort pour les cas d'urgence se trouvait dans son appartement. Sauf à puiser dans l'argent de son héritage, tout ce qu'elle avait sur elle, c'était une carte de crédit et un permis de conduire.

L'autre raison pour laquelle elle devait rester, c'était qu'elle voulait des réponses. Elle avait beau avoir été abreuvée de mensonges pendant les quatre dernières années, elle croyait malgré tout Levi — même si elle ne se souvenait pas avoir entendu tirer au cimetière, ce matin. Tout au fond de son esprit, dans un recoin obscur, une petite voix lui criait : « Danger ! Danger ! » L'idée de retourner là-bas la révulsait, mais cet endroit était sans doute la clé qui ouvrirait la porte de la vie normale à laquelle elle aspirait tant.

Depuis deux ans qu'elle avait quitté la maison, son père ne lui avait jamais rendu visite chez elle. Chaque fois qu'elle évoquait la question, il trouvait une excuse. Il avait la grippe, sa voiture avait un problème mécanique, il avait du travail en retard, des réparations à effectuer chez lui… Des raisons qui, en soi, paraissaient parfaitement valables. Son prétexte favori était qu'il était difficile de rompre les vieilles habitudes. Ils ne s'étaient finalement vus qu'en deux occasions, pour de courtes rencontres d'une journée — jamais loin de Boulder.

Et puis elle était rentrée chez elle. Levi était venu l'attendre à l'aéroport de Denver, les deux fois, l'avait reconduite chez elle dans son break noir, de toute évidence un véhicule « de fonction ». Il avait pris des précautions et elle n'avait rien remarqué. Il était si aisé de croire que le passé n'avait plus de prise sur elle !

Se bercer d'illusions était facile.

C'était la confrontation avec la réalité qui ne l'était pas.

Donc, où en était-elle ? Vie fictive d'assistante commerciale ou vie réelle d'un témoin qui avait perdu la mémoire ? Rien que d'y penser, cela lui donnait le tournis.

Le quai était bondé de voyageurs apparemment ordinaires.

Une femme coiffée d'un grand chapeau retint son attention. Elancée, perchée sur de hauts talons, sans bagages. Cette étrangère menait-elle une vie « normale » ? Il avait été si facile de se glisser dans l'illusoire sécurité de la normalité lorsqu'elle vivait seule !

N'importe lequel de ces passagers pouvait être la personne qui cherchait à la tuer. Sans restriction d'âge ni de genre. Jolene brûlait d'envie d'ouvrir en grand les rideaux et de voir si quelqu'un s'intéressait à elle.

Quelqu'un d'autre que Levi.

Oh ! Seigneur… A quoi bon toujours en revenir là ? Toute relation entre eux était impossible, elle le savait. Il ne faisait que tenir la promesse qu'il avait faite à son père. Son travail consistait à protéger les autres… Il se sentait responsable, point final.

Et pourtant… Le simple fait de savoir qu'ils étaient seuls tous les deux dans ce petit compartiment faisait battre son cœur. Donc, un seul mot d'ordre : ne pas penser à Levi. Elle pouvait ajouter cela à sa liste de choses à ne *pas* faire.

Impossible. Totalement exclu. Elle avait tout intérêt à se répéter ces mots comme un leitmotiv et à se tenir à sa résolution parce qu'ils allaient se trouver confinés ensemble dans cet espace exigu pendant les quinze prochaines heures que devait durer leur voyage…

Jamais elle n'aurait imaginé se trouver en pareille situation… Mais, depuis qu'ils s'étaient rencontrés, Levi Cooper n'avait jamais été très loin de ses pensées. Pendant quatre ans, elle n'avait pas pu s'empêcher de comparer à Levi tous les hommes qu'elle rencontrait.

Et le résultat ne penchait jamais en leur faveur. Ils étaient moins grands, avaient le teint moins mat ; ils étaient trop minces ou pas aussi musclés. Leurs yeux étaient trop rapprochés, leurs nez n'avaient pas cette arête parfaitement droite qui s'accordait si bien avec la ligne incurvée de sa mâchoire. Les cheveux sombres de Levi bouclaient joliment sur son front alors que les cheveux bouclés des autres lui semblaient ridicules. Et, assurément, aucun d'entre eux n'aurait porté une chemise mouillée comme lui…

Lorsqu'il avait enlevé son manteau, elle s'était demandé si le coton avait rétréci pour mouler à ce point les muscles de ses bras et de son torse.

Ajouter « Ne pas regarder Levi se déshabiller » à la liste de choses à ne pas faire.

Elle prit une profonde inspiration, se força à se détendre et pencha la tête d'un côté puis de l'autre pour dénouer les tensions de sa nuque. Ça, au moins, elle pouvait le faire sans risque.

La vie avec son père n'avait été qu'une longue suite d'interdictions. Il lui avait appris à faire attention à tout, tout le temps. Ne pas s'éloigner de la maison. Ne jamais se trouver hors de portée du réseau de téléphonie mobile. Ne pas écrire de lettres. Ne pas oublier de l'appeler régulièrement lorsqu'elle sortait. Et, par-dessus tout, ne pas tisser de liens d'amitié.

Peut-être était-ce pour cela qu'elle avait accepté si facilement l'idée de la sortie de son père du programme. Levi lui avait été présenté comme étant un ami et on ne l'avait pour une fois pas dissuadée de se lier d'amitié avec lui.

Comme elle avait été naïve ! Mais c'était fini et bien fini.

Rien de tout cela n'était vrai. Les deux hommes qui comptaient dans sa vie avaient comploté dans son dos et c'était cela qui lui faisait le plus mal.

Mais elle aussi était capable d'avoir des secrets. Levi pensait peut-être tout savoir de ses cauchemars, mais elle ne reconnaîtrait rien. Si elle se surveillait, elle réussirait à garder tout cela pour elle. Elle ne parlerait pas de ce rêve récurrent où elle voyait une pièce blanche zébrée de coulures rouges…

Il n'était plus possible de se mentir désormais et de prétendre que, par un tour de passe-passe de son imagination, elle reconstituait mentalement la scène de la mort de sa mère. Ni que ce n'était qu'un rêve qui ne pouvait en aucun cas refléter la réalité.

Ce n'en était pas un. Les autres images étaient floues, tellement indistinctes qu'elle ne pouvait pas avoir la moindre idée de ce qu'elles représentaient. Qu'avait-elle vu en entendant crier « Attention ! Une arme ! » au cimetière ? Plus elle essayait de se concentrer, plus l'image lui échappait.

— Ce n'est pas en claquant tes souliers de rubis et en faisant un vœu les yeux fermés, comme Dorothy dans *le Magicien d'Oz*, que tu rentreras plus vite chez toi, tu sais.

— Oh. Je ne t'ai pas entendu revenir.

Levi lui avait demandé de l'attendre pendant qu'il allait chercher à manger.

— Ça devient une habitude.

— Cesse de me faire la leçon, s'il te plaît. Mangeons plutôt un morceau, décréta-t-elle en dépliant la tablette prévue à cet effet.

Mais il l'arrêta d'un geste. Il avait les mains vides.

— Tu ne préfères pas prendre une douche chaude, avant ?

— Tu n'as rien trouvé ? demanda-t-elle.

— Le wagon-restaurant n'ouvre qu'après le départ.

— Mm… Et, toi, quand me diras-tu où tu es *réellement* allé ?

Elle ouvrit de nouveau la tablette.

— Puisque c'est comme ça, voyons cette lettre, décréta-t-elle.

Il sourit et secoua la tête.

— Quoi ? Tu ne veux pas me la montrer non plus tant que le train ne sera pas parti ? questionna-t-elle en rabattant la tablette. De quoi as-tu peur ? Je ne vais pas sauter du train, Levi. Et je n'ai nulle part où aller. Tu vas devoir t'accommoder de ma présence pendant quelque temps encore.

— Très perspicace de ta part.

— Il faut croire que je ne le suis pas toujours tant que ça.

Les circonstances dans lesquelles ses parents étaient morts demeuraient un mystère. Les deux personnes qui lui étaient les plus proches l'avaient honteusement trompée. Non, vraiment, elle n'avait pas l'impression d'être particulièrement clairvoyante.

— Je serai un peu plus détendu quand nous aurons quitté Saint Louis, déclara Levi.

— La journée a été longue, nota Jolene en posant un oreiller sur la banquette et en s'allongeant en chien de fusil, faisant de son mieux pour garder les yeux ouverts. Je n'ai plus envie de parler.

« Attention ! Une arme ! »

Elle entendit comme dans le brouillard le cri qui venait de la butte. Que s'était-il passé sous cette pluie diluvienne, au cimetière ? Des couleurs… Une sorte d'arc-en-ciel apparut fugitivement au milieu de tout ce blanc. Quelque chose… Elle essaya de préciser la vision. Un visage ? Un… Qu'est-ce que c'était ? Il fallait qu'elle se rappelle. Mais, si elle y parvenait, elle souffrirait. Maman avait dit… Elle lui avait fait promettre de ne pas souffler mot. Qu'est-ce que c'était ? Souviens-toi… Non ! Mieux vaut ne pas te souvenir.

— Papa !

Son propre cri l'éveilla. Elle se frotta les yeux, chassant le sommeil et, du même coup, les derniers vestiges de maquillage qui avaient survécu aux trombes d'eau et à sa roulade intempestive dans la boue.

— Ça va ? demanda Levi, debout, torse nu, juste devant elle.

— Oui… Ça va.

— Tu as fait un cauchemar ? s'enquit-il encore avec ce sourire entendu qui n'appartenait qu'à lui.

— Je crois… C'est idiot. Je devrais m'en souvenir. Je viens de me réveiller à l'instant.

— Ça viendra. Tu t'es seulement assoupie quelques minutes.

Il se leva et attrapa son sac de voyage dans le rangement, au-dessus de la banquette.

Elle vit ses muscles jouer sous sa peau et se demanda s'il n'avait pas rentré le ventre. Comme s'il en avait besoin ! Mais c'était agréable de penser qu'il s'efforçait de se montrer à son avantage.

— Quand ce train va-t-il se mettre en route ?

— Le départ est imminent, maintenant. Parlons de ce rêve, si tu veux, suggéra Levi, s'apprêtant à enfiler un T-shirt blanc.

— Non, pas pour le moment. Pas encore.

Elle esquissa un geste pour s'écarter de lui, mais le train se mit en mouvement juste à cet instant et elle tomba contre lui. Les bras nus de Levi l'enveloppèrent instantanément, protecteurs, tandis que le T-shirt restait entortillé autour de son cou. La joue de Jolene se retrouva pressée contre la peau lisse de son épaule.

— D'accord, Jolene. On verra ça plus tard.

La façon dont sa main caressa ses cheveux et l'arrière de sa tête l'apaisa aussi sûrement que s'il lui avait administré un sédatif. Il n'en faudrait pas beaucoup, songea-t-elle, pour qu'elle développe une vraie dépendance à ce genre de réconfort-là. Sans qu'elle s'en rende compte, ses mains glissèrent, comme mues par une volonté propre, sur les courbes de son dos musclé. Celles qu'elle avait tellement eu envie d'explorer au travers de la chemise mouillée.

Les vibrations du train se communiquèrent à elle, remontant le long de ses mollets, de ses jambes. Les trépidations du train… Ce devait être ça… Forcément. Parce que, sinon, la seule autre explication logique… c'était que Levi la tenait dans ses bras.

Oh ! non ! Voilà qu'elle recommençait. Il allait penser qu'elle l'avait fait exprès. Et elle ne pouvait pas s'expliquer sans dévoiler ce qui lui était passé par la tête.

Mais elle ne voulait pas parler. Pas maintenant. Pas encore.

Dans l'état d'épuisement qui était le sien, elle ne pourrait pas se concentrer. Et, avant d'avoir compris ce qui lui arrivait, elle se retrouverait dans le fauteuil d'un hypnothérapeute ou sur le divan d'un psychiatre censé « l'aider à clarifier ses idées ».

Elle s'écarta vivement de Levi — chose qu'elle aurait été bien inspirée de faire *avant* que ses mains ne se promènent sur son dos puissant et nerveux.

— Désolée, s'empressa-t-elle de dire en montrant la porte du cabinet de toilette. Je voulais seulement aller me rafraîchir un peu.

— Jolene…

Ne pas le laisser parler… Et moins encore poser la main

sur moi. Elle le contourna en évitant soigneusement de le toucher et poussa la porte. S'aspergeant le visage d'eau, elle s'exhorta une fois de plus à la prudence. *Tenir bon. L'ignorer tant qu'il n'aurait pas donné les réponses que j'attends.* Elle le vit se diriger vers la fenêtre et écarter le rideau de ce long doigt qui avait suivi la ligne de sa clavicule.

Bon sang, ce n'était pas possible ! Elle ne pouvait pas avoir encore un faible pour le beau Levi Cooper ! Elle avait réglé ça depuis longtemps.

Mais il était tellement… vivant. Plein d'énergie, d'humour, de confiance en lui.

Stop ! Tout ceci était faux. Il lui avait menti. Il fallait vraiment qu'elle se ressaisisse. Mais quelque chose lui disait que c'était mal parti…

Et dire que je vais devoir passer quinze interminables heures, seule avec lui !

Elle rabattit vivement la porte du minuscule cabinet de toilette, avec la ferme intention de ne plus ressortir de la douche, de ne plus se retrouver face à lui à Dallas, encore moins qu'ailleurs.

3

SMS : Numéro masqué 23 :43

Reçu confirmation que vous avez la cible en vue. Déçus par le loupé du cimetière. Déconseillons un autre contretemps. Récupérez éléments de preuve. Eliminez.

D'un air absent, Levi astiqua son arme avec son T-shirt, l'œil rivé sur la porte fermée. C'était le mieux qu'il puisse faire sans kit de nettoyage. Ils voyageaient depuis six heures maintenant.

Il n'aimait guère devoir composer avec tant d'inconnues dans une affaire. Or, il y en avait pléthore dans celle qui concernait Joseph, Elaine et Jolene Atkins. La protection était une tout autre paire de manches que le travail d'investigation.

J'espère être fidèle à la promesse que je t'ai faite, Joseph.

Jolene était sortie de la douche au bout d'une heure après qu'il lui eut trouvé le grand T-shirt qu'elle réclamait. Le steward en avait rapporté un de la boutique de souvenirs en même temps que deux burgers du wagon-restaurant, après que Levi lui eut expliqué qu'ils avaient égaré leurs bagages et que c'était un cas d'urgence. Il lui avait également glissé un billet en lui demandant d'avoir à l'œil toute personne semblant rôder autour de leur compartiment.

Rompue de fatigue, Jolene avait fini par s'endormir deux heures plus tôt. Il faudrait qu'il prenne un peu de repos, lui aussi, mais pas tant qu'ils n'auraient pas franchi Little Rock, en Arkansas, à 3 heures du matin. Il rechargea son arme en silence, vérifiant minutieusement chaque balle pour s'assurer qu'il ne subsistait plus la moindre trace de boue.

Un jour, ils se rendraient ensemble sur la tombe de Joseph... Un jour où le soleil brillerait et où elle pourrait engranger dans sa mémoire un souvenir paisible.

Bon sang. A quoi bon se bercer d'illusions ? Ce jour-là ne se présenterait sans doute jamais... Ou, du moins, ils n'iraient pas ensemble.

Si, comme il l'espérait, Jolene retrouvait la mémoire — et il fallait *impérativement* qu'elle la retrouve —, elle serait de nouveau admise dans le programme de protection des témoins. On lui assignerait un nouvel agent et elle disparaîtrait sans préavis du jour au lendemain — sans un au revoir. Comme cela s'était déjà produit pour tant des témoins dont il avait eu la charge au cours des huit dernières années.

Les remords et les sentiments n'avaient pas leur place dans tout ça. Jolene devait absolument vivre à l'abri des monstres qui lui avaient enlevé ses deux parents. Il savait ce que les assassins avaient fait à sa mère, il avait lu le dossier. Et à Joseph aussi, d'ailleurs, même s'ils n'avaient pas réussi à le tuer ce jour-là.

La petite fille qu'on voyait sur les photos avait perdu la parole pendant des semaines. Montrant tous les signes d'un syndrôme de stress post-traumatique.

Quand son père était sorti de l'hôpital, elle avait commencé à remonter la pente, mais nulle part dans le dossier il n'était fait mention qu'elle se rappelait quoi que ce soit de la tragédie.

— Quelque chose ne va pas ? murmura Jolene depuis la couchette supérieure.

— Non, non, répondit-il sur le même ton en revenant vers son lit.

Dans le peu de lumières qui défilaient par la vitre, il vit le scintillement de ses cheveux ébouriffés, de ses yeux. Elle, de son côté, remarqua qu'il ne portait pas de chemise. Cela suffit à Levi pour entrevoir la lueur de désir qui s'allumait dans ses yeux.

— Je n'arrive pas à trouver le sommeil... Mais rendors-toi. Il faut que tu sois en forme demain, poursuivit-il à voix basse pour qu'elle ait une chance de replonger dans ses rêves.

Il rangea l'arme dans son étui tandis que Jolene se redressait, tentant de s'asseoir. Mais ce n'était pas chose aisée, la couchette étroite entravant sa liberté de mouvement. Dans la manœuvre, le T-shirt remonta sur ses cuisses. Que Dieu lui vienne en aide… Il avait oublié à quel point il aimait ses longues jambes.

Non, c'était faux. Il n'avait pas oublié. Il ne se les rappelait même que trop bien, mais c'était un souvenir dangereux.

Si dangereux qu'il était plus que temps de penser à autre chose.

— Ecoute, Levi, le comportement que j'ai eu… Enfin, je ne voudrais pas que tu me prennes pour une parfaite idiote.

— Pardon ? répondit-il, d'abord désarçonné, se demandant si elle avait surpris son regard. Pourquoi dis-tu ça ?

Elle était bouleversée, seule dans un monde hostile maintenant que son père était mort, aussi sexy qu'un top model… Mais *idiote ?* Certainement pas.

— Je suis restée plus d'une heure enfermée dans la salle de bains, répondit-elle en donnant un coup de poing à son oreiller.

Elle s'accouda dessus, remonta la couverture pour dissimuler ses jambes nues. Seigneur, elle avait l'air tellement vulnérable que cela le rendait fou ! Il hésita à allumer la lampe, puis se ravisa aussitôt. Mieux valait qu'elle ne le voie pas. Le désir devait se lire sur son visage, luire jusqu'au fond de ses yeux. Une tension qu'il éprouvait en permanence, partout, tout le temps, et qu'il se savait incapable de dissimuler lorsqu'il posait les yeux sur elle.

— Tu avais tes raisons. Je ne t'ai fait aucune remarque, que je sache, Jo, nota-t-il en attrapant son T-shirt et en l'enfilant rapidement.

C'était plus sûr.

— Ça a été une journée chargée en émotions, reprit-il. Tu ferais mieux de dormir, vraiment. Installe-toi sur ma couchette si tu préfères. Je ne me coucherai pas.

— Je voudrais voir cette lettre.

— A1 heure du matin ?

— Pourquoi pas ? Je n'étais pas sûre de me sentir prête avant, mais, maintenant… Je le suis.

Le ton posé de sa voix le convainquit qu'elle disait vrai. Cela, et cette façon qu'elle avait de relever le menton comme pour le mettre au défi d'oser la contredire.

En ce qui concernait l'ouverture de la lettre, il avait fait confiance à Joseph. Si celui-ci avait découvert l'identité de l'assassin de sa femme, il en aurait immédiatement avisé le ministère de la Justice. La missive qu'il avait envoyée à Levi le mentionnait, d'ailleurs. Il disait que Levi saurait quand donner la sculpture de bois qui provenait de la maison à Jolene et lui assurait que la lettre était adressée à lui, personnellement, et qu'il pourrait la faire lire à Jolene lorsqu'elle serait calme.

Le moment lui paraissait bien choisi.

Elle allait lire le message, y réagir et, avec un peu de chance, elle lui ferait confiance et accepterait l'idée de participer au programme de protection des témoins. Ils arriveraient à Dallas, il remettrait l'affaire entre les mains de la justice, s'assurerait que Jolene serait convenablement protégée puis il retournerait à sa vie.

Il sortit les lettres de son sac de voyage, laissant la sculpture en forme de chien au fond. Les courriers étaient au nombre de trois : un, adressé au programme de protection, un à lui et un, non ouvert, à Jolene.

— Je n'ai aucune idée de ce qu'il y a dans cette enveloppe. Je l'ai mise de côté pour te la donner le moment venu, conformément aux souhaits de ton père.

— Mais je ne savais pas… Tu ne m'avais pas dit qu'il y avait une lettre pour moi.

— Là encore, j'ai suivi les instructions de Joseph. Il m'avait demandé de la garder puis de te la remettre en main propre.

Il s'assit à côté d'elle, mû d'une part par l'envie d'être près d'elle, d'autre part par celle de jeter un coup d'œil au contenu de la lettre.

— Tu es sûre que tu es prête ?

— Absolument.

Il lui tendit l'enveloppe. Elle décolla soigneusement le rabat tandis qu'il allumait la lampe au-dessus de sa tête.

Le silence tomba entre eux. Rompu seulement par le bruit des wagons filant sur les rails. Un battement régulier qui calmait les pulsations de son cœur. Il avait songé à ouvrir la lettre plus d'une fois au cours des quatre derniers jours… S'il s'inclinait un tant soit peu sur le côté, il pourrait la voir… Au lieu de quoi, il se pencha en avant, les coudes appuyés sur les genoux. Pour éviter d'être tenté.

Par le message que contenait la lettre et par Jolene.

Les lettres avaient été envoyées par livraison spéciale sans mention de l'expéditeur — il avait tout de suite pensé à un avocat. Qui qu'il soit, ce dernier avait fait du bon travail. Il lui avait été impossible de remonter jusqu'à lui.

Le document adressé au Bureau des marshals ayant transité par le ministère de la Justice, son identification serait peut-être plus aisée de ce côté-là, mais, avec la mort de Joseph et en l'absence de témoins, ce n'était pas une priorité. Tant que Jolene n'avait pas lu sa lettre, Levi préférait ne pas faire appel aux agences fédérales qui avaient refusé sa mise sous protection.

Il guetta sa réaction du coin de l'œil, pour le cas où elle aurait besoin de réconfort. Il ne pouvait pas rester assis là, à la voir souffrir dans son coin, toute seule, sans rien faire.

Les larmes roulèrent sur ses joues. Elle frotta l'ongle de son pouce contre son menton, une habitude dont elle essayait de se séparer depuis l'époque du lycée. L'ongle passa sur la jolie fossette qui creusait son menton en son milieu, puis remonta jusqu'à sa lèvre inférieure. Il se demanda pourquoi elle faisait tant d'efforts pour se débarrasser de ce geste. Il le trouvait charmant.

Elle lut en silence. La lettre était longue. Elle feuilleta de nouveau les pages lorsqu'elle eut terminé, s'arrêtant sur certains passages. Puis elle leva les yeux et le regarda, comme si elle attendait qu'il dise quelque chose.

— Que disait la tienne ? interrogea-t-elle finalement d'une voix étranglée.

— On peut échanger nos courriers, si tu veux.

— Non. La mienne est trop personnelle. Il me dit au revoir et me présente ses excuses. Cela n'a rien à voir avec maman, toi ou les hommes qui en veulent à ma vie.

— Oh. J'aurais pensé qu'il y aurait autre chose.

Une indication de l'identité de ceux qui étaient derrière tout ça m'aurait été utile, Joseph.

— Tu peux me lire la tienne, s'il te plaît ? reprit Jolene.

Il hocha la tête et s'approcha d'elle, la lettre à la main. Il lutta contre l'envie de passer son bras autour de ses épaules, pour l'attirer contre lui pendant qu'il lisait le courrier que Joseph lui avait écrit.

Trop dangereux.

Il l'avait lu et relu si souvent qu'il aurait presque pu le réciter par cœur.

« Je suis désolé de rejeter sur toi la responsabilité de la sécurité de Jo, Levi, mais tu sais qu'il n'y a personne d'autre. Ce que je te demande peut te causer beaucoup d'ennuis, j'en ai conscience, mais ma fille a besoin de ton aide et de ta protection.

« J'ai dit que j'aurais dû mourir ce jour-là, moi aussi, mais j'ai toujours tenu bon pour Jolene. C'est vrai, bien sûr, mais j'étais aussi taraudé par un désir de vengeance. La justice devrait s'en charger, évidemment, mais, en tant que mari et père, je ne me fais aucune illusion.

« Il y a quatre ans, tu as respecté mes vœux et tu t'es présenté à elle comme étant un ami. Depuis lors, le mensonge est devenu réalité et je te considère comme un membre de ma famille. Tu sais maintenant que j'ai supplié le ministère de la Justice d'intégrer Jolene dans le programme. Elle a besoin de ton aide. Les faits et les preuves existent ; ils sont emprisonnés pour l'instant dans ses souvenirs. Et je crains d'avoir commis une terrible erreur en lui permettant de prendre son envol et d'aller vivre ailleurs. La mémoire commence à lui revenir même si elle ne s'en rend pas compte. Tu es la seule personne en qui j'ai confiance pour veiller sur sa sécurité. »

Lorsqu'il releva les yeux, il vit sa paume ouverte. Il y déposa la lettre.

— Donc, il ne dit rien non plus dans ta lettre.

— Il y a une autre page, annonça-t-il en se penchant pour la prendre sur la couchette, à côté de lui.

C'était la partie que Levi redoutait. La connivence qui s'était établie entre Jolene et lui était sur le point de prendre fin. Lorsqu'il aurait achevé la lecture de cette deuxième page, il n'était pas impossible qu'elle explose, qu'elle cherche à s'en aller… Mais il avait cru ce qui était écrit dans cette lettre, il avait cru Joseph et il croyait en Jolene. Elle finirait par dominer ses émotions. Après tout, elle pouvait accepter d'être protégée même si elle le détestait.

« Si tu reçois ceci avec ma lettre, Levi, c'est que nous n'avions aucune chance de nous revoir à mon retour. J'ai été trop confiant… Imprudent. Des gens peu recommandables connaissent mon identité — Joseph Atkins. J'aurais sans doute dû t'appeler, mais je n'ai plus confiance en rien ni en personne.

« Mes absences font suite à de récentes informations qui m'ont finalement conduit à quelque chose de concret. Je n'ai jamais cessé de rechercher ceux qui ont détruit ma famille. J'ai découvert pourquoi le témoignage de ma femme représentait une telle menace. Vingt ans se sont écoulés, mais son ennemi est encore plus puissant aujourd'hui. J'aurais transmis tout ce que j'ai appris au ministère de la Justice, mais ils refusent de protéger Jo. Je n'avais d'autre choix que celui de retourner à Boulder. J'espère qu'elle pourra me pardonner. »

Levi déglutit avec peine, appréhendant le dernier paragraphe.

« Il ne faut rien dire à Jo tant qu'elle ne sera pas en sécurité, avec toi. Je voudrais pouvoir affirmer que tout ce que j'ai fait, je l'ai fait pour que ma fille puisse avoir une vraie vie, une vie digne de ce nom, mais c'est aussi pour Elaine. Quant à la lettre que j'ai écrite à Jo, tu la lui donneras quand tu jugeras le moment opportun. J'espère que tu respecteras mes vœux. Merci, mon ami, et adieu. »

Seul le bruit du premier feuillet qui se froissait dans la main de Jolene rompit le silence. Levi la couvrit de la sienne, mais elle se dégagea d'un geste brusque.

— Il… Il est allé… Oh ! mon Dieu ! Ils l'ont assassiné. Pourquoi ne m'as-tu rien dit ? Pourquoi n'avoir rien dit à personne ?

Cela tenait en une phrase. Il n'avait rien dit parce qu'il avait agi en ami véritable. Pas seulement en marshal. Et puis, pour être tout à fait honnête, il s'était demandé si Joseph n'était pas un peu « paranoïaque »… jusqu'au coup de feu qui avait été tiré à l'enterrement.

— Tu aurais dû me mettre au courant.

— Tu as sans doute raison. Te remettre la lettre en main propre faisait partie de mes instructions. Ce n'était peut-être pas très malin de ma part… Mais j'ai fait confiance à ton père. Et j'aurais dû lui faire confiance plus encore. Parce que ses soupçons étaient bel et bien fondés.

— Ça change tout. Est-ce qu'ils ont ouvert une enquête sur l'accident ? Un accident qui n'en est pas un puisque c'est… un meurtre. Mes deux parents ont été assassinés.

Elle lui tourna le dos, alla tâter nerveusement ses vêtements dans la salle de bains pour voir s'ils étaient secs, revint vers la fenêtre et appuya son front contre la vitre.

— Je ne me rappelle rien… Pourquoi ? Pourquoi ?

Il se redressa si vite qu'il heurta le bord de la couchette supérieure ; une douleur vive fusa dans son épaule, mais ce n'était rien en comparaison de ce que Jo devait ressentir. Avant qu'il ait pu approcher et la prendre dans ses bras, elle se retourna. Un chaton sans défense dans la peau d'un puma.

— Que fais-tu ici ? Tu es le seul qui connaisse la vérité. Tu devrais être en train d'enquêter sur son meurtre au lieu de faire du baby-sitting auprès de moi !

Elle le bouscula en passant devant lui.

— Je me suis renseigné, bien sûr. Rien n'indiquait que l'accident ait pu être provoqué. Quand je suis allé chercher le corps de ton père, j'ai demandé au shérif local de passer de nouveau au crible les lieux de l'accident et la voiture.

— Et ?

— Rien. Je n'ai pas eu de nouvelles depuis.

— Et le Bureau des marshals ? Qu'est-ce qu'ils font ?

— Ils ne peuvent rien faire, Jolene.

La nervosité du félin en cage allait croissant. Il le voyait à la façon dont Jolene frottait ses paumes l'une contre l'autre, tirait sur le bas de son T-shirt.

Elle se planta devant lui, les yeux à hauteur de son menton, le regard fixé sur sa chemise.

— C'est ridicule, Levi. Ils ont reçu une lettre, eux aussi. Que disait-elle ? questionna-t-elle d'une voix de nouveau posée.

Posée, mais intraitable, exigeante.

— Que tu étais en danger et que tu devais être protégée.

Il se cuirassa, prêt à encaisser la gifle ou la bourrade que risquait d'engendrer la suite de sa réponse.

— Ils n'y ont pas cru. Ils ont jugé que c'était la dernière tentative désespérée d'un père qui se sentait trop seul pour faire intégrer sa fille dans le programme.

— Quoi ? Et ils n'ont pas trouvé que sa mort constituait une étrange coïncidence ? protesta-t-elle en le repoussant des deux mains et en se dirigeant vers la porte du compartiment.

— Voyons, Jo, sois raisonnable… A quoi t'attendais-tu ? C'était la première fois en dix ans qu'il leur parlait de toi. Personne n'avait idée de ce qui avait bien pu le pousser à rédiger cette lettre. Au Bureau des marshals comme au ministère de la Justice, personne ne savait que ton père menait sa propre enquête sur l'affaire.

— Personne ? répéta-t-elle, la voix tremblante.

— Non. Même pas moi, assura-t-il calmement, prêt à bondir si elle tentait d'ouvrir la porte. S'il m'avait mis au courant, je l'en aurais empêché, il le savait.

— Il a renoncé à tout… et il a tout perdu.

— Pas tout, Jo, dit-il en s'approchant d'elle et en l'attirant doucement contre lui tout en s'efforçant de se blinder mentalement contre les émotions qui s'emparaient de lui.

Elle le repoussa. Il ne pouvait que comprendre sa colère et son dégoût.

— Arrête, proféra-t-elle, une intonation dure dans la voix. Je ne peux compter que sur moi. C'est toi qui me l'as enseigné il y a deux ans.

— Je sais. Tu étais la fille d'un témoin.

— Je ne peux pas être sûre que tu me dis toute la vérité. Si tu penses qu'il vaut mieux taire certaines…

— C'est vrai, coupa-t-il. Ma priorité, c'est de te protéger, que tu le veuilles ou non.

Elle frappa du plat de la main sur le mur, des larmes d'impuissance jaillissant de ses yeux.

— A la minute où nous quitterons ce train, je veux que tu t'en ailles.

— N'y compte pas.

— J'engagerai un détective privé pour poursuivre l'investigation. Et des gardes du corps.

— Ne sois pas stupide. Tu n'as pas les moyens de lutter contre le puissant ennemi auquel ton père fait référence dans sa lettre.

Des larmes de frustration roulèrent sur ses joues.

— Je suis sérieuse, Levi, assena-t-elle, son regard dérivant vers ses vêtements, où se trouvaient son téléphone et un petit porte-monnaie.

— N'y pense même pas, répondit-il, songeant qu'il avait bien fait de ranger la batterie dans son sac de voyage. Tu ne peux pas t'en sortir seule. Ton père le savait ; c'est pour ça qu'il a fait appel à moi. Tu as besoin de mon aide et je te l'apporte. Je ne te demande rien en échange.

— Ça, je sais. Tu as été très clair sur ce point, il y a deux ans.

Comment s'était-il mis dans cette situation inextricable ? songea Levi un moment plus tard, lorsque Jolene se fut étendue sur la couchette inférieure. Pas de partenaire. Pas de soutien fédéral. Aucun renseignement…

Il s'aspergea le visage d'eau puis se sécha.

Réfléchir.

Comme s'il n'avait pas fait que ça depuis l'arrivée de ces lettres ! Il avait été certain qu'il y aurait un début d'explication dans celle de Jolene. Qu'elle lui fournirait un point de départ, un indice.

Mais non. Rien. Joseph était mort. Jolene avait bien failli être tuée. Et il avait probablement perdu son emploi et les moyens de poursuivre l'enquête.

Comment pouvait-il assurer la sécurité de Jolene si elle refusait de se souvenir ? C'était leur seule chance. Retourner sur la scène du crime et prier pour que des images lui viennent.

Joseph avait été tellement certain que cette visite débloquerait ses souvenirs…

Dans neuf heures, désormais, il serait fixé. Mais il ne pouvait rien faire de plus pour le moment.

Ils avaient dépassé Little Rock et elle avait renoncé à s'enfuir. Du moins était-ce ce qu'elle avait promis, mais il ne lui faisait pas confiance. Plus que jamais, il restait sur le qui-vive.

Arrête de ressasser tout ça.

Il devait dormir un peu, lui aussi. Il s'assura que la porte était bien verrouillée, puis écarta le rideau juste assez pour laisser passer un rayon de lune. Son arme à la ceinture, il s'installa, assis dans le fauteuil, aussi confortablement que possible. La couchette supérieure était trop exiguë pour lui et il ne voulait pas faire déplacer Jolene.

Il la regarda, le dos tourné, le pied dépassant de la couverture. Dormait-elle profondément ou somnolait-elle seulement ? Il garda les paupières mi-closes pour voir si elle réagissait à ses mouvements.

Pensait-elle vraiment pouvoir lui échapper dans un train ? Où se cacherait-elle ?

Juste au moment où il commençait à se détendre, il vit le loquet de la porte tourner.

Le contrôleur ? A cette heure ? Non. Il se redressa, tenté de laisser l'intrus entrer, de le coincer… D'éliminer le danger.

Mais, seul, c'était trop risqué. Il devait protéger Jo qui était vulnérable, allongée sur sa couchette. Pourquoi diable avait-il rangé le gilet pare-balles avec ses affaires ?

Sans bruit, il quitta son fauteuil. Tirant Jo de sa couchette, il l'entraîna sur le sol tout en lui couvrant la bouche de sa main et s'allongea au-dessus d'elle pour la protéger.

Il vit la panique passer dans son regard, vite remplacée par une expression interrogative.

D'un doigt sur les lèvres, il lui intima le silence, se préparant à l'attaque.

Pas de coup de feu.

La porte était entrouverte, mais personne n'entrait.

Il abaissa sa bouche tout contre son oreille.

— Je vais me déplacer vers les couchettes. Toi, tu fonces dans la douche.

Elle hocha la tête et ils se mirent en position, prêts à bondir. A son signal, elle se précipita vers le cabinet de toilette tandis qu'il roulait sur le dos, l'arme pointée vers la porte.

Rien.

— Tu crois que quelqu'un a pu se tromper de porte ? demanda-t-elle quelques instants plus tard.

— Non. Elle était fermée à clé.

Elle regarda par l'entrebâillement de la porte.

— Alors, qu'est-ce que ça signifie ?

— Que ceux qui sont à tes trousses sont dans ce train.

4

Jolene, toujours accroupie dans la salle de bains, regarda les muscles des bras de Levi saillir tandis qu'il se postait en position de tir. Il était sur le sol, les bras tendus, la tête relevée, l'arme pointée sur la porte, immobile comme une statue, respirant à peine.

C'était absurde de penser en ces termes dans un moment pareil, mais, oui… Il était… sexy.

Sans un bruit, elle prit les vêtements qu'elle avait mis à sécher dans le bac à douche et les tint serrée contre sa poitrine. Lorsqu'elle releva les yeux, Levi secouait la tête, lui ordonnant de ne pas bouger. Trop tard. Au moins les aurait-elle s'ils devaient quitter le compartiment.

Ils continuèrent à attendre, elle, recroquevillée dans le cabinet de toilette, lui, l'œil rivé à la porte, pendant ce qui parut à Jolene être des heures, mais qui ne dura en réalité que quelques minutes.

Enfin, Levi se redressa lentement, en silence, et se dirigea vers la porte. Elle entendit le cliquètement de la serrure, puis celui d'un interrupteur qu'on actionnait à plusieurs reprises.

— Il n'y a plus de lumière, annonça-t-il à mi-voix.

— Tu ne te lances pas à leur poursuite ? souffla-t-elle.

— Pour me faire tuer à la première marche de l'escalier ?

— N'y a-t-il pas deux accès à l'étage ? dit-elle en pointant le nez par l'embrasure de la porte.

— Nous ne savons pas combien ils sont, répondit-il, le pistolet toujours braqué sur la porte.

— Il doit bien y avoir moyen de te faufiler hors de ce

compartiment à leur insu, insista-t-elle en se creusant la cervelle pour imaginer une solution.

— Comment ? Tu veux que je sorte par la fenêtre — qui ne s'ouvre probablement pas — et que je grimpe sur le toit d'un train lancé à pleine vitesse pour redescendre entre deux wagons et livrer bataille contre l'assassin sans nom et sans visage qui a essayé de s'introduire dans notre compartiment ?

— Ça me paraît raisonnable, répliqua-t-elle. C'est ce que font toujours les héros dans les films.

— C'est ça. Je ne suis pas idiot, Jo. Et je ne mettrai pas ta vie en péril en te laissant seule ici.

— C'est bon, je plaisantais.

Elle se redressa, remuant ses jambes ankylosées, espérant que M. Sexy allait lui permettre de sortir du minuscule cabinet de toilette. Mais à peine avait-elle esquissé un geste qu'il secoua la tête. Résignée, elle s'assit sur le couvercle rabattu des toilettes. Ce n'était pas idéal, ni très glorieux, songea-t-elle en posant une serviette en éponge sur ses genoux, mais, heureusement, il faisait sombre.

— Ce qui m'intrigue, c'est la façon dont ils s'y sont pris. Que cherchaient-ils ? dit-il, réfléchissant tout haut, en rangeant l'arme dans son étui et en appuyant sur le bouton d'appel du steward. Ils doivent vouloir me faire sortir du compartiment, sinon, ils nous auraient abattus à travers la porte. Il s'agit donc de ne pas leur faciliter la tâche. L'idée, c'est que je ne te quitte pas d'une semelle.

— Bon, mais... Qu'est-ce qu'on va faire, concrètement ?

— C'est simple. Toi, tu restes dans la douche jusqu'à l'arrivée à Dallas.

Jusqu'à Dallas ? Elle en avait eu l'idée la première, mais elle n'était pas réellement sérieuse, la veille au soir, lorsqu'elle s'était juré de rester barricadée dans la cabine de douche pendant tout le trajet.

— Tu plaisantes ?

— Non, Jo. Pas du tout.

C'était le marshal qui prenait les commandes — elle l'entendait à l'inflexion parfaitement calme et maîtrisée de sa voix. Maintenant qu'elle savait quel était son métier, tant de choses s'expliquaient... Cette façon qu'il avait de s'exprimer, de se tenir, comme s'il était toujours à l'affût de quelque chose, comme s'il surveillait tout. Elle y compris.

Elle avait pris cela pour de l'intérêt lorsqu'elle vivait sous le même toit que son père. Elle lui en avait terriblement voulu lorsqu'il avait balayé de façon si arbitraire l'attirance qui les poussait l'un vers l'autre, deux ans plus tôt. Et, en dépit des circonstances présentes, elle ne put s'empêcher de se demander une fois de plus ce que ç'aurait été d'être avec lui.

Oh ! bonté divine ! Qu'importait tout cela s'ils ne parvenaient pas à quitter ce compartiment vivants ?

— A ton avis, pourquoi n'ont-ils pas tiré, alors ? questionna-t-elle, revenant à la situation présente.

— Tuer un marshal dans un train attirerait trop l'attention.

— Et ils ne tiennent pas à attirer l'attention, conclut-elle. Levi, tu dis qu'ils ne savaient pas que tu étais en relation avec mon père. Mais alors, comment savent-ils que tu appartiens au Bureau des marshals ?

— Nom d'un chien ! maugréa-t-il d'une voix basse, coléreuse. Je me suis vendu.

Debout dans la pénombre, il avait l'air plus grand encore, avec sa silhouette qui se découpait sur le clair de lune qui filtrait par l'interstice des rideaux.

Il lui claqua la porte au nez. Brusquement plongée dans une totale obscurité, elle ressentit une brève panique. Mais elle ferma les yeux et songea aux fois où elle s'était habillée dans le noir, dans sa chambre d'université, pour ne pas réveiller ses camarades.

Elle enfila rapidement son pantalon et le reste de ses vêtements, tout en l'écoutant marmonner et débiter un chapelet de jurons à voix basse. Finalement, elle se colla à la mince cloison qui la séparait du compartiment.

— Ça t'ennuierait de me dire ce qui se passe ?

Entrouvrant la porte, elle glissa un coup d'œil par l'embrasure. Il se tenait près de la porte donnant sur le couloir, l'air furieux.

— Tu dis que tu t'es vendu... Tu veux bien m'expliquer ?

— Quand ils ont tué ton père, ils ont dû attendre que son corps soit réclamé. Je me suis présenté comme étant du Bureau des marshals. C'est comme ça qu'ils ont su qui j'étais. Je les ai conduits droit à toi.

— Oh.

La peur lui serra la gorge. Il était vraiment impossible de revenir en arrière, maintenant. Impossible de retrouver la vie terne et paisible d'assistante commerciale qu'elle s'était construite en Géorgie. Impossible de retourner dans la maison de son père, même sous la protection de Levi.

— Je suppose qu'ils ont attendu le moment où ils pensaient que nous serions endormis, déclara-t-il.

Elle était dedans jusqu'au cou, maintenant, totalement impuissante, avec pour seule planche de salut... Levi. Levi, son arme secrète. Si on lui avait dit ça quelques jours plus tôt, jamais elle ne l'aurait cru.

— Heureusement que tu ne dormais pas, dit-elle.

Il haussa un sourcil.

— Ils ont dû nous entendre et se raviser quand je t'ai fait te coucher par terre.

— Et c'est tant mieux, répliqua-t-elle.

Elle avait de la chance, se disait-elle pour la première fois. De la chance d'avoir Levi à ses côtés. Jamais elle n'aurait pu affronter ça toute seule, elle s'en rendait compte maintenant.

— Tant mieux ? répéta-t-il, fronçant les sourcils. Nous ne savons toujours pas qui ils sont et nous sommes bloqués à l'intérieur de ce train.

— C'est vrai, convint-elle.

La peur refluait, maintenant. Grâce à son arme secrète — Levi.

— Mais, maintenant, nous savons qu'ils sont là, souligna-t-elle.

Depuis l'endroit où il lui avait permis de s'asseoir, sur le sol, elle regardait Levi, installé sur la couchette du bas. Elle souhaita mentalement bonne chance à quiconque tenterait de s'introduire dans leur compartiment maintenant qu'il était paré. De son côté, elle aurait bien voulu se lever et se dégourdir les jambes, mais le seul endroit où il l'autorisait à se tenir debout était dans la cabine de douche. Et comme contempler la bonde d'évacuation au fond du bac constituait un spectacle peu captivant, elle restait donc assise sur un coussin, prête à rejoindre d'un bond son abri de fortune à la moindre alerte.

Levi se tenait dos à la fenêtre, la main posée sur la crosse de son arme, l'air calme, impavide… Presque à son aise.

Seule une chose encore ajoutait à sa frustration. A bien y réfléchir, elle pouvait tenir Levi pour responsable de cela aussi.

— C'est ridicule, grommela-t-elle dans sa barbe.

Elle éprouvait l'envie irrésistible de l'irriter juste un tout petit peu et elle savait qu'il détestait l'entendre marmonner.

— Tu répètes ça souvent.

— C'est ce que je ressens. On ne peut quand même pas rester plantés là jusqu'à la nuit des temps.

Il ne prit pas la peine de répondre, mais elle n'eut aucun mal à interpréter le regard qu'il lui décocha. C'était celui qu'il lui adressait chaque fois qu'elle ouvrait la bouche depuis une demi-heure. Il signifiait « Et pourquoi pas ? »

— Et s'ils reviennent ? demanda-t-elle pour la dixième fois.

Il tapota son arme du bout du doigt.

Elle avait été tellement habituée à voir les armes des autres marshals depuis son enfance que voir Levi manipuler la sienne ne l'impressionnait nullement. Elle espéra simplement qu'il toucherait sa cible lorsqu'il s'en servirait et qu'aucune balle ne traverserait les parois.

— Et ensuite, Levi ? Nous n'avons nulle part où nous mettre à l'abri. Pas de baignoire ni de mur capable d'arrêter leurs projectiles s'ils reviennent pour nous abattre. J'ai l'impression d'être une souris coincée dans un piège mortel !

— Nous en avons déjà discuté. Nous ne pouvons pas prévoir ce qu'ils vont faire ni quand ils vont frapper. Tu ne crois pas qu'il est plus sûr de rester ici, dans ces conditions ?

— J'ai échafaudé des tas de scénarios et tu n'es favorable à aucune de mes idées ! Même pas quand je te suggère d'appeler ta responsable. Alors, pour changer, c'est toi qui vas répondre à une question : si tu étais à la place des méchants, quelle raison aurais-tu pu avoir de tenter de pénétrer dans notre compartiment comme ils l'ont fait tout à l'heure ?

Elle vit ses yeux se rétrécir, le bout de ses doigts frotter la barbe d'un jour de son menton. Ses yeux bruns avaient la profondeur veloutée du chocolat, ce qui lui rappela à quel point elle était affamée. Et pas seulement de nourriture... Elle brûlait d'envie de retrouver la proximité qu'ils avaient partagée. Elle lui manquait.

Se rend-il compte que j'ai l'impression d'une douce caresse chaque fois qu'il me frôle, même par inadvertance ?

Le regard de velours s'arrêta sur le sien tandis que le haut de son corps se tournait légèrement vers elle.

— J'abattrais mes cibles pendant que tout le monde dort, je retournerais m'asseoir tranquillement à ma place et je descendrais au prochain arrêt. Les corps ne seraient pas découverts avant l'arrivée à Dallas.

— Et si ça ne marchait pas comme prévu, que ferais-tu ?

— J'attendrais que le train ralentisse à l'approche d'une ville pour recommencer. Et, ensuite, je sauterais.

— Alors, dans ce cas, pourquoi ne pas sortir d'ici ? Il faut que nous trouvions le moyen de les prendre de court.

Elle n'était pas claustrophobe — du moins, pas en temps normal — mais rester dans ce cube de moins de deux mètres de côté commençait à devenir vraiment oppressant.

— Et de ne pas nous faire tuer en mettant ce plan en œuvre.

Il lui adressa un demi-sourire.

— Une chose est certaine : dès que le steward viendra, nous profiterons de sa présence pour sortir de ce « piège mortel ».

Ses yeux scintillèrent tandis qu'il reprenait à son compte l'expression qu'elle avait employée pour décrire leur compartiment.

— S'il vient un jour ! Tu l'as appelé deux fois.

— Je lui ai graissé la patte pour qu'il vienne à 5 h 30,

répondit-il en consultant sa montre. Dans un quart d'heure. Nous sortirons à Texarkana.

— Levi Cooper…, commença-t-elle d'un ton menaçant. Tu avais tout prévu depuis le début.

— Et puis après ?

— Je suis capable d'entendre la vérité, pour l'amour de Dieu !

— Je n'en ai jamais douté.

Le douloureux souvenir du baiser d'adieu qu'il lui avait donné n'aida en rien Jolene à recouvrer son calme.

S'il lui avait révélé qu'il était un marshal quatre ans plus tôt, peut-être la perspective d'une relation avec lui ne l'aurait-elle même pas effleurée. Mais non. Il s'était contenté d'un laconique « Il ne peut rien y avoir entre nous » qui lui avait brisé le cœur et ne l'avait pas empêchée de continuer à penser à lui et de se demander ce qu'elle avait bien pu faire de travers.

Bon sang, elle était capable d'accepter que, beau comme un Dieu ou pas, il n'était pas fait pour elle ! Elle en avait assez qu'on ne lui assène que des demi-vérités « pour son bien », assez de ne pas pouvoir dire qu'elle n'aimait pas les montagnes russes, ni les bateaux *offshore*, ni même *regarder* les voitures de course. Parce qu'il aurait fallu expliquer pourquoi et que cela aurait établi le lien avec une femme dont la vie s'était arrêtée à l'âge de cinq ans.

Une femme dont elle avait vu la pierre tombale, hier.

Tout l'intérêt de ce moment résidait dans le fait qu'elle tendait — enfin — vers la vérité. Le fait d'être avec Levi signifiait qu'il n'y aurait plus de secrets, plus de mensonges sur elle-même.

Et pourtant, il lui cachait encore des choses, elle le savait. Elle avait appris à considérer la situation avec plus de recul depuis qu'elle n'était plus sous l'œil attentif de son père.

— Pourquoi ne m'as-tu pas dit quel était ton plan ?

Il se leva, s'étira, haussa les épaules, puis s'avança vers elle et lui tendit la main. Elle la prit mais ne se leva pas, attendant qu'il lui réponde.

— L'autre possibilité, c'était que je t'embrasse pour détourner ton attention. En deux ans, c'est la plus longue conversation que nous ayons eue sans que cela se termine par une dispute. Tu as émis des tas d'idées et, finalement, tu as eu celle qui me convenait. Si je devais improviser, alors nous devrions tout recommencer. Tu réagis mieux lorsque l'idée vient de toi.

La stupéfaction qui avait dû se peindre sur son visage lorsqu'il avait parlé de baiser ne l'arrêta pas. Un baiser ? Il avait songé à l'embrasser ?

— Je n'arrive pas à croire que tu aies dit ça.

Il l'attira à lui d'une main ferme. Elle se laissa faire. Elle était prête. Prête à sentir ses lèvres s'emparer de nouveau des siennes. Pour voir si c'était aussi bon que le souvenir qu'elle en avait gardé.

— Tu as dit que tu étais capable d'entendre la vérité, souffla-t-il d'une voix chargée de désir.

— Puisque nous en sommes à parler de vérité… Pourquoi m'as-tu embrassée à l'aéroport, avant mon départ pour la Géorgie ? Tu as dit qu'il ne pouvait rien y avoir entre…

Il lui souleva le menton et plongea son regard dans le sien.

— Je t'ai embrassée parce que, justement, il ne fallait pas que je le fasse.

Elle se rappela la pression fervente de ses lèvres sur les siennes, la perfection de cet unique baiser. Sa mémoire avait-elle embelli la réalité ?

— Et maintenant ? Vas-tu une nouvelle fois ne *pas* le faire ?

Tout à coup, peu importait que Levi s'apprête ou non à l'embrasser. Elle brûlait d'envie de poser ses lèvres sur les siennes.

Elle se hissa sur la pointe des pieds, enfouit son visage dans son cou, embrassa la peau nue. Les mains de Levi encerclèrent fermement sa taille et son dos, et il la tint serrée contre lui, la soulevant presque de terre.

Ils se fondirent l'un dans l'autre. Tout était comme dans son souvenir. Elle n'avait pas exagéré l'excitation délicieuse que faisait naître en elle sa bouche sur la sienne. Tout son être se mit à fourmiller de désir, la propulsant dans un univers de plaisir qu'elle ne voulait plus quitter.

Les mains de Levi se glissèrent sous son large T-shirt. Lorsqu'elles entrèrent en contact avec sa peau, elles effleurèrent d'une caresse légère toute la surface de son dos tandis qu'il la tenait toujours plaquée contre son corps dur comme le roc. Puis il la relâcha doucement jusqu'à ce que ses pieds reposent de nouveau à plat sur le sol. Elle promena ses mains le long de ses bras, savourant la fermeté de ces muscles qu'elle avait admirés toute la journée, pressée de poursuivre plus avant son exploration.

Pressée de renouveler l'expérience de cet ardent baiser.

Un petit coup frappé à la porte du compartiment les interrompit.

— Ce doit être l'un des stewards, Max ou Dave. Tu es prête ? demanda-t-il calmement.

Elle se sentait vibrer de l'intérieur, et cela n'avait rien à voir avec les cahots du train qui filait sur la voie ferrée de l'Arkansas. Il avait l'air tellement imperturbable… Elle posa une main sur son torse et sentit les battements de son cœur, aussi précipités que les siens. Leurs yeux se croisèrent et elle vit le sourire qui étirait ses lèvres et lui confirmait qu'elle savait à quoi s'en tenir désormais, quelles que soient les apparences, quoi qu'il dise ou fasse.

— Oui. « Ne faire confiance à personne et être toujours prête à tout. »

Son père lui avait répété si souvent ce conseil qu'il était imprimé à jamais dans son esprit.

— Tu as prévu tout ça avant notre départ de Saint Louis ?

Il hocha la tête.

— Tu as aussi réservé ces couchettes avant…

— Oui… Au cas où. Avant le départ, je suis allé voir deux employés de longue date de la compagnie Amtrak. Deux hommes que j'étais sûr de reconnaître lorsque je les verrais. Ceci afin d'éliminer la possibilité que quelqu'un tente de s'introduire dans notre compartiment en se faisant passer pour eux.

Escortés par les stewards, ils se rendirent au wagon-restaurant, sans encombre et sans rencontrer âme qui vive. Jolene s'assit sur un tabouret de bar tandis que les deux employés s'éloignaient.

— J'ai beau être morte de peur, c'est tellement agréable de sortir enfin de cette pièce… Je suis épuisée, mais je meurs de faim.

Ce qu'elle aurait voulu, c'était s'étendre sur un lit et dormir une journée entière. Puis se réveiller et envisager l'éventail des possibilités avec Levi.

— C'est l'adrénaline qui redescend, commenta Levi.

— C'est pour ça que j'ai l'impression que le train roule moins vite ?

— Non. Il ralentit… On dirait qu'ils freinent.

L'espace d'une demi-seconde, la surprise passa dans le regard de Levi, aussitôt supplantée par un froncement de sourcils.

— Tu entends ça ?

On s'agitait dans la voiture voisine. Du bruit leur parvenait, de plus en plus fort… Des cris d'effroi. Ils étaient au milieu de nulle part. Pas la moindre lumière à l'horizon. Seul le clair de lune qui éclairait des prairies désertes à perte de vue. A des kilomètres du moindre secours.

— Que se passe-t-il ? Pourquoi nous arrêtons-nous ?

— Au feu !

Le mot était étouffé, de l'autre côté de la porte, mais ils l'entendirent tous deux distinctement.

— Ça n'est pas une coïncidence, n'est-ce pas ? s'enquit-elle.

— Non. S'ils ont ouvert la porte de notre compartiment, ce devait être pour nous inciter à sortir. Ils ne veulent pas te tuer, Jo.

Il balaya le wagon-restaurant, encore presque vide, d'un bref regard.

— Ces salauds doivent vouloir quelque chose que tu as.

Un frisson glacé la parcourut. *Quelque chose… d'inaccessible. De sombre…* Et, pfft ! L'image disparut.

Une famille pénétra dans le wagon. A la façon dont la

mère agrippait les épaules de ses enfants et à l'expression fixe, égarée, de ses yeux, on voyait qu'elle était terrifiée. Jo songea qu'elle était en partie responsable de la situation ; si elle avait écouté Levi à propos de l'enterrement…

— Tout ce qui arrive est ma faute, dit-elle. Si j'avais…

— Pas de ça, l'interrompit Levi. Tu n'es pas responsable.

Il sortit le gilet pare-balles de son sac et le passa par-dessus la tête de Jolene.

Il avait raison, se raisonna Jolene. Ce n'étaient pas eux qui avaient mis le feu. Et elle, qu'avait-elle fait, sinon entrer dans la cuisine alors que les adultes étaient en train de discuter ? Elle savait bien qu'elle n'aurait pas dû et qu'elle risquait de se faire gronder, mais elle s'était fait mal au doigt et avait besoin de l'aide de maman…

Oh ! mon Dieu !

— Levi ! Je…

Mais il ne l'entendit pas. L'alarme s'était mise à sonner, les passagers envahissaient maintenant le wagon-restaurant. Les cris et les pleurs couvraient le son de sa voix. Il fallait qu'elle s'accroche à ce souvenir de son passé, quand elle avait cinq ans. Et qu'elle sorte de ce train !

Quand ils seraient en sécurité, elle raconterait à Levi le cauchemar de l'arc-en-ciel. Un prisme en cristal accroché à la fenêtre de la cuisine de son enfance projetait des points lumineux et colorés dans toute la pièce chaque jour, à une certaine heure, lorsqu'il était traversé par le soleil. Et puis il y avait… cet homme au visage *d'arc-en-ciel*. C'était un souvenir incompréhensible, sans doute déformé par l'imagination d'une enfant de cinq ans.

— Jo ? Tu m'entends ? Je pense qu'ils veulent t'avoir en vie. N'aie pas peur. Le gilet est une simple mesure de précaution.

Je me suis rappelé la dernière fois que j'ai vu maman en vie !

Elle avait envie de le lui crier haut et fort, mais ce n'était pas le moment.

Levi était déjà en train de passer de l'autre côté du comptoir et lui faisait signe de l'imiter. Elle s'aperçut qu'il lui avait mis le gilet pare-balles pendant qu'elle était absorbée dans son cauchemar. Il l'aida à se rétablir de l'autre côté du bar, puis la prit aux épaules, le regard plongé dans le sien.

— Ne t'écarte de moi sous aucun prétexte, d'accord ? Quoi qu'il arrive, même si quelqu'un te supplie de l'aider.

Elle inclina la tête.

Tout en parlant, il avait pris un torchon qu'il avait passé sous l'eau. Il le lui tendit.

— Garde-le devant la bouche, ordonna-t-il. Ça t'aidera à respirer malgré la fumée. Dès que le train sera à l'arrêt, on se dirige vers la porte. Tu t'accroches à ma ceinture, O.K. ?

Elle hocha la tête de nouveau.

Les gens affluaient, de plus en plus nombreux, du wagon voisin, et avec eux, des volutes de fumée âcre qui commençaient à former un nuage épais au-dessus de leurs têtes, rendant l'air de plus en plus irrespirable et faisant grimper la panique d'un cran chez les passagers, affolés.

Le train s'arrêta dans une secousse, créant un mouvement de foule incontrôlable. Tout le monde se pressa vers la porte. L'un des stewards qui s'étaient montrés si serviables trébucha juste à la gauche de Jolene. Mais la poussée de la foule continuait. Il fallut l'intervention in extremis de trois hommes pour stopper le flot de gens le temps que le steward se relève.

Il devenait difficile de respirer. Jolene ne pouvait plus prendre la grande inspiration que ses poumons réclamaient. Ses yeux la piquaient, pleuraient, brouillant sa vision. Cramponnée à Levi, elle n'avait qu'une main pour maintenir la serviette mouillée sur son nez et sa bouche.

Levi tenait bon, fermement campé sur ses deux jambes, laissant la foule avancer devant eux. Jolene tourna ses pieds le long du mur, mais à la quatrième ou cinquième fois qu'on lui marche dessus, elle poussa un cri de douleur et perdit la serviette humide.

— Ne me lâche pas ! Reste avec moi ! cria Levi pour se faire entendre par-dessus le vacarme ambiant.

Elle ne comprit pas lorsqu'elle le vit se tourner du côté d'où la fumée arrivait, vers le wagon en feu. Le flot de passagers arrivant par le sas qui reliait les wagons ne se tarissait pas. En avançant à contre-courant, elle perdit sa prise sur sa ceinture et passa le bras dans la lanière de son sac.

— Qu'est-ce que vous faites ? lança un homme en uniforme Amtrak à Levi. Il n'y a pas de sortie par là. Toutes les autres portes sont bloquées. La seule issue, c'est le wagon-restaurant !

A cet instant, quelqu'un lui écrasa encore une fois le pied. Elle poussa un hurlement de douleur. Heureusement, Levi tendit le bras en arrière et lui pressa brièvement l'avant-bras. Cela lui donna la force de tenir bon.

Elle remonta l'encolure de son T-shirt devant sa bouche. La fumée de plus en plus épaisse l'empêchait de voir à plus de quelques centimètres, maintenant. Elle agrippait toujours fermement la bandoulière du sac de Levi, craignant d'être la prochaine personne à être renversée par la foule.

Puis, subitement, la lanière mollit sous ses doigts. Elle tendit le bras au maximum, affolée, essayant désespérément de se raccrocher à la ceinture de Levi.

— Levi !

Mais son cri pathétique resta lettre morte. Elle vit le sac tomber par terre et Levi disparaître dans les volutes de fumée noire. Il devait se rendre compte qu'elle n'était plus là puisque le sac était tombé.

Il allait revenir sur ses pas. La retrouver. Elle avait confiance en lui.

Le gilet pare-balles avait dû se prendre dans quelque chose. L'encolure de son T-shirt appuyait sur sa gorge, l'étranglait. Elle tira frénétiquement dessus pour se libérer tandis que la distance qui la séparait de Levi s'accroissait inexorablement. La gorge la piquait tant qu'elle se mit à tousser. Ses yeux pleuraient, mais elle apercevait la veste Amtrak devant elle, pas loin.

L'envie était grande de se baisser pour aspirer une bouffée d'air moins suffocant, mais c'était trop dangereux. Elle ne pouvait pas lutter contre le mouvement de tous ceux qui essayaient de s'échapper.

Elle s'était sentie plus en sécurité, quelques secondes plus tôt, accrochée à Levi qui l'entraînait vers l'origine de l'incendie que poussée vers la sortie comme elle l'était maintenant. Tout à coup, dans une dernière bousculade, elle se sentit projetée hors du wagon, aspirant à pleins poumons de l'oxygène.

Terrifiée.

SMS : Numéro masqué 06 :02
Cible atteinte.

5

— Bon sang ! Qu'est-ce qui s'est passé ?

Levi prit appui sur le bord d'un siège pour se redresser, désorienté. Il était seul dans une voiture de voyageurs remplie de fumée. Il se laissa tomber à genoux, courbé en deux par une quinte de toux.

De la fumée, oui… Mais pas de chaleur.

Il jeta un coup d'œil à sa montre ; il n'était resté inconscient que quelques minutes.

— Jo !

Tout ce qu'il se rappelait, c'était son sac heurtant le bas de ses jambes. Il s'était retourné pour attraper Jolene, il avait même cru l'entendre l'appeler dans le chaos. Puis plus rien. Elle était entre leurs mains, il n'en doutait pas. Il ne s'était pas téléporté tout seul dans ce wagon.

Frottant l'arrière endolori de son crâne — là où on l'avait frappé — il se maudit une fois de plus pour avoir échoué à protéger Jolene — ça devenait une habitude. Et, cette fois, ça pourrait bien être fatal à la jeune femme.

Bouge-toi… Retrouve-la !

Mais c'était plus facile à dire qu'à faire. La porte par laquelle on l'avait traîné jusqu'ici était fermée. Plus de sac. Plus d'arme.

Les fenêtres… Trouver le marteau de secours brise-vitre.

Il ne voyait rien. Fermant les yeux, il remonta le bas de sa chemise devant sa bouche. Palpant la paroi pour se diriger dans le noir, il se représenta mentalement la disposition des lieux qu'il avait mémorisée en faisant son tour de repérage.

Il y avait un dispositif de secours et un marteau près de la porte. Du bout des doigts, il localisa la vitre.

Le marteau en main, il s'accroupit pour trouver un peu d'air respirable. Il prit une inspiration, se redressa et frappa de toutes ses forces la vitre.

Jo est en danger. Son salut dépend de toi. Dépêche-toi !

Enfin, une bouffée d'oxygène salvatrice emplit ses poumons. Il inspira à fond, toussa, repoussa le masque que des mains secourables plaquaient sur son visage. Pas le temps…

— Je suis marshal, réussit-il à proférer entre deux quintes de toux. Sécurisez le site. Personne ne doit approcher ni quitter les lieux !

Il ouvrit les yeux, mais ils continuaient à larmoyer à cause de la fumée. Il distingua malgré tout Dave et Max juste devant lui.

— Dave, la jeune femme qui m'accompagnait… Est-ce que vous l'avez vue ?

L'homme écarta un instant le masque à oxygène de sa bouche.

— On est en rase campagne… C'était la panique. On n'a pas pu réunir tout le monde.

L'autre steward se pencha vers Levi.

— Elle est sortie… Elle était près de la porte ; elle m'a dit que vous étiez à l'intérieur. Elle m'a obligé à retourner vous chercher. Et puis on vous a entendu casser la vitre.

Mais où était-elle maintenant ? se demanda Levi, plié en deux, cherchant toujours à reprendre son souffle. *Si jamais quelque chose lui arrivait…* Une sirène, tout à coup, annonça l'arrivée des pompiers. Ils n'étaient donc pas si loin d'une ville.

— Où sommes-nous ?

— Au nord de Texarcana. La ville la plus proche est Hope, en Arkansas, répondit Dave.

Les secours approchèrent, l'aidèrent à se redresser sur ses jambes flageolantes. Il avait besoin d'aide ; il ne pouvait pas retrouver Jolene tout seul. Bon sang, c'était à peine s'il arrivait à mettre un pied devant l'autre !

— On va vous conduire à l'hôpital. Vous avez plusieurs

blessures qui nécessitent des points de suture. Et vous avez reçu un coup à la tête.

Un pompier. Levi leva les yeux vers l'homme qui le soutenait.

— Ça attendra. Je suis marshal. Je recherche une personne qui était dans le train. J'ai fait boucler tout le périmètre.

Tout en parlant, il balayait les alentours du regard, cherchant Jolene dans la foule. Mais une femme plutôt petite n'était pas facile à repérer au milieu de cette effervescence.

— Dave, vous avez votre téléphone. Essayez de demander si quelqu'un l'a vue… Non, attendez ! Je crois que le type qui m'a assommé portait un uniforme Amtrak.

Il se tourna vers le pompier.

— Trouvez-moi un officier qui puisse lancer un appel.

Avant que le pompier n'ait eu le temps de réagir, Levi vit du coin de l'œil quelqu'un qui s'avançait vers eux. Un shérif adjoint. Il vint se planter devant lui.

— Montrez-moi votre badge d'identification, mon vieux. Je ne vais pas vous laisser continuer à tout mettre à feu et à sang sans savoir qui vous êtes.

— Tout mettre à feu et à sang ? La vie d'une femme est en jeu ! Il faut que je la retrouve… tout de suite.

— Ces fumigènes ont déjà fait un mort. Et c'est moi qui donne les ordres tant que vous ne m'aurez pas montré votre badge et expliqué ce que vous faisiez dans ce train.

Un mort ? Un mort ! Seigneur ! Non, ce ne pouvait pas être elle !

Il chercha fébrilement dans sa poche arrière. Dieu merci, le badge y était encore. Il le brandit sous le nez de l'adjoint.

— Marshal Levi Cooper, de Denver. J'escortais une… une personne d'importance. Alors maintenant…, assena-t-il en plissant les yeux pour déchiffrer l'identification du policier. Adjoint Fordham, veuillez transmettre immédiatement son signalement… Une femme blanche, vingt-cinq ans, un mètre soixante, yeux vert émeraude. Elle portait tout à l'heure un pantalon gris et un T-shirt bleu roi à l'effigie d'Amtrak trop grand pour elle de quatre tailles.

— O.K. Des yeux vert… *émeraude*, c'est bien ça ? répéta

le shérif adjoint avant de s'éloigner, l'air goguenard, vers le train en portant sa radio à sa bouche.

— Je fais passer le mot, déclara Dave qui, à son tour, s'éloigna avec Max.

Levi se tourna vers le secouriste qui soignait tant bien que mal sa blessure.

— Le shérif adjoint a dit qu'il y avait un mort. Qui était-ce et où se trouve le corps ?

— Là-bas, près de l'ambulance.

— Je voudrais le voir.

L'homme l'emmena jusqu'à l'arrière du train.

A côté du véhicule se trouvait une civière posée par terre, sur laquelle reposait un corps enveloppé dans une housse mortuaire, comme si les secouristes s'attendaient à ce que de nombreux autres viennent le rejoindre.

Levi s'approcha, le cœur serré. Il allait être fixé dans une seconde.

— Voulez-vous que je vous aide ? demanda le jeune pompier.

— Non, merci.

Il avait beau avoir vu son lot de cadavres, jamais il ne s'était habitué à regarder un corps sans vie. Lentement, il ouvrit la fermeture Eclair de la housse de plastique noir, redoutant que ce soit le dernier souvenir qu'il conserverait de Jolene.

— C'est elle ? Cheveux bruns, taille moyenne, chemise bleue. C'est votre amie ?

Les similitudes le frappèrent avec plus de force encore que le coup qu'il avait reçu à la tête, mais il fit un signe de dénégation.

— Non.

Il referma le sac et se releva un peu trop vite. La tête lui tourna. Il se passa une main dans les cheveux, incapable de savoir quoi faire… Il avait eu tellement peur que ce soit Jolene… La ressemblance était trop frappante pour être le fruit du hasard. Soit ses ennemis l'avaient prise pour Jolene, soit ils avaient tué cette femme pour détourner l'attention pendant qu'ils prenaient la fuite.

— Où l'a-t-on trouvée ?

— Dans le wagon-restaurant.

C'était pour détourner l'attention.

Levi tourna sur lui-même, balayant les environs du regard. Un camion de pompiers, deux ambulances, de nombreux autres véhicules, des gens, partout, attendant de pouvoir être acheminés jusqu'à leur destination.

— Nous sommes arrivés les premiers sur les lieux et aucun volontaire n'a été autorisé à se garer ici. Leurs véhicules sont tous sur la route, là-bas.

— C'est là qu'elle doit être, dit Levi en se mettant à courir.

A moitié sonné ou pas, il n'allait pas perdre Jo encore une fois.

— Prenez votre matériel et venez avec moi ! lança-t-il au pompier par-dessus son épaule.

— Je ne sais pas si je pourrai vous aider, marshal, dit le pompier en le rattrapant pour venir se placer à sa hauteur. Je pourrais être utile aux voyageurs, en revanche…

Ils atteignirent la route à une seule voie, bordée de part et d'autre de profonds fossés.

— Ils ne devaient pas s'attendre à une route de ce genre, observa Levi, plus pour lui-même qu'à l'adresse du jeune pompier. Il est peut-être encore temps…

— Je ne suis pas sûr de vous suivre, monsieur.

— Regardez… Là-bas !

Chaque fois que son pied entrait en contact avec l'asphalte, une vive douleur fusait dans sa boîte crânienne, mais Levi n'en avait cure. Une voiture était sur le bas-côté, deux roues à moitié dans le fossé. Deux hommes tournaient autour, regardant les roues et se grattant la tête. Le véhicule avait dû atterrir là par suite d'une fausse manœuvre alors que son conducteur tentait de doubler la longue file de voitures et de camions garés pare-chocs contre pare-chocs.

Machinalement, sa main se porta à sa ceinture. Pas d'arme, mais, dans l'obscurité, cela pouvait faire illusion.

— Vous connaissez ces types ? demanda-t-il.

— Bien sûr… C'est la voiture de Craig.

Levi s'avança vers le véhicule bloqué.

— U.S. marshal. Veuillez ouvrir votre coffre, s'il vous plaît.

L'homme qui devait être Craig se gratta une nouvelle fois la tête et se dirigea sans se presser vers l'arrière de la voiture.

— Figurez-vous que je viens juste d'appeler le shérif. C'est Stan qui a repéré ma voiture ici. Le type qui voulait la voler a dû prendre peur en voyant qu'il était coincé. Mais, dites-moi, pourquoi y a-t-il un marshal ici ?

Levi dut se faire violence pour ne pas le secouer et l'obliger à se dépêcher.

Le cœur battant, il attendit d'entendre le déclic de la serrure. Ce devait être ça. Quelqu'un volant une voiture… finissant sa course dans le caniveau, en cherchant une autre. Les deux fermiers du coin avaient de la chance d'être encore de ce monde !

Jo devait être là. *Forcément.*

Enfin, le hayon se souleva. Le soulagement de Levi fut tel qu'il en oublia la douleur et la tension. Elle était vivante ! Ils l'avaient épargnée. Il avança en titubant.

— Il y a quelqu'un à l'intérieur. Craig, appelez le shérif.

Le jeune pompier s'approcha aussitôt et prit le pouls de Jolene, puis la secoua doucement par l'épaule.

— Elle est inconsciente, mais ça va.

Craig et son ami partirent en courant vers le train.

Levi dut prendre son mal en patience, le temps que le pompier examine Jo. Il n'arrivait pas à réfléchir, encore moins à se concentrer. Mais une chose était certaine : il ne la quitterait pas. Il laisserait les autorités locales s'occuper de rechercher ses ravisseurs.

— Je pense qu'elle a été droguée. Je ne peux rien faire d'autre que la faire transporter à l'hôpital, annonça le secouriste.

— Je reste avec elle. Faites le nécessaire pour que nous soyons partis dans trois minutes.

— Oui, monsieur.

Le pompier repartit au pas de course, parlant dans sa radio.

Levi se laissa tomber auprès de Jolene, que le pompier avait allongée sur le sol. Celui ou ceux qui avaient tenté de l'enlever étaient déjà loin. Mais ils allaient revenir. La marge de manœuvre dont il disposait était extrêmement réduite.

Il caressa tendrement les cheveux de Jolene, les repoussant derrière ses oreilles, découvrant une petite cicatrice qui n'était pas là la première fois qu'il l'avait embrassée.

Mais il savait tout de la façon dont elle se l'était faite, par le rapport mensuel qu'il recevait. Une chute alors qu'elle faisait du roller avec un ami, quatre mois plus tôt. Trois points juste au-dessus du lobe de l'oreille droite. Il effleura la petite marque du pouce.

— Si jamais je rencontre le jeune Darrell Taylor, je lui expliquerai ce que doit être un rendez-vous galant. Je n'ai jamais dit à ton père que tu avais dû aller aux urgences. Toi non plus, d'ailleurs. Allez, ma chérie, tiens bon.

Ils ne l'avaient pas tuée, simplement droguée pour qu'elle les suive sans faire d'histoires. Quand il les coincerait — et il se fit le serment que cela arriverait — plus jamais ils ne pourraient lui faire du mal.

6

Jolene essaya d'ouvrir les yeux, mais les couvrit aussitôt de sa main. Elle avait tellement mal à la tête qu'il lui fallait un antalgique — quelque chose de plus fort que ce qu'elle avait dans son armoire à pharmacie. Elle se massa les tempes, puis laissa retomber sa main… qui rencontra un mur.

Un mur ? Tout à coup, tout lui revint en bloc.

— Levi ?

— Ah, te voilà réveillée. Bienvenue parmi nous.

Il émergea de la salle de bains de l'hôtel, torse nu.

— Qu'est-ce qui s'est passé ?

— Tu as dormi pendant plus de vingt-quatre heures d'affilée, annonça-t-il en prenant un T-shirt posé sur le dossier d'une chaise. La salle de bains est à toi.

J'ai perdu une journée entière ?

— La dernière chose dont je me souviens, c'est le steward retournant te chercher dans le train.

— C'est la version courte. Le type qui était à nos trousses t'a droguée. En bref, je t'ai retrouvée avant qu'il ne t'enlève, je t'ai emmenée à Dallas contre l'avis des médecins après avoir récupéré mon arme grâce à l'aide des stewards — et j'ai pris une chambre dans cet hôtel.

— Et le type qui a allumé l'incendie ?

Elle regarda autour d'elle. Un seul grand lit. Levi avait dormi ici aussi, l'oreiller, à côté d'elle, l'attestait.

— En fait, ce n'étaient que des fumigènes. Et, oui, j'ai dormi dans le lit. Mais ne va pas te faire des idées… Je ne t'ai pas laissée profiter de moi.

Lisait-il si facilement en elle ? Elle se leva, bien décidée à mettre un peu de distance entre elle et lui. Sa seule possibilité était la salle de bains qu'il venait de libérer. Elle tira la porte coulissante derrière elle.

Pas de serrure sur la porte ? Quel genre d'hôtel est-ce ?

— Quelle prétention ! lança-t-elle de l'autre côté de la porte.

Mais elle ne fut pas pour autant débarrassée de lui car, lorsqu'elle entra dans la cabine de douche, la vapeur était encore chargée de son odeur. Elle regarda le pain de savon qu'il avait utilisé — son parfum. Frais comme une pluie d'été purifiante.

Les choses étaient si différentes et, pourtant, elle-même n'avait pas changé. Elle contempla son reflet dans le miroir — elle était toujours la même personne que celle qui avait assisté à l'enterrement de son père. En dépit d'un mal de tête lancinant, elle avait faim et se sentait reposée. Pas différente de n'importe quel autre matin lorsqu'elle se préparait avant de partir travailler.

Oh ! mon Dieu.

— Ce ne sont pas mes vêtements.

— Non… En fait, ils sont toujours à l'hôpital, l'informa-t-il, tout près de la porte, à en juger par la proximité de sa voix.

Elle se retint au plan de toilette, mortifiée à l'idée qu'il l'ait vue nue.

— J'ai convaincu une infirmière de t'habiller et de te faire sortir en douce au moment du changement d'équipe, continua-t-il. Comme ça, si jamais quelqu'un se renseigne sur ton compte, ton nom figure toujours dans le registre des entrées comme si tu étais encore hospitalisée et qu'on t'avait simplement changée de chambre. Ça nous laisse une longueur d'avance.

— Oh.

Elle s'était approchée de la porte, comme aimantée par le son de sa voix. Un léger soupir lui échappa. Etait-ce une pointe de déception qu'elle éprouvait ? Non, bien sûr que non ! C'était ridicule.

— On a été séparés, déclara-t-elle.

Elle pouvait ouvrir la porte, mais, si elle le faisait, elle aurait envie qu'il la prenne dans ses bras et elle avait peur que le baiser qu'ils avaient échangé ne soit qu'une nouvelle manœuvre de diversion.

— On a tenté de m'enlever. Encore une fois.

— Je sais que tu dois en douter pour le moment, Jo, mais je te promets que tu es en sécurité avec moi.

Sa voix était toujours aussi proche, mais son intonation était plus douce, remplie de regret.

— Je ne m'éloignerai plus une seconde de toi tant que je ne t'aurai pas confiée à la garde d'un autre marshal.

Elle ouvrit la porte.

— Tu vas me laisser ? le questionna-t-elle, prise de panique.

Si elle entrait dans le programme de protection des témoins, il lui faudrait tout recommencer, s'inventer une nouvelle vie — encore une fois — en abandonnant tout derrière elle. Son appartement, son travail, ses amis… Levi.

Il posa les mains sur ses épaules. Fermement, mais sans entraver ses mouvements… Juste assez fermement pour faire naître en elle l'envie qu'il s'approche davantage.

— C'est la seule solution. Et c'est ce que voulait ton père.

— Mais pas moi.

Elle passa devant lui, le bousculant au passage pour être bien certaine de ne pas céder à la tentation, puis fit volte-face.

— Et je ne crois pas que mon père ait réellement voulu cela pour moi. Il m'a convaincue de quitter Boulder justement parce qu'il voulait que j'aie une vie normale au lieu de passer mon temps à regarder par-dessus mon épaule, comme lui l'a fait pendant vingt ans.

— Ce n'est pas ce que disait sa lettre.

— Sa lettre disait que j'aurais besoin d'être protégée *si* la mémoire me revenait. Mais ce n'est pas le cas. Je ne *veux* pas me souvenir !

Concentre-toi sur la situation, pas sur l'homme. Réfléchis.

Elle se dirigea vers la fenêtre qui surplombait la périphérie de Dallas.

— Calme-toi.

Lorsqu'il fit mine d'approcher, elle pointa un doigt dissuasif dans sa direction et il s'arrêta net.

— Au cas où tu l'aurais oublié, tu as failli être tuée à deux reprises alors que j'étais avec toi. Je ne peux pas te protéger si tu ne m'aides pas.

— N'y a-t-il pas un moyen d'arrêter ces gens et d'en finir une fois pour toutes ?

— Je ne sais pas ce que ton père a découvert, mais, apparemment, il a ouvert la boîte de Pandore. La meilleure solution, c'est de trouver ce que c'est et de transmettre nos informations au ministère de la Justice. Ils pourront alors rouvrir le dossier.

— Nous ne savons même pas de quoi il s'agit. Et, une fois que ce sera fait, on m'expédiera je ne sais où. Et je devrai passer toute ma vie dans le secret et le mensonge.

— Mais tu seras vivante.

Elle ne voulait pas admettre que c'était sa seule chance de salut. « Pas le choix. Nous n'avons pas le choix. » Elle avait entendu son père répéter cette expression chaque fois qu'elle était invitée à dormir chez une camarade et qu'il l'obligeait à refuser. Quand elle avait été invitée à sortir pour la première fois par un garçon, le Bureau des marshals avait vérifié les antécédents du jeune homme, passé sa vie au crible. Si elle avait refusé que son père lui serve de chaperon au bal de fin d'année du lycée, ils auraient dépêché un agent à la soirée pour la surveiller. D'ailleurs, peut-être y en avait-il eu un. Elle n'était plus sûre de rien.

Le Bureau des marshals avait tenu l'engagement qu'il avait pris vis-à-vis de sa mère. Le programme de protection les avait pris en charge bien que ce soit elle qui ait été le témoin, et non pas son père et elle.

Mais peu importait. Ce qui comptait, c'était d'identifier la personne qui avait commandité l'assassinat de ses parents. S'ils n'y parvenaient pas, jamais elle n'aurait de vie digne de ce nom. Et elle se refusait à mener la vie qu'avait eue son père ou à demander à un être aimé de partager une telle existence.

Résignée, elle s'assit au bord du lit. Une seconde plus tard, Levi se plantait devant elle.

— Que te rappelles-tu ?

Il éleva un doigt pour couper court à ses protestations.

— Parle… Dis ce qui te vient à l'esprit sans essayer de forcer ta mémoire. Commence par la raison pour laquelle ta famille a été placée sous protection.

— Papa a témoigné contre l'un des hommes qui ont participé au meurtre de ma mère — il a été poignardé dans la prison fédérale où il avait été mis en détention. Mais la justice n'a jamais réussi à établir le lien entre lui et la personne contre laquelle ma mère devait témoigner.

— Jusque-là, d'accord. Que te rappelles-tu du jour du meurtre ?

— Pas grand-chose. Des hommes se disputant avec ma mère. Je pense qu'elle a crié quelque chose à mon père.

Son mal de tête empirait. Il lui fallait vraiment de l'aspirine.

— Ce sont plus des impressions que des mots ou de véritables souvenirs.

— Ce n'est pas grave. Tu dis te rappeler t'être cachée dans ton coffre à jouets. Qu'est-ce qui te fait dire ça ?

— C'est là qu'on m'a retrouvée, je crois.

Elle n'aima guère le regard qu'il lui lança.

— Quand tu me regardes de cet air-là, c'est que je suis sur la bonne voie, mais que je me suis trompée de train.

— Ne parlons plus de trains, dit-il en faisant la grimace et en portant une main au petit pansement, sur sa tête.

— Tu es blessé ? s'enquit-elle comme elle s'avisait seulement de la présence du pansement.

— Ce salaud m'a frappé à la tête. Ça m'a valu six points de suture.

Il posa une main sur son genou en prenant place à côté d'elle, mais s'empressa de la retirer en la sentant sursauter.

— Oh ! mon Dieu.

— Ne t'inquiète pas, ce n'est rien. Je ne voulais pas t'effrayer.

— Non, ce n'est pas ça. C'est seulement que je viens juste de me souvenir de quelque chose…

Elle lui fit face, tout excitée d'avoir un élément nouveau à lui soumettre.

— C'est arrivé dans le train, quand il y avait toute cette fumée… Je n'ai pas eu le temps de te le dire.

— O.K. Je t'écoute.

— C'était peu avant le meurtre. Je ne suis pas certaine du jour, mais je me rappelle m'être fait mal au doigt sur un clou qui dépassait, sur la balustrade, à l'étage…

Levi attendit, l'observant attentivement. Le regard de Jolene se perdit dans le vague tandis qu'elle se projetait en pensée vingt ans plus tôt.

— Je m'étais coupée et j'étais descendue voir ma mère pour qu'elle me soigne. Je n'ai pas pu faire autrement que voir les autres personnes qui étaient avec elle dans la cuisine. Je crois que c'était l'un de ses clients et sa secrétaire. Ils avaient une discussion assez vive… Ma mère avait l'air très ennuyée.

Les souvenirs affleuraient plus rapidement qu'il ne l'avait espéré.

— Te rappelles-tu s'il faisait beau ce jour-là ? S'il faisait déjà nuit ? S'il pleuvait ?

— Je ne sais pas… J'ai une vision de… d'arcs-en-ciel.

— Ce devaient être les prismes de cristal accrochés à la fenêtre. Donc, c'était l'après-midi.

— Comment sais-tu, pour les prismes ?

— J'ai vu des photos de la scène du crime. Et j'ai étudié la configuration des lieux.

— Oh… Tu crois que ça expliquerait l'homme « arc-en-ciel » de mes cauchemars ?

Un homme arc-en-ciel ? Elle ne lui avait jamais parlé de cela.

— Tu pourrais le décrire ?

Elle secoua la tête, pinçant les lèvres.

— Non.

Il savait d'expérience que, s'ils étaient poussés à fouiller dans leur mémoire, les témoins avaient inconsciemment tendance à combler les trous par des informations erronées ou à se fermer. Changer de sujet la détendrait et éviterait de lui donner l'impression qu'il cherchait à lui forcer la main.

— Pourquoi ta mère était-elle si ennuyée ?

— Je ne sais pas, mais je le voyais à son expression. Elle avait un torchon à la main et séchait la vaisselle. Papa disait toujours qu'elle ne nettoyait la cuisine que lorsqu'elle était stressée ou se faisait du souci. Elle s'était affairée dans la cuisine tous les jours, cette semaine-là. Ça vient seulement de me revenir.

Elle sourit, visiblement satisfaite de sa découverte. Si seulement elle savait à quel point elle ressemblait à la photo de sa mère… Ç'avait dû être difficile pour Joseph de la voir grandir sans penser chaque jour à sa femme.

— Pourquoi, selon toi, te paraissait-il si inhabituel qu'elle nettoie quotidiennement la cuisine ? Après tout, tout le monde le fait, non ?

— Nous avions une femme de ménage à temps partiel qui venait seconder ma mère.

Tiens, ça n'apparaît nulle part dans le dossier. Combien d'autres personnes pouvaient s'être trouvées dans la maison sans avoir été mentionnées dans les rapports ?

— Donc, elle ne vivait pas à demeure chez vous et ne possédait pas sa propre clé ?

— Je ne pense pas, non. Lulu me gardait lorsque j'étais malade. Je jouais dans le séjour, en bas, pendant qu'elle faisait la poussière. Elle me laissait m'asseoir sur l'aspirateur et me promenait dans toute la pièce. J'adorais rester à la maison avec elle.

— Te souviens-tu quel était son véritable nom ?

Jolene se concentra, la mâchoire calée sur les paumes de ses mains, ses doigts fins et délicats enserrant ses joues.

— Non, je n'y arrive pas, dit-elle finalement. Tout se mélange. Je ne parviens pas à distinguer le réel de l'imaginaire.

— Bon, il est temps d'arrêter.

Il lui prit les mains, les écartant de son visage, soulagé qu'elle le laisse la toucher, cette fois.

— Ne te force pas…

— Pourquoi ? Je me suis souvenue de plus de choses dans les dix dernières minutes qu'en vingt ans.

— Ton père avait raison. La mémoire est en train de te revenir. Simplement, tu ne t'en rendais pas compte.

— Si tu ne veux plus que je parle, alors, à ton tour. Pourquoi ne m'as-tu pas dit que tu avais vu le dossier concernant ma mère ?

— Je lis les dossiers de tous les témoins dont je m'occupe.

— O.K. Alors, je t'écoute.

— Non… Je ne vais pas te dire ce que je sais.

Non pas qu'il n'en eût pas envie. Il aurait bien voulu être d'une totale franchise, pour une fois.

— Ne me comprends pas mal : je ne cherche pas à faire de la rétention d'informations par plaisir. C'est simplement que cela pourrait fausser tes souvenirs. Mais, ce que je peux te dire, c'est qu'il n'était nulle part fait mention d'une aide à temps partiel. Il aurait été intéressant de l'interroger à l'époque… Elle aurait pu apporter de précieux renseignements.

— Papa en a sûrement parlé.

— Alors, c'est que les informations portant sur elle auront été supprimées, dit-il, l'air un peu soucieux. Ou bien que, pour une raison ou pour une autre, son nom ne figurait pas dans la liste des personnes ayant accès à la maison.

— Alors, par où commençons-nous ?

— Tu prends ta douche, tu te prépares. Et, ensuite, nous allons rendre une petite visite à ton ancienne maison.

Il s'adossa à la tête de lit.

— N'aie pas peur, je ne te quitterai pas une seconde. Je vais te coller comme le siège en cuir d'une voiture par une journée moite et torride.

Elle le contempla, bouche bée, pendant quelques instants, puis battit en retraite dans la salle de bains. En entendant l'eau couler, il renversa la tête en arrière et ferma les yeux. Il avait conduit toute la nuit. Tant qu'ils n'auraient pas identifié le client de sa mère, la mystérieuse femme de ménage et cet « homme arc-en-ciel », il ne dormirait que d'un œil.

Il avait acheté un téléphone à carte pour informer le Bureau de l'incident du train et demander un service à un collègue. Mais il n'avait toujours pas passé ses appels. Sherry devait être furieuse…

Si elle ne le croyait pas *déjà* complètement fou d'aider Jo, ce serait le cas lorsqu'il lui aurait dit que son « non-témoin » était sur le point d'identifier un meurtrier qu'elle décrivait comme un « homme arc-en-ciel » !

— Nous ne devons plus être qu'à quelques pâtés de maison. On va d'abord passer devant la maison pour nous assurer que personne ne la surveille.

Levi parlait d'un ton uni qui avait un effet apaisant sur elle, mais elle voyait bien ses yeux se porter constamment sur le rétroviseur, balayer les rues adjacentes, s'arrêter sur les passants un peu plus longuement qu'il n'était naturel. Sa voix avait beau être calme et posée, tout, dans son langage corporel, traduisait une vigilance de tous les instants. Il était sur la défensive, prêt à réagir à la seconde, à enfoncer la pédale d'accélérateur à la moindre alerte. Pour la protéger. Elle l'avait vu préparer son arme à l'hôtel, ce matin, vérifier le nombre de balles dans son chargeur avant de ranger le pistolet dans son étui.

Tant de choses qui l'avaient intriguée au cours des quatre dernières années s'expliquaient désormais. Cette curiosité permanente dans son regard… Et puis, évidemment, ce corps incroyablement tonique, aiguisé. Qui n'aurait admiré un physique pareil ? Elle l'avait fait remarquer à son père, une fois, et il avait répondu que Levi se rendait très régulièrement à la salle de sport.

Encore aujourd'hui, il lui fallait produire un réel effort pour se souvenir que « l'amitié » qui existait entre son père et son nouveau « collègue » avait été inventée de toutes pièces. Elle paraissait si sincère chaque fois qu'il venait dîner à la maison… Et Dieu sait s'il était venu souvent ! Mais tout ça n'avait été que pure fiction. Son père n'avait été qu'un *numéro de dossier* pour le marshal Cooper. Et quant à elle, eh bien… Il considérait qu'elle était sous sa responsabilité et qu'il se devait de la protéger. S'il était assis là, à côté d'elle, c'était parce qu'il avait promis à son père de veiller sur elle. Et elle lui permettait de le faire parce qu'elle avait besoin de son aide.

Rien de plus.

Il fallait absolument qu'elle garde bien présent à l'esprit que tout cela n'avait rien à voir avec l'amitié ni les sentiments. Qu'ils se soient ou non embrassés, cela ne changeait rien à l'affaire : il avait clairement indiqué, deux ans plus tôt, qu'il ne pourrait jamais rien y avoir entre eux. Et pas une seule fois au cours des nombreuses heures qu'ils avaient passées ensemble, ces deux derniers jours, il n'avait fait la moindre tentative pour revenir sur cette déclaration.

Il n'y avait pas de futur pour eux.

Point final.

La tension de Jolene était telle que ses muscles étaient noués comme si elle venait de terminer un semi-marathon. A ceci près qu'elle n'éprouvait pas cette terrible appréhension lorsqu'elle courait.

Mais peut-être était-ce simplement à cause du rôle qu'elle allait devoir jouer… Levi avait insisté pour que le lien qui la reliait à la maison ne soit pas dévoilé aux actuels propriétaires. Et, pour quelqu'un qui, comme elle, avait été élevé dans l'idée qu'il fallait en toute circonstance avoir un plan prêt à être mis en œuvre *et* un plan B parfaitement au point — pour le cas où le premier viendrait à échouer —, se lancer dans l'inconnu comme elle s'apprêtait à le faire était tout simplement inimaginable et, donc, affreusement stressant.

— Que suis-je censée faire ? demanda-t-elle, crispée.

Levi tendit le bras pour poser sa main sur la sienne, mais elle s'empressa de se masser la nuque pour éviter tout contact avec lui. Le fait qu'il soit si proche d'elle était déjà suffisamment difficile à gérer.

— Rien de particulier. Contente-toi de te comporter naturellement, comme tu le fais habituellement.

Elle n'avait pas l'impression de se comporter si naturellement que ça, du moins pas en sa présence, mais elle s'abstint de tout commentaire.

Elle surveillait anxieusement le numéro des maisons. Ils passèrent sans s'arrêter devant celle qui avait été la sienne.

Rien. Pas d'émotion ni de sentiment particulier.

— C'est une jolie petite maison, souligna-t-elle en se retournant pour la regarder. Les propriétaires sont au courant de notre venue ?

La main de Levi couvrit la sienne. Comme mue par un ressort, elle se retourna vivement sur son siège et se hâta de ramener sa main sur ses genoux.

— Quel souvenir gardes-tu de ta mère ?

— Des impressions. Elle était grande, avec des cheveux foncés. Elle parlait bas. C'était Lulu qui m'emmenait en promenade au parc. Je la revois m'attendant au pied du toboggan ou me poussant sur la balançoire. Des souvenirs d'enfance qui s'arrêtent brusquement. C'est comme si c'était une autre vie sans lien avec celle que j'ai menée ensuite.

— Elle parlait parfois des affaires qu'elle traitait devant toi ?

— De quelles affaires parles-tu ?

Il ouvrit la bouche, hésita. La voiture était arrêtée à l'intersection, au bout de la rue. Il se gratta le menton, inspecta une nouvelle fois les environs, puis la regarda.

— Ta mère était avocate. Elle comptait au nombre de ses clients des personnes extrêmement puissantes.

— Première nouvelle. Mon père évitait de parler d'elle. J'avais beau poser des questions, il ne me disait jamais rien.

A la façon dont Levi s'agita sur son siège, elle vit qu'il était mal à l'aise, indécis. Il remit la voiture en route.

— Il ne te disait rien, *à toi*, avoua-t-il finalement. Mais il en parlait.

— Vraiment, Levi... Et c'est maintenant que tu m'annonces ça ? Décidément, tu as le don de choisir ton moment.

— Je sais, désolé.

— Et il est inutile que j'insiste, continua-t-elle d'un ton accusateur. Tu ne me diras rien de plus, n'est-ce pas ?

Elle crut voir passer de la tristesse dans son regard.

— Si, mais plus tard. Quand tu te seras souvenue…

— Et si ça n'arrive pas ?

— C'est *déjà* en train d'arriver, Jolene. Et le processus ne va pas s'arrêter maintenant qu'il est enclenché.

Il rangea la voiture devant la maison.

— Tu es prête ?

— Non, mais ça ne change rien, n'est-ce pas ?

Elle sortit sans lui jeter un nouveau regard. Si elle voyait encore ce soupçon de remords ou d'hésitation dans ses yeux, elle allait lui demander de la reconduire à l'hôtel.

— Allons-y, déclara-t-il en venant se poster à côté d'elle.

Ils avancèrent. Il parla, montra son badge. Ils entrèrent.

Elle retint son souffle, baissa la tête, impressionnée, tout à coup, de se savoir à l'intérieur. C'était plus difficile qu'elle ne l'avait cru. Et il lui fut plus difficile encore de lever les yeux… pour s'apercevoir qu'elle ne reconnaissait strictement rien, à l'exception de la rambarde de l'escalier.

L'escalier… *Le clou. Les arcs-en-ciel. Le sang.*

Maman.

7

— Vous voulez vous asseoir, chérie ? Vous n'avez pas l'air bien.

Mme Colter, la blonde peroxydée qui leur avait ouvert la porte, chewing-gum à la bouche, avança une chaise.

Levi resserra son emprise autour de la taille de Jo, repoussant la chaise.

— Non, non, merci. Ça va, dit Jo en s'efforçant de se dégager.

C'était passé. Elle planta son regard dans celui de Levi.

— Tu es sûre ? souligna-t-il en la relâchant et en laissant glisser sa main jusqu'à ses doigts glacés. Tu as eu un... flash ?

— Alors, c'est vrai que vous êtes médium ? Dites, vous n'avez pas vu un fantôme ou quelque chose de ce genre ? s'enquit Mme Colter, l'air très intéressé.

— Non, pas du tout. Pardonnez-moi... Avons-nous été présentées ?

Elle se comportait normalement, de nouveau, nota Levi. Se rendait-elle compte qu'elle avait parlé tout haut ? *Le clou. Les arcs-en-ciel. Le sang.* Elle avait dû se souvenir de quelque chose, mais il devrait attendre d'être seul avec elle pour lui demander ce que c'était.

— Oh... Je suis Sadie Colter, annonça la femme en tendant la main. J'espère sentir la présence d'un fantôme depuis le jour où j'ai emménagé ici, il y a quatorze ans. Mais je n'ai pas eu cette chance jusqu'à présent.

Il observa Jolene, qui était pâle comme un linge, mais elle continua à l'ignorer. Elle serra la main de leur hôtesse.

— Annabel Drumond, répondit-elle. Merci d'avoir accepté

de nous recevoir. Ainsi que je l'ai dit au marshal, j'ai rêvé du crime qui a eu lieu dans cette maison il y a des années.

— Du triple homicide ? demanda leur hôtesse. Ou de l'autre chose ?

Tiens bon, Jo, songea Levi.

Jolene rejeta les épaules en arrière.

— Que pouvez-nous dire de l'un et de l'autre ? s'enquit-elle.

Bien joué, Jo. Tu es une vraie pro.

— Suivez-moi, suggéra Mme Colter. Allons nous asseoir dans le séjour ; on y sera plus à l'aise.

Levi se pencha vers Jo comme la femme les précédait.

— C'est parfait, Jo, souffla-t-il à son oreille. Continue comme ça.

Le regard qu'elle lui retourna le dissuada d'en dire davantage.

— Une médium… Ça alors ! Vous ne ressemblez pas à l'image que je m'en faisais, déclara Mme Colter dans un petit rire en lissant nerveusement de la main son pantalon moulant rouge vif assorti à la couleur des ongles de ses orteils.

— C'est toujours ce que disent les gens, répondit Jo en prenant place dans un fauteuil recouvert de toile denim — le seul exempt de poils de chat.

Levi préféra rester debout en retrait, devant la fenêtre, ce qui lui permettrait de voir ce qui se passait dans la rue tout en surveillant le reflet des deux femmes sur la vitre.

— Eh bien, vous connaissez l'histoire de l'avocate qui a été assassinée ici, je suppose ? J'ai fait tant de recherches que je suis presque devenue une experte de cette affaire, proclama fièrement Mme Colter.

Elle marqua une pause, le temps de reprendre son souffle.

— C'était une grande avocate qui travaillait pour des clients peu recommandables. Et ça, vous savez, ça ne pardonne pas, hein ? Je ne comprendrai jamais que des gens qui ont fait de grandes études soient assez ignorants pour ne pas savoir qu'il ne faut jamais collaborer avec des gens malhonnêtes.

Levi balaya la rue du regard. Rien ni personne, pas même un facteur.

— Continuez, madame Colter… Je vous écoute, reprit Jo.

— Oh ! appelez-moi donc Sadie, chérie. Eh bien, pour en revenir à nos moutons, personne n'a jamais su ce qu'elle avait bien pu faire pour être assassinée. Mais, qu'elle ait ou non cherché ce qui lui est arrivé, ce qui est sûr, c'est que son mari et sa petite fille n'y étaient pour rien, eux, ça, non ! Cette pauvre petite n'avait que cinq ans, vous vous rendez compte ? Quelle misère ! Qu'est-ce qui se passe, chérie ?… Vous avez une nouvelle vision ?

En deux enjambées, Levi rattrapa Jo, qui s'était levée et se dirigeait vers la porte.

— Quelque chose ne va pas ?

— C'est trop dur, murmura-t-elle.

— Vous voulez qu'on vous laisse seule pour vous concentrer ? lança Mme Colter, derrière eux.

— Non, tout va bien, répondit Levi en lui enserrant le bras dans une poigne de fer, certain qu'elle serait partie s'il l'avait libérée. A voix basse, il ajouta à l'adresse de Jo :

— Pas question de baisser les bras. De toute façon, je te tiens.

Le regard incrédule que Jo lui retourna lui déchira le cœur. Elle ne croyait pas qu'il était en mesure de la protéger et, de fait… il ne pouvait rien contre les souvenirs qu'elle avait relégués au fond de sa mémoire pour ne pas les affronter.

— Bref, reprit Mme Colter, nullement encline à se laisser interrompre dans son récit. En menant mon enquête, j'ai découvert que tous trois ont été abattus froidement dans la cuisine par un tueur professionnel. Si ce n'est pas malheureux ! Et dire que c'est une si jolie pièce ! Agréable, lumineuse…

Elaine Frasier avait été poignardée, mais il ne jugea pas nécessaire de la corriger.

— Et l'autre incident que vous avez mentionné ? demanda Jo en essayant toujours de dégager son bras.

— Eh bien, c'est Gerald Major, le propriétaire suivant. Il avait racheté la maison pour presque rien. Ensuite, il l'a revendue. Et, trois ans plus tard, il a été tué en plein centre de Dallas.

— Pourquoi avez-vous acheté la maison, madame Colter ? demanda encore Jolene d'une voix hésitante.

— J'étais sûre qu'elle était hantée. Et puis je l'ai eue pour une bouchée de pain. Du coup, je n'ai pas eu de mal à convaincre Eugene.

— C'est bon, je reste, lui murmura Jo, les dents serrées. Mais lâche-moi !

— Annabel peut-elle aller voir les autres pièces ? interrogea Levi. Ce serait peut-être mieux qu'elle les visite seule... si ça ne vous ennuie pas, bien sûr.

— Oh ! pas du tout ! Je vais attendre ici et croiser les doigts en espérant qu'elle détectera une activité paranormale.

Jolene lui adressa un regard oscillant entre incrédulité et appréhension à l'idée qu'il la laisse poursuivre seule l'exploration des lieux, mais elle le laissa avec Mme Colter et sortit rapidement de la pièce. Il la vit poser le pied sur la première marche de l'escalier.

Continuant à jacasser, Mme Colter fit claquer son chewing-gum en plein milieu de sa phrase avant de reprendre comme si de rien n'était :

— Je me suis toujours intéressée aux phénomènes surnaturels. Surtout depuis que j'ai vu *Poltergeist*, vous savez ?

La main sur l'étui, Levi jeta un coup d'œil au-dehors.

— Est-ce toujours aussi calme, aux abords de votre maison, madame Colter ?

— Oh ! si vous saviez comme les gens sont superstitieux ! Vingt ans ont passé mais, même si la maison a été plusieurs fois repeinte, beaucoup préfèrent ne pas s'en approcher.

— Dites-moi, juste par curiosité... Toutes ces fleurs dans le jardin... Etaient-elles déjà là, à l'époque ?

— Oh ! certaines sont mortes, mais j'ai fait replanter exactement les mêmes par le jardinier qui vient tondre la pelouse. Vous avez vu comme elles sont belles ? Un vrai arc-en-ciel, vous ne trouvez pas ?

Un arc-en-ciel... Encore.

Levi n'était pas du genre à se fier outre mesure à son intuition. Il planifiait tout et appliquait ensuite à la lettre ce qu'il avait prévu. Mais, s'il avait dû décrire l'impression qu'il éprouvait en cet instant, il aurait pu la qualifier de « mauvais pressentiment »… Cette sensation désagréable que l'on a lorsque les cheveux se dressent sur la nuque sans que l'on puisse déterminer pourquoi.

Quelque chose n'allait pas. De mauvaises vibrations.

Il alla jusqu'à la porte et leva les yeux. Jo se déplaçait d'un pas un peu rigide sur le palier de l'étage, de porte en porte, les ouvrant, les refermant, passant à la suivante.

Il sentit le sang se mettre à battre plus fort dans ses oreilles et il s'élança vers la cage d'escalier. Gravissant les premières marches quatre à quatre, il ralentit l'allure avant d'arriver en haut. Peut-être était-elle en train de se rappeler quelque chose… Lorsqu'il la rejoignit, elle se retenait au chambranle d'une porte, visiblement en proie à une vive émotion.

— Ça va là-haut ? cria Mme Colter depuis l'endroit où il s'était tenu quelques secondes plus tôt, à l'entrée du séjour.

Jo se retourna, croisa son regard, puis haussa les épaules.

— Ça va. Rien ne m'est rev… Je n'ai pas capté de nouveau message de l'au-delà.

Elle se dirigea vers l'escalier, Levi sur ses talons.

— Madame Colter, y aurait-il encore dans la maison des objets ayant appartenu aux victimes ? Quelque chose qui soit en rapport avec… des arcs-en-ciel ?

— Oh ! mon Dieu ! Donc, vous avez senti quelque chose…

Mme Colter traversa le hall carrelé en traînant rapidement les pieds, comme si elle voulait courir mais ne le pouvait pas à cause de ses sandales à hauts talons dépourvues de brides. Détail sans importance, Levi le savait, mais il détestait tellement « naviguer à vue » sans plan préétabli, comme il était en train de le faire, et il était tellement sur le qui-vive de peur de commettre une nouvelle erreur qui risque d'être fatale à Jolene qu'il ne pouvait s'empêcher de remarquer absolument tout.

— Je… Je ne suis pas très sûre, répondit Jo d'une voix de nouveau mal assurée en agrippant le bras de Levi. Mais je n'arrête pas de voir des arcs-en-ciel.

— Il y a cette vieille cage à oiseaux qui tombait en ruines, dit Mme Colter. Eugene allait la jeter, mais je n'ai pas voulu. Je lui ai dit de la ranger dans la remise, à l'arrière.

— Pouvez-vous nous emmener la voir ?

— Vous ne voulez pas voir ce qu'il y avait à l'intérieur, avant ?

— Est-ce que… ce ne serait pas quelque chose… Une sculpture en forme de chien ? questionna Jo.

— Oh ! Seigneur ! Vous avez vraiment un don ! s'exclama Mme Colter en se précipitant à l'étage.

— Je n'en peux plus, murmura Jo en enfouissant son visage contre son épaule.

Il l'enveloppa de ses bras et elle leva vers lui des yeux que les larmes rendaient plus verts encore. Il la serra contre lui, tenté de l'entraîner hors de cette maison avant que la propriétaire ne revienne.

Jo ne méritait pas toutes ces épreuves, mais elle l'étranglerait s'il lui avait fait faire tout ça pour rien.

— Joseph devait avoir ses raisons, mais je ne comprends pas pourquoi il t'a légué un tel fardeau, dit-il finalement. Rien ne comptait autant que toi à ses yeux.

— C'était plus facile à croire jusqu'à hier. Maintenant, j'ai surtout l'impression d'être un pion qu'il utilise à sa guise pour exercer sa vengeance.

Elle tapota son torse, puis prit une profonde inspiration et s'écarta de lui.

— Je ne sais pas du tout d'où m'est venue cette image d'un chien de bois sculpté. Je ne me souviens pas avoir vu maman le mettre dans une cage à oiseaux.

— Ce n'est peut-être pas elle.

Quand était-il censé lui remettre le chien de bois qu'il conservait dans son sac de voyage ? Dans les instructions qu'il avait enroulées autour de la petite sculpture, Joseph déclarait qu'il saurait quand le moment serait venu. Et voilà qu'il était maintenant question d'une autre sculpture ?

— Qui, alors ?

Jolene se laissa tomber dans un fauteuil, se préparant à

revoir l'un des bibelots préférés de sa mère. Elle s'était fait gronder plusieurs fois pour l'avoir simplement touché...

— Il y a une cachette dans la sculpture. Je ne me rappelle plus exactement comment on y accède, mais je crois qu'il faut faire pivoter le...

Elle s'interrompit brusquement comme la propriétaire reparaissait dans l'embrasure de la porte.

— Madame Colter, lança Levi. Quelle chance que vous ayez conservé cet objet. Il s'agit d'une importante pièce à conviction.

— Ah, je savais bien ! proclama-t-elle triomphalement. J'ai voulu la donner à la police quand nous l'avons trouvée mais ils ont dit que l'affaire était classée. Je ne savais pas que ces histoires de prescription valaient aussi pour les affaires de meurtre.

Pourquoi avaient-ils déclaré l'affaire classée ? A moins que le Bureau des marshals ne l'ait voulu ainsi à cause du statut de témoin de son père... Encore un point d'interrogation qui s'ajoutait à la liste des questions sans réponse.

Levi s'avança à la rencontre de Mme Colter et lui prit des mains quelque chose que Jolene ne put voir puisqu'il lui tournait le dos et qu'il glissa rapidement l'objet dans sa poche.

— Je ne peux pas vous dire depuis combien de temps il était ici, reprit Mme Colter. Il est tout encrassé, tel que je l'ai trouvé.

L'image d'un cocker se dessina dans l'esprit de Jolene, supplantée par celle d'une femme brune qui le lui enlevait des mains pour le ranger sur une étagère, hors de portée d'une fillette de cinq ans.

— Est-ce qu'on peut voir la cour, derrière la maison ? demanda-t-elle sans réfléchir.

Elle avait atrocement peur de continuer, d'aller voir cette cage à oiseaux, mais elle était venue pour ça...

Enfant chérie de son père ou simple pion entre ses mains, elle jouerait le rôle qu'il lui avait dévolu. Elle n'avait pas le choix si elle voulait se réapproprier sa vie.

Levi lui jeta un regard inquisiteur. Comment pouvait-elle

lui faire comprendre qu'elle n'avait pas la moindre envie de rester une minute de plus dans cette maison, ni de continuer à se faire passer pour un médium en quête de signes de l'au-delà, mais qu'elle devait aller jusqu'au bout, une fois pour toutes ? Parce que, jamais, plus jamais, elle ne remettrait les pieds dans cette maison.

Soit Sadie Colter sentit que la *voyante* avait besoin de silence et de calme, soit Jo avait miraculeusement trouvé le moyen de désactiver le flot de paroles constant que leur hôtesse débitait avec son accent traînant du Texas. Quoi qu'il en soit, elle les précéda sans un mot dans la cuisine. Jolene avança, tête tournée vers le mur, pour ne pas voir la scène du crime. Pas encore. Elle sentait que les souvenirs affluaient, mais si les cauchemars revenaient se mêler à la réalité, elle préférait que ce soit au tout dernier moment.

Une fois dehors, Mme Colter, toujours silencieuse, pointa du doigt la remise bien entretenue qui se trouvait au fond de la cour. L'effet rendu par les arceaux où couraient des rosiers grimpants était magique. De part et d'autre du petit bâtiment, se dressaient deux grands arbres. Une balançoire était accrochée à une grosse branche. La corde et le siège de bois étaient neufs, mais elle se revit sur sa balançoire, à *elle,* au même endroit.

Et elle revit Lulu.

Une jeune blonde d'une vingtaine d'années. Son regard alla de la balançoire à Mme Colter. Non… Ce n'était pas possible ! Et pourtant… Hypnotisée, elle suivit des yeux Sadie Colter qui retournait dans la cuisine.

— Annabel, lui dit Levi. Tu es sûre que tu es en état de voir cette cage à oiseaux ?

— Oui, répondit-elle. Allons-y, parce que je ne reviendrai pas une deuxième fois.

Il comprit le message et se dirigea avec elle vers la remise. Poussant la porte, ils découvrirent un atelier bien organisé et un espace de rangement.

Jetant un coup d'œil en direction de la porte pour s'assurer qu'ils étaient bien seuls, Jo demanda :

— Elle est bien qui elle prétend être ? Tu as vérifié ses antécédents ?

— Qui ? Mme Colter ? Mon contact au Bureau m'a dit qu'elle avait acquis la maison lors d'une vente aux enchères. On verra ça plus tard. Dépêchons-nous, nous sommes restés bien assez longtemps ici.

— Entièrement d'accord. Je jetterai juste un coup d'œil dans la cuisine en ressortant et…

— Tu regardes la cage à oiseaux et on s'en va. Il y a quelque chose de malsain, je trouve, dans la façon dont elle a tout conservé à l'identique. Cette femme a un grain, à mon avis.

Levi se posta juste derrière la porte, surveillant la cour sans être vu de l'extérieur.

Il la protégeait de son mieux, songea-t-elle. Ce n'était pas sa faute si tout s'était mal passé. Levi se reprochait d'avoir conduit le client de sa mère jusqu'au cimetière où elle enterrait son père et pensait qu'elle lui en voulait alors qu'en fait, elle était heureuse qu'il soit venu.

Sa présence là-haut, sur la butte, derrière elle, l'avait rassurée. Au moins avait-elle pu partager sa douleur avec quelqu'un qui connaissait Joseph, au lieu de se retrouver perdue au milieu des vagues connaissances de sa mère. Des connaissances à qui elle n'avait pas le droit de révéler que c'était le corps de son père qui se trouvait dans le cercueil.

Le joli jardin était plus charmant encore que dans son souvenir. Son père avait mis tellement de soin à installer ses plantes en arcs de cercle. Il avait lui-même conçu la composition des massifs. Elle se revit gravissant les monticules de terre sur son tricycle.

Elle s'essuya discrètement les yeux. Tout lui revenait avec une telle acuité qu'elle avait peur de ce qu'elle allait ressentir en repassant dans la cuisine.

Mais il fallait tenir bon… Plus que quelques minutes, et c'en serait terminé. A jamais.

Regardant autour d'elle, elle avisa des barreaux à la peinture écaillée sur un établi, tout au fond. La cage. Elle s'approcha. Son père l'avait construite ici même, dans cet atelier, avec du bois et du métal. Les outils qu'il avait utilisés étaient toujours accrochés sur leur support, tout rouillés maintenant. Elle promena un doigt sur les oiseaux aux ailes déployées et les papillons multicolores dont il l'avait, à sa demande, décorée. Un travail minutieux, auquel il lui avait permis de participer en peignant, sa petite main soigneusement guidée par la sienne, chacun des arcs de couleur… Elle toucha l'arc-en-ciel qu'ils avaient réalisé ensemble, l'émotion lui étreignant le cœur.

— Tu me manques tellement, papa, souffla-t-elle tout bas.

— Allez, Jolene. On s'en va, dit Levi en venant la prendre par la main.

— Il me reste juste… la cuisine.

— On n'a plus le temps. J'ai un mauvais pressentiment. Je trouve que, pour quelqu'un d'aussi curieux, notre hôtesse se fait bien discrète tout à coup. C'est bizarre.

— C'est cette femme.

Il stoppa net et la regarda.

— Quelle femme ?

— C'est elle qui me gardait quand j'étais petite : Lulu.

— Bon sang, Jolene ! Pourquoi ne me l'as-tu pas dit ? Par où peut-on sortir de ce jardin ?

L'entraînant au-dehors, il tourna sur lui-même, regardant de tous les côtés.

— Ah ! L'allée est là-bas.

Ils approchaient d'un petit portillon de bois lorsqu'ils virent deux hommes qui contournaient l'angle avant de la maison, le pistolet au poing. Les canons des armes étaient équipés de silencieux.

— Cours, Jo ! Ne te retourne pas.

— Tu as dit que tu ne me quitterais pas d'une semelle…

— Pars devant ! Je te rejoins. Fais ce que je te dis.

Il n'y avait qu'une autre issue : un petit espace entre la remise et la clôture, encombré de tout un bric-à-brac. Elle passa tant bien que mal par-dessus, entendit Levi tirer. Elle enjamba la clôture en se servant d'une traverse de bois pour redescendre de l'autre côté.

La maison de son enfance était adossée à une zone boisée.

Dans quelque direction qu'elle regarde, il n'y avait que de l'herbe et des arbres. De nouveaux coups de feu. Elle entendit le bois de la remise se fendre sous le choc des balles dont le son était amorti par le silencieux. Elle se mit à courir droit devant elle du plus vite qu'elle le pouvait.

Courir. Ne pas se retourner.

Pourquoi ne l'avait-il pas encore rejointe ? Elle courut, courut, puis plongea derrière un arbre pour reprendre son souffle.

Que faire ? Effectuer une boucle pour revenir à la voiture ? Ou foncer vers la maison qu'elle apercevait devant elle ?

— Jo ! A droite !

La voix de Levi était toute proche. Il était là !

Il passa devant elle. Galvanisée, elle bondit en avant. Ils coururent de front le long de la clôture de la maison, passèrent dans la cour et se glissèrent entre la bâtisse et la villa voisine. Parvenus à un angle, ils se retrouvèrent sous un porche.

Il s'aplatit, dos à elle, les plaquant tous deux contre le mur de brique de la maison, où ils demeurèrent immobiles, haletants. Elle sentait les battements précipités de son cœur, sous sa chemise, ses muscles contractés sous la paume de ses mains.

Il n'était pas facile de réfléchir quand vous étiez poursuivis par des tueurs. Elle avait envie de hurler à pleins poumons. D'appeler à l'aide. De défoncer la porte d'une de ces maisons pour y chercher du secours… Mais elle ne fit rien. Elle s'en remit à son ange gardien.

— Allons-y, commanda Levi en s'écartant légèrement d'elle.

— Attends. Laisse-moi reprendre mon souffle une seconde.

— Tu le reprendras plus tard. En route, Jolene ! Tu cours tous les jours, et bien plus longtemps que ça.

Oui, elle pratiquait le jogging tous les matins, mais…

— Comment sais-tu que je fais de la course à pied ?

8

— Ils arrivent… On parlera plus tard.

Décidément, il commettait erreur sur erreur. La première, c'était d'avoir tablé sur le fait que les hommes du train mettraient plus de temps à retrouver leur piste. Et la seconde, c'était d'avoir laissé échapper qu'il l'avait surveillée quand elle vivait en Géorgie. Il n'avait pas eu l'intention de l'informer que son père lui avait demandé de veiller à sa sécurité, après son déménagement. D'ailleurs, quand Joseph l'avait appelé, il avait déjà pris ses dispositions pour faire surveiller Jolene par des collègues affectés dans la région.

Alors, oui, il savait qu'elle courait tous les jours. Il savait aussi que c'était pour le sentiment de liberté que cela lui procurait, son père ne l'ayant jamais autorisée à le faire lorsqu'elle vivait sous son toit.

Cela le rendait fou, lui aussi, de la savoir dehors, courant seule, sans protection. Un peu comme maintenant. Mais il ne l'avait jamais dit à Joseph.

Le tintement d'une sonnette lui fit l'effet d'une décharge électrique. Faisant volte-face, il croisa le regard de Jolene et il comprit. Elle avait appuyé sur le bouton, d'une volonté délibérée.

Il rangea son arme dans son holster et sortit son badge.

— Puis-je vous aider ? demanda la vieille dame qui entrouvrit la porte.

Personne n'avait tourné le coin de la maison… Pas de pas précipités, pas de cris, ni de moteur de voiture.

Il éleva son badge.

— Marshal Cooper, madame. Pouvons-nous entrer ? C'est une urgence.

La femme chaussa ses lunettes, plissa les yeux et disparut. La porte s'ouvrit et Jolene entra la première. Levi jeta un dernier regard derrière lui — toujours rien.

Avaient-ils perdu leur trace ? Peu probable. *Trop* peu probable.

— Navrée de vous avoir fait peur, madame, la rassura Jo. Mais je pense que le marshal Cooper ici présent voudrait peut-être que vous appeliez la police.

— Rebecca Mossing, ma petite. Je sais bien que je suis âgée, mais je frémis quand même quand j'entends le mot « madame »… Alors, vous voulez que je prévienne la police ?

Levi se serait bien passé de l'intervention de la police de Plano, mais il n'avait guère le choix.

— S'il vous plaît, mad… Rebecca. Dites qu'il y a eu des coups de feu au 1936, Briarcreek Lane.

Et maintenant, il avait mis en danger une inoffensive grand-mère. Un coup d'œil à la pièce lui apprit que leur sauveuse avait quatre petits-enfants — il y avait des photos d'eux accrochées partout.

— Des coups de feu ? Seigneur, c'est ça que j'ai entendu… Je n'ai plus de ligne fixe. J'ai un portable, mais il est resté dans ma voiture. Je vais le chercher…

— Non, attendez. S'il faut sortir, c'est moi qui vais y aller.

— Non, non, ne craignez rien. Le garage est attenant dans la cuisine et il y a une porte de communication entre les deux. Et la porte arrière est verrouillée. Je reviens dans un instant…

— Jo, poste-toi à la fenêtre, ordonna Levi en emboîtant le pas à la vieille dame.

Il la regarda prendre l'appareil dans son sac à main, appuyer sur les touches et appeler les secours en indiquant ses coordonnées. Il rebroussa chemin, la laissant refermer à clé la porte de communication.

Il jeta un coup d'œil par un fenestron qui donnait sur l'arrière. Personne ne semblait les avoir suivis dans les bois.

— C'était téméraire, de sonner comme ça, nota Levi en s'approchant de Jo. Tu aurais dû me demander mon avis.

Elle se poussa sur le côté, évitant tout contact tandis qu'il prenait place derrière le rideau.

— Je sais que c'est vous qui êtes aux commandes, *marshal Cooper.* Inutile de le souligner constamment.

Levi ouvrit la bouche pour riposter, mais Rebecca reparut, annonçant :

— Ils envoient une voiture. Ils ont dit que vous ne deviez pas bouger d'ici.

Elle s'assit sur un petit sofa et tendit le mobile à Jolene.

— Tenez, prenez mon portable au cas où vous auriez besoin d'appeler quelqu'un.

— Merci de votre aide, madame Mossing, dit Jo, sa voix totalement dénuée de la note sarcastique qu'elle avait véhiculée quand elle s'adressait à lui.

— Pas de problème. J'ai un forfait illimité.

Jo prit le téléphone, mais Levi ne s'en inquiéta pas. Qui pouvait-elle appeler ? Il continua à surveiller la rue.

— Vous êtes au courant des meurtres qui ont eu lieu dans la maison, un peu plus haut, dans la rue ?

— Chez les Frasier ? Bien sûr, ma petite. J'habite ici depuis longtemps. C'est Robert Frasier qui a dessiné mon jardin. Ils avaient une petite fille tellement mignonne… Ils l'adoraient !

Ebranlée, Jo balbutia :

— Oh… Vous les connaissiez bien ?

— Oui, confirma Rebecca en lui tapotant le genou. Robert était un merveilleux paysagiste… Les maisons du quartier étaient si… ternes à l'époque. Il a travaillé pour presque tous les propriétaires du coin. Oui, un homme merveilleux… C'est tellement triste.

Cette discussion devenait dangereuse. Et si Rebecca reconnaissait en Jo la petite Emaline ? Sa ressemblance avec sa mère était assez frappante. Si Jo avait mesuré dix centimètres de plus, elle aurait été le parfait clone de sa mère. Mais comment pouvait-il l'empêcher de poser des questions sur sa famille ?

— Quand Robert a épousé une avocate de Dallas, plusieurs femmes divorcées de la région ont été très déçues.

Non sans soulagement, Levi entendit le hurlement d'une sirène se rapprocher rapidement.

— Voilà la police.

— Que dois-je leur dire ? demanda Rebecca Mossing.

— La vérité, tout simplement. Merci mille fois de votre aide précieuse, dit Jo en rejoignant Levi à la porte.

— Attends ici, commanda-t-il. Je reviens te chercher. Si les choses tournent mal…

— Elles ne tourneront pas mal.

Il la regarda.

— Tu joues encore les médiums ? questionna-t-il, espérant lui tirer un sourire — sans succès.

Levi sortit attendre la voiture sur le trottoir, badge à la main, veste entrouverte pour montrer son arme. Il balaya d'un geste de la main les questions qu'il sentait venir de l'officier et demanda, inversant les rôles :

— Votre badge ?

Le policier le lui montra.

— J'ai un témoin qui doit être emmené immédiatement. Pas de questions, pas d'appel radio. Avez-vous un gilet pare-balles ?

Levi avait de l'expérience dans le convoyage des criminels et des témoins sous protection. La seule issue au piège qui leur avait été tendu, c'était cette voiture. Il n'avait pas le choix et savait très bien que ceux qui leur en voulaient étaient toujours là, quelque part, à l'affût. Le policier, un peu abasourdi, hocha la tête.

Levi retourna en courant jusqu'à Jo qui attendait dans l'entrée, avec Rebecca, le gilet à la main. Les deux femmes tombèrent dans les bras l'une de l'autre et s'embrassèrent et Jo hocha la tête en réponse à quelque chose.

— De quoi parliez-vous ? questionna-t-il tandis qu'il l'escortait jusqu'à la voiture.

— Elle m'a souhaité bonne chance. Vu la situation, ce n'est pas du luxe, selon moi.

Levi inclina la tête, sceptique néanmoins. Quelque chose lui soufflait que ce n'était pas tout ce qu'avait dit la grand-mère.

Le transfert de Jolene jusqu'au commissariat local s'effectua dans le silence et, une fois de plus, en dépit de ses efforts pour la considérer comme n'importe quel autre témoin, Levi ne put s'empêcher d'admirer son sang-froid, sa retenue, la totale confiance qu'elle lui accordait.

La méritait-il, cette confiance ? se demanda-t-il, mal à l'aise, assailli tout à coup par le doute. Qu'est-ce qui avait bien pu lui donner à penser qu'il était capable de venir, seul, à bout de l'organisation qui avait assassiné ses parents ?

Mais l'heure n'était pas aux interrogations. Le fait est qu'ils en étaient là... Pour l'heure, ce qui importait, c'était de convaincre la police de mettre son « témoin » à l'abri. Trente minutes plus tard, après des explications succinctes, on leur accordait l'autorisation d'être reconduits à leur hôtel à bord d'une voiture banalisée.

— Vous avez un appel, annonça le sergent qui les avait amenés. Prenez-le dans cette salle.

Levi ne savait que trop bien qui voulait lui parler. Les policiers avaient bien entendu appelé Denver pour vérifier son identité... Il jeta un coup d'œil à Jo, ennuyé de voir qu'elle lui emboîtait le pas. Il aurait préféré ne pas se faire laminer en sa présence, mais c'était raté : elle refermait la porte derrière eux. L'instant suivant, elle s'asseyait à côté du téléphone.

— Cooper.

— Vous vous prenez pour qui ? Vous avez abusé de votre statut de marshal. J'attends vos explications, lança Sherry d'une voix qui portait suffisamment pour être entendue sans que le haut-parleur soit activé.

— Je me suis identifié à Texarkana et j'ai participé aux recherches. Rien de plus.

— S'il vous plaît, ne me prenez pas pour une idiote. Un train a été incendié et vous vous êtes volatilisé avec une victime en lui faisant franchir la frontière de l'Etat. *Et* il y a eu usage d'armes à feu.

— Vous saviez que j'escortais Jolene...

— Ce sont les *témoins* qu'on escorte, Cooper. Or, il n'y a *pas* de témoin, assena-t-elle en détachant les mots. Point final. Est-ce que vous m'avez bien comprise, cette fois ?

— Oui. Absolument.

Tout comme Jolene, d'ailleurs.

— Vous aurez de la chance si vous conservez votre poste après cet incident. Depuis combien de temps entretenez-vous une liaison avec elle ?

— Vous avez lu mon dossier ?

— Evidemment que nous avons vérifié votre dossier ! J'ai sous mes ordres un marshal qui brandit son badge d'identification partout où il passe pour n'en faire qu'à sa tête, et ce dans deux Etats différents. Et je ne parle pas des *services* que vous avez sollicités de la part de collègues dans la région d'Atlanta, en Géorgie, ni des échanges de mission que vous avez organisés pour pouvoir vous-même vous retrouver en poste là-bas ! Cela confine au harcèlement, Cooper.

L'expression interdite de Jo parlait d'elle-même. Elle avait tout entendu.

— Si vous avez parcouru tout mon dossier, vous savez qu'il n'était pas question d'une liaison. Je surveillais mon témoin, c'est tout. Joseph Atkins *savait* que sa fille serait en danger. J'ai en ma possession les déclarations qu'il…

— La mort d'Atkins est un malheureux accident. Lui et sa famille ne sont plus sous la responsabilité du Bureau des marshals.

— Ceux qui cherchent à la tuer m'ont suivi jusqu'au lieu de l'enterrement de Joseph Atkins. Bon sang, c'est moi qui les ai conduits jusqu'à elle !

— N'aggravez pas votre cas, Levi. Arrêtez les frais.

— Sûrement pas. J'ai donné ma parole.

— Alors, vous ne me laissez pas le choix. Vous êtes officiellement suspendu de vos fonctions.

*
* *

— Les choses ne se sont pas passées comme je l'avais prévu, dit Levi en entrant à la suite de Jo dans leur chambre d'hôtel.

Jolene se débarrassa d'un coup de talon d'une chaussure, puis de l'autre, les laissant délibérément en travers de son chemin. Pas de réponse. Elle n'avait pas ouvert la bouche depuis qu'ils avaient quitté le poste de police. Elle était tellement en colère qu'elle se sentait incapable de formuler une phrase cohérente.

Comment était-il possible de se sentir tout à la fois terrifiée, furieuse, mortifiée et trahie ? Jamais le besoin de hurler pour évacuer l'immense frustration qu'elle ressentait à l'idée qu'il l'ait espionnée pendant tout ce temps n'avait été aussi grand.

— Tu veux bien qu'on parle ? s'enquit Levi.

Par où pouvait-elle commencer ? Elle s'approcha de la fenêtre, se positionnant machinalement sur le côté, devant le mur, et non devant la vitre, comme son père le lui avait appris. Sans écarter le long rideau doré, elle regarda la circulation dense sur l'autoroute qui passait à proximité. Le flot des voitures avançait un peu puis s'arrêtait quelques dizaines de mètres plus loin.

Un peu comme sa vie. Une succession de démarrages, d'arrêts et de détours imprévisibles. Et, juste au moment où elle pensait enfin aller de l'avant, un impondérable venait l'obliger à changer de direction. La semaine dernière, elle était assise derrière son bureau, une carrière peu enthousiasmante d'assistante commerciale s'ouvrant devant elle. Et, aujourd'hui, elle se retrouvait en cavale, pourchassée par des tueurs aux ordres d'un mystérieux et puissant commanditaire qui voulait découvrir un secret que sa mère avait emporté dans la tombe.

Et puis il y avait Levi. Elle venait juste de recommencer à lui faire confiance. Pourquoi lui avait-il tellement menti ? Pourrait-elle le pardonner d'avoir voulu tenir la promesse qu'il avait faite à son père ?

Peut-être… Mais pas tout de suite.

Le baiser qu'il lui avait donné deux ans plus tôt visait à

détourner ses soupçons. Quant à celui qu'ils avaient échangé dans le train… Idem. Il lui avait bien dit que les relations d'ordre sentimental entre marshal et témoin étaient proscrites. Et il la considérait comme un témoin… Il l'avait clairement dit un moment plus tôt à son superviseur.

— Je préfère m'en tenir à discuter de ce qui s'est passé dans la maison, déclara-t-elle au bout d'un moment.

— Tu ne crois pas qu'il vaudrait mieux aborder frontalement le fond du problème ? Ce que tu penses qu'il s'est passé ces deux dernières années ?

— Ce que *je pense* qu'il s'est passé ? répéta-t-elle, la colère reprenant subitement le dessus. Il y a beaucoup de choses dont tu dois t'expliquer, mais voyons un peu si ce que *je pense* des événements est si erroné que ça.

— D'accord.

— Mon père voulait enquêter sur la mort de ma mère, donc il m'a menti en dissimulant la menace de mort qui pesait sur lui. Il m'a encouragée à déménager pour m'éloigner de lui, mais en te demandant de m'espionner. Ce que tu t'es empressé de faire en sollicitant l'intervention de collègues, sur place — tout ceci, évidemment, à mon insu. Correct, jusque-là ?

— Ton père m'a demandé de *faire mon travail* en assurant ta sécurité. Ça n'a rien à voir avec ce qui se passe maintenant.

— Ton superviseur ne semblait pas de cet avis.

— Je m'occuperai de ça plus tard. L'important, pour l'instant, c'est que tu te souviennes de ce qui s'est passé il y a vingt ans.

— Tu ressembles tellement à mon père… Focalisé exclusivement sur l'essentiel. Sur ce qui est essentiel pour *toi.* Pas pour moi. *Jamais* pour moi ! acheva-t-elle, furieuse contre elle-même, contre lui et contre son père.

Jamais ni l'un ni l'autre n'avaient songé à lui demander son avis. Non, persuadés d'avoir raison, ils avaient pris la décision, sans son consentement, de la faire entrer dans le programme de protection et de vivre de nouveau une existence d'artifice et de mensonge.

Elle en avait plus qu'assez de ce jeu de dupes.

Se forçant à recouvrer son calme, elle poursuivit avant que le courage ne lui manque :

— Quand nous étions à Saint Louis, tu m'as dit que tu n'étais pas un menteur. Il faut croire que nous n'avons pas la même définition de ce mot.

— Ecoute, Jolene…

— Non ! proféra-t-elle en élevant une main devant elle. Ne me prends pas dans tes bras en m'assurant que c'était pour mon bien. Mentir par omission, c'est quand même mentir. Y a-t-il encore beaucoup de choses que tu ne m'as pas dites ?

— Il y a certaines choses que je *préfère* ne pas te révéler tant que la mémoire ne te sera pas totalement revenue. Et d'autres dont je ne pourrai jamais parler à cause de la nature même de mon travail.

— Je ne sais pas si je dois t'admirer ou te haïr.

— N'y a-t-il pas d'autre choix ? demanda-t-il en s'avançant vers elle.

Jo se sentit tout à coup vaincue… Ou conquise. Le sourire de Levi la toucha et l'émut, faisant naître au fond de son cœur l'espoir de possibles qui n'étaient peut-être que des leurres, des ruses pour obtenir ce qu'il voulait.

— Que cherches-tu, Levi ?

— Rien. C'est donc si difficile à comprendre ?

Un autre pas dans sa direction.

Elle pouvait se concentrer. Elle était relativement calme. Mais elle savait que, si elle levait les yeux vers lui… il ne pourrait manquer de discerner le désir qui se terrait au fond de son regard. *Regarder dehors, le flot de la circulation.*

— Juste pour information… Je veux que tu saches que je ne renoncerai pas tant que je ne t'aurai pas sortie du pétrin dans lequel je t'ai mise, assena son ange gardien. De quoi t'es-tu souvenue, dans la maison ?

— Quel rapport y a-t-il entre Lulu et les hommes qui ont tué mes parents ?

— J'en suis réduit à des suppositions. Je sais bien que tu te poses toutes sortes de questions, mais, pour l'instant, dis-moi ce que tu as vu. Nous nous occuperons du reste ensuite.

— Que peux-tu faire maintenant qu'on t'a suspendu de tes fonctions ?

— J'ai toujours des amis, Jo.

Il combla le dernier mètre qui les séparait et la prit par les épaules.

— Nous retrouverons Lulu. Pour l'instant, il faut que je sache si tu t'es rappelé quelque chose concernant *l'homme arc-en-ciel.*

Elle essaya de se dégager, mais il ne broncha pas. Elle ne voulait pas qu'il se tienne si près d'elle…

— Jo, est-ce que tu pourrais décrire son visage ? insista-t-il.

Elle ferma les yeux et se projeta en pensée dans la cuisine, quand l'image lui était apparue.

— Non. Ce n'est qu'une impression floue… Des couleurs.

— Ça viendra, souffla-t-il d'un ton encourageant. Détends-toi, laisse les images venir à toi.

Il la serra contre lui. Il sentait bon, un mélange de savon et de musc.

— J'ai du mal à mettre des mots sur ces visions. Je n'arrive pas à déterminer si ce sont des souvenirs réels ou des images produites par mon imagination.

Elle appuya le front contre son torse, enroulant ses bras autour de sa taille. Il l'encercla dans une étreinte rassurante, protectrice. Elle se sentit fléchir.

Peu importait, maintenant, qu'il ne lui ait pas tout dit. Cet homme était le seul lien qui la rattachait à ses parents, la seule personne qui savait qui elle était et qui voulait l'aider à démasquer les meurtriers.

— Parle-moi. Dis-moi tout ce qui te passe par l'esprit. Je t'aiderai, Jo, je te le promets.

Oui… Levi, le marshal, était sincère quand il lui promettait de la protéger contre ceux qui voulaient la voir morte. Mais qui protégerait son cœur contre Levi, l'homme ?

9

Les doigts de Jolene pétrissaient les muscles de son dos. Un geste inconscient de sa part, sans doute, mais qui mettait Levi au supplice. Les bras de Jolene enserrèrent plus étroitement sa taille tandis que son corps se fondait dans le sien.

Non, songea Levi. Il ne devait pas se laisser guider par ses pulsions. Lentement, à contrecœur, il la relâcha, puis se tourna vers la fenêtre. Ils ne devaient pas s'attarder dans cet hôtel. C'était une erreur que de l'avoir ramenée ici. Mais où pouvaient-ils aller ?

Se tournant vers le mur, il vit son beau visage inquiet, expressif,k qui se reflétait dans le miroir.

L'attrait qui les avait poussés l'un vers l'autre ne faisait que grandir et s'affirmer de jour en jour. Où qu'ils soient — compartiment de train, poste de police, porche d'une villa inconnue, Colorado, Texas ou Géorgie — il ressentait *physiquement* sa présence près de lui.

Il devait absolument cesser de penser à la Jo qui l'avait attiré et la considérer comme Emaline Frasier, le témoin qui n'en était pas un. Les rayons indirects du soleil dansaient sur sa peau soyeuse. Elle était toujours à côté de la fenêtre… Et toujours la fille de Joseph Atkins.

Ne sachant que faire de ses mains, qu'il brûlait d'envie de promener sur elle, il fourra les vêtements qui traînaient dans son sac de voyage.

Mon Dieu… Ç'aurait été si… naturel de l'embrasser.

Et de l'entraîner vers le lit. De la sentir s'amollir contre lui.

Mais c'était bien sûr la dernière chose à faire. Il savait très bien que, s'ils s'allongeaient sur ce lit, ils ne le quitteraient plus. Et ils ne pouvaient pas se permettre de courir un tel risque, ni de rester longtemps quelque part. Peut-être l'adresse de leur hôtel était-elle déjà connue de leurs poursuivants…

Il jeta un regard au lit… Il en mourait d'envie, mais le règlement était formel : pas de relation personnelle avec un témoin.

Et, pourtant, plus il se répétait que rien n'était possible entre eux, plus il était évident que le mal — même si le terme était inapproprié — était déjà fait.

Les dîners chez Joseph… La façon dont il s'était porté volontaire à Atlanta pour pouvoir s'assurer en personne que Jolene allait bien… Etait-ce là sa définition d'un rapport sans ambiguïté avec un témoin ?

Plus il déployait d'efforts pour éliminer toute idée de relation entre eux, plus il devenait clair que celle-ci existait déjà. Et il ne pouvait même plus se voiler la face derrière l'excuse de la protection de son témoin puisqu'il avait été suspendu et qu'elle n'était pas un témoin.

Pas encore.

Il prit les brosses à dents et les dosettes de shampooing fournies par l'hôtel. Lorsqu'il les rangea dans le sac, elle tourna la tête vers lui, les yeux remplis de larmes. Elle jeta rapidement un regard à la ronde, comme si elle ne s'était pas rendu compte qu'il faisait ses bagages. Puis, de quelques pas, elle combla la distance qui les séparait et se retrouva contre lui, dans ses bras… Là où était sa place.

Elle s'accrocha à lui, pleurant à chaudes larmes. Il la tint serrée, s'interdisant de son mieux de penser à toutes les questions qui le hantaient, à l'endroit où ils allaient aller ou au désir vibrant qui le taraudait de lui faire l'amour.

— Jo, murmura-t-il dans ses cheveux pour ne pas plonger son regard dans l'eau verte de ses yeux. Je suis désolé de ne pas t'avoir dit la vérité à propos du statut de ton père, ni pourquoi je ne pouvais pas sortir avec toi.

— Chut. S'il te plaît, ne dis rien. Je ne veux plus penser à tout ça. Je ne veux plus penser du tout. Je veux juste rester là… Une minute, pas plus.

Il sentit son corps se contracter contre lui. Elle tremblait.

Le passé remontait peu à peu à sa mémoire. Jolene Atkins avait beau vouloir stopper le processus, Emaline Frasier était prête à laisser la vérité se faire jour.

— Assieds-toi, dit-il en la guidant doucement jusqu'à un fauteuil.

Elle s'y laissa tomber comme un automate, les yeux rivés sur le sol.

Un nouveau souvenir lui revenait-il ? Ce devait être ça. Qu'est-ce qui l'avait déclenché ? Le fait qu'il l'ait tenue dans ses bras ?

— Jo ? Ça va ?

Il s'assit en face d'elle, sur le lit. A quelques dizaines de centimètres, seulement, mais c'était comme s'ils étaient séparés par un océan. Il voulait croire qu'il pouvait l'aider à faire resurgir ces souvenirs traumatisants du passé, mais la vérité, c'était qu'il avançait dans le noir, à l'aveuglette. Bon sang, il fallait qu'ils s'en aillent d'ici. Evitant de poser les yeux sur le lit défait, il se pencha en avant :

— Jo, nous sommes restés trop longtemps ici. Il faut partir.

— Pour aller où, cette fois ? Nous n'avons même plus de voiture. Elle est restée à la maison.

Il enfila sa veste, plongea la tête sous la courroie de son sac de voyage, désormais nouée là où elle avait été coupée. Une brève douleur lui rappela l'attaque qu'il avait subie dans le train.

Cela n'arriverait plus.

Le pistolet à la ceinture, il ouvrit la porte et jeta un coup d'œil dans le couloir. Il était sa seule protection et il entendait bien faire en sorte que cela suffise à la garder en vie.

Revenant vers elle, il entremêla ses doigts aux siens. Comme en transe, elle se redressa et atterrit droit dans ses bras. Leurs yeux se croisèrent… et il comprit qu'il était perdu.

Dès lors que leurs lèvres se touchaient, le désir qu'il refoulait tant bien que mal s'emparait de lui pour ne plus le lâcher. Un désir nourri par quelque chose qu'il ne comprenait pas parce que rien, jamais, n'avait éveillé en lui des sentiments d'une telle intensité.

Cela l'effrayait tant qu'il avait tout à la fois envie de prendre la fuite et de foncer, tête baissée, en avant. Dans un suprême effort de volonté, il esquissa un mouvement pour se détacher d'elle, mais Jo noua fiévreusement ses bras autour de son cou, intensifiant leur baiser. Sa bouche… Cette tiède et douce caverne qui n'appartenait qu'à lui.

Ils avaient été sur le point de partir et, maintenant, ils étaient à deux doigts de basculer sur le lit. Mais il avait toujours son sac à l'épaule, l'arme chargée à sa ceinture, et ils étaient encore habillés… Dieu merci. Ce n'était pas parce que la plus jolie petite brune qu'il ait jamais vue était pressée contre lui qu'il allait tout oublier…

Il était capable de se dominer. Il fallait juste qu'il trouve en lui le courage de mettre un terme à ce baiser…

Plus facile à dire qu'à faire.

Jo tirait sur sa chemise, la déboutonnait fébrilement, soulevait la courroie du sac pour qu'il puisse s'en libérer.

Non.

Mais il baissa la tête et le sac tomba par terre. Leurs corps se plaquèrent l'un contre l'autre. D'une main, Levi tira le T-shirt rose hors du pantalon de Jolene.

Sa peau. Si lisse, si appétissante.

Sa veste tomba sur le sol. Il ne leur faudrait pas longtemps pour se défaire du reste de leurs vêtements.

Ses doigts puissants encerclèrent sa taille fine, se touchant presque dans son dos. Mon Dieu, le nombre de fois qu'il s'était en pensée représenté ce moment !… L'imagination faisait pâle figure comparée à la réalité.

Jo avait dit ne plus vouloir penser, mais la situation s'était renversée. C'était lui, maintenant, qui ne voulait pas être rappelé à la réalité. Raisonnement et logique n'avaient plus la moindre prise sur lui. Il repoussa les menaces tout au fond de son esprit et sentit son bras timidement guidé vers un sein doux et chaud.

— Comment veux-tu que j'arrive à résister ?

— Parce que c'est ce que tu voudrais ? demanda-t-elle, ses lèvres frôlant sa peau nue.

Il répondit par un baiser. Comme un homme affamé, il se rassasia de tout ce qu'elle lui offrait.

Bon sang, mais qu'est-ce que je suis en train de faire ?

C'était simple : il était en train de renoncer à ignorer la belle femme qui l'avait conquis dès leur première rencontre.

En parcourant ses courbes douces pour la première fois, il se demanda comment il avait réussi le tour de force de tenir bon aussi longtemps. Dire qu'il la connaissait depuis quatre ans et qu'il avait éprouvé du désir pour elle à la seconde où elle lui avait été présentée ! Mais ce qui devait arriver avait fini par arriver… Témoin ou pas, elle était à lui désormais.

A lui.

Leurs baisers se firent de plus en plus passionnés. Il brûlait d'envie de sentir la peau de Jo contre la sienne. De sentir sa chaleur, de découvrir chaque parcelle de son corps : les marques plus claires à l'emplacement du maillot de bain, les grains de beauté, le creux de sa hanche.

Mais stop ! Ce n'était pas possible. Du moins, pas maintenant.

C'était le plus mauvais moment possible. Ils allaient s'unir dans la précipitation et ce n'était pas ce qu'il souhaitait. Il voulait avoir des heures devant lui pour explorer tout à loisir le corps dont il avait rêvé pendant des nuits entières.

Jo devina ce qui se passait dans la tête de l'homme qu'elle tenait dans ses bras, mais il lui était impossible de s'arrêter. Ou, plutôt, elle ne *voulait* pas s'arrêter. Les lèvres de Levi quittèrent sa bouche, déposant de petits baisers légers dans son cou.

Il avait raison. Ils devaient quitter l'hôtel.

— J'ai une idée, murmura-t-elle d'une voix contrainte, sa bouche ne pouvant s'empêcher de chercher celle de Levi.

— Moi aussi, j'en ai une, répondit-il en lui souriant. Mais, si nous nous allongeons sur ce lit, je ne serai plus vraiment en situation de te protéger.

A la perspective de se retrouver lovée entre les draps, contre Levi, un tressaillement de plaisir courut en elle. Sa remarque était parfaitement fondée. Mais il était si dur de quitter la protection du cercle de ses bras…

La chaleur de ses lèvres dans son cou fit naître une nouvelle image voluptueuse dans son esprit. Ses doigts s'enroulèrent dans les mèches courtes de ses cheveux, effleurant le bandage qui recouvrait sa blessure. Elle l'entendit retenir son souffle et il écarta davantage l'encolure de son T-shirt, ses lèvres s'aventurant plus loin, le long de la ligne de sa clavicule.

— Levi… Un camping-car.

— Mmm ? souffla-t-il, promenant toujours ses lèvres sur sa peau.

— Si nous pouvons trouver un camping-car, nous n'aurions plus à changer constamment d'hôtel. C'est faisable, tu crois ?

Il releva la tête, le cou à portée des baisers de Jolene, mais elle se borna à laisser courir son doigt sur le point où pulsait sa carotide. Il emprisonna sa main dans la sienne, la porta à ses lèvres pour l'embrasser, puis la tint serrée dans la sienne, sur son cœur.

Le coude de Jolene reposait, juste à côté de son pistolet, comme pour leur rappeler que le danger était constant.

— Ce n'est pas une mauvaise idée. C'est même une très bonne idée.

— Oui, il m'arrive d'en avoir, parfois.

Même quand on ne me demande pas mon avis.

— Ce ne devrait pas être trop difficile à trouver.

— Mais un camping-car a un prix et il nous faudra trouver ce montant en liquide.

Il embrassa ses phalanges et relâcha sa main.

Immédiatement, son contact lui manqua. Elle le regarda un instant rajuster ses vêtements, puis se redressa, elle aussi, la mort dans l'âme. Le suivant jusqu'à la porte, elle se cala contre le mur, prête à patienter le temps qu'il soit sorti en éclaireur pour s'assurer que la voie était libre.

Sans se retourner, il tendit une main derrière lui pour lui intimer l'ordre d'attendre.

Bon sang, songea-t-elle, agacée. Comme si elle ne connaissait pas les consignes par cœur ! Comme si elle était une néophyte nouvellement admise au programme de protection ! Avait-il oublié qu'elle avait passé sa vie à respecter des mesures de protection ?

Ils sortirent de l'hôtel par une porte de service, sur l'arrière, sans avoir vu âme qui vive.

Ils rejoignirent une rue plus passante. Pas de taxi en vue. Ils continuèrent à marcher, Levi se retournant en permanence, regardant partout, inspectant les moindres recoins.

Comme ils atteignaient un angle, Levi la plaqua dos au mur et se plaça devant elle pour faire écran de son corps, les bras de part et d'autre de son visage, tandis qu'il balayait la rue adjacente du regard. Jolene eut toutes les peines du monde à résister à la tentation de l'embrasser.

— Je suis d'accord pour suivre ton idée de camping-car, mais il y a un hic…

— Lequel ? demanda-t-elle. Nous devrions en trouver un assez facilement. Et, ensuite, plus de problème d'hôtel…

Il se mit à rire. De ce rire un peu condescendant qu'il avait lorsqu'il savait quelque chose qu'elle ne savait pas. Elle eut envie de repousser ses bras. De lui prouver qu'elle pouvait se débrouiller seule. Qu'elle en avait la capacité.

— Je peux m'en charger. Je suis sûre d'en dénicher un dans les petites annonces des particuliers, dans les journaux. La transaction ne laissera aucune trace si nous ne faisons pas établir le certificat d'immatriculation.

— Le problème, c'est de réunir la somme pour le payer en liquide.

— Je sais où la trouver… si tu es d'accord pour que nous puisions dans mon héritage, suggéra-t-elle. Il suffira d'un saut à la banque, et ce sera réglé. Quand ils se rendront compte que nous y sommes allés, nous serons déjà repartis depuis longtemps.

Il ouvrit la bouche, comme s'il avait une question sur le bout de cette langue qui lui avait donné des frissons lorsqu'elle courait le long de sa clavicule. Mais, finalement, il recula, puis inspecta de nouveau les alentours.

— De quelle somme disposes-tu, Jo ?

— C'est l'argent de maman, auquel je n'ai jamais touché. Papa l'appelait le fonds d'urgence, pour le cas où je devrais m'enfuir précipitamment. Puis, de fil en aiguille, c'est devenu l'héritage que je pourrais utiliser lorsque je me marierais.

Elle vit les sourcils de Levi se rapprocher jusqu'à ne presque plus former qu'un trait surplombant ses yeux.

— Qu'y a-t-il ? Tu es en colère ?

— Non, Jo. C'est un très bon plan.

Le sourire en coin qu'elle connaissait si bien étira ses lèvres sans toutefois se refléter dans ses yeux.

— Quelle banque ?

— Si. Tu es en colère contre moi, je le vois bien.

— Pas contre toi, Jo. Contre moi. J'ai été stupide.

Il secoua la tête, l'attrapa par le coude et l'entraîna à sa suite dans une station-service qui se trouvait juste après l'angle de la rue.

— Pouvez-vous nous appeler un taxi ? demanda-t-il au caissier en lui montrant son badge.

Et ce fut la fin de la conversation. Elle attendit dans l'arrière-boutique de la station, dos au mur de béton, tandis qu'il surveillait discrètement les allées et venues, à l'extérieur, prêt à entrer en action. Il bouillait intérieurement, elle le voyait. Il s'était passé quelque chose, mais elle n'avait pas la moindre idée de ce que c'était.

Peut-être parce qu'elle n'avait que peu d'expérience des relations humaines… A moins que son point de vue ne soit biaisé parce qu'elle avait cru bien le connaître et qu'elle s'était apparemment trompée. Quoi qu'il en soit, elle se sentait niée, blessée… Bannie.

Vingt minutes plus tard, juste au moment où le soleil se couchait, le taxi arriva.

Elle dut reconnaître qu'elle n'était pas mécontente de changer enfin d'endroit et de pouvoir s'asseoir sur le siège élimé. Cinq minutes de plus à attendre dans la station, et elle aurait sûrement fondu en larmes… d'épuisement. Du trop-plein d'émotions.

Elle avait revu les lieux du drame de son enfance. On lui avait tiré dessus. Elle avait trouvé refuge dans une maison occupée par une amie de son père. Puis elle avait été traitée presque comme une criminelle par la police. Sans compter tous ces souvenirs qui remontaient de son subconscient sans qu'elle parvienne à les saisir. Et Levi, bien sûr…

Levi qui l'avait embrassée comme si rien au monde n'existait plus, et elle, qui avait répondu avec ferveur, qui en avait *redemandé.*

Difficile à croire que c'était ce matin seulement qu'elle s'était réveillée d'un sommeil de vingt-quatre heures après avoir été droguée ! Et que, deux jours plus tôt, elle enterrait son père. Son père, le paysagiste.

Avait-elle réellement connu les deux facettes de cet homme ? Joseph Atkins ou Robert Frasier ? La réponse lui semblait simple : oui. Son père était bien réel, quel que soit son nom. Il aimait les plantes, mettre en adéquation l'atmosphère d'un jardin avec le caractère du client qui avait fait appel à ses services. Il aimait créer des choses de ses mains, en général, et il détestait le travail que lui avait assigné le Bureau des marshals. Et ce qu'il détestait plus encore, c'était le fait que sa fille n'ait pas eu une enfance normale, ni une mère pour répondre aux questions qui, parfois, l'embarrassaient.

Oui, sans aucun doute, il l'avait aimée.

Non… Ne pas se mettre à pleurer.

Elle réussit à se ressaisir. Refermant les bras autour d'elle, elle se laissa aller contre le dossier et regarda par la fenêtre. Elle n'avait pas entendu les instructions qu'avait données Levi au chauffeur. Il était trop tard pour aller à la banque maintenant. Et, de toute façon, à en juger par sa réaction, son idée ne devait pas lui plaire.

Ils bifurquèrent et, devant eux, un magnifique coucher de soleil texan embrasa le ciel d'orange, d'or et de rose. C'était splendide. Le Texas… La terre natale de son père lui avait-elle manqué ?

La tête calée contre le siège, elle regarda les couleurs se modifier, s'entremêler, perdue dans ses tristes pensées jusqu'à ce que l'image d'un homme ressemblant à un personnage de dessin animé s'impose à son esprit. Un visage tout en arêtes vives, comme taillées à la serpe, qui composaient un visage évoquant un dessin animé japonais. Des cheveux qui se dressaient en épis tout autour, tels des brins de paille multicolores, et des yeux de diable rouges qui semblaient sortis tout droit d'un livre d'histoires. Quelque chose qu'elle avait vu dans son enfance.

Elle avait beau vouloir croire que cet *homme arc-en-ciel* était bien réel, son existence devenait de plus en plus sujette à caution. Jamais Levi ne la croirait si elle lui en brossait un tel portrait. Le personnage qui s'était présenté à son esprit semblait bel et bien être né de l'imagination fertile d'une enfant de cinq ans. Ce n'étaient pas les rayons du soleil diffractés par un prisme en cristal qui avaient pu générer cette image diabolique qui lui était revenue du meurtre de sa mère.

10

SMS : Numéro masqué 19 :19

Cette ennuyeuse diversion prendra fin demain. La priorité est de localiser et d'éliminer la cible. Aucune excuse ne sera acceptée.

Jo se tenait debout devant la fenêtre d'un autre hôtel, quelque part, dans un autre quartier de Dallas. Ou, plutôt, dans une ville de sa périphérie. Ils avaient loué une voiture et étaient partis en repérage en vue de l'achat d'un véhicule bon marché le lendemain.

Se doutant bien que ceux qui les suivaient ne tarderaient pas à savoir dans quelle voiture ils se déplaçaient, ils avaient pris soin de la garer à bonne distance de l'hôtel. Le plan de Levi ? Un bref passage dans une succursale de sa banque, l'achat d'un camping-car d'occasion, ainsi qu'elle l'avait suggéré, la restitution de la voiture de location… Et ensuite ? Mystère.

Il avait passé quelques appels du téléphone à carte, mais sans rien lui expliquer.

— Qu'est-ce qu'on va faire, maintenant ? demanda-t-elle, passablement découragée par son attitude. Et ne me dis pas que nous « verrons demain », s'il te plaît.

Au moins y avait-il deux lits. Elle n'aurait pas à lui demander de dormir dans le fauteuil pour être sûre de ne pas laisser ses mains s'égarer là où il ne fallait pas. Cela dit, il ne s'était pas montré plus pressé qu'elle de couper court au baiser qu'ils avaient échangé…

Sans surprise, elle sentit ses doigts rassurants s'enrouler

autour de son épaule. Comme chaque fois, elle dut se remémorer qu'il n'avait aucune idée derrière la tête. En tout cas, pas *celle-là*... Puisqu'il lui avait dit et répété que c'était impossible.

— Avant que tu te couches, on peut parler de *ça*, si tu veux, suggéra-t-il en avançant l'autre main dans laquelle se trouvait le petit chien sculpté. Tu as dit qu'il y avait un compartiment secret ?

— Oui. Tu crois que ma mère y avait caché quelque chose ?

— Possible. Lulu pouvait-elle savoir comment il s'ouvrait ?

Quinze centimètres de haut, dix de large... Elle avait su où appuyer, quoi tourner pour actionner le mécanisme... Levi dut voir à son expression soucieuse qu'elle fouillait dans sa mémoire. Il posa ses mains sur les siennes.

— Tiens-le sans essayer de te rappeler. Ne réfléchis pas.

— Si elle le savait, c'est qu'elle nous avait espionnés. C'était un secret de famille. Papa m'avait montré la manœuvre.

Il s'écarta et se mit à marcher de long en large.

— As-tu la moindre idée d'où venait cette sculpture ?

Il était si agréable à regarder. Cette démarche souple, assurée... Comme un fauve qui arpentait un espace confiné et qui n'attendait qu'une chose : se retrouver à l'air libre, en extérieur. Il ôta sa veste et déboucla son holster, geste qu'elle lui avait vu faire d'innombrables fois ces derniers jours, mais qui était tellement habituel pour lui qu'il l'accomplissait de façon totalement machinale.

Elle reporta son attention sur l'objet de bois, entre ses mains. Encore chaud d'avoir été dans la poche, puis dans la main de Levi, sa surface patinée par le temps et les doigts empressés de ses propriétaires. Sadie Colter avait dit qu'il était encrassé. Elle le nettoya rapidement avec le bas de son T-shirt. Dans son esprit, cet objet ne *pouvait pas* être sale.

— Non... Désolée. Tout ce que je sais, c'est qu'il avait beaucoup de valeur aux yeux de ma mère et qu'elle y était très attachée.

— Tu crois qu'il a été fabriqué spécialement pour elle ?

— Oui. Je n'avais le droit de le manipuler qu'en sa présence.

Pas de fixations ni de jointures apparentes… Il était entièrement lisse, comme d'une seule pièce, songea-t-elle, ses doigts caressant toujours la surface polie du bibelot chéri de sa mère.

— Quelque chose me dit que tu n'as pas toujours demandé l'aide de tes parents, nota Levi en riant.

— Ma mère le rangeait toujours en hauteur, mais je rentrais mes jeux d'extérieur dans la maison pour l'atteindre…

L'image d'un tricycle et d'une chute passa devant ses yeux. Très nette. Précise au point qu'elle crut sentir encore l'élancement de douleur lorsqu'elle avait heurté le guidon en tombant. Elle s'aperçut qu'elle se frottait le menton et regarda sa main, s'attendant presque à y voir du sang.

— Et est arrivé ce qui devait arriver : tu es tombée, c'est ça ? devina Levi.

— Pardon ? dit-elle, levant vers lui des yeux égarés.

Il s'agenouilla devant elle, les sourcils froncés, et sonda son expression.

— Jolene, que s'est-il passé à l'instant ?

Elle eut envie de lisser de la main le pli d'inquiétude qui barrait son front. Puis, tandis qu'elle le contemplait, elle vit l'anxiété se muer en curiosité, mais il ne bougea pas, une main toujours posée sur son genou, l'autre refermée sur celle de Jolene qui tenait la sculpture.

C'était son sourire qu'elle aimait le plus chez lui, même lorsqu'il se teintait, comme maintenant, d'un peu d'anxiété devant ses réactions à la résurgence inopinée de ses souvenirs. Il était tellement décidé à lui faire réintégrer le programme de protection… Il faudrait qu'elle lui fasse comprendre que c'était hors de question. Qu'elle se refusait à passer le reste de sa vie à regarder par-dessus son épaule et à se demander si elle n'allait pas commettre une erreur qui coûterait la vie à ceux qu'elle aimait.

— Ça va ? s'enquit Levi, la pression de ses doigts s'accentuant autour de sa main pour la réconforter.

— Oui. Tu as raison… Je suis tombée et je me suis coupée au menton en essayant d'attraper ce chien.

Il lui souleva doucement le menton.

— Tu n'en as pas gardé de cicatrice.

Prenant des deux mains appui sur les bras du fauteuil, Levi s'inclina vers elle. Ses lèvres se pressèrent, tendres et voraces à la fois, sur les siennes. Elle y répondit avec la même ardeur. Elle avait tant envie que…

Un déclic interrompit le fil de ses pensées. Elle baissa les yeux.

Levi recula, les yeux braqués sur ses mains, lui aussi. Le chien de bois sculpté s'était ouvert en deux, au niveau de l'encolure. En un éclair, elle comprit : son esprit s'étant mis au repos au lieu de traquer les souvenirs, ses mains avaient d'elles-mêmes retrouvé le mouvement qui lui avait été appris dans sa petite enfance.

— Il est vide, commenta-t-elle.

— Il fallait s'y attendre, répondit Levi en retirant ses chaussures et en s'asseyant à côté d'elle. Ils ne nous l'auraient pas rendu sinon.

Il claqua les mains sur ses cuisses.

— Bon, tu es prête à me raconter ce dont tu t'es souvenue aujourd'hui ?

— Aujourd'hui… Je n'arrive pas à croire qu'il se soit passé tant de choses en une seule journée. Mais, franchement… Je suis tellement éreintée qu'il vaut mieux remettre à demain. Quel lit veux-tu prendre ?

Il éleva une main.

— O.K. Juste une chose, alors.

Levi se leva et alla fourrager dans son sac. Il en sortit diverses choses qu'il posa sur la commode, dont l'enveloppe de papier kraft qui contenait les lettres de son père.

— Dans ses instructions, ton père me demandait de te donner ça quand je le jugerais bon.

Il revint vers elle, le deuxième chien sculpté à la main. A première vue, il était identique à celui, démonté, qui se trouvait dans sa main. Une paire de cockers de bois sculptée par le même artiste.

Les yeux de Jolene s'écarquillèrent.

— Je ne voulais pas te le montrer avant pour ne pas interférer avec tes souvenirs, tu comprends ?

— Donne-le moi, proféra-t-elle, les yeux remplis de larmes, l'esprit en proie à la plus grande confusion.

Elle partit en courant vers la salle de bains et referma la porte derrière elle. Ç'aurait été un jeu d'enfant pour Levi d'ouvrir la porte soit en l'enfonçant, soit en faisant sauter la serrure, mais il ne le fit pas.

Jo abaissa le couvercle des toilettes et s'assit dessus, les deux sculptures serrées contre elle, regardant le mur blanc, droit devant elle. Elle compta le nombre de carrelages recouvrant le sol, examina les fissures du plafond, tout cela sans cesser de promener ses doigts sur les animaux de bois.

Au bout d'un moment, Levi s'approcha et toqua à la porte.

— Jo ? Il y a une demi-heure que tu es enfermée là.

— Va-t'en, répondit-elle, songeant qu'elle semblait vouée à se barricader dans les toilettes des trains et des hôtels depuis quelque temps. Je ne vais pas m'enfuir.

— Je le sais. Ouvre-moi, Jo.

— Laisse-moi tranquille. S'il te plaît.

Il y eut un chapelet de jurons de l'autre côté de la porte.

— Je ne peux pas ! Il faut croire que ce n'est pas dans ma nature — du moins en ce qui te concerne.

Le cœur de Jolene ne resta pas insensible à la déclaration qui se dessinait en filigrane derrière ces mots, mais sa tête ne cessait de lui rappeler que Levi Cooper persistait à lui dissimuler des tas d'informations sur ses parents. Un secret en cachait perpétuellement un autre ; elle avait l'impression qu'elle n'en verrait jamais le bout. Et plus elle en découvrait, plus il lui devenait difficile de lui pardonner.

Une heure, et Jo n'avait toujours pas émergé de la salle de bains. Levi non plus n'avait pas bougé de son poste, de l'autre côté de la porte. Deux lits confortables qui ne servaient à rien et son dos qui commençait à s'ankyloser.

Il n'osait pas s'allonger de peur de s'assoupir et de ne pas l'entendre si elle se décidait à sortir. Il avait si peu dormi depuis la veille des funérailles…

— Allez, Jo, lança-t-il, décidé à faire une ultime tentative avant de poser l'oreiller sur lequel il était assis sous sa tête et de s'allonger, devant la porte. J'étais bien obligé de suivre les instructions de ton père… Je ne voulais surtout pas t'empêcher de retrouver la mémoire.

Elle devait s'être endormie, roulée en boule sur le sol ou recroquevillée dans un coin.

Un déclic. Un grincement.

Jolene apparut, les traits tirés, les yeux rouges. Elle avait dû pleurer tout le temps qu'elle avait passé dans la salle de bains.

— Je n'arrive pas à trouver comment il s'ouvre, lâcha-t-elle finalement d'une petite voix défaite. Le système de l'autre s'est déclenché quand je n'y pensais pas. J'ai essayé de faire pareil avec celui-ci, mais…

Elle s'avança en lui tendant le chien.

— Je pensais que c'était un message de mon père. Ou un indice. Quelque chose d'important qui nous mettrait sur la voie. Ou simplement un objet qu'il voulait me transmettre.

Il déposa le chien sur l'oreiller et la prit dans ses bras.

— Bien sûr qu'il voulait que tu l'aies, Jo. Nous ferons un nouvel essai plus tard. Tu es trop fatiguée pour l'instant.

— Je n'y suis pas arrivée, reprit-elle, la voix étranglée de larmes et de chagrin.

Levi aurait dû se préparer à ce type de réaction.

— L'important, pour le moment, c'est de te reposer.

De son torse, ses yeux s'élevèrent vers les siens.

— Il faut que j'aide papa.

Posant la main sur ses cheveux, il ramena sa tête dans le creux de son épaule.

— Chérie, ce dont je suis sûr, c'est que ton père n'aurait pas voulu te voir dans cet état. Va dormir. Nous trouverons les réponses à nos questions demain.

— Puisses-tu dire vrai, murmura-t-elle.

La porte était verrouillée.

Ils étaient en sécurité… Pour le moment.

Il aida Jo à s'allonger et elle se recroquevilla en chien de fusil, les mains serrées sous le menton. Il la regarda pendant quelques instants. Il devait dormir, lui aussi… Il en avait besoin, il le sentait, il serait incapable de fonctionner le lendemain s'il ne trouvait pas le sommeil très vite.

Attrapant la couverture qui recouvrait l'autre lit, il s'allongea à côté de Jo. Il préférait encore devoir se surveiller toute la nuit pour ne pas laisser ses mains s'égarer vers elle plutôt que de courir le risque qu'elle lui fausse compagnie pendant son sommeil. Compte tenu de l'état d'esprit dans lequel elle était, il ne pouvait être sûr de rien.

Le lit était un peu petit pour deux personnes, surtout un homme de sa taille. Ses pieds dépassaient du matelas… Il venait juste de fermer les yeux lorsque Jolene se retourna et se pelotonna contre lui.

Levi passa son bras autour d'elle, résolu à ne plus la laisser repartir. Sachant que c'était le seul endroit où elle serait jamais en sécurité.

Le repos et le sentiment de sécurité que la nuit avait apportés à Levi étaient déjà oubliés. En écoutant Jo lui relater le méli-mélo d'images chaotiques qui lui étaient venues ces deux derniers jours, il eut un moment de doute et se demanda si tout ceci en valait vraiment la peine.

Mais cela ne dura pas. *Oui*. Jo en valait mille fois la peine.

Si tout était à refaire, il prendrait exactement la même décision, serait prêt à courir exactement les mêmes risques pour la protéger et l'aider.

Tout en décrivant les idées folles qui l'avaient traversée, elle s'était mise à triturer inconsciemment le bas de son T-shirt, pianotant de temps à autre nerveusement du bout des ongles sur son menton, jusqu'à ce que, se rendant compte de ce qu'elle faisait, elle s'interrompe subitement pour croiser les bras sur sa poitrine. C'était son geste fétiche, sa façon à elle d'essayer de trouver l'apaisement.

Facile à interpréter pour lui qui avait côtoyé tant de témoins pris dans de terribles engrenages. Le plus souvent, il n'était pas difficile de comprendre le langage corporel des innocents. Mais, pour lui, Jolene Atkins n'était pas un témoin comme les autres. Il devait dépasser ça et parvenir à la traiter comme n'importe lequel d'entre eux.

— Il faut qu'on établisse un plan, déclara-t-il. Voire deux. La priorité, c'est de te faire retrouver la mémoire.

A ces mots, elle se cacha le visage dans les mains.

— J'ai essayé de faire le tri entre ce qui était important et ce qui ne l'était pas… Mais tout se mélange. Il est plus facile de penser à la personne qui cherche à me tuer que d'élucider le meurtre de ma mère. Et de loin !

— Nous trouverons qui sont ceux qui t'en veulent.

— Levi, tu n'as pas entendu ? Je viens juste de te dire que le meurtrier de ma mère ressemblait à un personnage de dessin animé japonais. Ce n'est pas ça qui va nous aider à le trouver !

Frustrée, elle abattit son poing sur le bord de la commode.

— Je sais, répondit-il sans hausser le ton.

— Et alors ?

— Alors, je pense que nous devrions commencer par avaler ce petit déjeuner continental avant de descendre à la voiture.

— Ce n'est pas la réponse que j'attendais.

— Nous ne pouvons pas faire grand-chose d'ici. On décidera de la conduite à tenir dans la voiture. A ce propos, peut-être qu'ils l'ont déjà localisée…

Elle fit volte-face, élevant les deux mains devant elle. Cela fonctionna. Il se tut.

— Levi, il faut que tu acceptes le fait que je ne me souviendrai peut-être jamais. Peut-être que je garderai toujours de l'homme qui a assassiné ma mère cette vision absurde de cheveux de paille bleus et verts et d'un nez pointu, comme un personnage d'un film de Tim Burton.

Elle se laissa tomber sur le lit, abattue.

— Je n'y arriverai jamais.

— A quoi ? Rester en vie ? Je te signale que je ne te

laisse pas le choix. Tu ne pensais tout de même pas que ce serait facile ?

Jo avait de la ressource, il le savait. Certes, ils étaient dans une situation impossible, mais elle ne baisserait pas les bras. Simplement, elle n'avait — heureusement pour elle — jamais eu jusque-là à échapper à des tueurs.

— Ce que je pensais, c'était que j'allais enterrer mon père qui était mort dans un accident de voiture la semaine dernière et que je retournerais à ma vie ennuyeuse, en Géorgie, hier. *Voilà* ce que je pensais. Je ne veux pas avoir à me cacher et à fuir le restant de mes jours.

Elle ne pleurait pas. Elle semblait plutôt remontée contre lui, maintenant. Evidemment, il avait conduit le tueur jusqu'à elle, à Saint Louis. *Et* il l'avait perdue dans le train. Bon sang !

— Personne n'a dit que ce serait facile, Jo.

Il esquissa un geste pour poser la main sur son avant-bras, mais elle le repoussa d'une tape sèche.

— N'essaie pas de me manipuler. Je ne suis pas un de tes… de tes *témoins*.

Peut-être se sentirait-il mieux s'il la prenait dans ses bras ? Ce n'était certes pas la solution professionnelle. Seulement la conséquence du désir qui l'avait habité toute la nuit, tandis qu'il la tenait serrée contre lui.

— Je te traite simplement comme une personne qui a besoin de mon expérience et de mon aide.

— C'est ça, jeta-t-elle en pivotant sur elle-même pour lui faire face, laissant la porte se refermer dans un claquement sec derrière elle.

— Ecoutez-moi bien, marshal… Quelle que soit l'issue de cette histoire, je ne retournerai pas dans le programme de protection des témoins. Jamais. Mon père m'a enseigné les précautions à prendre pour être en sécurité, mais il m'a aussi appris comment ne *pas* avoir de vie. Je ne recommencerai pas.

— Tu n'as pas le ch…

— Chut… Je n'ai pas terminé, coupa-t-elle, l'arrêtant d'un index vengeur planté au centre de son torse.

Laissant retomber son bras, elle se mit à arpenter la pièce, les mains sur ses hanches minces avant d'en porter une à sa tête, qu'elle passa dans ses mèches courtes, les ébouriffant en vaguelettes autour de son visage.

— Je me suis sentie plus vivante pendant ces trois derniers jours que je ne l'ai jamais été de ma vie entière. Je n'ai aucune envie de passer le reste de mes jours en cavale et je tiens à ce que tu saches que je ferai tout pour l'éviter.

Elle était plantée devant lui, apparemment très sûre d'elle. Il entendit ses paroles, nota sa détermination… et comprit qu'elle avait peur en dépit de ses airs bravaches.

— Tu penses me connaître, Levi Cooper, mais tu te trompes. Je n'irai *pas* à Denver avec toi et, même si des souvenirs moins délirants que celui de *l'homme arc-en-ciel* me reviennent, je ne réintégrerai *pas* le programme de protection.

Il se tut, gardant ses pensées pour lui. Parce qu'il savait ce à quoi faisait allusion son rêve. Parce qu'il savait qu'elle n'avait pas idée de ce qu'elle affrontait.

— Je ne suis pas une enfant, ni juste la fille de Joseph. Tu m'as volontairement dissimulé des pièces de ce puzzle et je ne veux plus avoir de nouvelles surprises.

Il était plus que temps de lui dire toute la vérité.

Et tant pis pour les conséquences.

— Tu as fini ? demanda-t-il, les dents serrées.

Elle hocha la tête, ses yeux verts brillant de colère. Il la comprenait.

— Bien. Assieds-toi.

Elle pinça les lèvres, hésita, puis obtempéra.

— Alors, assieds-toi, toi aussi.

Il laissa tomber le sac par terre et se dirigea délibérément vers la fenêtre. Personne ne semblait surveiller leur chambre.

— Nous sommes seuls ici depuis trop longtemps. Je n'aime pas ça. Te protéger est un travail à temps complet, vingt-quatre heures sur vingt-quatre.

— Personne ne t'a rien demandé.

— Si. Ton père, Jolene.

Il se rappela avec tristesse ce jour où Joseph avait imploré son aide. C'était la dernière fois qu'il l'avait vu en vie. Mais, cette partie de l'histoire, ce serait pour une autre fois.

— Il y a des choses que tu ne sais pas, commença-t-il en repoussant en arrière une mèche qui lui tombait sur le front.

Bon sang, il détestait devoir faire ça.

— Il y a six mois, j'ai reçu une alerte concernant l'affaire de ton père. L'arme avec laquelle on lui avait tiré dessus — et qui avait tué deux marshals — venait d'être utilisée lors d'une fusillade aveugle à Dallas, dans une station-service.

— « Aveugle » ? Qu'est-ce que ça signifie ?

— Bonne question. En apparence, cette fusillade n'avait aucun rapport avec l'affaire de ta famille et, très franchement, l'employé de cette station-service semblait avoir été abattu sans raison. Ce qui en soi me paraissait suspect. Seulement, je n'ai pas pu enquêter comme je l'aurais voulu puisque le lien avec les Frasier n'a pas pu être prouvé. Et ne me regarde pas de cet air-là, comme si le Bureau s'était désintéressé de l'affaire parce qu'elle concernait ta famille… Cette arme a également abattu deux des nôtres, ne l'oublie pas. Le Bureau a pris l'enquête très au sérieux mais ça n'a abouti à rien. Tout ce que nous avons, c'est un rapport balistique établissant qu'il s'agissait bien de la même arme.

— Bon, s'il n'y avait aucun lien, pourquoi nous y intéresser de nouveau, maintenant ?

— Bien vu. J'ai eu le temps d'y réfléchir… Je n'en ai pas la preuve, mais je pense que l'utilisation de cette arme était une ruse pour attirer ton père à Dallas.

— Mais tout le monde le croyait mort.

— Quelqu'un, en dehors du Bureau des marshals, savait qu'il ne l'était pas et qu'il représentait toujours une menace.

Elle le rejoignit à la fenêtre. La lumière matinale tamisée par les rideaux illuminait sa peau, soulignant le sillon qui creusait son front et trahissait sa préoccupation.

L'irrésistible attraction, entre eux, était toujours là, constante, presque palpable.

— Mais, tu l'as dit toi-même, Levi, il est resté en vie pendant vingt ans. Qui pouvait vouloir le tuer maintenant ?

— L'assassin de ta mère.

11

SMS : Numéro masqué 07 :18
TUEZ-LES MAINTENANT !

C'était dans les bras de Levi, en dépit de ses constants rappels du danger, que Jo se sentait en sécurité. Leur discussion se poursuivit tandis que, tour à tour, ils arpentaient la chambre d'hôtel, comme s'il leur fallait s'éloigner l'un de l'autre pour garder les idées claires et progresser dans leur raisonnement.

Chaque fois qu'elle approchait de lui, l'espace semblait rétrécir autour d'elle. Comme si, par sa présence, il éclipsait tout le reste. A moins que ce ne soit son désir de se blottir contre lui pour se sentir protégée ?

Non, elle pouvait lutter contre cette tentation. S'abstenir de tout contact avec lui et combattre ses pulsions. Donner son accord pour qu'il l'envoie loin de lui une fois qu'ils auraient trouvé les preuves de sa mère. Le laisser croire qu'elle réintégrerait le programme de protection. Ceci accompli, elle n'aurait plus qu'à s'occuper d'elle.

Ce serait son secret, *à elle*.

Elle passa la main dans ses cheveux, encore humides de la douche, pour leur donner du gonflant. Elle les avait coupés depuis la dernière fois qu'elle était revenue à la maison. Il n'avait fait aucun commentaire à ce propos. D'ailleurs, il n'avait pas dit grand-chose, de manière générale. Rien, en tout cas, le concernant, lui, sa famille et sa vie privée.

Elle l'interrogerait plus tard sur ce sujet, quand la vie aurait retrouvé un cours plus normal. A supposer que cela arrive un jour… *Arrêter de penser à lui. Se concentrer sur les faits.*

— Tu crois que l'assassin de ma mère a commis un autre meurtre il y a six mois pour faire sortir mon père du bois. Honnêtement, mon père a été laissé pour mort il y a vingt ans. D'ailleurs, officiellement, il l'était. Cette affaire n'a pas été suivie de près depuis si longtemps… Qu'ils aient pris un risque pareil n'a pas de sens. Je ne vois pas où est la logique dans le fait d'utiliser de nouveau l'arme qui a servi à tuer les deux marshals. Les tueurs ne pouvaient pas savoir que mon père aurait accès aux rapports balistiques ?

— L'information a paru dans les journaux nationaux. Peut-être était-ce un test pour voir si quelqu'un s'intéressait toujours à l'affaire ? Ou une menace à l'intention de quelqu'un comme Lulu ? Une façon de rappeler qui tenait les rênes.

— Il aurait été plus judicieux de détruire cette arme… On ne réveille pas le chat qui dort.

— A ceci près que le chat en question avait déjà un œil à moitié ouvert, rappela Levi en se mettant à marcher de long en large. Depuis le début. Voyons, reprenons… Elaine Frasier, la grande avocate, tombe sur quelque chose de tellement sérieux qu'elle est prête à renoncer à tout — sa carrière, la vie qu'elle s'est construite — pour protéger sa famille en entrant dans le programme de protection des témoins.

— Tu es sûr que le ministère de la Justice n'avait pas de nom et qu'en enquêtant sur tous ses clients, il n'est pas tombé sur… disons, du linge vraiment très sale ?

— Oui. Donc, qu'a-t-elle pu découvrir ? Et où sont les preuves ?

— Pourquoi partons-nous du principe qu'elle en avait ?

— Parce que, de toute évidence, quelqu'un pense que ces preuves existent. C'est pour ça qu'ils ont tué ton père.

— Mais vingt ans se sont écoulés. Pourquoi penses-tu que nous avons une chance de les trouver aujourd'hui ?

— Je ne sais pas… Appelle cela de l'instinct. Note bien que je ne suis certain de rien.

Il haussa les épaules.

— Ils ont fouillé ton ancienne maison. Si elles étaient à Dallas, ils les auraient trouvées.

— Ou alors, ils voulaient simplement tuer le témoin du meurtre pour éliminer tout risque d'être découvert.

— Un point pour toi. Il n'y avait rien dans la maison. Si ton père avait trouvé quelque chose, il l'aurait donné à la justice pour te mettre à l'abri, déclara Levi.

— Qu'en pense le FBI ? Le meurtrier voulait-il se venger, selon eux ?

— Rien ne porte à le croire. Nous pensons qu'il veut tuer tous les membres de ta famille.

— Mais enfin pourquoi ? Qui peut nous haïr à ce point ?

— Toutes sortes de gens. Le problème, c'est que nous n'avons aucune piste.

— Il y a le deuxième chien sculpté. Nous pourrions… le casser ? suggéra-t-elle d'une voix qui trahissait sa réticence.

— Ne t'inquiète pas. Sans en arriver là, on peut le faire radiographier. Je devrais pouvoir arranger ça.

— Merci, dit-elle en lui adressant un regard plein de gratitude.

Il était calé contre le mur, bras croisés. Et chaque fois qu'elle le regardait et voyait l'intérêt sincère de son regard, elle avait envie de chercher réconfort dans ses bras.

— Attends une minute. Ça signifie que personne ne sait véritablement pourquoi ma mère a été assassinée. Comment se fait-il que je ne m'en sois pas rendu compte plus tôt ?

Elle avait échafaudé toutes sortes d'hypothèses au fil des années — liées principalement au fait que son père refusait d'évoquer le tragique assassinat de sa mère. Mais jamais elle n'avait posé franchement la question… Par facilité, sans doute ; pour ne pas se compliquer un peu plus la vie.

Mais, maintenant, elle voulait des réponses. Elle ferma les yeux.

— Il faut que j'aille jusqu'au bout, Levi. Qu'on en finisse.

Il hocha la tête. Décroisant les bras, il se redressa et vint vers elle.

— Je n'approuve pas la façon dont Joseph a agi et je

déplore que cela nous ait conduits là où nous en sommes. Mais je comprends qu'il ait eu besoin de savoir. Que *tu* aies besoin de savoir.

Ses mains se posèrent sur ses épaules, réconfortantes. Encore un peu et elle se retrouverait pressée contre lui, à chercher la consolation de ses lèvres au lieu de tenter de démêler cet imbroglio. Levi avait dû tenir le même raisonnement qu'elle parce que, soudain, l'indécision se lut sur ses traits. Il s'écarta d'elle et esquissa un pas pour se diriger une fois de plus vers la fenêtre.

La vitre explosa.

Il tomba instantanément sur le sol.

Mon Dieu, non ! Il est touché !

— Recule ! lui intima-t-il. Contre le mur du fond. Ou, mieux, dans la salle de bains.

L'arme déjà au poing, il attendait, paré.

— Tu n'es pas blessé ? demanda-t-elle d'une voix tremblante.

— Fais ce que je te dis. Tout de suite !

Il ne pouvait pas la protéger efficacement si elle lui mettait des bâtons dans les roues, il le lui avait dit et répété. Elle obéit, rampant sur le sol, tirant le sac de Levi derrière elle. Ils ne pouvaient pas perdre le peu qu'ils avaient. Surtout pas les chiens.

Elle l'entendit proférer une litanie d'imprécations contre le tueur, lui-même et l'insuffisance du protocole de protection qu'il avait mis en place. On les avait localisés parce qu'ils étaient restés trop longtemps dans la chambre, à discuter à n'en plus finir au lieu de se déplacer. Il l'avait mise en danger au lieu de la défendre.

— Je ne vois pas où il est, proféra Levi, accroupi, sur le côté de la fenêtre.

Pas de tache rouge sur ses vêtements… Il n'était pas blessé.

Que pouvait-elle faire ? Elle fouilla les poches du sac, trouva sa batterie et la glissa dans son téléphone. De précieuses secondes s'égrenèrent lorsqu'elle eut composé le 911.

— Il y a beaucoup de fumée au cinquième étage du

Spanish Comfort Inn, à l'angle de la 635 et de Gross Road. S'il vous plaît, envoyez les secours… Vite !

— Bien joué, lança Levi depuis son poste d'observation. Appelle l'accueil, dis-leur la même chose.

Il chassa d'une pichenette un éclat de verre de son bras.

Prenant soin de ne pas se placer dans l'axe de la fenêtre, elle composa le numéro du standard et leur répéta la même histoire. Le souvenir de l'incident du train était si prégnant dans sa mémoire qu'elle sentait presque de nouveau la fumée. A peine s'était-elle de nouveau accroupie que la sirène d'alarme de l'hôtel se déclencha.

— Si la police nous arrête encore, mes supérieurs ne seront pas aussi conciliants, cette fois, observa Levi depuis la fenêtre.

— Alors, levons le camp, décréta Jo en retirant la batterie de son téléphone et en la rangeant là où elle l'avait prise.

Quand elle l'avait vu plonger vers le sol, elle s'était soudainement sentie sombrer elle aussi. Elle ne voulait pas le perdre. S'ils avaient affaire à la police, elle les séparerait et cela mettrait fin à leur investigation.

— Jo, ils pourraient nous attendre dans le couloir. Nous ne savons pas si le tireur opère seul.

Il fit bouger le rideau. Une balle percuta le mur du fond.

Levi rampa jusqu'à elle, le pistolet toujours à la main.

— Reste derrière moi et fais exactement ce que je te dis. On attend. On observe. On est vigilants. On reste en vie.

— Oui.

Il lui décocha son sourire en coin, qui réussit, malgré leur périlleuse posture, à apaiser un peu sa tension nerveuse.

— Passe-moi mon sac.

Lorsqu'il eut acquis la certitude qu'il n'y avait personne de l'autre côté de la porte, il se glissa sur le palier, puis l'appela quelques instants plus tard.

Des sirènes. Si le tireur était encore là, ce n'était plus pour longtemps. Levi lui fit signe de se cacher derrière un chariot de ménage. Il vérifia que la voie était libre dans la cage d'escalier, coinça la porte en position ouverte et revint en courant la chercher.

Elle sentit l'adrénaline se déverser dans ses veines tandis qu'ils s'élançaient dans l'escalier. Le fait de ne pas savoir ce qui les attendait au tournant de chaque volée de marches ni s'ils avaient réussi à échapper à ceux qui en voulaient à leur vie faisait cogner son cœur à tout-a contre sa cage thoracique.

Ils tamponnèrent des clients de l'hôtel qui dévalaient, eux aussi, les marches, alertés par la sirène d'incendie. D'autres descendaient calmement, riant et plaisantant comme si tout était normal.

Normal… Avait-elle réellement souhaité une vie « normale » ? La normalité, elle en avait eu plus que son soûl en Géorgie. Une sortie ennuyeuse de loin en loin, avec un homme ennuyeux. Un travail qui ne l'était pas moins, assise toute la journée devant un bureau… Une vie sociale réduite à une séance de cinéma ou un concert de temps à autre avec l'un ou l'autre du cercle restreint de ses amis…

Que faisait Levi, lorsqu'il n'était pas en service, le soir ?

— Je suppose que c'est trop risqué de retourner à la voiture ? souffla-t-elle, haletante, en veillant à ne pas frôler le dos de son ange gardien pour ne pas perturber sa concentration.

Il la regarda sans un mot, comme si c'était tellement évident qu'il était inutile de répondre.

Au rez-de-chaussée, une femme de chambre avait laissé la porte d'une chambre ouverte, face au hall d'entrée de l'établissement. Ils s'y engouffrèrent et Levi lui fit signe de se cacher dans la salle de bains pendant qu'il jetait un coup d'œil par la fenêtre.

— Les pompiers arrivent. On va se faufiler par la porte de derrière pour éviter tout le monde.

Son arme rangée à sa ceinture, juste sous sa veste, Levi la guida en silence. Ils passèrent rapidement devant l'ascenseur et se dirigèrent vers la cuisine, qu'ils traversèrent au pas de course, ce qui leur valut un ou deux regards suspicieux de la part des employés qui n'étaient pas encore sortis du bâtiment. Mais personne ne chercha à les arrêter.

Ils se retrouvèrent dehors. Rasant les murs, ils remontèrent le long du bâtiment en direction du parking.

Elle était déjà en train de penser à leur problème de transport lorsqu'un bras s'enroula autour de son cou. Une voix étouffée ordonna juste derrière son oreille :

— Jette ton arme.

Levi leva les mains, le pistolet toujours sous la veste.

— J'ai dit « Jette ton arme. » Et en douceur.

— Je ne crois pas, non, répondit posément Levi en se retournant vers son agresseur.

Quoi ? Dans les films, ils obtempéraient toujours à cette injonction, non ?

— Lâchez-la.

— Je ne crois pas, moi non plus.

Elle se sentit plaquée durement contre l'homme qui la maintenait prisonnière et qui semblait tout aussi grand et fort que Levi. Le canon de son arme était collé contre sa tempe. Que faire ? Les rouages de son cerveau tournaient à toute allure, incapables de trouver une solution.

— J'emmène la fille. Toi, tu ne bouges pas.

Tétanisée par la peur, elle dérapa dans le gravier. L'homme la redressa sauvagement, son bras puissant se resserrant autour de son cou, la privant d'oxygène. Elle agita frénétiquement les pieds, cherchant un appui, pour soulager la pression sur sa trachée. Ses doigts s'enfoncèrent dans la manche de l'homme.

Du coin de l'œil, elle vit Levi passer la main sous sa veste. Qu'avait-il dit ? « En douceur. » Elle se contorsionna de plus belle pour tenter de se libérer… Elle n'allait tout de même pas mourir, étouffée, là !

Puis, d'un seul coup, elle cessa de remuer et se laissa aller en arrière, contre l'homme. Pris par surprise, il trébucha et relâcha son étreinte tandis qu'elle s'affaissait au sol. Il n'en fallut pas davantage à Levi pour faire feu et s'élancer en avant. Elle ne vit pas ce qui se passait. Les yeux fermés, elle toussait, cherchant son souffle. Il y eut une seconde détonation, puis Levi fut de nouveau là. Elle se sentit soulevée de terre. Nouant les bras autour de son cou, elle eut le temps d'apercevoir la foule des clients amassée devant l'entrée de l'hôtel comme il se mettait à courir.

Il tourna le coin du bâtiment voisin et ralentit l'allure… Ils étaient hors de vue.

— Tu peux me poser maintenant.

— Tu es sûre ?

Il la libéra, face à lui, laissant les bras autour de ses épaules.

— On peut attendre une minute, si tu veux, le temps que tu reprennes ton souffle, suggéra-t-il en élevant la main pour effleurer son cou. Tu n'as pas mal ?

— Non… Ça va.

Entremêlant ses doigts aux siens, elle le tira par la main.

— Dépêchons-nous de filer d'ici.

La douceur attentive qu'il lui montrait déclencha quelque chose en elle, lui faisant oublier le danger, lui rappelant à quel point elle avait envie de l'embrasser. Mais ils n'étaient pas encore sortis d'affaire.

— Tu… tu l'as tué ?

— Blessé seulement, à en juger par la vitesse à laquelle il a détalé.

Ils se mirent en route, main dans la main, et virent une voiture de police passer non loin, toutes sirènes hurlantes.

— Merci de m'avoir sauvé la vie… encore une fois.

— C'est la moindre des choses, non ? Après tout, c'est à cause de moi que tu es dans ce pétrin.

Levi avançait à son côté, la main sur son arme, tournant sans arrêt la tête, guettant le danger. Ils ne se trouvaient pas dans les meilleurs quartiers de Dallas, elle le savait, mais elle remarqua néanmoins que peu de gens semblaient s'émouvoir de voir des camions de pompiers et des voitures de police converger vers l'hôtel, tout près de là.

Réglant son pas sur celui de Levi pour rester à sa hauteur, Jo foulait rapidement le trottoir défoncé. Au bout d'un moment, fatiguée par le rythme et encore sous le coup de l'attaque dont elle avait été victime, elle commença à s'essouffler. Levant les yeux, elle vit de l'autre côté du croisement une station-service et, mieux encore, une succursale de sa banque.

Peut-être le hasard avait-il bien fait les choses, pour une fois… Avec un peu de chance, ils n'auraient plus à changer constamment d'hôtel.

— Camping-car, nous voilà, murmura-t-elle entre ses dents.

Le vendeur du camping-car n'avait pas mis longtemps à se décider en voyant que ses acquéreurs potentiels possédaient le montant de la transaction en espèces. C'était l'effet que produisait généralement la vue de l'argent liquide. Leur problème de logement était donc réglé pour quelque temps. La chambre pour Jo. Le canapé pour lui. Et il avait bien l'intention de s'en tenir à ce noble arrangement. Car Levi s'en voulait terriblement. Quoi qu'il fasse, il semblait systématiquement faire courir des risques à Jolene.

Une agence bancaire située à deux pâtés de maisons de l'endroit où ils avaient été repérés. Un retrait effectué sur un compte que le meurtrier connaissait probablement — même si lui n'avait pas eu vent de son existence avant que Jolene en parle —, l'achat du journal local, la traversée à pied d'un autre quartier mal famé, deux taxis, et hop ! Ils étaient repartis au volant du premier camping-car de taille raisonnable qu'ils avaient trouvé.

Une halte dans un supermarché à Mesquite les avait pourvus en nouveaux téléphones à carte et en nourriture. Ils en avaient même profité pour s'acheter des jeans, des blousons et des T-shirts neufs.

Jo n'avait pas exagéré l'importance du montant de son héritage. Joseph s'était montré avisé en planifiant l'avenir et la sécurité de sa fille. Il lui avait aussi appris à se débrouiller seule. Mais, pour la énième fois en trois jours, Levi se prit à regretter qu'il n'eût pas fait preuve du même discernement quant à la traque des meurtriers d'Elaine.

En composant le numéro du contact qu'il avait, au FBI, il eut l'impression de les exposer, Jo et lui, à des rayons mortels. Le risque que quelqu'un connaisse le lien entre lui et un agent du FBI était minime, mais il n'était pas moins pressé d'en terminer le plus rapidement possible.

— Agent spécial George Lanning.

— George, Levi Cooper à l'appareil, annonça-t-il d'un ton bref. Je suis dans le coin et j'ai un service à te demander, un service personnel. Peut-on se voir rapidement ? Dans un endroit public, que tu as l'habitude de fréquenter.

— Le Cowboys Red River. On y danse justement le jeudi, répondit George. 21 heures, à l'intérieur, sur la droite, près du taureau mécanique. Je te trouverai.

Solliciter l'aide de quelqu'un qui n'était qu'une connaissance professionnelle était risqué également. Mais il n'avait pas le choix. Il avait besoin d'informations et quelque chose lui disait que, s'il faisait appel à un collègue du Bureau des marshals, les meurtriers auraient tôt fait de les retrouver.

— Le Red River est à moins de vingt minutes d'ici, indiqua-t-il à Jo lorsqu'il eut raccroché.

— Je n'arrive pas à croire qu'il y ait un parc à camping-cars si près de Dallas.

— Tu as entendu ce qu'a dit le directeur : c'est parce qu'il y a beaucoup de touristes qui transitent par la région.

— Visiter le pays par ce moyen de transport ne me déplairait pas, dit-elle pour plaisanter.

Elle regarda à droite, le rideau qui isolait le « logement » de l'avant du véhicule, puis à gauche, la porte fermée de la minuscule chambre.

— Evidemment, il serait agréable d'en voir un tout petit peu plus.

Elle était de meilleure humeur depuis qu'ils avaient fait cette acquisition. *Peut-être parce que c'est elle qui a eu cette idée et que tu l'as écoutée ?*

— Mieux vaut que tu ne te montres pas.

— Je te taquine, marshal ! Je sais très bien pourquoi il faut que je reste ici, à l'arrière.

Le dossier de sa mère était sous ses mains, posé sur la table, attendant d'être ouvert. Jolene avait demandé à le consulter et il avait accepté, mais en prenant soin préalablement de retirer les photos. Il ne se sentait déjà pas très à l'aise de devoir la forcer à se souvenir. Alors, lui permettre de voir sa mère dans cet état…

— Jo…

— Je sais, il faut que je l'ouvre. Que nous le parcourions. Que nous retrouvions *l'homme arc-en-ciel.*

— Il se pourrait qu'il soit mort aujourd'hui. Ou qu'il ait quitté le pays, observa Levi.

— Mais tu n'y crois pas, contra-t-elle, l'air malheureux.

— Nous avons six heures à tuer avant le rendez-vous avec George. Que veux-tu faire ?

Il se glissa sur la banquette, à côté d'elle. Lutta de toutes ses forces contre l'envie de passer son bras autour de ses épaules. Ils devaient parler de ce dossier, concevoir un plan, discuter de ce qui arriverait si elle ne retrouvait pas la mémoire.

Mais il n'avait pas envie de parler.

— On pourrait partir en exploration, suggéra-t-elle en tapotant de l'ongle de son petit doigt sa lèvre inférieure.

Elle n'avait aucune idée de l'effet que produisait ce simple geste sur sa pression sanguine. En exploration… Oui, il mourait d'envie d'explorer l'étendue soyeuse de sa peau, de découvrir chacune de ses petites particularités : ses grains de beauté, ses petites cicatrices, la façon dont elle se couvrirait peut-être de chair de poule lorsqu'elle serait étendue nue à côté de lui sur un lit…

Six heures devant eux. A explorer… l'enfer ou le paradis ?

Elle se frotta les cuisses du plat de la main. Ses lèvres ourlées s'entrouvrirent.

— J'ai vraiment envie de me dégourdir les jambes. Pas toi ?

Une vraie torture.

— Tu veux marcher ou courir ? questionna-t-il, redoutant la réponse, redoutant la perspective de devoir repousser encore ce qu'il n'en pouvait plus d'attendre.

Ils se désiraient et il en avait assez de le nier, de jouer les professionnels vertueux, de prétendre qu'elle lui était inaccessible. Il ne pouvait plus faire semblant.

— Je suis trop éreintée pour courir, de toute façon.

Son doigt frémit sur le dossier, en souleva le coin. Mais elle ne l'ouvrit pas. Elle ne paraissait pas non plus très pressée de sortir. Attendait-elle que ce soit lui qui prenne la décision ?

Il était d'un naturel plutôt intuitif, d'habitude, mais, face à Jo, il se sentait… démuni, hésitant, perpétuellement dans l'expectative du moment idéal qui n'arriverait jamais.

— On peut peut-être aller faire un tour au parc, alors ?

Il se tourna vers elle, croisa son regard. Elle semblait un peu irritée. Il se renfonça contre le dossier de la banquette, sans la quitter des yeux, et il vit les deux diamants verts dériver lentement vers le bas, s'arrêter sur ses lèvres.

Intuitif ? Pas en ce qui concernait Jo, décidément.

L'instant suivant, Jolene se jetait dans les bras de son garde du corps. La seule course qu'elle eût en tête pour le moment, c'était celle de ses doigts dans les cheveux courts et épais de Levi. Il s'empara de sa bouche dans un baiser vorace tandis qu'une de ses mains remontait jusqu'à sa nuque pour maintenir son visage pressé contre le sien. Un courant d'excitation tel qu'elle n'en avait jamais connu parcourut Jolene.

Elle ne pensait plus qu'à une chose : l'étreindre plus étroitement encore. Sentir son corps soudé au sien.

Les lèvres de Levi descendirent le long de son cou, repoussant l'échancrure du T-shirt.

— Autant l'enlever, non ? souffla-t-elle. Nous serions plus à l'aise.

Sois audacieuse. Dis-lui ce que tu veux.

Il releva la tête et la contempla de nouveau avec ce demi-sourire un peu suffisant, comme s'il savait quelque chose qu'elle ne savait pas.

— Tu m'as l'air bien impatiente, mmm ?

Elle adorait et détestait tout à la fois cet air-là ; il avait le don de la déstabiliser. Aussi sûre d'elle qu'elle avait été quelques instants plus tôt, elle se sentait tout à coup empruntée. Savait-il qu'elle avait repoussé les avances de la plupart des hommes ? Savait-il à quel point elle était inexpérimentée ?

Elle haussa les épaules, ne sachant pas sur quel pied danser face à cet homme contradictoire qui en savait tellement sur sa vie.

— Mais on peut aussi ne pas se presser. C'est comme tu veux.

— Continuons sur notre lancée, alors, décréta-t-il d'une voix un peu rauque en l'aidant à faire passer son T-shirt par-dessus sa tête, puis en faisant de même avec le sien. Nous pourrons prendre tout notre temps plus tard.

Ses pouces effleurèrent ses seins à travers la dentelle de son soutien-gorge. Une décharge électrique la traversa, fulgurante comme un éclair zébrant un ciel d'orage. Elle ferma les yeux, s'imaginant telle une amazone intrépide. Une femme qui n'avait pas honte d'éprouver du désir et qui osait faire savoir ce qu'elle voulait.

Sans même s'en rendre compte, elle se retrouva torse nu et se lova contre lui, impatiente de sentir la chaleur de sa peau contre la sienne. Ses doigts se promenèrent sur la toison légère qui recouvrait ce torse qu'elle rêvait de toucher depuis des jours.

Les mains de Levi descendirent de ses côtes vers ses hanches, s'affairèrent sur la fermeture de son jean tandis que ses doigts partaient, eux aussi, en exploration, découvrant avec volupté les contours de chacun des muscles qu'elle avait admirés en silence pendant si longtemps.

Ils ne parlaient pas. Ce n'était pas la peine. Tout était parfait : chaque caresse, chaque effleurement, chaque instant d'excitation, de frénésie grandissante.

Lorsqu'elle effleura la fermeture Eclair de son jean, Levi retint son souffle et la serra convulsivement contre lui.

En quelques minutes, jeans et chaussures voltigèrent et ils se retrouvèrent enfin, ivres de désir, peau contre peau, au bord du lit.

— Jo… Tu es bien sûre que c'est ce que tu veux ?

— C'est toi qui m'as émoustillée, rétorqua-t-elle en riant. Dis-moi, Levi… Tu ne crois pas que tu devrais plutôt être en train de me dire combien tu me trouves belle, ou quelque chose de ce genre ?

— Tu es magnifique et, moi, je suis le roi des imbéciles d'avoir attendu tout ce temps.

— Chut, souffla-t-elle en posant un doigt sur ses lèvres.

— Magnifique… et autoritaire.

Il n'y eut rien de précipité dans la façon dont il l'étendit sur lit. Leurs caresses frénétiques prirent une tournure plus sensuelle, tendre et érotique à la fois.

Elle s'était trompée sur bien des points depuis que son père était mort. Mais il était *une* chose qu'elle avait anticipée avec une effrayante justesse : personne ne pourrait protéger son cœur de l'homme qui était dans ses bras. Il le lui avait volé depuis longtemps déjà, sans même qu'elle s'en soit rendu compte.

A un moment donné, pendant les quatre années durant lesquelles ils s'étaient côtoyés, elle était tombée amoureuse du marshal Levi Cooper. Mais, s'agissant de Levi, *l'homme*, que savait-elle ? La réponse était simple. Strictement rien.

12

Le camping-car oscilla doucement lorsque Levi la fit basculer au-dessous de lui. Il avait opté pour mener les choses tambour battant, mais, de toute évidence, il avait dû changer d'avis, à en juger par la façon dont ses lèvres s'attardaient dans son cou tandis qu'il entremêlait ses doigts aux siens.

Il promena sans hâte son menton légèrement raboteux de son épaule jusqu'à ses seins.

Comment était-il possible qu'il la rende folle à ce point grâce au seul contact électrisant d'une barbe d'un jour ?

— Je croyais que nous prendrions notre temps une autre fois ? proféra-t-elle, le souffle court, en essayant d'échapper au lent supplice qu'il lui imposait.

Il emprisonna ses mains et poursuivit l'exquis tourment qu'infligeait son menton à la pointe érigée de ses seins.

— Ça a ses bons côtés, aussi, comme ça, non ? murmura-t-il.

Mais elle mourait d'envie de le toucher et il le savait. Lorsqu'il se remit à l'effleurer avec une lenteur qui confinait à la torture, elle enroula une jambe autour de sa hanche et le pressa contre elle. Ses seins s'aplatirent sous les muscles qu'elle aimait tant tandis qu'elle s'arquait contre lui.

— Oh… Alors, comme ça, on ne joue pas le jeu, je vois ? souffla-t-il en lui mordillant le lobe de l'oreille.

Un frisson la parcourut en même temps qu'un sourire lui montait aux lèvres. C'était la première fois qu'elle le voyait véritablement détendu depuis… Eh bien, depuis la dernière fois qu'elle était allée à Boulder.

Lorsqu'ils s'étaient embrassés dans le train et à l'hôtel, leur baiser avait été fébrile, nerveux, parce qu'ils avaient tous deux conscience de braver un interdit. Levi était resté « en retrait », sur ses gardes. Alors qu'en cet instant, sur ce matelas inconfortable, son corps chaud et mince épousait chaque centimètre carré du sien, lové au plus près de ses sculpturales courbes viriles.

Et, cependant, elle voulait davantage encore.

« Magnifique et autoritaire. »

L'écho de ses paroles résonna dans sa tête. Autoritaire… *Pourquoi pas ?*

— A mon tour.

Libérant ses mains, elle explora et embrassa tour à tour chacun de ses muscles noueux, s'attardant sur ses épaules et ses biceps puissants. Impressionnée par la force qui s'en dégageait et, plus encore, par la maîtrise de soi dont il faisait preuve.

Car Levi continuait à parcourir son corps, du bout des doigts, des lèvres, du souffle — du regard, même. Ses caresses, aussi légères que des plumes, glissaient le long de ses bras, traçaient d'invisibles arabesques sur son abdomen tandis que son menton chatouillait le creux de son cou et que sa jambe lui dispensait d'autres sensations tout aussi grisantes.

Son corps entier palpitait d'anticipation dans l'attente de son prochain mouvement.

Et puis, tout à coup, à l'anticipation, succéda la frénésie. Elle se sentit gagnée par une fièvre qu'elle n'était pas sûre de pouvoir refréner longtemps.

— Levi… Viens, dit-elle d'une voix voilée qu'elle eut du mal à reconnaître. A ton tour.

Roulant au-dessus d'elle dans l'espace restreint de l'alcôve où se nichait le lit — celle-là même dont le propriétaire avait vanté la « bonne taille, pour un camping-car » — il se pencha au bord du lit et fourragea dans le tas de leurs vêtements.

— Je… Regarde dans le tiroir, sous le lit, suggéra Jo, sachant qu'il cherchait des préservatifs. J'en ai acheté tout à l'heure, quand nous avons fait des courses.

— C'est amusant, ça, nota-t-il en se retournant, souriant, un petit étui à la main. Moi aussi.

Ainsi donc, le marshal qui faisait de son mieux pour la traiter avec la distance due à un témoin avait tout de même pensé à elle à un autre titre… Celui d'amante. Si elle n'avait déjà été liquéfiée de bonheur entre ses bras, elle aurait fondu à cet instant.

Levi la plaça au-dessus de lui. Elle était plus que prête à finir ce qu'ils avaient commencé… Et à entamer un nouveau chapitre de leurs vies. Mais rien ne l'avait préparée à l'expérience qu'elle vécut lorsqu'il entra en elle et qu'il prit possession de son corps, de son esprit et de son cœur.

Le coude calé sur un oreiller, Jolene dessinait du bout des ongles des cercles concentriques sur le torse de Levi. Il se demanda si elle soupçonnait à quel point ses caresses l'affectaient. Il regarda la peau délicate de son cou, exempte des marques qui lui auraient rappelé combien il avait été près de la perdre, une fois de plus.

Il aurait voulu exprimer quelque chose de profond ou simplement la tenir blottie contre lui pour lui faire comprendre l'importance qu'elle revêtait à ses yeux. Mais cela ne changerait rien. Elle était en danger et les choses n'étaient pas près de s'arranger. Loin de là.

Il avait dû ouvrir la bouche en cherchant ce qu'il pouvait lui dire car Jo posa tout à coup un doigt sur ses lèvres, se penchant pour le regarder au fond des yeux, sonder son âme.

— Si tu t'apprêtais à formuler des excuses pour ce qui s'est passé, oublie-les. Mais tu avais peut-être une tout autre intention…

Levi happa son doigt entre ses lèvres et elle tressaillit de façon très perceptible tout contre lui.

Elle lisait dans ses pensées car il avait effectivement songé à s'excuser de s'être laissé emporter. A prétendre qu'ils avaient eu tort… Qu'ils avaient commis une erreur.

Mais c'était faux. Il n'était pas question d'erreur. Et ils n'avaient pas eu tort. Leurs corps semblaient s'être toujours connus.

— Qui sait ? s'enquit-elle d'un ton mutin. Tu as peut-être envie de recommencer ?

La main de Jo descendit le long de son torse, s'aventura plus bas. Il leur restait encore cinq heures avant le rendez-vous.

— Levi ?

— Mmm ?

Il prit sa main dans la sienne et se mit à l'embrasser, déposant un chapelet de baisers qui conduisit sa bouche jusqu'à son épaule.

— Tu allais me demander quelque chose ?

— Oh… Oui.

Elle frissonna de nouveau, de ce genre de frémissement qui indiquait à un homme qu'il était sur la bonne voie.

— En fait… Je me disais que tu savais tout de moi. Plus que tu ne le devrais puisque tu m'as fait surveiller quand j'étais en Géorgie.

De ses lèvres et de ses mains, il parcourut l'étendue lisse et plate de son abdomen. Oui, il savait qu'elle faisait de la gymnastique trois ou quatre fois par semaine, ce qui avait modelé les courbes de son corps et lui avait donné cette musculature fine et féminine qu'il aimait tant.

— Et, pourtant, il y a des choses de toi que je découvre seulement maintenant, murmura-t-il tandis que sa main s'enhardissait et descendait plus bas.

Elle cambra le dos pour mieux s'abandonner à ses caresses.

— Attends, dit-elle en se redressant contre la tête de lit et en prenant un oreiller qu'elle pressa contre elle.

— Quelque chose ne va pas ? demanda-t-il, désarçonné.

Elle tenait l'oreiller comme s'il s'était agi d'un bouclier.

— Je suis sérieuse, Levi.

A quoi jouait-elle ? Il avait eu la nette impression qu'elle lui faisait un appel du pied et il croyait avoir répondu à ses attentes… S'était-il trompé ?

— Mon univers n'a pas de secrets pour toi, alors que, moi, je ne sais rien de toi.

— C'est tout ? J'ai cru que j'avais fait quelque chose qui ne te plaisait pas.

— Levi ! Je ne plaisante pas. C'est important.

— Tu as raison et tort à la fois.

— Comment ça ? C'est moi qui ne te suis plus, maintenant.

— Eh bien, par exemple, je ne sais pas comment tu vas réagir à ça…

Prestement, il lui enleva l'oreiller et la fit s'asseoir sur ses jambes, face à lui.

— C'est toi qui as la main. Pose-moi toutes les questions que tu veux. Mais je te conseille de te dépêcher avant que je ne me dérobe.

Ondulant des hanches et enserrant ses cuisses autour de lui, elle lui jeta un regard malicieux.

— Impossible. Tu es mon prisonnier et tu dois répondre avec franchise.

— Croix de bois, croix de fer…, dit-il solennellement en traçant une croix sur son cœur, entre ses seins, avant de reposer ses mains sur ses hanches. Que veux-tu savoir ?

Son cœur… Si seulement il avait pu lui dire qu'il le voulait à lui, tout entier. Il le ferait un jour… lorsque tout serait terminé. Quand ils auraient obtenu les réponses à toutes leurs questions et qu'ils n'auraient plus de tueurs à leurs trousses. Alors, les choses seraient différentes.

— Tu aimes les glaces ?

Elle avait carte blanche pour lui demander tout ce qui lui passait par la tête et c'était cela qu'elle voulait savoir ? O.K., il allait jouer le jeu.

— Oui.

— Et les artichauts ?

Il hocha la tête.

— De ce que j'ai pu en goûter dans la cuisine italienne, j'adore.

— Ah, tu aimes la cuisine italienne ? Un point pour toi… Quel est ton deuxième prénom ?

— Gene.

— Oh.

Elle laissa passer un moment, puis un sourire joua sur ses lèvres.

— C'est vrai ?

Il leva les yeux au ciel et se mit à rire.

— Je sais, je sais… Gene, comme « un jean » et… Levi. Ça amusait tous mes camarades à l'école ! Mon père m'a donné les prénoms de mes deux grands-pères… Il n'a fait le rapprochement que lorsque quelqu'un, un jour, a lu les deux prénoms à la suite.

— C'est mignon. Où es-tu né ? Et ta famille, sait-elle quel est ton métier ?

Il comprenait son besoin d'en savoir plus sur lui. Il en avait si peu dit au cours des quatre dernières années. Mais ses mains qui se promenaient sur lui le déconcentraient.

— Allez, réponds-moi, dit-elle en l'embrassant sur la bouche.

Ses seins frôlèrent sa poitrine. Exquis supplice… Il soupira.

— A Amarillo. Et, oui, ils savent, mais pas en détail.

Il essaya de l'attirer de nouveau à lui, mais elle bloqua son geste et croisa les bras sur sa poitrine. Une récompense, en soi.

— O.K. Mes tantes savent que je travaille pour le Bureau des marshals et elles *supposent* que je m'occupe du programme de protection des témoins puisque je n'ai pas le droit de parler de mon travail. Bon, assez parlé boulot…

Sa partenaire parut comprendre sa frustration parce qu'elle poursuivit plus avant son exploration.

— Donc, tu es Texan.

— Pur jus.

— Tu as déjà fait du cheval ? s'enquit-elle avec un brin de malice.

Cherchait-elle réellement à le rendre fou ?

— Forcément. Là d'où je viens, tout le monde monte.

— Donc, tu étais un cow-boy ?

— Assez de questions, proféra-t-il d'une voix assourdie par le désir.

Mais elle s'écarta vivement pour esquiver sa main.

— Tu n'as pas envie de voir ta vie passée au microscope ?

— Ce dont j'ai surtout envie, c'est… de t'embrasser.

Il l'attrapa aux épaules et déposa un baiser sur ses lèvres, l'empêchant de poursuivre l'interrogatoire auquel il s'était soumis de son plein gré.

Ses lèvres douces s'entrouvrirent sous la pression des siennes. Jamais il ne se lasserait de l'embrasser. C'était étrange, cette impression d'être pleinement satisfait et de néanmoins vouloir toujours davantage. Un conflit qu'il n'avait encore jamais éprouvé. Pas plus qu'il n'avait connu ce sentiment d'absolu… contentement.

— Plus tard, souffla-t-elle d'une voix saccadée tout en restant soudée à lui. Tu ne vas pas t'en tirer comme ça.

Il secoua la tête en riant. Il leur restait quelques heures de sérénité et de tranquillité d'esprit. Il n'allait pas les gâcher à parler. Il avait envie d'elle, ici et maintenant.

Mais la culpabilité le rattrapa alors même qu'il était dans les bras de Jolene. Qu'arriverait-il la semaine prochaine ? Ou plus tard ? Les années qu'il avait passées à s'interdire d'avoir une relation suivie, particulièrement avec Jo, l'emportèrent sur son désir.

— Levi ? Tu es toujours là ? demanda-t-elle en lui donnant une pichenette au menton.

— Peut-être qu'on devrait…

Il ne voulait pas s'arrêter. Il mourait d'envie de ne faire de nouveau qu'un avec elle.

— Chut, Levi. Ne pensons qu'à ce qui se passe, ici, maintenant. Ce qui est arrivé n'est pas juste le fruit du hasard, tu le sais. Il y a quatre ans que cela couvait, entre nous.

Ici et maintenant.

Elle avait raison. Au diable ce que sa raison lui soufflait, son corps ne pouvait plus faire semblant d'ignorer Jo. Il allait profiter des précieux moments qu'il leur restait pour lui faire l'amour. Encore et encore.

13

— Tu sais danser ? demanda Jo.

Elle n'avait pas cessé de le presser de questions. Même en sortant de la douche, elle avait continué.

— Tu as l'intention de poursuivre ton quiz pendant toute la soirée ?

Ils étaient au bar-dancing. L'endroit était immense... Une vraie source de problèmes en puissance. Pas suffisamment d'issues, à son goût. Quelques personnes étaient attroupées dehors, près des portes, fumant des cigarettes. De simples clients ou les hommes qui les recherchaient ? Il aurait dû se renseigner un peu mieux avant d'accepter ce lieu de rendez-vous.

— Regarde... La boule à facettes a la forme d'une selle ! nota Jolene en riant. Mon père ne m'a jamais permis d'aller danser, tu sais. Tu ne crois pas qu'on devrait se fondre dans la foule des danseurs ?

Elle le regardait avec de grands yeux innocents.

— Si, Jo, très bonne idée. Ça fait partie de notre couverture. Je vais t'apprendre quelques pas.

Elle était bonne danseuse, ils le savaient tous les deux. Il avait eu l'occasion de la voir à l'œuvre une ou deux fois lorsque Joseph lui avait demandé de l'escorter jusqu'à la maison.

Joseph ne l'avait certes pas encouragée, mais elle avait tout de même réussi à avoir un aperçu de ce qu'étaient les sorties d'étudiants à son insu.

— J'ai bien aimé les pas que tu m'as appris tout à l'heure, observa-t-elle malicieusement en fendant la foule pour rejoindre la piste.

— Moi aussi.

Son jean moulait ses hanches et ses cuisses, et ses cheveux coupés court s'accordaient à l'attitude décidée qu'elle continuait à afficher contre vents et marée, en dépit du fait qu'elle avait été droguée, kidnappée, pourchassée, prise pour cible par des tueurs impitoyables et qu'elle avait affronté les fantômes de ses parents, tout cela dans la même semaine.

Le terme « sexy » ne suffisait pas à la décrire. Celui d'admiration peinait à traduire ce qu'il éprouvait pour elle. Quant à dire qu'elle avait du courage… C'était en dessous de la vérité.

— Nous sommes en avance, non ? Ça nous laisse quelques minutes avant l'arrivée de ton ami George.

Elle prit sa main, l'entraînant vers le centre de la piste.

Danser. Il reconnut le morceau qui commençait, un titre de Faith Hill. Les hanches de Jo se mirent à onduler en cadence. Plus d'un homme seul — et deux hommes accompagnés — la suivirent du regard lorsqu'elle passa près d'eux.

Elle avait troqué ses boots contre des talons hauts qui allongeaient ses jambes et rapprochaient ses lèvres des siennes.

Levi devait se méfier de tout le monde, et exposer ses arrières ainsi qu'il était en train de le faire, alors qu'il ne disposait d'aucun renfort, allait à l'encontre de tout ce qu'il avait appris. Mais il y avait d'autres choses, également, qu'il avait apprises dans la vie. Et la danse était l'une d'elles.

Il entendait encore les conseils de son professeur… *La confiance en soi.* Pour l'homme qui menait sa cavalière sous l'œil attentif de deux cents spectateurs, la moitié du travail était déjà faite s'il était sûr de lui, se plaisait-elle à répéter.

Il pouvait trouver tous les prétextes de la terre au fait qu'il était sur cette piste. Le fait est qu'il était là parce qu'il *désirait* danser avec Jo.

— Mais, dis-moi, tu danses vraiment bien, nota-t-elle au bout de quelques instants, lorsqu'il l'eut fait virevolter dans ses bras.

— Mme Shapiro, mon professeur, serait ravie de t'entendre dire ça.

— Ton professeur ? Tu as pris des cours de danse ?

— Ma tante, qui m'a élevé, y tenait absolument.

— Ta tante t'a élevé ? Je ne connais décidément rien de toi, Levi, dit-elle en levant les yeux vers lui.

Il plongea son regard dans le sien.

— Et, moi, je crois que tu me connais très bien, au contraire.

Avant qu'elle n'ait pu enfourcher son cheval de bataille et le mettre de nouveau sur la sellette, la chanson prit fin et il n'eut pas besoin de chercher une excuse pour échapper au récit de l'histoire de sa vie. Son prétexte passa devant eux, se dirigeant vers le bar central.

— George est là, annonça-t-il. Le type à la chemise en denim, là-bas, au bout du comptoir.

— Oh. Tu ne veux déjà plus danser ? dit-elle en le regardant à travers la frange de ses longs cils, sa déception se lisant clairement à la moue boudeuse de ses lèvres.

— Mais tu n'échapperas pas à tout le savoir que Mme Shapiro m'a transmis, je te le promets, l'assura-t-il tandis qu'ils se dirigeaient vers George Lanning.

Levi avait rencontré l'agent spécial à plusieurs occasions lors du transfert d'un témoin, l'année précédente. Il le connaissait finalement assez peu, en vérité, mais son instinct lui soufflait que l'homme était fiable, consciencieux et qu'il savait gardait un secret.

Ils se serrèrent la main.

— On va s'installer là-bas, déclara Lanning en indiquant le fond de la salle. On sera plus tranquille.

Il les conduisit à une table, héla une serveuse et commanda une tournée de bières.

— Alors, Cooper, quel est ce service dont tu m'as parlé ? Quelque chose me dit que ça ne va pas me plaire.

— J'ai besoin d'informations concernant une affaire de meurtre qui date d'il y a vingt ans.

George s'accouda à la table et approcha sa chaise. Jo croisa les bras, les tenant très serrés contre elle… Comme chaque fois qu'elle était nerveuse, songea Levi.

— Je ne te demanderai pas pourquoi tu ne peux pas obtenir ces renseignements par les voies normales… ?

— Ce serait aussi bien.

— C'est ce qu'il me semblait, dit Lanning avant de désigner Jolene du menton. C'est à propos d'elle ?

— Oui. Elle a été témoin du meurtre de sa mère quand elle était enfant.

Lanning hocha la tête. Il connaissait son vrai nom, mais pas son identité actuelle.

— Quel âge avait-elle ? Trois ans ?

— Cinq, corrigea Jo. Et je ne suis pas un témoin.

— Pour quand te faut-il ces informations ?

— Pour hier, bien sûr.

— Comme toujours, souligna Lanning en payant la commande et en remerciant la serveuse d'un clin d'œil.

— Elle est jolie, nota Jo, ignorant sa chope et portant la bouteille au long col directement à ses lèvres. C'est pour elle que vous venez ici le jeudi ?

Lanning se borna à sourire et avala lui aussi une gorgée de bière.

— Voici ce que j'ai besoin de savoir, reprit Levi en faisant glisser le feuillet qu'il avait préparé avant de venir de l'autre côté de la table. Quand penses-tu pouvoir… ?

— A l'heure du déjeuner, demain. Pierre, feuille ou ciseaux ?

— Pierre, je pense.

— Alors, disons… A une heure ? On aura évité le coup de feu.

— Entendu.

Celui en qui ils fondaient leurs derniers espoirs s'éloigna, sa bière à la main. En passant à proximité de sa serveuse, il l'attrapa par la main et l'entraîna vers la piste. Comme le patron protestait, il éclata de rire.

— Qu'y a-t-il, Bobby ? se récria Lanning avec désinvolture, comme si c'était un soir parmi tant d'autres. On n'a plus le droit de s'amuser un peu ?

Pour Lanning, c'était une journée de travail comme une

autre. Pour Jo, en revanche, il n'y aurait peut-être plus de journée *normale*. Et Levi, lui, voulait qu'elle retrouve une vie. Une vie qui ne se limite pas à un *road-movie* perpétuel dans un camping-car... Une vie sereine, où elle ne se demanderait pas à chaque instant, en tournoyant sur une piste de danse, si ce n'était pas la dernière fois qu'elle dansait.

— Pierre, feuille ou ciseaux... C'est un code ? Qu'est-ce que ça veut dire ? s'enquit Jo, perplexe.

— Ce sont les restaurants où nous pouvons nous retrouver. Chez Pierre ou un restaurant végétarien, où l'on mange beaucoup de légumes... Des *feuilles*.

— Et les ciseaux ?

— Il faisait référence à un restaurant *hibachi* japonais, où l'on manie beaucoup les couteaux.

— Pas mal, comme langage codé. Il est sympathique, ton ami.

— Ami, c'est beaucoup dire, mais j'ai confiance en lui, dit-il avant de siroter une gorgée de bière. Nous saurons demain quelles informations le FBI détient.

— Et d'ici là ?

— Rien. On attend.

— A quoi allons-nous occuper notre temps ?

— Oh ! j'ai bien une ou deux idées. Pour commencer, je pourrais t'apprendre un ou deux autres pas de Mme Shapiro. A moins, bien sûr, que tu préfères retourner à l'intimité de notre camping-car.

— Je suis tentée, je l'avoue. Mais, puisque nous sommes ici, pourquoi ne pas danser encore un peu ?

Lanning rejoignit un groupe, de l'autre côté de la piste. Personne ne semblait le suivre. Levi prit la main de Jo dans la sienne, trop heureux de pouvoir lui faire plaisir. Même si tout devait se terminer le lendemain.

George Lanning regarda Levi Cooper et Emaline Frasier — alias Jo Atkins — évoluer sur la piste de danse. Lorsqu'ils furent hors de vue, il plaça son écouteur dans son oreille et écouta les échanges entre les autres agents qui étaient postés à divers endroits, dans le Cowboys Red River.

Il s'accouda au comptoir, décidant de les laisser prendre le relais. Il pouvait bien s'accorder un moment pour finir sa bière.

— C'est tout ? Une conversation de six minutes trente, montre en main, et tu les quittes ? souligna sa partenaire, Kendall Barlow, d'un ton surpris.

Non, pas surpris. *Réprobateur.* Il haussa les épaules.

— Que voulais-tu que je fasse ? Que je bavarde pendant des heures pour voir comment ils payaient leurs bières et que je finisse par leur demander, l'air de ne pas y toucher : « Au fait, vous êtes descendus où ? » Il n'est pas idiot. Cela lui aurait immédiatement mis la puce à l'oreille.

Il jeta un coup d'œil à la jeune serveuse avec qui il dansait une fois par semaine.

— Je ne comprends pas cette mission, George, reprit Kendall.

— On nous a demandé de garder un œil sur le marshal Cooper et sur la femme. C'est simple, non ? Tout ce que nous avons à faire, c'est de découvrir où ils séjournent.

Regarde-les, songea-t-il. Qui aurait dit, à les voir tourbillonner sur la piste, qu'ils étaient dans le collimateur d'une très grosse légume qui avait lancé ses tueurs à gages à leurs trousses ?

— Ils vont bien ensemble, je trouve, observa sa partenaire. C'est un sacré bon danseur.

— Oublie ! Il est pris.

— C'est ce que je vois. Comme toutes les femmes, ici, qui ont un tant soit peu de discernement et de cervelle.

Lanning sourit, battant la mesure du pied.

— Cette surveillance empiète sur mon temps de danse, nota-t-il, une nuance de regret dans la voix.

Il jeta un coup d'œil à la dérobée à sa partenaire, hésitant à l'inviter, mais il se ravisa. Elle risquait de se méprendre sur le sens de sa proposition.

— Dur métier que le nôtre, acheva-t-il donc dans un soupir.

— Nos amis se dirigent vers la sortie, entendit-il annoncer dans son écouteur.

Kendall quitta aussitôt son tabouret et se dirigea vers l'avant du bar pour suivre Cooper et sa protégée.

— J'y vais, informa-t-elle les autres agents.

Quelques minutes plus tard, tandis que Lanning se dirigeait vers le parking, il entendit Kendall rire dans son écouteur.

— George, crois-moi si tu veux, mais ça m'étonnerait qu'on les perde de vue dans leur véhicule.

— Pourquoi ? demanda-t-il.

— On a trouvé leur hôtel.

— Tu veux bien cesser de parler par ellipses, Barlow ? répondit-il en la rejoignant.

Elle pointa du doigt le fond du parking.

— Ils ont un camping-car.

George prit le feuillet que lui avait confié Cooper, monta dans sa voiture et appela son responsable.

— On a localisé l'endroit où ils sont descendus. Très original, mais ça ne va pas te plaire.

14

Personne ne faisait attention à elle, et Jo en profita pour observer le manège des serveuses dont les regards s'étaient immédiatement tournés vers l'agent fédéral qui venait de franchir la porte de l'établissement. Avec ses bottes à éperons, son Stetson en paille, le T-shirt à patte surmonté d'une veste western en daim et le jean délavé qui révélait une paire de jambes fort agréable à regarder, George Lanning avait tout du vrai cow-boy.

Mais, de l'avis de Jo, le bel homme en polo de golf qui était assis à côté d'elle n'avait rien à lui envier. Qu'elle soit accoudée à la table comme maintenant ou calée contre le dossier de la banquette, son cow-boy *à elle* veillait constamment à la protéger de la vue des clients installés dans la salle.

Etait-ce pour cela qu'elle éprouvait moins d'appréhension qu'avant ? A moins que ce ne soit dû à l'après-midi de détente de la veille, suivi de la soirée de danse et de la grasse matinée qu'ils s'étaient offerte, ce matin, en prenant leur petit déjeuner au lit… Mais les meilleures choses avaient une fin, songea-t-elle en revenant à la réalité.

Ils étaient installés un peu à l'écart, dans un coin tranquille. Et, avec les téléviseurs accrochés sur tous les murs, qui diffusaient les résultats des compétitions sportives, il semblait absolument impossible que quiconque entende ce qu'ils se disaient. N'empêche, les deux hommes avaient la prudence tellement chevillée au corps qu'ils parlaient bas, malgré tout.

— La femme d'un collègue a par hasard découvert un moyen d'accéder aux données du FBI lors d'une autre affaire.

Je suis allé la voir pour lui demander son aide. Jane connaît son affaire. Aucune raison de s'inquiéter. C'était le moyen le plus sûr et le plus rapide.

Sentant Levi se raidir, Jo posa une main sur sa cuisse pour le calmer. Il était furieux que Lanning ait mis une nouvelle personne au courant de leur enquête. Sous la table, ses doigts se mêlèrent aux siens… Il réussit à dominer sa colère.

— Tu es certain que personne ne s'est aperçu de rien et que tu n'as pas été suivi jusqu'ici ? demanda-t-il.

George le rassura sur ces deux points, mais Jo jeta quand même un regard à la ronde, étudiant les visages des clients pour voir s'il n'en émergeait pas un faciès grimaçant de dessin animé. Mais il n'y eut ni larmes ni flash-back, cette fois. Elle apprenait à dompter ses émotions, elle aussi, lorsqu'elle pensait au meurtrier de sa mère…

— Le dossier a été consulté. Nous avons découvert que quelqu'un s'intéressait à l'affaire Elaine Frasier depuis plus d'un an.

— Ces-à-dire six mois avant le meurtre de la station-service, commenta Levi à voix basse. S'ils ont rouvert l'affaire, je comprends mieux pourquoi le tueur tente d'éliminer les témoins maintenant.

— Tout de même… C'est étrange qu'ils jugent bon de prendre cette peine. Il y a tellement peu de chances que je reconnaisse un visage au bout de vingt ans…, nota Jo, surprise de réussir à contrôler le ton de sa voix en dépit de la peur qui s'insinuait de nouveau en elle. Tu ne penses pas qu'ils craignent plutôt des poursuites ?

— Effectivement, acquiesça George avant de finir sa tasse de thé.

Deux serveuses se précipitèrent avec un pichet plein pour le resservir et ils attendirent en silence qu'elle se soit éloignée. Jo réprima une envie de rire.

— Quoi qu'ils cachent, apparemment, c'est suffisamment sérieux pour qu'ils prennent le risque de tuer, souligna George.

— Oui, et c'est sûrement quelqu'un de très influent s'il a

pu savoir que l'affaire était rouverte, nota Jo. Il doit s'agir de quelque chose qui doit absolument rester secret.

— Oui, ça paraît logique, déclara Levi, qui était resté silencieux, les sourcils froncés. Quelque chose qui est toujours d'actualité et qui pourrait nuire à la personne qui aurait été poursuivie en justice, à l'époque. Et Jo est le seul témoin qu'il leur reste à éliminer.

Leurs plats arrivèrent et tout le monde se tut.

— Je suis prêt à t'aider, Cooper — même officieusement, déclara George, la fourchette à la main, prêt à la planter dans son saumon.

— Je ne peux pas te demander ça, Lanning. Tu nous as déjà aidés. Le ministère de la Justice et le Bureau des marshals ne considèrent pas que cette affaire…

— Pas de problème, coupa l'agent spécial. J'aime bien ton amie. Et elle mérite qu'on l'aide à sortir de ce guêpier.

Son amie ?

Levi relâcha sa main après l'avoir brièvement pressée. Etait-elle *son amie* ? s'interrogea Jo. Oui… Pour le moment. Tant qu'il ne l'aurait pas renvoyée dans le programme de protection des témoins. C'était exactement ce que voulait dire ce regard qu'il lui avait lancé. Il faudrait qu'elle revienne sur cette question. Il allait devoir accepter une fois pour toutes l'idée qu'elle ne le réintégrerait *jamais*.

— As-tu trouvé quelque chose dans ce dossier ? Je l'ai parcouru des centaines de fois ces quatre dernières années sans rien relever de particulier. Et les deux agences fédérales semblent l'avoir épluché dans les moindres détails.

— La liste des clients, peut-être, intervint Jo, reprenant soudain part à la conversation. Nombre d'entre eux travaillaient pour des établissements d'épargne et de prêt dans les années quatre-vingt. La plupart de ces banques ont fait faillite.

Levi tourna la tête, l'air surpris.

— Je ne savais pas que tu avais lu le dossier.

— Apparemment, c'est une piste qui a été suivie lors de l'investigation initiale, déclara George. Mais je peux tâcher de découvrir ce qui est arrivé à ces clients pendant ces vingt années. C'est peut-être de ce côté-là qu'il y a un indice décisif à trouver.

Levi la contempla en souriant et elle se demanda pourquoi.

— C'est un bon point de départ. Trouve le client qui a le plus à perdre… Ce sera sûrement notre homme, assena-t-il en empoignant enfin sa fourchette qu'il n'avait pas encore touchée. On en revient toujours à l'argent.

A la sortie du restaurant, ils empruntèrent à pied un parcours tortueux pour rejoindre le camping-car afin de s'assurer qu'ils n'étaient pas pris en filature. Jo resta à l'arrière du véhicule, le temps que Levi acquière la certitude qu'aucune voiture ne les suivait, puis, comme il ralentissait à l'approche d'une zone scolaire, elle passa à l'avant.

— Regarde… Des gens normaux, dit-elle avec un petit rire étouffé en bouclant sa ceinture sur le siège passager.

— Que veux-tu dire ?

Il coula un regard en biais dans sa direction. Il ne l'avait pas entendue rire depuis longtemps. Pas de ce rire-là, presque… insouciant. Les années qui avaient suivi leur premier baiser, quand elle était en Géorgie, elle s'était toujours tenue sur ses gardes. Surveillant ses paroles, ses gestes, limitant le temps qu'elle passait seule avec lui quand son père quittait la pièce.

Oui, cela lui réchauffait le cœur de l'entendre rire.

— Eh bien, ils viennent chercher leurs enfants à l'école. S'arrêtent au parc pour leur faire faire un tour de balançoire. Leur demandent ce qu'ils ont appris à l'école. Bref, ils se comportent normalement. Leur problème le plus pressant est de savoir ce qu'ils vont préparer pour le dîner.

— C'est la vie que tu aimerais avoir ?

— Un jour, peut-être, répondit-elle avec un long soupir.

— A t'entendre, on dirait que c'est un rêve inaccessible. Mais ce n'est pas vrai. Cette vie, tu pourras bientôt l'avoir.

Le regard braqué sur la route, devant lui, il s'aperçut tout à coup qu'elle ne riait plus et qu'elle s'était tue.

— Tu plaisantes ? rétorqua-t-elle au bout de quelques secondes. C'est une pure utopie.

— On est sur le point de mettre la main sur ces preuves. Quand on les aura, le ministère de la Justice te proposera une protection et tu penseras différemment.

Il lui tapota le bras, espérant que ses doigts allaient venir s'entremêler aux siens. Mais cela n'arriva pas. Avec un mouvement de recul, elle déboucla sa ceinture et s'écarta vivement de lui.

— Ah oui ? Juste pour mémoire, peux-tu me rappeler ce qui se passera lorsque la justice m'offrira sa « protection » ?

Du coin de l'œil, il la voyait, secouée par les cahots du camping-car, ballotée contre les rangements qui tapissaient la paroi.

— Jo, reviens t'asseoir, s'il te plaît. Ça me rend nerveux de te voir détachée.

— Tu es sérieux ? C'est ça, ta stratégie pour éviter de poursuivre cette conversation ?

— Je ne suis même pas sûr de ce dont nous parlons.

Ce fut la goutte d'eau. Le rideau voltigea ; elle se rua vers l'arrière et claqua la porte de la chambre derrière elle.

Avec une grimace de dépit, il reporta son attention sur son environnement et remonta l'allée du parc pour rejoindre l'emplacement qui leur avait été assigné. Il ouvrit la portière et sauta à bas du camping-car, s'obligeant à ne pas aller voir Jo. Il savait qu'il ne pourrait pas s'empêcher de l'embrasser jusqu'à ce qu'elle reprenne espoir s'il le faisait.

Car c'était ça qu'il avait vu dans son regard : un désespoir sans fond.

— Pour toi, tout s'arrangera pour le mieux dans ma vie, observa Jo derrière lui.

Elle avait dû sortir par l'autre côté du véhicule ; il ne l'avait pas entendue approcher.

— Un autre marshal me prendra sous son aile, m'emmènera, veillera sur moi, me fournira une nouvelle identité. Tu veux que je tombe amoureuse, que je fonde une famille. Quitte à mentir chaque jour de ma vie sur qui je suis *réellement*.

A mettre peut-être mon entourage en danger, à redouter à chaque instant qu'un affreux *homme arc-en-ciel* vienne me les enlever.

Non, ce n'était pas ce qu'il voulait. Il demeura debout, le dos tourné. La seule idée de ne plus la revoir le paralysait. Dans le rétroviseur, il la vit refermer ses bras autour d'elle, les larmes ruisselant sur ses joues.

— Je refuse de mentir toute ma vie durant à ceux qui me sont chers, Levi. Je ne le ferai pas. Donc, venir chercher mes enfants à l'école et les emmener faire un tour au parc... Oui, c'est une utopie. Un rêve qui ne deviendra jamais réalité.

L'envie de se retourner et de la prendre dans ses bras le submergea si fort qu'il plongea ses mains au fond de ses poches pour s'empêcher de le faire. Il ressentit comme une déchirure dans la poitrine. Pas seulement au sens figuré. La douleur était physique, bien réelle. Elle partait de sa gorge serrée, tellement nouée que les paroles de réconfort qui lui montaient aux lèvres ne sortaient pas.

Il ne pouvait pas lui dire qu'il en irait autrement. D'expérience, il ne savait que trop bien qu'elle avait raison.

— Finissons-en avec cette histoire, proféra-t-elle d'une voix tremblante, étranglée par les larmes. Je suis prête à payer le prix qu'il faudra pour retrouver l'assassin de mes parents.

La douleur se déplaça plus bas, s'installa tout au fond de lui. Un sentiment d'alarme, de peur.

— Les rêves que j'ai pu nourrir se sont définitivement envolés. Merci pour le rappel à la réalité.

Elle recula de deux pas, croisa son regard dans le rétroviseur comme si elle savait depuis le début qu'il la regardait, tourna les talons et s'éloigna.

Panique. Elle s'en allait. Il ne pouvait pas lui faire ça.

Laisse-la partir.

Si. Il *devait* le faire. Sinon, jamais elle ne serait en sécurité.

Mais elle ne sera jamais heureuse, elle te l'a dit.

Quel autre choix avait-il ? Son rôle était de protéger les témoins en danger de mort. L'autre possibilité, c'était d'opter pour une vie où elle n'aurait plus à mentir. Mais, avant d'y parvenir, il leur fallait trouver un tueur.

Vivre sans Levi. Une vie sans amour ou une vie sans mensonge.

Qui était-elle ? Jolene Atkins ou Emaline Frasier ?

D'autres, à sa place, auraient peut-être trouvé excitant d'entamer une nouvelle vie, de repartir de zéro. Mais pas elle. Peu lui importait son nom ou l'endroit où elle vivrait, ni même le métier qu'elle exercerait. Ce n'était pas là la question.

Ce qui lui posait problème, c'était que tout, dans sa vie, avait été décidé par le Bureau des marshals et par son père. Ce qu'elle devait savoir. Le moment où il convenait de la mettre au courant. La quantité d'informations à lui communiquer. Tout ceci soigneusement dosé pour qu'elle ne puisse jamais saisir la totale vérité. Elle n'en pouvait plus de découvrir au jour le jour le futur qu'on lui avait écrit. Elle en avait assez. Quand allait-elle prendre les rênes de sa destinée ?

Si elle voulait maîtriser son avenir, alors il était temps d'agir en conséquence. De prendre les choses en main.

La vie qu'elle désirait commençait maintenant.

Au lieu de remonter dans le camping-car, elle orienta donc ses pas vers le bureau d'accueil du parc pour appeler un taxi, une idée germant dans sa tête. Une idée qui, une fois mise en marche, ne pourrait plus être stoppée.

Impossible de faire machine arrière.

Son plan pouvait paraître insensé, mais elle n'avait pas le choix. S'il réussissait, Levi serait fou de rage, mais cet infernal jeu du chat et de la souris serait enfin fini. Terminé.

George Lanning était sûrement un bon agent spécial. Il réussirait peut-être à trouver quelque chose. Mais qui que soit le mystérieux client de sa mère, il avait eu vingt années pour dissimuler les preuves. Vingt ans pour asseoir son influence, devenir plus puissant encore.

Il avait tué ses parents pour protéger un secret.

Pour le coincer, le moyen le plus rapide était de lui permettre de la trouver, elle. Ensuite, elle mettrait fin à tout ça. Plus de sacrifices pour rester en vie.

Levi ne serait pas d'accord, évidemment.

Donc, Levi ne devait pas savoir. Lorsqu'il comprendrait, il serait trop tard.

15

Mais Jolene ne pouvait pas partir sans lui dire au revoir. Elle s'était ménagé une marge de manœuvre avant de fausser compagnie à Levi. Le taxi devait arriver au bureau d'accueil une demi-heure plus tard. Un dernier repas en commun, un dernier moment où elle allait faire semblant d'être heureuse.

Une dernière occasion de changer d'avis ?

Non. Sa décision était prise. C'était elle qui menait la danse désormais.

— Le dîner est prêt, annonça-t-elle depuis le coin-cuisine.

Levi approcha, se laissa lourdement tomber sur le siège.

— Il faut qu'on parle, Jo. George a appelé.

— Mange, l'enjoignit-elle.

Ne pas se laisser fléchir.

— Il a réduit la liste de clients aux coupables potentiels ?

— Oui, mais, l'important, c'est qu'il a trouvé l'endroit où tu pourras séjourner le temps que j'enquête sur ces personnes.

— Et si je refuse de me cacher ? s'enquit-elle en se forçant à avaler sa bouchée de spaghettis.

— Il ne s'agit pas de se cacher, il s'agit de te sauver la vie. Dieu seul sait quels lièvres nous pourrions lever et…

— Et tu n'auras pas les coudées franches pour travailler si tu dois veiller sur moi. O.K., j'ai compris.

Il l'éloignait de lui.

— Donc, le moment est venu de se dire au revoir, je suppose. Quand viennent-ils me chercher ?

Si les choses se déroulaient selon les plans de Levi, elle ne le reverrait sans doute jamais. Surtout s'il trouvait les preuves impliquant l'un des clients de sa mère. *Plus que vingt-cinq minutes avant l'arrivée du taxi.* Son plan à elle était dangereux, mais, de son point de vue, il valait la peinc d'être tenté.

— George sera là à 20 heures. Et ce n'est pas un au revoir, bonté divine ! Je veux juste te mettre à l'abri.

— Bien sûr, acquiesça-t-elle en reposant sa fourchette. Excuse-moi, je vais aller préparer mes affaires.

— Jo…, dit-il en l'attrapant par le bras. C'est pour ton bien.

— Je sais que c'est ce que tu crois, répondit-elle en posant son regard avec insistance sur sa main.

Il la libéra. L'air malheureux, il se frotta les cuisses du plat de la main. Mon Dieu, qu'il lui était difficile de ne pas se jeter dans ses bras ! Mais si elle le touchait, aurait-elle encore la force de franchir cette porte ?

Tu maîtrises la situation. Il ne peut pas décider à ta place.

— Je tenais à te remercier de m'avoir sauvé la vie, Levi.

— Nous aurons tout le temps pour les remerciements, plus tard.

— Peut-être pas.

Le désir de rester près de lui était si grand… *Sois forte.*

— J'apprécie tout ce que tu as fait pour moi, même si j'ai pu te paraître souvent ingrate.

— Jo, c'est à cause de moi que tu es dans ce pétrin. Si j'avais bien fait mon travail…

— J'espère que tu récupéreras ton poste. Je sais combien il est important pour toi.

Il se leva.

— Tu es *vraiment* en train de me dire au revoir.

Il prit ses mains, fit mine de l'attirer à lui, mais elle résista.

— Ce n'est que temporaire, dit-il encore.

— On ne sait jamais ce qui peut arriver.

Elle se dégagea, se demandant comment elle allait tenir pendant les quinze minutes qui restaient.

— J'aurais dû te mettre en sécurité dès le début, reprit Levi. Si je l'avais fait, je n'aurais pas été suspendu. Tu ne comprends pas, Jo ? C'est le seul moyen de débusquer le meurtrier.

Oui, songea-t-elle, au bord des larmes. *Le seul moyen.*

Lui tournant le dos, elle entra dans la chambre et referma la porte derrière elle. *Je sais que tu vas être furieux, Levi. Mais il est temps que la demoiselle en détresse prenne sa vie en main. J'espère juste que tu trouveras les indices que je sèmerai et que tu arriveras à temps pour me secourir une dernière fois.*

Levi avait hésité avant de prendre la décision de la faire partir avec Lanning. Il lui en coûtait terriblement d'être séparé d'elle, maintenant qu'il avait enfin admis combien elle était importante pour lui.

Mais il devait faire abstraction de ses désirs. C'était pour son bien qu'il agissait ainsi. Et il serait plus libre de ses mouvements s'il la savait quelque part, à l'abri. Néanmoins, l'expression blessée, trahie avec laquelle elle l'avait regardé avait bien failli par deux fois le faire changer d'avis.

Elle serait en sécurité avec les amis de Lanning…

— Jo ?… Jo ?

Il frappa à la porte.

— Je croyais qu'elle était prête, souligna Lanning, derrière lui.

Levi poussa la porte.

— Elle est partie. Elle a dû sortir côté conducteur… Mais elle n'a nulle part où aller.

— Ou, au contraire, se cacher n'importe où dans cette ville… Que fais-tu ?

— Je l'appelle sur le téléphone à carte qu'elle a.

Mais la sonnerie tinta dans le vide. Personne ne répondit.

— Elle va revenir, assena-t-il plus pour se convaincre que pour informer Lanning.

— Pas si j'en crois ceci, répondit l'agent du FBI, une feuille de papier à la main.

« Contente que tu aies trouvé ceci, marshal, lut Lanning à haute voix. J'ai mis en œuvre mon propre plan qui suppose que tu demandes à tes amis du FBI de me localiser grâce à mon portable… A toutes fins utiles, j'ai activé le GPS. Tu as une petite amie sacrément futée, Cooper. »

— Futée ? Elle vient juste d'indiquer au tueur où elle se trouve ! Elle a écrit autre chose ? Ce qu'elle a en tête, exactement ?

Levi fourragea dans les étagères, où ils avaient rangé la paire de chiens de bois, pendant que Lanning reprenait :

« Je disais vrai, cet après-midi, en déclarant que j'étais prête à tout pour trouver le client de ma mère. C'est le moyen le plus efficace et le plus rapide d'y parvenir. Ne me fais pas défaut, Levi. »

— Elle a pris le chien. Le pendant de celui-ci, annonça-t-il à Lanning en lui montrant la statuette. Allons-y.

— Elle a l'intention de servir d'appât, commenta Lanning. Pourquoi ne nous a-t-elle pas dit où elle allait ?

— Parce qu'elle veut que le tueur la trouve le premier. On ne peut pas la laisser faire, répliqua Levi, la main déjà sur la poignée de la porte.

Lanning se leva et posa la main sur la porte, l'empêchant de l'ouvrir.

— Attends. Elle veut que tu allumes ton téléphone et que tu sois prêt à recevoir un appel.

— Nous n'allons pas rester ici à attendre que ces vautours réclament une rançon.

— Non, dit-il en se rasseyant. Mais il faut d'abord que je passe un coup de fil, que j'alerte mon équipe. Nous ne savons pas où elle est allée. Réfléchis.

Lanning se renfonça contre le dossier de la banquette.

— Lis cette liste. Regarde si un nom te rappelle quelque chose. Certains sont des gens très puissants qui ont potentiellement beaucoup à perdre.

— Je m'en veux. J'aurais dû en discuter de façon plus approfondie avec elle, l'amener à comprendre ma position.

— Peut-être. Peut-être pas. Tu connais la chanson, mon vieux. On ne peut jamais tout prévoir.

Lanning composa un numéro sur son portable, alerta le FBI, puis demanda que le Bureau repère la position du mobile de Jo.

— Plano ? D'accord. Je veux qu'une unité soit immédiatement dépêchée là-bas.

Lanning rangea son téléphone dans sa poche de poitrine et ouvrit la porte.

— Elle a utilisé sa carte de crédit cet après-midi pour prendre une chambre dans un hôtel.

— C'est impossible. Elle était ici avec moi.

— Pas tout le temps, apparemment, répliqua Lanning. Tu auras le temps de réfléchir pendant que nous roulerons… Il est possible que le client de Frasier l'ait déjà localisée.

Pétrifié, Levi demeura immobile, incapable de prononcer un mot. Il avait tout envisagé, mais pas que Jo puisse effectivement mourir.

Il aurait pu supporter de vivre sans elle en la sachant en sécurité, quelque part. Bon sang, il avait même songé à enfreindre le règlement du programme de protection et à aller la retrouver d'ici à quelque temps.

Mais qu'elle meurt ? Non, il ne pouvait pas permettre que cela se produise. Il avait toujours le chien que Joseph lui avait donné. Il détestait l'idée de devoir le détruire, mais il n'avait pas le temps de le faire passer aux rayons X.

Prenant un couteau à steak, il se mit à scier le bibelot de bois. Le sentiment de révolte qu'il éprouvait l'empêchait de raisonner logiquement et d'agir selon la procédure. Comment la femme qu'il aimait pouvait-elle lui avoir faussé compagnie pour se mettre délibérément en danger ?

Qu'il aimait ?… Le moment était bien choisi pour s'en apercevoir !

La possibilité qu'il puisse perdre Jo sans lui avoir dit que…

— Ça n'arrivera pas.

— Euh… Cooper ? dit Lanning, passant la tête par l'entrebâillement de la porte. Tu te lances dans l'artisanat ?

— C'est le chien qu'Atkins a donné à Jo. Nous devions le faire radiographier demain.

Il regarda à l'intérieur de la cavité qu'il avait mise au jour et en sortit un feuillet plié en quatre. Il le parcourut rapidement.

— Il va falloir que je discute avec ton meilleur enquêteur. Personne ne doit être au courant, à part nous deux et lui. Pas question de courir le moindre risque. C'est notre seule monnaie d'échange pour la récupérer.

Levi plaça le papier dans sa poche et suivit Lanning jusqu'à son 4x4.

Je t'aime, Jo. Tu as intérêt à rester en vie !

16

SMS : Numéro masqué 20 :02

La fille sera amenée au lieu de rendez-vous fixé. Ne faites pas tout capoter.

Jolene entra dans la chambre d'hôtel et s'assit, le téléphone à la main, prête à enregistrer les propos de la personne qui entrerait dans la pièce.

Son plan avait paru si simple lorsqu'elle avait appelé le taxi. D'abord, réserver la chambre à l'aide de sa carte de crédit pour alerter la personne qui la recherchait. Ensuite, se rendre à l'hôtel, allumer son portable pour rendre sa localisation plus facile. Et, enfin, attendre que le tueur se montre. A supposer qu'ils veuillent encore l'avoir vivante, elle le convaincrait de l'emmener voir son patron avant de révéler l'endroit où était cachée la preuve. Elle mentirait à propos de la signification de la statuette sculptée et dirait qu'elle était dans un coffre-fort, dans le Colorado.

— Quel plan stupide, murmura-t-elle à haute voix. Ils feraient mieux de me tuer ici, tout de suite.

Puis partir.

Même si elle ne lui avait rien dit de ses intentions, elle savait que Levi la retrouverait. Elle surveillait la porte, n'osant bouger de peur d'être prise par surprise.

Et si Levi et ses amis du FBI arrivaient avant ses poursuivants ? Elle n'aurait plus qu'à les persuader que c'était la seule solution pour démasquer la personne qui avait commandité les meurtres. Lui permettraient-ils d'aller jusqu'au bout ?

— Eh bien, quel intéressant retournement de situation, déclara tout à coup Sadie Colter, habillée d'un pantalon noir et d'un chemisier classique, l'air très professionnel avec son manteau de styliste posé sur le bras. Comme nous nous retrouvons ! Vous nous avez donné du fil à retordre, mademoiselle Frasier.

Le pistolet pointé droit sur Jo indiquait sans l'ombre d'un doute de quel côté de la barrière se trouvait son ex-baby-sitter.

— Vous avez l'air étonnée ? Pourtant, vous m'avez en quelque sorte envoyée chercher, non ? Je crois même que je suis arrivée ici avant vous. J'ai attendu un peu pour voir si vos amis, les fédéraux, débarquaient.

Envolés, les cheveux peroxydés, le rouge à lèvres et le vernis à ongles carmin. Elle se retourna pour fermer la porte à clé, puis s'avança, regardant autour d'elle, ne cherchant nullement à dissimuler son visage.

— Je vais vous fouiller pour m'assurer que vous n'avez pas de micro. Ça gâcherait le plaisir.

La femme la palpa rapidement, tâtant les poches et les coutures de ses vêtements, puis inspecta la pièce à la recherche d'un dispositif d'écoute. Voyant le chien de bois sur le lit, à côté de la veste qu'elle venait de fouiller, elle le prit.

— Oh ! je vois que vous l'avez nettoyé. Joli travail, Emmy.

Jo s'aperçut qu'elle avait oublié d'appuyer sur le bouton d'enregistrement. Du bout du doigt, elle l'enclencha discrètement.

— Vous étiez ma baby-sitter — Lulu. Je vous ai reconnue l'autre jour.

— Je pensais que vous finiriez par vous en rendre compte.

Elle fit claquer son chewing-gum, se glissant de nouveau dans la peau de Sadie Colter, la Texane.

— Je leur avais bien dit que garder la maison à l'identique paraîtrait bizarre. Je dois dire que le numéro de médium était hilarant. Vous avez bien joué la comédie.

— Vous saviez donc qui j'étais depuis le début ?

— Oh ! chérie. Ils attendaient votre venue. Voir débarquer

votre père a été une surprise, je l'avoue. Je le croyais mort. Mais vous… Vous laisser la vie sauve a été une erreur.

— Vous étiez là quand ma mère a été tuée ?

— Qui a ouvert la porte, à votre avis ? Evidemment, ils ne savaient pas que j'étais présente.

Elle se leva prestement et lui fit signe du canon de son arme d'en faire autant.

— Vous avez toujours été une petite maligne. Dommage que votre père se soit mis à fouiner partout. Je l'aimais bien.

— C'est vous qui l'avez tué ?

L'horrible femme se contenta d'arquer ses sourcils épilés.

— Il est temps de partir. Je suis sûre que votre marshal Cooper ne tardera pas à arriver. Au fait, il est vraiment beau gosse — même vu de loin. Mais je ne vous apprends rien, n'est-ce pas ? Vous connaissez chaque centimètre carré de cet Apollon.

— Je suis venue de mon propre chef. Il n'est pas au courant.

Mais j'espère qu'il est déjà en route !

— Si c'est vrai, Emmy chérie, répliqua-t-elle en faisant la moue, je crains que vous n'ayez pas beaucoup de pouvoir de négociation. Posez votre téléphone sur la table. Vous n'en aurez pas besoin avant longtemps.

Docilement, Jo plaça l'appareil sur la commode. Elle l'avait appelée Emmy. Etrange… Cela n'éveillait en elle aucun souvenir.

Cette femme avait confessé avoir ouvert la porte aux tueurs. Mais dans quelle mesure était-elle impliquée dans le meurtre de son père ? Ils pourraient sûrement intenter des poursuites grâce à l'enregistrement de cette conversation. Mais peu importait, pour l'instant. Son objectif était toujours et avant tout de remonter jusqu'au client de sa mère… la personne qui avait ordonné à Lulu de les espionner.

— Mon père vous a-t-il reconnue ? Est-ce pour cette raison que vous l'avez tué ? questionna Jo en passant devant elle, laissant le téléphone sur la commode, toujours en mode « enregistrement ». Où m'emmenez-vous ? Et qui êtes-vous ?

— Pas un mot quand nous descendrons, O.K. ? Vous savez

ce qui se passera sinon, n'est-ce pas ? rétorqua Lulu comme si elle n'avait pas entendu ses questions. Je serai obligée de vous tuer, vous et peut-être pas mal d'innocents.

Lulu se coiffa d'un foulard, de grosses lunettes de soleil et enfila son manteau. Une fois dehors, elle prit Jo par le coude, enfonçant ses ongles aiguisés dans la peau délicate que Levi avait embrassée, ce matin encore. Le canon de l'arme touchait ses côtes, dissimulé sous la veste de Jo.

Elles marchèrent en silence jusqu'à l'ascenseur. Il n'y avait rien à dire, de toute façon. Jo ne pouvait plus qu'espérer que le directeur de l'hôtel ferait ce qu'elle lui avait demandé.

Levi sauta à bas du 4x4 avant même que Lanning ne l'ait garé derrière la voiture de patrouille de la police de Plano. Il franchit en courant les portes coulissantes de l'hôtel et fit signe au policier, près du bureau d'accueil.

— Alors, où est-elle ?

— Le directeur dit qu'elle est partie il y a à peine un quart d'heure avec cette femme.

L'agent de police lui montra une photographie.

— Sadie Colter, dit Levi en jetant un regard entendu à Lanning qui venait de le rejoindre. Elle est brune maintenant, mais je la reconnais malgré les lunettes. Elle se faisait appeler Lulu à l'époque du meurtre.

Quel était son lien avec toute cette histoire ? Etait-elle l'une des clientes de Frasier ? Une espionne introduite dans la maison ?

— Comment se fait-il que vous l'ayez prise en photo et que vous ayez prévenu la police ? demanda Lanning au directeur.

— Mademoiselle Atkins est venue me voir et m'a expliqué que vous auriez besoin d'une photo de la personne avec qui elle partirait. Je n'aime guère l'idée que mon établissement ait été utilisé pour tendre une souricière. Si ça venait à se savoir, ce serait désastreux pour l'image de l'hôtel et…

Ils perdaient un temps précieux.

— Que vous a dit Jolene, exactement ? l'interrompit Levi.

— Elle nous a demandé d'indiquer à la police le véhicule dans lequel elle partirait et de vous fournir la description physique de la personne. J'avoue que j'ai été surpris en voyant arriver cette femme.

— C'est tout ?

— Oui.

Levi tourna les talons, entraînant l'agent du FBI avec lui. Lanning l'arrêta dès qu'ils se furent éloignés du comptoir.

— Je te l'avais dit : sacrément futée, ta petite amie.

— C'est ça. Et si on ne la retrouve pas très vite, elle sera sacrément morte… Ils ne tarderont pas à s'apercevoir qu'elle ne sait rien.

— Laisse un peu de temps à Russell. Il est en train de passer à la moulinette vingt ans d'informations pour trouver nos candidats les plus probables. Notre atout, c'est que nous en savons davantage qu'ils ne le pensent.

Il donna une tape amicale sur l'épaule de Levi.

— Allons jeter un coup d'œil à la chambre.

Pendant qu'ils étaient dans l'ascenseur, ils passèrent en revue la liste des procédures standard à mettre en œuvre : traçage du téléphone portable, vérification auprès des agences de location de voitures, préparation de la négociation en vue de l'échange, ne pas montrer trop d'assurance lorsque l'intermédiaire les contacterait…

Tout en écoutant Lanning, Levi songea combien il était rassurant de suivre les conseils de quelqu'un d'autre. Au moins, si les choses tournaient mal, pourrait-il rejeter la faute sur une tierce personne. Non, se ravisa-t-il aussitôt. Quoi qu'il arrive, il serait seul responsable. Une idée en entraînant une autre, il se demanda s'il devait continuer à travailler en équipe avec Lanning ou faire cavalier seul, pour la suite des opérations.

Seul. Se fier à son instinct. Sans s'encombrer des contraintes du cadre officiel.

Et il en revenait toujours aussi à la raison qui avait poussé Jo à le quitter. Elle avait dû prendre sa décision pendant qu'il parlait à Lanning, cet après-midi…

A force de se creuser la cervelle pour imaginer une solution — conscient qu'il ne pourrait pas à lui tout seul assurer sa sécurité maintenant que l'enquête allait se corser et qu'ils allaient « entrer dans le vif du sujet » —, il avait fini par envisager cet arrangement avec le FBI, même si l'idée de confier la vie de Jo à d'autres que lui le rendait fou. Il avait même caressé l'idée de sauter au volant de ce camping-car et de foncer droit devant, sans un regard en arrière.

Mais cela… La possibilité que Jo soit déjà morte… Cela le rongeait littéralement de l'intérieur. Si, par malheur, elle était… Il s'interdit d'aller jusqu'au bout de sa pensée. Il comprenait maintenant le sens de l'expression « la meilleure moitié de moi-même ». Il aurait alors perdu la sienne pour toujours.

L'un des membres de l'équipe de Lanning les attendait devant l'ascenseur.

— Tout est en ordre dans la chambre. Pas d'empreintes. Il n'y a pas eu de bruit. Personne n'a rien entendu. On n'a rien trouvé dans la pièce, mis à part le portable de Mlle Atkins.

— Ecoutez les messages, ordonna Lanning en tendant l'appareil à une femme qui leur avait emboîté le pas. Et vérifiez le journal des appels.

Levi avait une bonne mémoire des visages. Cette femme… Il l'avait déjà vue quelque part. Il s'éloigna et accosta l'un des investigateurs.

— Cette blonde là-bas, qui est-ce ? demanda-t-il.

— L'agent spécial Barlow. Elle vient juste d'être transférée d'Austin ou de San Antonio.

Levi l'avait croisée, il en était sûr. Ici même, à Dallas, récemment. Puis, soudain, cela lui revint. Des santiags flambant neuves, un jean de couleur foncée, une chemise camel… Elle occupait le tabouret voisin de celui de Lanning lorsqu'ils s'étaient retrouvés au bar. Lanning.

Ils s'étaient fait piéger !

Le salaud à qui il avait envisagé de confier la sécurité de Jolene sortit dans le couloir. Remonté à bloc, Levi le suivit, le dépassa et se planta droit devant lui. Il le saisit par le col ; les mains de Lanning se refermèrent autour des siennes.

— Où est-elle ?

17

— Qui t'a mis sur ce coup ? cria Levi, agrippant toujours le col de Lanning en dépit de la poigne d'acier qui emprisonnait toujours ses mains.

— Je n'aime pas beaucoup qu'on déchire mes vêtements, rétorqua Lanning en refusant d'un signe du menton l'aide d'un policier qui s'avançait vers eux. Comment as-tu deviné ?

— Blondie était au bar, hier soir, avec toi. Elle nous a suivis quand nous sommes sortis. Tu m'as roulé dans la farine.

— Pas volontairement. Quelqu'un de chez toi a parlé à quelqu'un de chez moi. Nous devions faire remonter l'information si tu faisais appel à nous. J'ai suivi les ordres.

Il se comportait comme si ce n'était pas bien grave et que Levi comprendrait.

L'ancien Levi — le marshal qui était l'homme de toutes les situations au bureau de Denver — aurait pu comprendre. Mais le nouveau, celui qui se trouvait dans un hôtel de Plano et qui était fou d'inquiétude pour la femme dont il était tombé amoureux… Celui-là avait envie de lui écraser son poing sur la figure. Levi le relâcha brutalement. Sortant son téléphone, il se dirigea vers l'autre extrémité du couloir et composa un numéro qu'il connaissait depuis huit ans.

— Bonsoir, Cooper, répondit Sherry Peachtree.

— Vous avez peut-être quelque chose à me dire ? questionna-t-il sans s'embarrasser de circonlocutions.

— Pas particulièrement, répliqua-t-elle sans s'émouvoir. Combien de temps pensiez-vous pouvoir continuer à mener une opération alors que vous avez été suspendu ? Vous avez demandé des services à des collègues, Levi. Si vous vous souvenez bien, c'est moi qui vous ai présenté à ceux qui auraient pu perdre leur emploi parce qu'ils vous ont aidé.

— J'arrête.

— C'est une question ou une affirmation ? Je n'arrive pas à le déterminer, à votre intonation.

Cette fois, il garda le silence. Son travail avait toujours été important à ses yeux. Il resterait toujours un marshal dans l'âme. Mais s'il devait faire le choix entre son métier et Jo…

— Ah, vous voilà disposé à m'écouter, on dirait. Votre non-témoin a sans le vouloir échafaudé un plan plutôt ingénieux qui va peut-être bien permettre de coincer le meurtrier de nos hommes — et de résoudre cette mystérieuse affaire par la même occasion.

Il y eut une longue pause. Bien que l'envie de parler le démangeât, il préféra tenir sa langue. Il avait besoin des deux agences fédérales pour retrouver Jo.

— Quel plan ?

— Oh ! Cooper, je vous en prie. Je vous croyais plus vif d'esprit. Jolene Atkins a acheté un localisateur GPS et a transmis à son téléphone ses données de positionnement. Le Bureau ne l'a pas encore retrouvée. On pense qu'elle ne l'a pas allumé.

Cela signifiait-il qu'elle était.. déjà morte ?

Subitement, sa bouche s'assécha au point qu'il eut du mal à déglutir. Il fallait qu'il parle, qu'il réponde quelque chose, mais rien ne sortait. Il ne parvenait même pas à desserrer les dents. Il ne voulait pas en entendre davantage. Soudain, Lanning se matérialisa devant lui. Vivement, il lui prit le téléphone des mains, le porta à son oreille.

— Oui… Oui, madame. Compris… Entendu.

L'agent coupa la communication et lui rendit l'appareil.

— Elle est morte, proféra Levi d'une voix éteinte. Si elle n'a pas actionné le tracker, c'est qu'elle est morte.

— Ou qu'il ne fonctionne pas, répondit Lanning. Ou qu'ils l'ont détruit. Ou qu'elle ne l'a pas *encore* utilisé. Reprends-toi, mon vieux. Ils ne vont sûrement pas tarder à appeler. Il faut que tu sois prêt. On est avec toi.

Ils attendirent dans la chambre d'hôtel. Plusieurs agents du FBI, hommes et femmes, s'affairaient autour de lui, mais lui était assis, immobile. On lui avait expressément demandé de ne pas bouger. Il pensait aux erreurs qu'il avait commises et priait pour que Jolene soit encore en vie. Puis son téléphone sonna. Il regarda Lanning et ses techniciens, qui hochèrent la tête.

— Cooper.

— Nous avons la femme, vous le savez, annonça une voix déformée, mécanique. Et, vous, vous détenez quelque chose qui nous intéresse.

— Où et quand ?

Il se passa la main sur la nuque, se demandant ce qu'il devait faire. Ils ne rendraient pas Jo vivante. Et le FBI ne donnerait jamais les preuves — à supposer qu'ils les trouvent. Il fallait qu'il procède à sa façon à lui, sinon, elle était morte.

Le technicien lui fit signe de faire durer la conversation.

— Dans une heure. Nous vous rappellerons…

— Il y a un problème, coupa fermement Levi. Je ne traite pas avec un intermédiaire.

— Voyons, marshal… Pensez à Mlle Frasier.

Lanning secoua la tête, sa bouche formulant un « non » silencieux.

— Le chef, assena Levi. Ou je ne viens pas.

— A quoi tu joues ? murmura Lanning, les dents serrées.

Levi se détourna, éloignant le téléphone. Si seulement le ciel avait pu lui souffler la réponse… Se concentrant pour parler d'une voix aussi neutre et dépourvue d'émotion que possible, il poursuivit :

— Miller et Phillips. J'ai ce que vous voulez et vous avez ce qui m'appartient.

— Dans une heure. Débarrassez-vous des fédéraux.

La communication fut coupée. Le technicien secoua la tête.

— Tu te rends compte de ce que tu viens de faire ? protesta Lanning, l'air au bord de l'apoplexie.

— J'ai gagné du temps pour que nous puissions concevoir

un plan et pour laisser à Jolene le temps d'allumer son GPS. Tu avais une meilleure idée ?

— Il n'est pas question qu'on leur donne les preuves de Frasier.

— Quelles preuves ? Personne n'a rien trouvé, que je sache.

Lanning lui mentait-il de nouveau ?

— Tu leur as dit que…

— Du bluff. C'est ce qu'ils voulaient entendre et ça nous permet de gagner du temps. C'est ce dont j'ai besoin pour la sauver.

— On n'a rien à échanger, reprit Lanning, la mine sombre. Donne-moi ton téléphone.

Levi lui tendit l'appareil, sa seule connexion avec Jo. C'était ça ou tenter de s'enfuir et se faire plaquer au sol au bout de trois pas par Lanning et ses hommes.

— Levi, tu sais que j'aime bien Jo. Mais les ordres sont les ordres. Désolé, mon vieux. Officier, assurez-vous qu'il ne bouge pas d'ici.

Les ordres sont les ordres.

Le trousseau de clés qui venait de glisser dans sa poche était bien l'ordre le plus direct qu'il ait jamais reçu. Le policier à qui s'était adressé Lanning se redressa de toute sa hauteur pour bien lui signifier qu'il entendait respecter ses instructions.

Levi avait besoin d'un indice, quelque chose qui pourrait lui permettre de donner à penser aux meurtriers qu'il avait les informations qu'ils voulaient. Sitôt qu'il saurait ce que signifiait ce qui était sur le feuillet qu'il avait sorti de la statuette de bois, il s'en irait.

Il aurait une longueur d'avance. Une chance.

SMS : Numéro masqué 20 :28

Vous savez quoi faire. Ne laissez rien au hasard.

Jo pensait avoir paré à toutes les éventualités. Les mains liées dans le dos, menottée, elle était recroquevillée par terre, à l'arrière du véhicule. Lulu alluma la radio et se mit à fredonner d'une voix aiguë et affreusement fausse.

C'était simple. Se laisser capturer et conduire jusqu'au client de sa mère. Levi se lançait à sa poursuite, venait la sauver à la dernière minute, et il ne leur restait plus qu'à faire prisonnier le méchant. Elle avait vu ce genre de scène des centaines de fois dans des films.

La voix de Levi résonna dans sa tête. *Oui, mais, dans les films, ils courent aussi sur le toit de trains lancés à pleine vitesse.*

Elle avait été surprise de constater que Lulu ne cherchait pas à dissimuler son visage, à l'hôtel. Certes, elle portait les lunettes de soleil, mais tout de même… Elle s'était même garée juste devant l'entrée. C'était bizarre. Si c'était elle qui avait tenté de la kidnapper et de tuer Levi pendant tout ce temps, elle aurait dû s'inquiéter de cacher son identité.

Quelque chose ne cadrait pas.

Le meurtrier avait eu l'avantage sur eux jusqu'à ce qu'ils achètent le camping-car. Comment avait-elle cru pouvoir les abuser avec son plan pathétique ? Ce n'était pas pour rien qu'elle avait laissé Levi prendre les choses en main. Il était marshal, il avait l'expérience de ce genre de situation. Même s'il y avait eu des ratés, il savait ce qu'il faisait. Son plan était truffé de défauts et elle s'était délibérément mise en danger.

A cinq ou six kilomètres de l'hôtel, Lulu la fit changer de voiture.

— C'était une voiture volée ? interrogea-t-elle.

— Pourquoi me demandez-vous ça ? Je suis une maman qui conduit sa voiture, vous voyez bien, répondit Lulu en désignant du menton le siège pour enfant qui était fixé à l'arrière.

— La voiture était garée dans un parking désert, déverrouillée, les clés rangées sous le tapis de sol.

— Vous êtes observatrice, ma petite Emmy. Mais pas assez pour savoir qui je suis et pourquoi tout le monde voudrait vous voir morte.

— J'espère bien le découvrir et vous envoyer en prison.

— Ecoutez, ma petite, vous ne vous adressez pas à la bonne

personne. Ces gens vont vous dire pourquoi ils ont tué votre mère. Ce n'est d'ailleurs pas la seule à avoir été éliminée.

Elle s'éclaircit la gorge.

— Vous êtes d'une naïveté…

— Lulu, vous pourriez vous en sortir. Vous savez que le système de protection des témoins fonctionne.

— Encore faudrait-il que je le veuille.

Elle partit d'un petit rire, un peu hystérique et effrayé.

— Je suis vraiment désolée qu'on en soit arrivés là, Emmy. Vous n'auriez jamais dû vous mêler de cette histoire.

Non. Non. Non. La faire parler…

— Est-ce que… vous m'appeliez Emmy quand j'étais petite ? Vous me gardiez, n'est-ce pas ?

— Tout le monde vous appelait Emmy. Emaline était tellement… prétentieux. Et, oui, j'étais votre baby-sitter. Mais, avant que vous continuiez à me poser des questions, autant vous prévenir qu'il vaudrait mieux changer de sujet. Parce que vous n'aimerez pas mes réponses.

Mais elle n'était pas Emmy. La petite fille d'autrefois n'existait plus. Etrange qu'il ait fallu ce terrifiant voyage en voiture vers Dieu sait où pour qu'elle s'en rende compte. Elle était Jolene Atkins et elle savait qui avait été son père. Si seulement elle avait fait un petit peu plus confiance à Levi…

— Je veux connaître la vérité.

— Ma petite, je sais que vous recherchez parmi la clientèle de votre mère la personne qui aurait eu une raison de la tuer.

— Et vous ne trouvez pas normal que je veuille savoir la raison pour laquelle mes parents sont morts ?

— Est-ce que ce sera moins douloureux pour autant ? Non. Vous savez, je ne suis pas censée vous dire tout ça. Je ne suis pas censée *échanger un seul mot* avec vous.

Jo garda le silence. Comment pousser cette femme à se mettre en danger ? Combien de temps lui restait-il avant de se retrouver face à face avec le meurtrier de sa mère ? Elle ne croyait que ce soit la bavarde Lulu qui ait tenu le poignard ou appuyé sur la détente.

— Désolée de vous dire ça, ma belle. Mais votre mère

était impliquée jusqu'au cou dans une affaire qui aurait pu faire tomber des gens extrêmement influents. Et le pourrait encore aujourd'hui. Elle s'était fait de très puissants ennemis. On ne quitte *pas* ce genre de personne. *Jamais.* Ou alors, si vous le faites, c'est dans une housse mortuaire.

— Ma mère n'aurait jamais traité avec des gens dangereux. Mon père n'aurait pas… C'est impossible.

— Il était trop tard quand ils s'en sont aperçus.

— Pourquoi l'avez-vous tuée ?

— Tuer ou se faire tuer, ma petite. C'est une loi très simple à appliquer. Et, maintenant, taisez-vous. J'ai déjà trop parlé.

— Pouvez-vous me dire ce que ces gens tenaient tellement à cacher ?

Oui, elle voulait véritablement savoir. Elle était restée dans le noir beaucoup trop longtemps.

— Disons simplement qu'ils ont amassé une véritable fortune et ne veulent pas finir en prison. Et que, s'ils s'en sont sortis sans être inquiétés, c'est grâce à votre mère qui les a aidés à le faire en toute légalité.

Peu importait que Lulu veuille la faire taire. Jo n'allait pas la laisser débiter ces ignominies sur ses parents.

— Vous vous trompez, réfuta Jo. Je n'ai peut-être pas eu le temps de très bien connaître ma mère, mais je connais mon père et je sais qu'il n'aurait jamais été avec la personne que vous décrivez.

Lulu ne connaissait peut-être que la version de l'histoire du *client* d'Elaine. L'ennemi n'était pas sa mère. La colère se mêla à la peur. Elle devait découvrir la vérité. Et, ensuite, quoi qu'il se soit passé… elle vivrait avec.

Peut-être une vie tranquille, paisible, était-elle le bon chemin, au final ? Pas de road-trip en camping-car. Tout ce qu'elle voulait, c'était une maison et un jardin tranquille où elle pourrait admirer de fabuleux couchers de soleil avec Levi.

Levi. Trouve le téléphone.

Jo n'avait aucune idée de l'endroit où elles se trouvaient, à Dallas. Peu importait, pourvu que Levi la retrouve.

La voiture s'arrêta. Elle était équipée de sièges baquets,

mais elle voyait les cheveux de Lulu. Elle la vit tendre la main et déboucler sa ceinture. Quelques secondes plus tard, la portière s'ouvrit et une détonation déchira le silence. Le corps de Lulu s'abattit en travers du siège, sur le frein à main.

Oh ! mon Dieu !

La portière qui était derrière sa tête s'ouvrit, la brise du soir rafraîchit sa peau échauffée. Jo se mordit la lèvre pour ne pas crier. Tétanisée, silencieuse, elle attendit, les yeux fermés, le second coup de feu.

Lulu, avec qui elle parlait encore quelques minutes plus tôt, était morte. Et si Levi ou le FBI ne parvenaient pas à la localiser, elle rejoindrait celle qui avait été sa baby-sitter.

Elle songea fugitivement qu'elle ne connaissait même pas sa véritable identité.

Sans un mot, le tireur se pencha et retira un petit dispositif électronique de dessous le siège. Il avait dû écouter leur conversation.

Toujours en silence, le coin de la lèvre relevé en un vicieux sourire à la Hannibal Lector, il la bâillonna avec du ruban adhésif et la tira hors de la voiture.

Il ne dissimule pas son visage. C'est mauvais signe.

L'homme avait la même stature que celui qui l'avait attrapée, à l'hôtel ; il devait avoir une cinquantaine d'années. Assez âgé pour avoir tué sa mère, donc. En tout cas, il avait tout d'un tueur professionnel. Mais il n'était pas japonais, ne ressemblait en rien au personnage de dessin animé qui hantait ses cauchemars. Ses cheveux n'étaient pas de paille et ils n'étaient certes ni bleus ni verts.

Jo aperçut l'ombre d'une autre personne, près de la roue arrière. L'air aussi sinistre que l'homme qui était près d'elle. Sans un mot, ils la poussèrent à l'arrière d'une fourgonnette. Ils abandonnèrent le corps de Lulu dans la voiture volée. Pas une question. Pas un mot. Rien.

Sa position inconfortable, assise à même le sol, le dos appuyé contre la paroi métallique, lui faisait mal aux épaules. Il n'y avait ni sièges, ni vitres à l'arrière du van. Elle se prit à regretter d'avoir regardé tous ces films policiers à la télévision. Les fourgonnettes de ce genre n'étaient jamais bon signe.

Lulu avait eu raison lorsqu'elle lui avait reproché de ne rien comprendre aux gens qui étaient derrière tout ça et l'avait taxée de naïveté. Son plan — ou, plutôt, son absence de plan digne de ce nom — allait la conduire à la mort. Les menottes pénétraient la chair de ses poignets.

Elle pria le ciel qu'ils arrivent vite à destination afin qu'elle puisse enfin activer le GPS. S'étant doutée qu'ils la fouilleraient, elle n'avait pas voulu courir le risque de l'actionner trop tôt.

Trouve le téléphone, Levi. S'il te plaît, viens me chercher.

18

« O.K., contente de tomber sur ta messagerie vocale… Je sais que tu dois être très en colère contre moi. Mais je veux que tu saches que j'ai mûrement réfléchi. Retrouve-moi et tout sera fini. J'aurai enfin une vie *normale*. D'accord ? Avant que la messagerie ne m'interrompe, j'ai acheté un localisateur de voiture GPS. Tu trouveras toutes les informations dans une note, sur le téléphone. J'ai ménagé un espace dans le talon de ma chaussure suffisamment grand pour le loger. Je table sur le fait qu'ils ne s'en apercevront pas avant que tu m'aies localisée. »

Il y eut une pause.

« Je sais que tu me trouveras. »

Entendre la voix de Jo ne lui ôta pas le poids qui pesait sur sa poitrine et l'empêchait de respirer.

Le technicien lui rendit son téléphone et lui demanda de consulter la liste des messages afin de s'assurer qu'il en connaissait bien tous les expéditeurs. Pressé d'entendre la voix de Jo et ses explications, Levi les avait tous rapidement fait défiler. Il avait réécouté le message plusieurs fois, cherchant à déchiffrer une signification cachée. Mais il n'y en avait pas.

Pas trace de désespoir, non plus. De l'appréhension, oui. Et une confiance imméritée en ses capacités. Il n'avait ni l'expertise ni le matériel nécessaire pour se lancer sur la piste de Jo. Si Lanning n'avait déjà été là, il aurait fait appel à lui à ce stade. Son nouveau « meilleur ami » vint le rejoindre dans le hall, compulsant ses notes, l'air un peu surpris de trouver Levi toujours au même endroit.

— LeeAnn Wright, également connue sous le nom de LuAnn Harper ou de Lisa Tucker. Elle n'en est pas à son coup d'essai pour ce qui est d'enfreindre la loi. Toujours du côté sombre, mais à la limite, si bien qu'elle n'a jamais eu maille à partir avec la justice. Elle a fait équipe avec une longue liste de comparses connus des services de police…

Lanning secoua la tête avant de répondre à son téléphone.

Levi savait ce que signifiait son expression : la liste était trop longue pour être exploitable. Ils n'avaient ni le temps ni la main-d'œuvre nécessaire pour se pencher sur chacun d'entre eux.

Lanning raccrocha en poussant un soupir.

— Il y a un nouveau développement : on vient de retrouver le corps de Wright ; abattue d'une balle dans la tête.

— Qu'est-ce qu'on attend pour y aller ?

— L'appel t'indiquant où tu dois aller. Nous rendre sur la scène de crime ne servirait à rien, si ce n'est à nous faire repérer.

— Je ne peux pas rester ici, à attendre sans rien faire, proféra Levi en broyant entre ses doigts une petite bouteille d'eau en plastique.

Il se ressaisit juste à temps pour ne pas la projeter d'un geste rageur sur le sol.

— Il nous reste vingt-trois minutes à patienter avant l'heure prévue de l'appel, observa Lanning en se tournant vers ses hommes. Avez-vous découvert quelque chose à propos des noms et des dates ? Informez-moi au fur et à mesure de ce que vous trouvez. Le temps presse. J'ai besoin de savoir où nous en sommes en temps réel.

Levi emboîta discrètement le pas à Lanning tandis qu'il donnait ses ordres, espérant que personne ne s'aviserait qu'il n'avait rien à faire dans la chambre.

— Je n'arrive pas à trouver de lien, annonça quelqu'un assis devant un moniteur.

— Que s'est-il passé en février 1988 avec la crise des caisses d'épargne et des sociétés de crédit au Texas ? demanda Levi. Les principaux clients de Frasier étaient des fiduciaires ou des actionnaires d'établissements de prêt et de crédit. Tous concentrés au Texas.

— De nouvelles réglementations sont entrées en vigueur ; il y a eu la constitution d'un fonds de secours. Le taux d'inoccupation des bureaux a atteint les cinquante pour cent... Les prix de l'immobilier se sont effondrés, déclara le technicien.

— L'argent, soulignèrent ensemble Levi et Lanning.

Lanning éleva la main pour stopper l'agent qui s'apprêtait à reconduire Levi dans le couloir.

— Quel rapport avec ce qui se passe aujourd'hui ? poursuivit Levi.

— Je peux tenter de croiser les informations...

— Ça s'est reproduit. On a appelé ça « crise du logement », mais, fondamentalement, c'est du pareil au même. Quelqu'un veille à ce que son implication dans ces sombres magouilles ne sorte pas au grand jour, dit Barlow en s'approchant de leur petit groupe. Frasier a fait en sorte que tout s'opère sous le manteau.

Pendant qu'une vive discussion s'engageait quant à la façon dont les choses avaient pu se passer, chacun y allant de sa théorie, Levi s'approcha du téléphone de Jo et réussit à extraire le code GPS des notes de l'appareil.

— Aucun des noms de cette liste n'a été mêlé à la crise — pas officiellement, du moins. Je ne trouve rien dans la base de données.

— Miller, février 1988, et Phillips March, 1988, répéta Levi d'un ton songeur. Bon sang, qu'est-ce qui nous échappe ? Frasier est tombée sur quelque chose qui lui a ouvert les yeux... Mais quoi ?

Il s'éloigna de quelques pas, s'adossa au chambranle de la porte.

— Si l'on se reporte au dossier, les notes concernant l'investigation initiale indiquaient que les dossiers de Frasier étaient archivés, souligna Barlow.

— Oui, mais ils ont été microfilmés par la justice.

— Vous ne comprenez pas ? l'interrompit Barlow. Le cabinet de Frasier passait au numérique dans les années 1990. Où a-t-elle pu cacher les dossiers sous format papier ?

— Wendell Miller et Franck Phillips sont morts à huit jours d'intervalle ; Miller était le vice-président d'une caisse d'épargne qui a fait faillite et Phillips en était l'évaluateur agréé. Mais je n'ai pas réussi à trouver ce qui les relie à la famille Frasier.

— A ceci près qu'ils sont morts la semaine suivante, souligna Levi.

— Oui… La coïncidence est trop évidente pour qu'on puisse l'ignorer. Un banquier, un contrôleur financier et une avocate, tous spécialisés dans les affaires immobilières, résuma Lanning. Trouvez le dénominateur commun entre les trois… Et vite.

Levi avait ce qu'il voulait : des noms. Une idée de la nature de ce qui avait pu se passer. Quelque chose qui pouvait lui servir à berner les kidnappeurs.

Pendant que tout le monde, dans la pièce, échafaudait des hypothèses, il jeta un coup d'œil par-dessus son épaule. Le policier qui était chargé de le « surveiller » était en train de parler à un collègue, à l'autre bout du couloir.

Levi orienta ses pas dans la direction opposée, se glissa au-dehors par une issue de secours.

Une volée de marches… Une porte palière… Le 4x4 de Lanning.

Son téléphone se mit à sonner.

— Cooper.

La voix déformée lui indiqua une adresse et une heure de rendez-vous. Peu importait l'endroit si Jo activait le GPS. Lorsqu'elle le ferait, il pourrait les prendre par surprise à n'importe quel moment. *Vas-y, Jo. Active ce satané appareil, que je puisse voler à ton secours.*

SMS : Numéro inconnu 21 :14

J'ai la fille, mais il y a un problème. A tout à l'heure, au lieu de rendez-vous.

SMS : Numéro masqué 21 :17
Je descendrai un moment, à l'heure dite.

Après lui avoir retiré sa veste, ils avaient pris le chien de bois de son père, ensuite de quoi ils avaient placé des écouteurs sur ses oreilles et mis la musique à fond, ce qui avait généré un épouvantable mal de tête. Depuis combien de temps était-elle dans cette camionnette qui sentait mauvais ?

Ses mains étant attachées à une plaque métallique, sur la paroi, derrière elle, il lui fallut un temps fou pour parvenir, en se contorsionnant, à atteindre son pied sans éveiller l'attention de ses geôliers qui jetaient fréquemment un coup d'œil pour la surveiller.

Finalement, après de multiples tentatives avortées, elle réussit à appuyer sur le petit commutateur qui actionnait le GPS dissimulé dans sa chaussure. Réprimant un soupir de soulagement, elle se laissa aller contre la paroi. C'était fait. Si quelqu'un surveillait le signal de mise en route de son dispositif de localisation, il saurait désormais où elle se trouvait.

Allez, Levi ! Elle se mit à prier avec ferveur pour que son plan fonctionne. Il devait réussir. Il le fallait.

Roulant des épaules pour dissiper la raideur de ses muscles, elle s'efforça de faire le vide dans son esprit, de faire abstraction de tout. Et, subitement, tout devint sombre ; elle se sentit tout à coup à l'étroit dans la pénombre du van sans fenêtres. Un horrible sentiment de claustrophobie s'empara d'elle. Le tempo agressif de la batterie dans ses oreilles reflua, cédant la place à un boum-boum assourdi.

Elle n'était plus dans la fourgonnette… Elle voyait l'intérieur du coffre à jouets que lui avait fabriqué son père. Son nom était inscrit — Emaline — au crayon gras, de l'écriture malhabile d'une enfant en train d'apprendre à écrire. Ses jouets étaient à l'extérieur, sur le parquet, et sa couverture et son oreiller étaient à l'intérieur, avec elle. Ils étaient toujours rangés là.

Je ne suis pas vraiment là. Je ne suis pas vraiment là. Elle avait beau se le répéter comme un mantra, elle n'arrivait pas à se décider à ouvrir les yeux. Elle était comme prise au piège du passé.

Un souvenir réel ? Ou induit par ce que lui avait révélé Levi ?

Des arcs-en-ciel. Sa mère, souriante — l'image floue d'une chevelure sombre, l'impression vague d'un bonheur enfui. Elle ne voulait pas quitter les arcs-en-ciel. Sa mère riait et disait qu'elle les lui apporterait dans sa poche. Des rires d'adultes disant que ce serait bien…

Puis une détonation. Et une autre. Les hommes qui tombaient… Sa mère qui poussait un cri. Elle entendit une petite voix grêle qui hurlait, affolée : « Maman ! »… Des mains qui la retenaient prisonnière pendant qu'elle se démenait comme un beau diable… La porte qui s'ouvrait… Emaline se ruait vers sa mère. Entendait son père lui crier : « Cours ! Enfuis-toi ! »

Le mot Emaline tracé au crayon qui était barbouillé de rouge… Le sang de sa mère. Elle s'était bien trouvée dans le coffre à jouets, mais seulement *après* avoir assisté à la scène, dans la cuisine. Le couvercle tiré sur sa tête. Ses joues trempées de larmes et ses doigts qu'elle essayait de nettoyer sur le bois du coffre. Oui, elle avait été dans la cuisine. Avant de courir se réfugier à l'étage.

Une voix qui l'appelait, lointaine, doucereuse… L'exhortant à sortir… Que disait-elle? Pourquoi ne comprenait-elle pas ?

Le souvenir se désagrégea soudainement et ce fut fini. Ses yeux se réaccoutumèrent à l'obscurité du van et elle entendit des voix. Des bribes de phrases bien réelles, celles-ci, pas celles resurgies de son enfance.

— Ne discutez pas. Si vous l'aviez tuée… Pas dans cette situation.

Les mots lui parvenaient, hachés, rythmés par les pauses de la musique qui lui transperçait toujours les tympans.

Une femme, dont Jo ne parvenait pas à voir le visage, haussa le ton. L'homme qui se disputait avec elle était celui qui avait tué Lulu. Quant au conducteur, elle n'avait pas bien vu les traits de son visage et n'avait pas entendu le son de sa voix.

— Nous avons trouvé celui d'Elaine…

D'un mouvement de l'épaule, Jo réussit à écarter l'un des écouteurs de son oreille.

— … Les deux. Vous comprenez ce que je vous dis ? ordonna la femme.

— Elle avait cinq ans, nota le conducteur.

— Mais ce n'est plus le cas, rétorqua-t-elle avec un ricanement déplaisant. Pour quelle raison vouliez-vous me rencontrer avant que tout ceci ne soit définitivement réglé ?

— Le marshal exige de vous voir en personne. Ce n'était pas prévu. Il dit qu'il est prêt à échanger les preuves.

— Si le FBI avait quoi que ce soit, ils seraient déjà venus me cueillir à mon bureau. Vous êtes un triple imbécile. Je me demande pourquoi j'ai continué à traiter avec vous.

— Mon frère et moi détenons tous vos secrets dans un endroit sûr, rappela son interlocuteur d'une voix qui fit courir un frisson dans le dos de Jo.

— Interrogez-les, elle et le marshal, puis débarrassez-vous des corps. Nous devrons faire preuve d'une extrême prudence pendant les mois qui viennent. Plus de contact entre nous.

— D'accord.

— Je retourne au dîner et je ne veux plus être dérangée. Faites en sorte de mériter l'argent que je vous paie et réglez-moi ce problème. Tout a fonctionné comme sur des roulettes depuis plus d'années que cette stupide gamine n'en a vécues et j'entends bien faire en sorte que ça continue quand elle sera morte.

La fourgonnette s'arrêta.

Elle entendit les talons de la femme claquer sur une surface dure et chacun de ses pas, tandis qu'elle s'éloignait, lui glaça le sang, davantage encore que le coup de feu qui avait tué Lulu. Combien de personnes ce type avait-il tuées ? Sur les ordres de cette femme ?

— Bien, on se rend au lieu de rendez-vous… Non, on ne pourra pas se débarrasser des corps sur place, reprit l'homme après une pause, comme s'il conversait avec le chauffeur. On pourrait peut-être aller faire un petit tour en Louisiane ?…

Les corps ne refont jamais surface du fond de ces marais… Vas-y, je te couvre. Fais confiance à ton grand frère…

Il fallait qu'elle sorte de là. Ce plan avait été l'idée la plus stupide qu'elle ait jamais eue.

— Tu connais la devise « Diviser pour mieux régner » ? reprit le tueur lorsque son partenaire revint. Eh bien, c'est ce qu'on va faire quand on rencontrera son petit ami. Je vais aux toilettes, moi aussi, et, après, en route. Où est la batte ? A l'avant ou à l'arrière ?

Consciencieusement, Jo s'obligea à remuer ses pieds engourdis par l'immobilisation prolongée. Bouger risquait d'alerter les hommes et elle ne voulait pas qu'ils sachent qu'elle était prête à prendre la fuite. Elle s'était même arrangée pour remettre l'écouteur en place. Mieux valait qu'ils ne se rendent pas compte qu'elle les avait entendus… Elle aurait tout le temps de soigner son mal de tête à l'aspirine quand elle serait sauvée. L'homme au sourire mauvais fit coulisser la porte latérale et prit la batte de base-ball. Elle se sentit chavirer lorsque son regard s'arrêta sur elle ; derrière lui, elle aperçut un panneau de signalisation et un pilier de parking.

Jo s'était attendue à avoir une réaction émotionnelle plus forte, confrontée à ces hommes. Elle avait peur, bien sûr, mais elle n'était pas au bord de la panique. Ni renvoyée à d'atroces souvenirs d'enfance…

Non, elle repensa à ces moments, dans la chambre du camping-car, heureuse de pouvoir se remémorer des souvenirs heureux. Et le temps qu'elle avait passé dans les bras de Levi lui donnait de l'espoir et de la force… Il allait venir. Ces hommes avaient sous-estimé non seulement sa détermination, à elle, mais les capacités de l'homme qu'elle aimait.

La porte fut de nouveau tirée, verrouillée. Pour préserver sa santé mentale, elle repoussa les écouteurs. Les efforts qu'elle avait produits pour atteindre le localisateur GPS avaient fait perler la sueur à sa lèvre supérieure, et les bords du sparadrap commençaient à se décoller. Etirant et remuant la bouche, elle finit par s'en libérer.

Par son plan insensé, elle avait mis Levi en danger… Mais

elle ne supportait pas l'idée qu'il tombe dans l'embuscade et se retrouve, lui aussi, prisonnier.

Non…

Levi allait arriver. Et il tiendrait sa promesse.

Levi sortit de l'autoroute 30 et se retrouva coincé derrière une voiture, à un feu. Il agrandit la carte routière sur l'écran de son téléphone et vérifia le positionnement du GPS — juste devant lui, à environ sept kilomètres au nord du lieu où il était censé rencontrer les kidnappeurs.

Le Convention Center de Dallas se détachait sur fond des lumières de la ville, les voitures s'alignant pare-chocs contre pare-chocs devant le bâtiment… Une soirée de gala. Il déchiffra les mots « Académie » et « Beaux-Arts », puis s'engagea sur la contre-allée jusqu'à ce qu'il arrive à une guérite de sécurité.

— Excusez-moi, dit-il à l'homme qui en sortit. Quelle affluence… Est-ce un problème de places habituel ou y a-t-il un événement particulier, aujourd'hui ?

— Bof… Rien de plus passionnant que d'habitude.

— Que se passe-t-il, ce soir ? questionna-t-il en désignant le centre des congrès du menton.

— Une collecte de fonds politique. Il y a beaucoup de grosses légumes. Dix fois plus de sécurité qu'en temps normal.

Levi sortit son badge et le montra à l'homme.

— Ça vous ennuie que je jette un coup d'œil ?

— Allez-y. Pas de problème pour moi.

Le garde peu tatillon rentra dans sa guérite et referma la porte.

Levi franchit l'entrée et se gara à l'extérieur. Il composa le numéro de Lanning.

— Eh bien ! Ce n'est pas trop tôt.

— Tu sais que j'ai suivi le signal jusqu'au Convention Center, je suppose ? demanda Levi pour la forme.

Il avait déjà repéré le matériel que contenait la boîte à outils de Lanning. Il y prit le gilet pare-balles du FBI.

— On y sera dans dix minutes. Attends les renforts, le pressa Lanning.

— Pas possible. Ils vont bientôt se mettre en route pour se rendre au lieu de rendez-vous. Tu connais les conditions. Pas de police.

Il acheva d'attacher le gilet.

— Cooper…

— Pas de flics, Lanning. Sinon, ils la tueront.

Inutile de perdre plus de temps. Se servant de son téléphone pour se guider jusqu'à l'émetteur GPS, il tira son arme de son étui et s'élança en courant dans le parking souterrain. Impossible de savoir de quel niveau provenait le signal ; il ne pouvait que supposer que ceux qui la retenaient captive s'étaient postés dans un endroit tranquille, le plus loin possible des allées et venues. A l'étage inférieur, donc.

— Espèce d'abruti. Cooper est ici, à l'extérieur. Fais-la descendre de la fourgonnette.

Jolene se prépara à la douleur qu'elle allait ressentir lorsqu'ils la tireraient hors du van. Elle avait réussi à soulager un peu son dos en remontant ses genoux contre sa poitrine. Ses épaules l'élançaient à force d'avoir les bras tirés en arrière mais, si elle parvenait à prendre l'un d'eux par surprise…

La porte s'ouvrit. Dieu merci, le meurtrier de Lulu tourna la tête vers son comparse au même moment. Le pied de Jolene se détendit et elle le frappa à toute force en plein visage, en hurlant :

— Attention ! C'est un piège !

L'homme bascula à la renverse, contre son acolyte. Elle entendit la batte de métal heurter le béton. Les hommes amorcèrent un mouvement pour se relever.

Le cœur battant, se demandant s'ils allaient se dire que lui tirer une balle dans la tête, à elle aussi, serait la solution la plus rapide, elle tira avec frénésie sur les menottes. Impossible de se dégager. Elle était bloquée là, cible immobile, impuissante, à leur merci. Mais, avec un peu de chance, Levi l'avait entendue crier, embusqué quelque part… Elle vit les hommes prendre leurs jambes à leur cou — peut-être pour se mettre à couvert quelque part, son champ de vision ne lui permettait pas de le voir.

Un échange de tirs. De *nombreux* tirs.

Puis plus rien.

Que s'était-il passé ? Elle faillit appeler, puis se ravisa, craignant de rappeler sa présence à ses ravisseurs.

— Jo ?

La voix de Levi ! Le son le plus doux à ses oreilles qu'elle eût jamais entendu !

— Je suis là.

— Ça va ?

Sa voix était plus proche. La fourgonnette tangua comme il grimpait à l'avant du véhicule.

— Je suis menottée, mais ça va.

— Pas de clé de contact… mais je crois que j'ai la clé des menottes.

Puis son visage anxieux apparut à la porte latérale. Il jeta un dernier regard derrière lui et monta dans le van. Jo s'était déjà tournée pour lui présenter ses poignets. Il la délivra tout en expliquant :

— J'en ai assommé un. Il est inconscient. Je crois que l'autre a pris la fuite… Tu peux marcher ?

— Oui… Ça ira, je pense. Aide-moi à sortir de ce van.

Elle secoua ses mains et ses jambes ankylosées pour réactiver la circulation sanguine. Une désagréable sensation de fourmillement envahit ses membres, mais elle n'y prêta pas attention tant était grand son soulagement d'être enfin libérée.

— Ah…, nota Levi en montrant l'un de ses kidnappeurs qui secouait le meurtrier de Lulu par l'épaule puis courait s'abriter derrière un pilier. Ça risque d'être plus sportif que prévu…

Son sauveteur rechargea rapidement son arme.

— L'escalier est à gauche, derrière nous, dit-il en lui indiquant son emplacement précis. Je vais rester ici pour te couvrir. Toi, tu cours.

— Mais…

— Il n'y a pas de mais, Jo. C'est moi qui commande, maintenant.

— O.K., chef. D'accord.

Et elle le pensait. Elle retira le traceur GPS de sa chaussure, le rangea dans sa poche.

— Et après ? Je vais où ?

— Tu montes. On verra pour la suite quand je t'aurai rejointe.

Il se mit en position et éleva son arme.

— Prête ? Attends… Enfile ça.

Avant qu'elle ait pu protester, il l'aida à passer le gilet pare-balles.

— Je savais que tu me trouverais.

— Pour ta gouverne, sache que je suis furieux, mais que, si nous n'étions pas encore en train d'échapper à un « piège mortel », comme tu dis, je serais déjà en train de t'embrasser comme un fou.

Elle en resta sans voix. Elle ne s'était pas attendue à ça. Et, à en croire l'expression étonnée qui s'était peinte sur les traits de Levi, lui non plus n'avait pas prévu de prononcer ces mots-là. Il se tourna, poussa la porte et se mit à décharger son arme.

Jo s'élança.

19

Il la couvrit en continuant à tirer à tout-va jusqu'à ce qu'elle ait disparu derrière la porte.

Nouveau coup de feu. Qui ne venait pas de lui, celui-là. Il sentit une douleur cuisante au mollet.

Tant pis pour la blessure. S'il attendait, il ne pourrait plus courir et les hommes se lanceraient à la poursuite de Jo.

Tu t'arrêtes, elle est morte. Il se répéta ce mantra pour trouver le courage de courir malgré la brûlure fulgurante qui fusait dans sa jambe à chaque pas. *Tu t'arrêtes, elle est morte.*

Jo l'attendait, lui tenant la porte ouverte. Lorsqu'il l'eut franchie, elle se débarrassa du gilet, retira son T-shirt et s'agenouilla pour lui bander la jambe.

— Qu'est-ce qu'on fait ? demanda-t-elle en se relevant et en remettant le lourd gilet.

Il regarda son téléphone.

— Toujours pas de signal… Donc, on continue à avancer tant que le FBI ne sonne pas la charge.

Il regarda derrière lui, leva la tête vers la cage d'escalier. Pas moyen de bloquer la porte. Et il y avait un sacré nombre de marches à gravir…

— Allez, on grimpe. Là-haut, on pourra rejoindre l'autre rue.

Malgré sa jambe — et en se remémorant son leitmotiv à chaque pas — il réussit à la suivre de palier en palier, fermant la marche pour être en mesure de la protéger si leur poursuivant les rattrapait.

Encore une volée de marches, puis deux. Puis trois…

Grimaçant de douleur, il posa enfin le pied sur le palier du niveau supérieur.

Il entendit des pas précipités, au-dessous d'eux. S'assurant que la voie était libre, il se tourna vers elle.

— On fonce et on sort par la première porte qu'on trouve. On fera signe à une voiture.

— D'accord. Tu vas y arriver ?

— Je pourrai encore faire un sprint s'il le faut.

Jo l'attrapa par la main et se tourna dans la direction des flèches qui signalaient la sortie.

— Elle était là, Levi, murmura-t-elle. La cliente de ma mère. Celle qui est la cause de tous ces crimes. C'est elle qui leur a ordonné de m'amener ici après avoir tué Lulu.

— Est-ce que tu as réussi à savoir son nom ?

Elle secoua la tête et poussa la porte d'accès à l'entrée principale.

— On verra ça plus tard. Pour l'instant, fichons le camp d'ici.

Ils se retrouvèrent dans un hall, s'avancèrent. Ils testèrent plusieurs portes vitrées qui donnaient sur un parc. Toutes verrouillées. Enfin, une porte s'ouvrit sur la rue, à leur gauche.

— Vite ! souffla Levi. Mettons-nous à couvert.

L'homme, derrière eux, avait encore la longueur du bâtiment à parcourir avant d'atteindre la porte, mais il gagnait rapidement du terrain.

— Où est la police ? Et tes amis du FBI ? Ils n'avaient pas envie de venir se dégourdir un peu les jambes, eux aussi ? lança Jo en se glissant à sa suite dans l'ombre, au-delà du cercle de lumière du projecteur qui éclairait une statue plus grande que nature d'un cow-boy s'expliquant avec un taureau texan Longhorn.

Les herbes étaient hautes, mais pas suffisamment pour les dissimuler longtemps à la vue de quelqu'un qui savait qu'ils étaient tapis, là, quelque part.

Elle examina sa blessure puis renoua le bandage, plus serré, autour de sa jambe.

— C'est une vilaine plaie. Tu as besoin de soins.

— Pas si vilain que ça puisque j'arrive encore à me déplacer. De toute façon, on a autre chose à faire dans l'immédiat, dit-il en baissant la tête et en l'entraînant avec lui au ras du sol comme une balle ricochait sur le taureau en métal.

Il se redressa et déchargea son arme dans la direction d'où venait le coup de feu.

— Tiens, reprit-il en lui fourrant son téléphone dans la main. Cours vers cette butte, gravis-la le plus vite que tu peux et appelle Lanning. Il ne doit pas être loin.

— Est-ce qu'il a le code GPS ?

— Oui. On fait comme dans le parking… Tu pars la première… Je te couvre.

Elle acquiesça d'un signe de tête, attendit son signal et s'élança. Une salve de tirs retentit, mais, sans un regard derrière elle, sans ralentir, elle fonça droit devant et, dans son élan, escalada la butte à toute allure.

— Attention à la corne, lança-t-elle par-dessus son épaule.

Elle se retourna, le temps de voir Levi éviter de justesse la corne de soixante centimètres qui pointait dans sa direction, puis plongea entre les autres statues de taureaux de Pioneer Plaza et la paroi rocheuse qui bordait le chemin.

Il sentait de moins en moins son pied et il lui devenait difficile d'avancer. Ils réussirent à se frayer un chemin entre les taureaux qui composaient la monumentale sculpture d'un troupeau de bétail au galop et débouchèrent dans un cimetière, en haut de la petite éminence. Un cimetière devant lui ; à sa droite, le Convention Center, des commerces fermés à sa gauche, et, derrière, le conducteur du van qui se rapprochait.

— On traverse le cimetière, d'accord ? suggéra Jo. On continue à se déplacer tant que George n'est pas là… C'est ce que tu as dit, n'est-ce pas ?

Il n'était pas certain d'y parvenir, mais il hocha la tête. Le temps pressait. Il ne tiendrait sûrement pas la distance. Il entendait son poursuivant qui grimpait déjà la côte… Il les distinguerait forcément, surtout avec les néons de l'hôtel Omni qui éclairaient tout le secteur comme Las Vegas Strip.

Il regarda Jo sortir de sa cachette et se ruer vers une autre pierre tombale, sa silhouette aussi visible que si un projecteur avait été braqué sur elle.

Il devait absolument empêcher l'homme de la rattraper. Il fouilla du regard l'obscurité, attendant de repérer un mouvement. Le tueur avait-il contourné le cimetière pour les attendre de l'autre côté ?

Cache-toi sur l'arrière du bâtiment et appelle Lanning, l'exhorta-t-il à voix basse tout en sachant qu'elle ne pouvait pas l'entendre.

A sa droite. L'arbre, là-bas… A quatre mètres de lui, cinq tout au plus. Le fumier était là, tourné de trois quarts.

Pas le temps de tergiverser. Levi sortit de sa cachette.

— Hé, ça suffit maintenant !

Pris de court, l'homme fit volte-face et tira à l'aveuglette. Levi plongea derrière un buisson, roula sur le sol. L'homme avança. Couché à plat ventre, Levi visa et tira. Deux fois. Touché !

L'homme s'écroula à la renverse sur une tombe.

— Levi ?… Levi !

Jo revint en courant vers lui, une branche à la main, prête à lui porter secours dans la mesure de ses moyens.

Tout à coup, un hurlement de sirènes déchira la nuit. Elle entendit un train siffler au loin. Et, étrangement, les lumières qu'elle voyait scintiller au travers des arbres parurent soudainement se parer de bleus, de roses et de pourpres en se reflétant sur la façade illuminée de l'hôtel.

Elle lâcha le bâton.

Levi poussa un long soupir en se remettant péniblement sur ses jambes. Il boitilla jusqu'au corps inerte, s'agenouilla sur sa jambe valide pour prendre le pouls de l'homme et secoua la tête.

— C'était lui, l'« homme arc-en-ciel » ?

— Je n'en sais rien. Mais c'est lui qui a tué Lulu.

Du coin de l'œil, elle discerna un mouvement entre deux hautes pierres tombales.

— Levi ! Attention !

Un couteau.

Sans réfléchir, elle bondit et ils roulèrent tous les deux sur le sol. Un cri guttural transperça le silence tandis que l'homme s'élançait vers eux, la lame en avant.

— Jo, sauve-toi ! Va chercher du secours !

Elle se débattit comme un beau diable, essayant de se libérer de l'emprise de l'homme qui s'était abattu en travers de ses jambes, la clouant au sol. Levi tenait les mains de l'homme pour l'empêcher de récupérer son arme.

Jo réussit à sortir le téléphone de sa poche, perdit quelques précieuses secondes à chercher le numéro de Lanning.

— Nous sommes dans le cimetière… Levi a besoin d'aide !

— On y est presque, répondit Lanning. Tenez bon…

Mais sa voix se fondit au loin comme elle rangeait le téléphone dans sa poche arrière, espérant qu'ils allaient les trouver sans tarder.

Elle trébucha contre quelque chose… Elle baissa les yeux. La branche ! C'était la seule arme dont elle disposait. L'empoignant, elle l'éleva au-dessus de sa tête et l'abattit de toutes ses forces sur la tête de leur assaillant qui bourrait les reins de Levi de coups de poing pour se libérer de son emprise. *Trouver le pistolet.* C'était le seul moyen vraiment efficace d'aider Levi.

Les néons de la ville avaient beau illuminer le ciel nocturne, ils n'éclairaient pas réellement le sol. Elle chercha des yeux autour d'elle… Où avait-elle pu tomber ? Il fallait faire vite. Levi luttait toujours contre son adversaire, mais combien de temps pourrait-il tenir ? Sa jambe blessée l'avait forcément affaibli. Elle fit abstraction de la lutte acharnée qui se menait juste à côté d'elle et concentra toute son attention sur sa recherche.

Là ! Voyant briller l'éclat métallique de l'arme sous un fourré, elle se baissa vivement pour la ramasser. Elle se releva. Visa soigneusement. *Vous m'avez pris mes parents, vingt ans de ma vie. Vous ne me prendrez pas l'homme que j'aime.*

Le coup partit, assourdissant ; l'homme qui était agrippé à Levi tomba face contre terre.

— Ils sont là !

Levi lui prit l'arme des mains, la pointant sur l'horrible créature qui rampait sur le sol pour rejoindre l'homme mort, étendu à leurs pieds. Il se mit à faire des signes, essayant de communiquer. Jo dut se détourner.

— Il est muet, murmura-t-elle d'une voix étranglée.

— Qu'on s'occupe de lui, lança Lanning à ses agents. Il faut stopper l'hémorragie et tenter de comprendre ce qu'il essaie de dire.

Tout à coup, l'endroit se mit à grouiller de monde.

— Apportez une couverture à Jolene.

Ce devait être la voix de George, de nouveau, mais, tout à coup, malgré la foule de policiers qui s'affairaient tout autour d'eux, il n'y avait plus qu'elle et Levi.

— Ça va ? lui demanda-t-elle.

— Tu ne veux pas enlever ce gilet ? Désolé, je ne peux pas te rendre ton T-shirt, répondit-il en retirant le sien et en l'enroulant autour de ses épaules.

Mais plus rien ne lui importait que de sentir les bras de Levi refermés autour d'elle. Un policier leur apporta la couverture demandée et ils s'enroulèrent tous les deux dedans.

Il l'attira plus près, tout contre lui.

— Je ne te quitte plus du regard, ne serait-ce qu'une seconde.

— Mais tu es blessé… Il faut que tu ailles à l'hôpital.

Elle essaya de s'écarter, mais il resserra son étreinte. La chaleur de sa peau se communiqua à elle.

— Je suis sérieux, Jo. Tu restes avec moi, maintenant. A chaque minute.

— Pourquoi veux-tu que je songe à aller autre part ?

Tout le secteur ressemblait au tournage du dénouement d'un film policier. Des gyrophares illuminaient la rue de leurs flashes intermittents, juste à côté du ruban jaune que les hommes de Lanning avaient déroulé pour délimiter la scène de crime, jusqu'à la main de Jo qui tenait fermement celle du héros torse nu qui s'était dévêtu pour lui prêter son

T-shirt après avoir été blessé par balle en volant à son secours. Normalement, à ce stade de l'intrigue, le héros et l'héroïne auraient dû s'embrasser, se dire « Je t'aime » et s'en aller vivre heureux et avoir beaucoup d'enfants.

Manque de chance, ils étaient de plain-pied dans la dure réalité et ce n'était pas le moment le mieux choisi pour déclarer sa flamme à Levi.

Ils racontèrent les détails de l'incident à la police, puis au FBI. En dépit des protestations de Levi qui ne cessait de répéter qu'elle était trop fatiguée et qu'il fallait remettre son interrogatoire à plus tard, elle insista pour répondre sur-le-champ à toutes leurs questions.

C'était une page qui venait de se tourner dans sa vie. La fin d'une ère. Les opportunités qu'elle n'avait même pas osé envisager jusque-là s'ouvraient à elle. Que voulait-elle, désormais ?

Levi.

Il fallut tout le pouvoir de conviction de George pour convaincre Levi de se laisser prendre en charge par les secouristes et conduire à l'hôpital. Un infirmier lui administra une injection, banda sa jambe et l'installa dans une ambulance.

— Jo, dit-il comme elle grimpait à sa suite dans le véhicule. Est-ce que ça servirait à quelque chose de te demander de ne plus jamais te mettre en danger comme tu l'as fait ?

Les yeux de Levi se fermèrent. Il avait attendu qu'il y ait moins de monde autour d'eux pour parler, mais le contrecoup de la blessure commençait à se faire sentir, maintenant.

— Nous discuterons de tout cela demain. Tu es à bout de forces.

— Je veux savoir, Jo. Si le fait que tu te sois lancée bille en tête dans une entreprise aussi périlleuse ne me concerne pas, après tout ce que nous avons vécu ensemble cette semaine et la promesse que j'ai faite à ton père, alors… Que partageons-nous ?

Les infirmiers n'étaient pas loin et Jo sentait le regard des deux policiers qui se tenaient près de l'ambulance posé sur elle. Ils n'essayaient même pas de faire semblant de ne pas écouter. Embarrassée au plus haut point, elle tenta de libérer la main que Levi tenait serrée dans la sienne, l'air déterminé malgré sa lassitude.

Dieu merci, les infirmiers approchèrent. Elle dut descendre de l'ambulance pour leur céder la place.

— Désolé, mon vieux, annonça l'un d'eux. Il faut qu'on parte.

Elle l'entendit insister, derrière les portes fermées :

— Demandez que quelqu'un reste près d'elle.

— L'endroit est truffé de policiers… Elle ne risque rien.

— Ça va aller, Levi ! cria-t-elle à travers la porte de l'ambulance, sentant la fatigue s'abattre tout à coup sur elle. Je te le promets !

Peut-être allait-elle se reposer un peu dans la voiture de patrouille, tout bien considéré. Elle lui dirait combien elle était désolée de s'être comportée comme elle l'avait fait quand elle le rejoindrait à l'hôpital. Elle lui montrerait à quel point il comptait pour elle.

En dépit de son épuisement, une nouvelle émotion se faisait jour en elle — l'espoir. Elle n'avait pas osé jusque-là croire que les choses pouvaient véritablement s'arranger. Etait-elle prête à entamer une vie normale ? Et quelle vie ? En Géorgie ? Au Colorado ? Trop de questions auxquelles, pour l'heure, elle était incapable de répondre.

Le poids des événements de la semaine — et d'aujourd'hui, en particulier — s'abattit sur ses épaules. Elle se sentit tout à coup exténuée.

Réaction normale, sans doute, au fait qu'elle n'était plus obligée de fuir, qu'il n'y avait tout à coup plus de danger. L'effet de l'adrénaline… Ou des endorphines ? Elle ne savait plus très bien. Elle avait tellement sommeil. La bouteille d'eau qu'on lui avait donnée lui échappa des mains et elle vacilla.

La femme qui s'avançait vers elle lui était familière. Pourquoi, d'ailleurs, s'occupait-elle d'elle ? Seigneur, elle avait vraiment besoin de s'asseoir.

— Venez, ma petite. Laissez-moi vous aider.

La femme passa un bras autour de la taille de Jo et l'entraîna à l'écart des lumières clignotantes, vers l'extrémité du Convention Center. Il ne fallait pas qu'elle s'éloigne… Elle avait promis… Promis… Et la voix de cette femme… Elle la connaissait. La fourgonnette. C'était elle qui donnait les ordres…

— Je… sais… qui vous êtes, proféra-t-elle d'une voix mal assurée.

— Bravo, Emaline. Vos parents seraient très fiers de vous. Seulement, voyez-vous, je suis venue finir… disons… le dernier chapitre de cette histoire.

Elle se retrouva jetée sur le siège passager d'une voiture, sentit qu'on lui mettait sa ceinture de sécurité. On lui attachait les poignets.

— Je… vous… m'avez droguée, réussit-elle à articuler dans un dernier effort.

— Eh oui. Il est temps de dormir maintenant.

Ne m'en veux pas, Levi. J'aurais voulu tenir ma promesse…

20

— Comment ça, elle n'est pas avec toi ?

— Je la croyais ici, à ton chevet, répondit Lanning. Elle a dû rentrer au camping-car en taxi. J'ai déjà envoyé des policiers du coin pour s'en assurer.

— Deux heures ont passé… Elle m'avait promis de rester près de toi.

La panique, de nouveau. Il avait cru que le cauchemar était fini, qu'elle était en sécurité avec le FBI.

— Ecoute, il faut que tu acceptes que ta petite amie ait le droit de prendre ses propres décisions.

— Je n'aurais pas dû la laisser là-bas.

— Tu étais blessé.

— Une égratignure.

— Je me demande pourquoi j'essaie de te réconforter. C'est toi qui serais censé m'abreuver de remerciements et m'assurer de ta gratitude éternelle.

Le téléphone de Lanning se mit à sonner et il s'éloigna pour décrocher à la deuxième sonnerie. Lorsqu'il repassa la tête par la porte, Levi vit tout de suite à sa mine grave que les nouvelles n'étaient pas bonnes. Sans attendre ses explications, il appuya sur le bouton d'appel, deux fois, coup sur coup.

— Oui, vous avez besoin de quelque chose ? grésilla une voix dans le haut-parleur.

— Il faut que vous me retiriez immédiatement cette perfusion.

— Monsieur Cooper, le médecin a jugé bon de vous garder en observation pour la nuit et…

— Je m'en vais, que vous veniez ou non, coupa-t-il, les pieds déjà posés par terre.

— Cooper, protesta Lanning. Tu ne peux pas partir alors que tu peux à peine marcher.

— Je m'en vais, répéta Levi, inébranlable.

— Bon… Très bien… O.K.

Lanning ouvrit la porte et agita le bras en direction du bureau des infirmières. D'une voix impérieuse, il lança :

— On s'en va. Trouvez-lui des vêtements. Tout de suite !

Les choses ayant tendance à s'activer lorsqu'une requête était émise par un agent spécial du FBI, sa demande fut satisfaite sans délai.

Lorsqu'ils se retrouvèrent dans le 4x4, Levi tourna vers Lanning un regard accusateur.

— Personne ne l'a revue après mon départ, c'est ça ? Tu ne l'as pas écoutée quand elle a dit qu'il y avait une femme dans le parking… Une femme qui semblait diriger les opérations.

— O.K. Ecoute, tu pourras me maudire, m'agonir de reproches autant que tu voudras… Mais plus tard. Pour l'instant, on a d'autres chats à fouetter. Ils ont récupéré les bandes de la vidéosurveillance du Convention Center et de la soirée qui se tenait à l'Académie des Beaux-Arts, ce soir.

Voyant Levi qui arquait les sourcils, il continua :

— Eh oui, je l'ai prise au sérieux, figure-toi. Nous étions déjà en train de chercher qui pouvait avoir un lien avec Phillips et Miller et nous avions abouti à deux possibilités.

— Heureux d'apprendre que tu domines la situation, répondit Levi, peu disposé à présenter de plus amples excuses. Et le signal GPS ? Rien de ce côté-là ?

— Barlow, Atkins a toujours le localisateur. Vérifie s'il émet toujours.

Sans attendre, Levi sortit le téléphone des affaires que lui avait restituées l'infirmière et l'alluma. Il poussa un juron.

— Fais demi-tour. Elle est dans l'ancienne maison des Frasier.

— Agent spécial Lanning. Je veux que vous envoyiez deux unités…

Jo… Tiens bon une dernière fois… S'il te plaît !

Jo avait affreusement mal à la tête. De toute sa vie, elle n'avait jamais eu de vraie gueule de bois, mais elle imaginait sans peine que ça devait ressembler à ce qu'elle éprouvait en ce moment. Elle remua légèrement.

Sentant qu'on ouvrait la portière, elle roula la tête sur le côté… et se trouva nez à nez avec le canon d'un pistolet.

— Allez, allez, debout. Il est temps que nous ayons une petite… discussion.

Jo se redressa sur son siège. L'effet de la drogue se dissipait un peu, maintenant qu'elle était réveillée, mais elle se sentait faible et avait les jambes en coton. Sans compter que la corde qui entravait ses mouvements frottait ses poignets déjà entamés par les menottes. Elles étaient dans le garage d'une maison.

— Qui êtes-vous ?

— Vous ne vous souvenez pas de moi, très chère ? Il aurait fallu que je le sache plus tôt. *Avant* que je ne me mette à vous rechercher, votre père et vous.

— Que voulez-vous ?

— Le chien sculpté, évidemment, ne jouez pas les naïves.

Du canon du pistolet, elle lui fit signe d'entrer.

— Vos hommes vous l'ont donné dans la fourgonnette.

C'était *sa* maison. Les lieux lui étaient familiers, même si elle ne reconnaissait rien en particulier. La porte de communication franchie, elle se retrouverait dans la cuisine.

La femme attrapa ses cheveux et lui tira la tête en arrière.

— Ah, je vois que je n'ai pas été assez claire. Vous allez me dire où vous avez caché ce chien. Je n'ai pas de temps à perdre avec des incapables.

Elle la relâcha et, d'une bourrade, la poussa en direction de la cuisine.

— Je n'hésiterai pas à vous tuer, vous savez, ajouta la femme en reculant d'un pas, pointant toujours l'arme sur elle.

Impossible de lui arracher l'arme. La porte extérieure du garage était fermée. Elle n'avait d'autre choix que de se diriger vers la cuisine. Le GPS était toujours dans la poche arrière de son jean. Elle se prit à espérer que le FBI s'était rendu compte qu'elle avait disparu.

La porte de communication était ouverte ; lentement, elle entra.

Chaque fois qu'un sombre souvenir lui était revenu de cet endroit, elle s'était bloquée, mise, en quelque sorte, en pilote automatique. L'heure était venue d'affronter ses démons. Les meurtriers de ses parents étaient désormais morts ou sous les verrous. Elle *pouvait* y arriver. Elle *pouvait* surmonter sa peur de l'inconnu.

La pièce était inondée de lumière. La peur l'assaillit tout de suite, comme la première fois qu'elle y était revenue avec Levi. A la différence près qu'il n'était pas là pour la guider, cette fois, si elle avait un moment… d'absence.

— Asseyez-vous. Je ne suis pas d'humeur à jouer au plus fin, ma petite. Nous savons toutes les deux qu'il y a un *second* chien. Dites-moi ce que vous en avez fait.

— Qui êtes-vous ? Et pourquoi avez-vous tué mes parents ?

— Madame Albert Price-Reed, mais madame Price suffira. Vos parents s'étaient mis en tête de me détruire.

Jo s'assit. Avant qu'elle ait rien vu venir, Mme Price lui assena un coup de crosse sur la tempe.

— Ceci pour vous rappeler que c'est *moi* qui pose les questions et que j'attends des réponses.

Il fallut deux secondes à Jo pour recouvrer ses esprits.

— Pourquoi vous répondrais-je ? rétorqua-t-elle. Nous savons toutes les deux que vous allez me tuer.

Allez, Levi, c'est le moment de jouer les héros et de me sauver des griffes de la méchante. Et le plus tôt sera le mieux.

— Je suis dans les affaires depuis trente ans…

Mme Price recula et se mit à rire.

— Je serais ravie de tout vous expliquer par le menu, mais je n'ai pas le temps, voyez-vous.

Jo la regarda plus attentivement. Elle était très maquillée et ses cheveux argent qui commençaient à s'éclaircir étaient crêpés sur le dessus de sa tête afin de leur donner du gonflant. Rétro-éclairés par la lumière, derrière elle, ils formaient un casque vaporeux presque… bleuté.

— *L'homme arc-en-ciel…* C'était vous ! C'est vous qui avez tué mes parents !

— Vous êtes toujours obsédée par les arcs-en-ciel, comme quand vous étiez gamine ?

— Pourquoi ne m'avez-vous pas tuée il y a vingt ans ?

Les lèvres de Price se retroussèrent en une moue méprisante.

— Je n'étais pas dans un bon jour, il faut croire. Je n'ai pas vérifié en personne que votre père et vous étiez bien morts. J'ai laissé ce soin à ces deux idiots… Une erreur qui me coûte cher depuis vingt ans. On a trouvé une des statuettes, mais pas la deuxième.

— Il n'y a rien dedans. La plus grande n'avait pas de compartiment secret.

— Votre naïveté confine à la bêtise. Où est-elle ?

— J'imagine qu'elle doit être entre les mains du FBI maintenant.

— Alors, vous ne m'êtes d'aucune utilité.

Tournant le dos à Jo, elle se dirigea vers la desserte qui était près de l'évier et y prit un grand couteau de boucher.

Jo s'en voulut d'avoir parlé si vite. Elle aurait dû mentir, prétendre qu'elle pouvait la conduire à la sculpture. Cette femme était la seule à détenir les réponses qu'elle avait recherchées toute sa vie.

— Vous avez tué mes parents pour ces sculptures ?

— Des sculptures ? Non, dit-elle en agitant le couteau sous son nez. Votre mère avait l'intention de tout révéler. Mon père était en affaires avec Elaine depuis des années. Lorsqu'il est… mort, j'ai pris sa succession en apportant… quelques améliorations. Tout s'est bien passé jusqu'à ce qu'on en arrive à l'ère du numérique. Votre mère a engagé un informaticien pour créer une base de données et, lorsque toutes les informations se sont croisées, Elaine a découvert que je possédais des sociétés écrans, etc, etc.

— Ça ne me semble pas suffire à expliquer son placement sous programme de protection des témoins.

— Vous aimez bien bavarder, n'est-ce pas ? observa-t-elle d'un ton songeur en effleurant du doigt le fil de la lame. Elle a découvert comment nous nous y étions pris pour mystifier le gouvernement, puis pour couvrir nos traces.

— Vous voulez dire, en tuant des gens ?

La distraire… La faire parler jusqu'à l'arrivée de Levi. Ou se débrouiller seule. Même si l'effet de la drogue se faisait encore sentir et qu'elle n'était pas sûre de tenir longtemps sur ses jambes, elle pouvait réveiller les voisins. Elle devait bien être capable de distancer cette cruelle meurtrière aux cheveux mauves et d'atteindre avant elle la maison d'à côté… Non ?

— Que viennent faire ces sculptures dans cette histoire ?

— Robert était très doué de ses mains.

Elle partit d'un rire sonore, presque hystérique, puis se tamponna délicatement le coin des yeux.

— Votre mère adorait ces chiens. Elle en avait un ici, chez elle, et un à son bureau. Quand j'ai constaté qu'ils avaient tous deux disparu après la mort de vos parents, j'ai tout de suite suspecté qu'elle avait dissimulé les preuves à l'intérieur. Et puis, nous en avons retrouvé un dans cette cage à oiseaux. Mais un, seulement. Et il n'y avait rien dedans. Où est l'autre ?

— Mais pourquoi avoir tué mon père ? Ou cherché à me tuer, moi ? Nous ne savions rien de tout cela.

Price tourna et retourna le couteau dans sa main puis l'inclina pour en examiner la lame ; la lumière joua sur la surface brillante du métal, se reflétant sur le mur.

— Vous parlez, vous parlez… Dites-moi, ma chère, vous n'espérez tout de même que votre prince charmant va venir vous sauver à la dernière minute ? Il est à l'hôpital, non ?

Toute psychopathe qu'elle était, cette femme avait raison. Comment Levi pourrait-il venir à sa rescousse ? Cela mit fin à ses tergiversations intérieures. Même vaseuse, elle devait parvenir à l'emporter sur cette malade mentale au physique frêle.

— Si vous me tuez, vous ne vous en sortirez pas, vous le savez bien. Le garage, cette pièce… Mes vêtements seront couverts de traces de votre ADN… Pour autant que je sache, la peine de mort est toujours en vigueur au Texas, n'est-ce pas ?

Si seulement elle parvenait à déstabiliser cette sorcière, cela pourrait lui laisser le temps de bondir vers la porte…

— Très impressionnant. C'est bien pourquoi j'ai l'intention de tout détruire derrière moi. Il est temps que je tire profit de cette propriété.

La femme la considéra avec une froide détermination. Le meurtre de sa mère n'était pas accidentel, il n'était pas survenu dans un accès de colère. Non. Cette femme *aimait* tuer.

Si elle ne trouvait pas très vite un moyen d'échapper à cette démente, son sort était scellé. Elle tira sur la corde qui lui liait les poignets, s'efforçant de desserrer son étau.

Elle banda les muscles de ses jambes, se préparant à frapper. La femme s'approcha de nouveau, le couteau à la main. Jo détendit brusquement la jambe. Price poussa un cri et se plia en deux avant de tomber à genoux.

Jo bondit sur ses pieds et la frappa de nouveau. Puis elle courut vers le comptoir où elle avait posé le pistolet. Il n'y était plus. Elle avait dû le déplacer… Mais où ? Elle entendait Price qui se relevait, prête à revenir à la charge, derrière elle. Là ! Tout au bout du plan de travail. Vivement, elle saisit l'arme de ses deux mains liées, ajusta sa prise et fit volte-face juste à temps.

— Stop ! N'avancez plus, sinon, je tire !

— Vous ne le ferez pas.

— Non, vous avez raison. J'en meurs d'envie, mais je crois que je préfère alerter les voisins.

Sous le regard étonné de Price, elle dirigea le canon de l'arme vers le plafond et appuya sur la détente. Trois fois.

— Ils vont appeler la police, continua-t-elle. Et, moi, je vais témoigner contre vous au tribunal. Je réintégrerai le programme de protection des témoins s'il le faut et, vous, vous finirez vos misérables jours derrière les barreaux, là où est votre place. Tenez-vous tranquille, sinon, je vous tire une balle dans le bras. Mais, rassurez-vous, je ne vous tuerai pas.

Les minutes s'égrenèrent sans que Price fasse un geste, désarçonnée par sa réaction et par la détermination qui s'entendait dans sa voix. Ou, peut-être, espérait-elle qu'elle allait faiblir, renoncer…

— Police de Plano ! Jetez votre arme !

— Cette femme m'a droguée et kidnappée, déclara Jo. George Lanning, du FBI, va…

— Je suis la femme du juge Albert Price. Arrêtez cette femme. Elle m'a agressée.

Des sirènes… Quelqu'un qui coupait la corde qui emprisonnait ses poignets… Price qui continuait à déblatérer, l'accusant de l'avoir enlevée alors qu'elle participait à une soirée de collecte de fonds… Tout se brouilla. Des arcs-en-ciel se remirent à virevolter devant ses yeux, occultant ce qui se passait autour d'elle, dans la cuisine. L'image d'une femme brune qui riait et lui souriait. Un papa plus jeune, plus insouciant qui la soulevait dans ses bras et dansait avec elles deux…

Voilà les souvenirs qu'elle conserverait précieusement dans sa mémoire. Price avait voulu la priver de tout, mais, au final, elle avait échoué.

— Jo ? Ça va ?

Levi… Boitillant, mais apparemment remis de sa blessure. Elle avait réussi. Ses parents pouvaient reposer en paix, désormais. Et elle aussi avait trouvé l'apaisement. Enfin… !

— Comment va-t-elle ? demanda une voix, celle de George, peut-être.

— Elle est en état de choc. Où est le médecin ?

Elle voulut ouvrir la bouche, rassurer Levi. Mais elle était tellement lasse…

— Jo, reste avec moi. Lanning, on n'attend pas. On l'emmène. Où sont tes clés ?

Sa bouche se pressa contre son front, puis il releva la tête. Son sourire en coin souleva la commissure de ses lèvres.

— Cette fois, tu peux être sûre que je ne te quitte plus. Plus jamais.

21

— Si elle est d'accord, le mieux serait de la maintenir sous protection jusqu'au procès, annonça Lanning en regardant Levi, assis au bord du lit d'hôpital de Jo, un bras possessif passé autour de ses épaules. Carol Price-Reed était la femme d'un juge du comté de Dallas et la fille d'un géant de l'immobilier... Un vrai rapace — elle avait de qui tenir.

Lanning tapota avec une satisfaction non feinte le dossier qu'il avait en main.

— Ils sont en train de se faire un plaisir de démonter tous les mécanismes du système bien rodé qu'ils avaient mis en place et qu'elle s'est fait fort de développer depuis trente ou quarante ans. Le montage financier et le réseau de sociétés écrans par lesquelles transitait l'argent est tellement subtil et complexe que plusieurs juridictions sont concernées. Les noms qui étaient cachés dans les chiens constituaient le chaînon manquant.

— Quoi ? Alors, papa avait donc bien laissé un indice ? Pourquoi ne m'as-tu rien dit ? s'exclama Jo en se tournant vers Levi.

— Peut-être parce que tu t'es envolée avant que je ne le découvre ? Et, depuis... Comment dire ? Ne te formalise pas, mais j'ai été un peu occupé à essayer de te sauver la vie.

Lanning s'éclaircit la gorge.

— Miller et Phillips, les noms fournis par Joseph, ont été innocentés, tout comme votre mère. C'est ce qu'il ressort du travail de fourmi qu'ont accompli les investigateurs. En démêlant toutes les intrications des sociétés écrans, ils ont permis la mise à plat de toute l'affaire.

— Le muet a-t-il survécu ? s'enquit Jo. Et Price ? Est-ce qu'elle a parlé ?

— Je savais bien que vous auriez des questions, souligna Lanning en souriant. Lui et son frère ont été identifiés comme étant Sonny et Tommy Smith. Ils ont une longue liste de méfaits à leur actif, et Price leur a évité la prison à plus d'une reprise, en échange de… services rendus. L'avocat de Sonny prétend détenir suffisamment de preuves contre Price pour l'envoyer en prison pour le restant de ses jours. Tout ceci pour en venir à la conclusion suivante…

Il se tourna vers Jo, un large sourire aux lèvres.

— Je pense que vous n'avez plus rien à craindre, désormais.

Levi se redressa d'un coup.

— Quoi ? Tu vas la laisser partir dans la nature, comme ça, sans protection ? Ce n'est pas possible… Je ne…

Lanning cligna de l'œil.

— Je peux lui *suggérer* une mise sous protection fédérale. Je n'ai pas les moyens de l'y obliger. D'ailleurs, pour autant que j'aie pu en juger… toi non plus.

Levi se tourna vers Jo.

— Jo, sois raisonnable… Il y a si longtemps que nous espérions pouvoir te faire placer sous protection…

Non… Il s'y prenait mal. S'il cherchait à lui forcer la main, il se heurterait à une fin de non-recevoir, c'était couru d'avance. Il fallait formuler les choses avec subtilité…

— C'est ce que voulait ton père, tu le sais bien.

Elle le regarda, ses grands yeux verts remplis de larmes.

— Je sais, Levi. Mais… C'est non. Je ne peux pas.

Elle se leva, arrêta son regard sur lui pendant un long moment, puis se dirigea vers la porte.

— Tu as ta vie, Levi. Moi, il faut que je mette un peu d'ordre dans la mienne, désormais. Je ne sais plus trop où j'en suis.

Les jours lui avaient paru bien longs, sans lui. Et c'était sans compter les nuits… La part de romantisme qu'avait comporté leur relation appartenait au passé, désormais, elle devait l'accepter.

Elle s'étira sur son matelas bosselé. C'était tellement plus satisfaisant que le confort des hôtels où elle s'était terrée pendant les deux jours qu'elle avait passés à répondre aux questions du FBI. Des phares de voiture illuminèrent brièvement sa minuscule chambre, lui rappelant qu'elle devait installer des rideaux occultants avant de prendre la route.

Pour aller où ?

Elle n'en savait rien encore. N'importe où, pourvu que ce soit loin de Dallas. Et que la route soit le plus rectiligne possible tant qu'elle ne se serait pas habituée à la conduite de ce monstre à quatre roues. S'engager sur l'autoroute et filer droit devant… Elle avait besoin de faire table rase du passé pour se retrouver, d'aller n'importe où pourvu qu'elle ne voie plus de rubans jaune et noir, plus de scènes de crime et… plus de séduisant marshal.

Elle ferma les yeux, tout excitée à l'idée du grand départ, prévu pour le lendemain matin. Son cœur battait si fort qu'elle avait l'impression que le camping-car remuait.

Elle s'immobilisa tout à coup, tous les sens en alerte.

Il bougeait *réellement*.

Lançant les jambes par-dessus le bord du lit, elle s'apprêta à se lever lorsqu'un à-coup la fit basculer en arrière, contre l'oreiller.

Elle sortit de la chambre, prête à s'armer d'une poêle à frire, si le conducteur n'était pas la silhouette familière qu'elle s'attendait à trouver au volant.

— Levi ?

— Je t'ai réveillée ? Lanning m'a dit que tu comptais partir tôt, alors…

— Pas à 2 heures du matin. Arrête-toi.

Il obtempéra, coupa le moteur et se tourna vers elle.

— Il ne t'a pas dit aussi que je ne voulais pas te voir ? Je t'ai écrit une lettre dans laquelle je t'expliquais que je voulais voyager pendant quelque temps pour… réfléchir.

Pour t'oublier.

— Si. Mais je ne suis pas d'accord, déclara-t-il posément en secouant la tête.

Il se rapprocha d'elle, comblant l'espace qui les séparait. L'envie irrépressible de se jeter dans ses bras monta en elle. Comme toujours.

Il paraissait plus droit, plus grand encore, mais moins sûr de lui que lorsqu'elle avait quitté l'hôpital deux jours plus tôt.

— Nous avons à discuter, proféra-t-il d'une voix sans appel. D'abord, il faut que tu saches que le discours que m'a tenu ton père, quand il ne pensait qu'à te protéger, était à peu de choses près le même que ce que m'a dit mon père avant de mourir... J'avais dix ans quand il est mort. Ma mère avait quitté Amarillo quand j'en avais deux — des amours adolescentes qui se finissent mal, comme il y en a tant.

Il semblait en avoir pris son parti depuis bien longtemps.

— Bref, reprit-il. Tous deux ont beaucoup insisté sur l'importance que revêtait la parole donnée.

— Tu as plus que largement tenu ta promesse, observa-t-elle. Tu m'as sauvé la vie.

— Ce n'est pas de cette promesse-là dont je parle, Jo. J'ai juré de ne plus te quitter. *Jamais.*

— Mais, Levi, répondit-elle, sentant le sol se dérober sous ses pieds. C'était dans l'excitation du moment, quand tu m'as retrouvée. Ça ne signifiait pas que...

— Pour moi, si, assena-t-il avec force en s'avançant vers elle.

Ivre de bonheur, elle cessa de lutter et le contempla.

— Oui... Pour moi aussi.

Epilogue

Ils étaient passés par Amarillo pour prendre sa tante Catherine, ensuite de quoi il avait laissé le volant à Jo. Depuis Dallas, ils se relayaient à la conduite, ainsi qu'elle en avait d'entrée de jeu manifesté le désir.

Leur prochaine étape, c'était le mariage, ici, à Las Vegas. Un mariage qu'il avait appelé de tous ses vœux… Tellement même qu'il avait peur de lui avoir un peu forcé la main.

— Tu disais avoir besoin d'un peu de temps pour réfléchir et, au final, je ne t'en ai pas laissé beaucoup, souligna-t-il pour la énième fois. Tu es sûre que tu es partante ?

Elle lui jeta un regard malicieux.

— Je suis sûre d'une chose, répondit-elle en calant la tête sur son épaule. C'est que je t'aime et que ce n'est pas près de changer. Mais si tu continues à me poser la question, je vais finir par croire que c'est toi qui cherches à te dédire !

— Aucun risque !

— Alors, en route pour les réjouissances ! J'entends déjà l'avalanche de pièces qui va tomber dans mon escarcelle, aux machines à sous… Vegas, me voilà !

George Lanning, témoin du futur marié, se frotta les mains.

Levi leva les yeux au ciel.

— Je ne comprends pas que tu aies invité ce type, observa-t-il, pince-sans-rire.

Fidèle à sa parole, George les avait tenus informés des développements de l'enquête tout en veillant à ce que leurs noms n'apparaissent pas dans la presse.

Jo gloussa et se pencha vers celui qui allait devenir son époux pour lisser du plat de la main le revers de son smoking.

— Je voulais absolument que ta tante soit présente. Et si j'avais un témoin, il fallait bien que tu en aies un, toi aussi !

— Je connais des tas de gens très bien qui auraient fait des témoins formidables, insista Levi, enfonçant le clou.

— Mais je ne les connais pas, *moi*. Du moins, pas tant que nous serons pas rentrés à Denver.

Le moment était arrivé. C'était leur tour. Levi regarda la femme qu'il aimait entrer bras dessus bras dessous avec sa tante dans la petite chapelle.

— C'est un sacré bout de femme que tu as trouvé là, souffla George en donnant une tape amicale sur l'épaule de Levi. J'apprécie l'invitation.

— Je n'ai jamais eu l'occasion de te remercier de tout ce que tu as fait pour moi. C'est en grande partie grâce à ton entremise que nous nous sommes retrouvés, répondit Levi en lui tendant les alliances qu'il avait achetées à l'insu de sa fiancée.

— Je t'en prie. Ça a été un plaisir.

Personne n'avait ouvertement mentionné l'assistance qu'il avait apportée à Levi pour rechercher Jo. Une assistance qui était allée à l'encontre des ordres reçus de sa hiérarchie.

Chacun prit la place que le pasteur lui avait allouée.

— Tu es splendide, murmura Levi en s'inclinant vers Jo, prenant tout à coup la mesure de la chance qui était la sienne.

— Nous y sommes, marshal Cooper. Vous voulez bien me conduire jusqu'à l'autel ?

— Avec plaisir, future Mme Cooper, répondit-il en glissant son bras sous le sien. Est-ce que ça ne va pas te paraître bizarre de t'appeler Jolene Cooper ?

— Non. Pour moi, c'est le seul nom qui ait jamais vraiment sonné juste à cent pour cent.

ROBIN PERINI

Le venin du secret

BLACK *ROSE*

éditions HARLEQUIN

Titre original : UNDERCOVER TEXAS

Traduction française de CHRISTINE MAZAUD

83-85, boulevard Vincent-Auriol, 75646 PARIS CEDEX 13.
Service Lectrices — Tél. : 01 45 82 47 47
www.harlequin.fr

1

— Il nous faut un cadavre.

— Ouais, Jimmy ! Mais c'est pas un qu'il nous faut, c'est deux !

Du siège passager de leur camionnette, Terence jeta un regard aux luxueuses maisons devant lesquelles ils planquaient. Un filet de sueur lui coulait sur le front. Bon Dieu de chaleur ! Il faisait plus chaud dans cette fichue carlingue que dans tous les nids à rats où il avait séjourné aux frais de l'armée américaine.

Il s'épongea le front avec un bandana qu'il se noua ensuite autour de la tête. Puis, il regarda Jimmy. Il avait des yeux de rapace, son neveu.

— Tu veux choisir, cette fois ? On a besoin d'une femme et d'un gosse.

Tout rouge d'excitation, son neveu opina.

Ouais, Jimmy était complètement dingue, songea Terence, mais c'était comme ça qu'il aimait ses complices. Toujours prêts. Sans problème de conscience.

Les pieds sur le tableau de bord, il sortit son couteau préféré, un Bowie, du fourreau qu'il portait à la cuisse. Il caressa le tranchant de la lame. Une goutte de sang perla sur son pouce.

— Y en a marre d'attendre, maugréa-t-il, en regardant la petite perle rouge qui s'étalait sur son doigt.

C'était quand même pas mal, ces coupures qui s'arrêtaient si vite de saigner.

Il inspira profondément et suça son doigt. C'était douçâtre. Il adorait ce goût de cuivre.

Depuis qu'il s'était fait jeter des Forces spéciales de l'armée américaine, il regrettait de ne plus tuer. Il l'avait fait savoir à qui il fallait et avait gagné le gros lot, ce coup-ci. Une femme et un bébé. Des proies faciles.

En fin de compte, il avait de la veine. Depuis ses dix-huit ans, on le payait pour tuer. Evidemment, maintenant, c'était le plus offrant qui casquait, ce n'était plus l'armée. Son prochain chèque aurait assez de zéros pour lui permettre de s'occuper de sa vieille maman pendant un bon bout de temps.

Il passa de nouveau le pouce sur la lame et le sang perla une fois de plus.

La peur qu'il avait lue dans les yeux de sa maman, quand il lui avait donné l'auto neuve lors de sa dernière visite, l'avait ennuyé. Elle ne posait jamais de questions, sa mère, elle ne disait jamais rien. Il y avait juste ce regard, le même regard perplexe, entendu, qu'elle avait quand il était enfant et qu'il lui disait qu'il partait « aiguiser » son don de chasseur dans les bois alentour. Bon, il était grand maintenant et il chassait toujours. Elle devait bien le savoir... Mais ses proies, aujourd'hui, étaient autrement plus excitantes à traquer.

A propos de proie, il avait un enlèvement au programme...

Il redressa la tête. Une brume légère enveloppait la belle résidence devant laquelle ils planquaient. Tant pis si son neveu piaffait d'impatience, trop d'enthousiasme faisait faire des imbécilités. Et, question bêtise, Jimmy était largement pourvu !

Son neveu devait garder la tête froide et réfléchir. Surtout pas s'emballer. Et pas de sentiment.

Sur ce point, c'était lui le meilleur. Son neveu avait encore à apprendre.

— O.K., Jimmy, dis-moi ce que tu vois. Quelque chose d'intéressant ?

— Il y a de belles maisons, répondit son neveu d'une voix nerveuse. Des grands arbres. Et de l'herbe.

— Tu te fiches de moi ?

La climatisation avait beau lui souffler de l'air froid en pleine figure, il était en nage. Son T-shirt lui collait dans le dos. Quatre-vingt-dix pour cent d'humidité et quarante degrés à l'ombre, ça le faisait souffrir autant que la bêtise de son neveu. Et que son sens de l'observation défaillant.

— Ecoute-moi, crétin. Ça fait combien de jours qu'on guette le Dr Jamison ? Tous les après-midi, on planque au même endroit, et on surveille. Qu'est-ce qu'elle fait, elle ?

— Heu… Tu veux savoir si elle retire le gosse de son siège-bébé dans sa voiture ?

— Ça, c'est bon pour les romans à l'eau de rose. On est là pour l'enlever. Faut que tu voies bien ce qu'elle fait pour qu'on l'attrape, elle et son gosse. Dis-moi si elle gare son auto près de la haie, la grande haie là-bas, si elle sort le gosse et le met sur sa hanche. Ça, Jimmy, ça voudra dire qu'elle a son barda sur l'autre bras et qu'elle ne pourra pas se défendre.

— On tue le gosse ?

— Non, pesta-t-il. Le gars qui nous a engagés a hurlé quand j'ai suggéré ça. Apparemment, son groupe a besoin du Dr Jamison vivante, même pas blessée. Le gosse, ils veulent s'en servir comme moyen de chantage.

— Dommage.

— Ouais.

En fait, aussi longtemps qu'il serait payé, il se moquait pas mal de ce qu'ils avaient prévu de faire du médecin et de son gosse. C'était pas ses oignons. Mais, à son avis, le Dr Jamison ne reverrait pas de sitôt sa banlieue résidentielle de Floride avec ses pelouses bien vertes et ses allées tracées au cordeau. De ce qu'il savait de ce groupe terroriste, elle serait retenue dans un de ces déserts lointains où il avait passé ces quinze dernières années à ramper dans le sable et les cailloux. Si elle tenait à son gosse, il vaudrait mieux qu'elle fasse exactement ce qu'ils lui demanderaient.

Pour un peu, il aurait eu pitié d'elle, mais tous ces zéros sur le chèque étaient quand même plus importants.

Il se cala contre l'appuie-tête et ferma les yeux, imaginant la suite. Ils les kidnapperaient dans la maison ou dehors ? A la tombée du jour ou en pleine nuit ? Par où s'enfuiraient-ils ?

Pourvu que je n'oublie rien d'important, se dit-il.

Il regarda Jimmy.

— T'es sûr qu'elle vit toute seule ? Qu'elle n'a pas un amoureux qui serait en voyage, un militaire en mission, par exemple, ou quelque chose comme ça ? Elle a eu un enfant sans être mariée, alors c'est pas une sainte.

— Je vais encore vérifier.

Tout en mâchouillant son chewing-gum, Jimmy tapa sur les touches de son smartphone. Ses doigts volaient sur les touches. Comme hacker il était doué, et c'était très utile pour trouver n'importe quoi sur n'importe qui, même si c'était la seule partie de son cerveau qui fonctionnait normalement.

— Pas de mari. Pas d'amoureux. Pas de papa qui risque de venir voir le bébé. Pas de frères et sœurs. Pas de parents. Personne ne s'inquiétera quand elle disparaîtra… sauf les professeurs Nimbus de l'université où elle travaille.

— Elle a le gaz chez elle ?

Jimmy fit défiler plusieurs écrans.

— Ouais. Une cuisinière.

— Excellent pour notre mise en scène. Si le feu est assez fort, il détruira l'ADN.

Jimmy tambourina sur le volant.

— Je peux les enlever maintenant, les gens qu'on va tuer ?

— D'accord. Tu l'as bien mérité.

Terence se gratta la poitrine.

— Rappelle-toi. Il nous faut une femme *et* un enfant.

Il tourna la tête vers son neveu. Jimmy avait un regard halluciné : il imaginait la scène de la tuerie et se délectait d'avance, comme lui autrefois.

— Bon, alors, Jimmy, on chasse où ?

— Hum… Dans le centre commercial ?

Se mordant les lèvres, son neveu le regarda pour guetter sa réaction.

— Le centre commercial ! s'emporta Terence.

Quel abruti !

— Et pourquoi pas le commissariat de police ? Le centre commercial est bourré de caméras, et la victime sera sans doute quelqu'un qui a de l'argent et des relations. Sa disparition inquiétera. Les autorités déclencheront tout de suite les recherches. Télévision, journaux, ils mettront tout en branle.

D'énervement, il serra très fort son Bowie.

— Je ne vais pas me faire prendre parce que t'es idiot.

Jimmy, inquiet, retint son souffle.

Il avait raison d'avoir peur. A la première bêtise, il disparaîtrait. Neveu ou pas.

— Essaie encore mais, cette fois, sers-toi de ta cervelle.

Jimmy, le front plissé par la concentration, se mordit de nouveau la lèvre.

— Un refuge de sans-abri?

— Pas mal.

Terence hocha la tête en signe d'approbation et rengaina son couteau.

— Ça me va. Emmène-nous dans le comté voisin. J'en connais un.

Il y avait séjourné quand il avait été viré. Personne ne voulait engager un ancien de l'armée avec un passé comme le sien. Il avait touché le fond à cette époque-là.

Tout sourires, il se cala au fond de son siège. Les choses avaient bien tourné pour lui, finalement. Ceux qui le prenaient de haut en ce temps-là étaient tous à six pieds sous terre maintenant. Il s'était occupé d'eux…

Comme il allait s'occuper du Dr Jamison et de son fils. Ce soir, il allait les faire disparaître. Et tout le monde les croirait morts.

Il se mit à rire. Ces salauds allaient tellement lui en faire baver qu'elle regretterait d'être toujours en vie.

Hunter faisait les cent pas dans son salon en maudissant la chaleur qui écrasait La Nouvelle-Orléans en été. Depuis ce matin, il était nerveux. Sans raison. Sauf, peut-être, à cause du voyage dont il rêvait mais qu'il ne pouvait pas faire.

Il regarda par les grandes baies vitrées. Une brume de chaleur s'élevait des trottoirs, et le soleil de ce début d'après-midi n'épargnait pas la pièce. C'était étouffant. Qui était l'imbécile qui avait eu l'idée de concevoir des murs de verre dans un Etat régulièrement secoué par des vents violents, des orages mortels et des ouragans ?

Chaque jour qui passait, il regrettait un peu plus les déserts, les chevaux et les crapauds cornus. Il serait retourné au Texas depuis longtemps s'il n'y avait pas eu Erin Jamison et son bébé.

Etait-ce à cause d'elle qu'il se sentait aussi nerveux ?

Il continua à marcher comme un lion en cage. Erin était son point faible. En dehors de sa Compagnie, il n'avait pas d'amis. Pas de famille. Pas de vie sociale. Il ne s'était pas autorisé la moindre *fantaisie* depuis la semaine où il avait transgressé le règlement et laissé Erin entrer dans son cœur. Quelle erreur ! Il n'aurait jamais dû lui faire la cour et encore moins l'amour. Le bébé et elle risquaient de le payer de leur vie si ses ennemis l'apprenaient.

Jurant encore une fois, il retourna vers les appareils de gymnastique qu'il avait installés dans son salon.

Il s'assit sur le banc en Skaï, souleva la barre à disques et bloqua les coudes. Concentré sur le poids et la tension de ses bras, il poussa sur ses jambes. Tout son corps était tendu. Des gouttes de transpiration coulaient sur son front.

Lentement, il abaissa les haltères de cent vingt-cinq kilos devant sa poitrine puis, tremblant, les reposa sur leur support.

Bon Dieu ! Il détestait l'existence qu'il menait. Il voulait autre chose. Il voulait une vie.

Il voulait Erin… et leur fils.

Serrant les dents, il empoigna de nouveau la barre et la souleva. Il fallait qu'il arrête de vouloir des choses qu'il ne pouvait pas avoir. Mais ça, c'était la faute de Logan Carmichael.

Six mois plus tôt, il avait passé ses prétendues vacances à aider cet ex-agent de la CIA à arrêter un groupe terroriste qui lui en voulait, à lui et sa famille. Logan était le maître de Bellevaux, une jolie propriété où il vivait avec sa femme, une ancienne fermière texane. Le voir heureux, avec son épouse, leur fils et leur fille, lui avait fait envie, comme jamais. Mais il avait renoncé à avoir une famille quand il avait rejoint le groupe clandestin du général Miller…

Un son sourd tinta sur le mur d'écran. Quelqu'un de sa Compagnie cherchait à le joindre.

Il jura. Il était en vacances, bon Dieu ! Et, officiellement, injoignable pour quelque raison que ce soit et pour qui que ce soit. Il avait besoin de temps pour se reconstruire. Tirer un trait sur un rêve n'était pas chose facile.

En grommelant, il actionna la télécommande qu'il avait dans la poche. Les volets roulants descendirent, bloquant le soleil. La pièce s'assombrit, et automatiquement les lumières s'allumèrent. Un immense écran apparut sur le mur.

Hunter prit une serviette et se sécha la figure en regardant l'écran : c'était Leona, son ange gardien dans la Compagnie. La femme qui tenait sa vie entre ses mains. Elle ne se teignait plus les cheveux, et le gris lui allait bien. Pas encore soixante ans, un goût immodéré pour la fête, c'était une séductrice invétérée. Il l'adorait et lui devait beaucoup. Ne lui avait-elle pas, à plusieurs reprises, sauvé la vie ? Entre autres, lors de sa dernière mission… Comment elle s'y était prise : ça, il l'ignorait. Mais, sans son intervention, personne ne serait rentré au bercail.

— Salut, beau gosse ! Heureuse de te voir.

La voix rauque de Leona sortit de la vidéoconférence.

— Si je n'étais pas mariée et n'avais pas l'âge d'être ta mère, je te dévorerais tout cru !

Il noua la serviette autour de son cou et sourit.

— Si tu n'étais pas mariée à l'homme de tes rêves, je t'enlèverais, ma chérie. Et je t'emmènerais dans une île lointaine où l'on vivrait heureux tous les deux.

— Si l'idée que j'abandonne mon petit mari chéri te chiffonne, tu peux toujours l'inviter à venir avec nous.

Hunter éclata de rire.

— Tu sais que tu es trop fantasque pour moi, ma jolie. Je n'arrive pas à te suivre !

— Je sais, ça a toujours été mon problème.

Hunter esquissa un sourire.

— Soyons sérieux, soupira-t-il. Je me doute que tu ne m'as pas appelé pour que je mette la zizanie entre Chuck et toi. Que veut Miller ? Il m'a accordé mes trois semaines de congé et…

— Oublie, mon coco. Il n'y a plus de congé. Il veut te voir au Kazakhstan dès que possible. Une nouvelle opération à haut risque et avec très peu d'infos.

Des sueurs froides dans le dos, Hunter se mit à trembler. Sa dernière mission pour l'agence secrète avait été un enfer. Il était tombé dans une embuscade et n'avait pas réagi assez vite. Des tirs croisés l'avaient blessé, deux de ses équipiers avaient reçu assez d'éclats pour monter un commerce de métaux. Ils avaient survécu mais n'étaient plus les mêmes. L'un d'eux ne marcherait plus jamais.

Depuis, il s'en voulait terriblement. C'étaient ses hommes. Généralement, il flairait le danger. C'était instinctif chez lui. Cette fois-là, il n'avait rien vu venir.

— Je ne peux pas y aller tout de suite, répondit-il à Leona.

Cela faisait plusieurs jours qu'il voulait s'assurer que tout allait bien pour Erin et son fils, plusieurs jours qu'il voulait aller voir sur place, à Pensacola. Au lieu de se torturer et malgré la distance qui les séparait, mieux valait aller lui dire au revoir sur place. Et pour de bon.

— Ecoute, Hunter, je ne t'appelle pas seulement pour Miller.

Il se crispa. La voix de Leona avait changé : elle avait quelque chose de grave subitement. La connaissant, c'était inquiétant.

— Qu'est-ce qui se passe ? demanda-t-il en passant son sweat-shirt pour arrêter les frissons.

Une ombre passa sur le visage de Leona. Elle se raidit, regarda derrière elle puis vers son ordinateur.

— Oui, monsieur. Je cherche ça tout de suite, l'entendit-il répondre à une voix derrière elle.

Troublé, il s'approcha du mur d'écrans.

— Tu me parles ?

Elle fit non de la tête puis, son visiteur parti, alla fermer sa porte.

— Tu es seul, Hunter ? Faut que je te parle. Mais vite.

Sa voix était de plus en plus tendue, nerveuse. Cela n'annonçait rien de bon.

— Je t'écoute.

Elle se pencha sur sa chaise.

— Tu te rappelles le service que tu m'as demandé, il y a un an ?

Mon Dieu, non… Erin… Leona avait appris quelque chose. Il avait tant prié pour que ce jour n'arrive jamais.

— Ouais, je m'en souviens.

Son estomac se noua.

— On peut parler ? s'enquit Leona.

— Oui, en ce qui me concerne, personne n'écoute, pas même les gentils.

Leona pianota sur son clavier et, aussitôt, du texte s'afficha à l'écran.

— Tout ce que tu vois là concerne le Dr Jamison, précisa-t-elle. Cela fait des semaines qu'il est question d'elle.

— Des semaines ? Et tu ne m'en parles que maintenant ?

— Il m'a fallu du temps pour déchiffrer les messages que j'ai interceptés, et encore plus de temps pour identifier de qui il était question. Et puis…

Elle haussa les épaules.

— Quand voulais-tu que je te le dise ? Quand tu as été démasqué à cause d'un voyou d'informateur ? Ou pendant ta dernière guerre ?

Hunter se passa la main dans les cheveux.

— D'accord. Tu as gagné.

— En plus, les infos que j'avais n'étaient pas confirmées. Mais, maintenant, on en est sûrs, elle a de gros ennuis.

— C'est confirmé ?

— Affirmatif. Notre action est donc imminente. A ce que l'on sait, une des cellules de Seattle doit livrer un chargement humain, ce soir. *Ton* chargement. Les deux. Destination finale… inconnue.

Hunter jura un bon coup.

— Sors-moi de la mission au Kazakhstan. Dis à Miller

que j'ai la grippe. Que je suis mort. Que j'ai perdu la boule. Ce que tu voudras, pourvu que ça marche.

— Tu sais que ce n'est pas facile de le convaincre en ce moment. A ses yeux, il n'y a que toi pour les opérations difficiles. Il sait que tu ne craques jamais. Il a dit : « Je veux le revoir vite en selle, malgré l'issue malheureuse de la dernière mission. »

Hunter se cabra.

— L'issue malheureuse ? La moitié de l'équipe y est restée. Drummond et O'Reilly sont toujours en réanimation à l'hôpital, reliés à des millions de tuyaux qui les maintiennent en vie. C'est ce qu'il appelle une issue malheureuse !

Sa colère était immense, mais c'était surtout la culpabilité qui le rongeait. Ils avaient tous des reproches à se faire. Lui, il aurait dû anticiper l'embuscade et n'avait rien vu venir. Les autres aussi, toute la Compagnie, auraient dû flairer le danger, et avant lui, même. Soit quelqu'un avait loupé son coup, et dans de belles proportions. Soit quelqu'un les avait guettés.

— Je n'irai pas au Kazakhstan, reprit-il. Pas tant que je n'aurai pas la certitude qu'Erin n'est pas en danger.

— Ne t'inquiète pas, Hunter : je t'ai un peu arrangé les choses. Tu as cinq jours pour venir te présenter. J'ai tout organisé en douce pour que tu puisses, d'ici là, aller en Floride retrouver ton Dr Jamison.

— Tu es un ange.

Il prit son sac dans le placard.

— J'ai fait faire le plein, poursuivit Leona. L'avion t'attend. Tu seras à Eglin dans une heure.

— Merci.

— Je compte sur toi, Clay Griffin. Pas de bêtise.

Clay Griffin. Un pseudo dont il ne s'était pas servi depuis deux ans au moins. Et qu'il ne s'attendait pas à entendre de nouveau, pas plus qu'il n'envisageait de l'utiliser. C'était sous ce pseudo qu'Erin le connaissait.

C'était en tant que Clay Griffin qu'il l'avait aimée, qu'il lui avait menti et qu'il l'avait quittée. Mais c'était Hunter Graham qui rêvait d'elle toutes les nuits, qui regrettait d'avoir été forcé de les abandonner, elle et l'enfant qu'ils avaient conçu.

Dès l'instant où il avait appris qu'elle était enceinte, il n'avait plus aspiré qu'à une chose, la retrouver. Mais il avait dû garder ses distances… pour les protéger, elle et son fils.

Ses efforts avaient été vains, pourtant. Erin s'était mise toute seule en danger à cause de son intelligence brillante. Pour l'heure, il fallait absolument qu'il aille là-bas, les mettre à l'abri, elle et leur fils. Ensuite, encore une fois, il les abandonnerait.

En tout cas, une chose était certaine : sa vie n'avait aucun sens.

Toujours assis à côté de Jimmy dans la camionnette, Terence se crispa. Ils venaient de traverser un des quartiers défavorisés de la ville et s'apprêtaient à se garer. Ils n'avaient pas roulé très longtemps pour trouver cet endroit, un bidonville où l'on peut disparaître sans manquer à personne. C'était la zone, le quartier des sans-espoir.

Le long de rues étroites et jonchées de détritus s'alignaient des bâtiments délabrés sur le point de s'écrouler. Des bars miteux, d'où s'échappaient musique tonitruante et clients ivres morts, se succédaient. Le refuge des sans-abri était coincé entre une église abandonnée et une laverie automatique barricadée par des planches. Un havre de choix pour les laissés-pour-compte et autres invisibles.

Des gens y entraient, tête dans les épaules, vaincus. Des paumés, songea Terence.

Il ouvrit sa vitre. Des relents d'urine montant des trottoirs envahirent aussitôt l'habitacle de la voiture. Il toussa — il détestait la crasse —, mais de là il pourrait étudier les passantes, ses cibles potentielles.

Des femmes déambulaient avec des bébés. L'une n'avait pas la bonne origine. Une autre était trop grosse. D'autres étaient soit trop petites, soit trop grandes.

En général, il aimait ce moment de la sélection. Mais, quand il devait se presser et ratait son affaire, l'échec le rendait fou.

— Qu'est-ce que tu penses de celle-là ? demanda Jimmy. Elle correspond bien au Dr Jamison.

Terence jeta un coup d'œil et grommela : le gosse dans la poussette portait un chapeau rose.

— T'es aveugle ? ajouta-t-il, en colère.

Jimmy serra les dents. Terence regarda l'heure et fronça les sourcils.

— C'est trop long. Je ne pensais pas que ça nous prendrait tout ce temps.

— Celle-là, triompha Jimmy, montrant du doigt une femme au bout de la rue.

Terence chaussa ses jumelles, sans trop y croire.

Mais la bonne taille. La bonne corpulence…

Il se redressa dans son siège et, le cœur battant, observa avec plus d'attention l'attelage qui approchait. Le gosse dans la poussette — apparemment du bon âge — avait une vieille couverture bleue remontée sur lui. Il devait transpirer. Mais il ne souffrirait plus longtemps.

L'ensemble était parfait.

— C'est eux, hein ? jubila Jimmy. On fait quoi maintenant ?

— Tu démarres. Avance vers eux, doucement, te presse pas.

Il parlait d'une voix calme, mais intérieurement il exultait.

— Faut pas les effrayer. On a eu trop de mal à les trouver.

Jimmy tourna la clé, et le moteur gronda. Terence passa entre les deux sièges avant de la camionnette et se positionna à l'arrière du véhicule. D'une main, il prit un fil de fer dans sa boîte à outils, de l'autre, agrippa la poignée de la porte arrière. C'était le moment qu'il aimait le plus. La surprise sur le visage de la victime. La peur. Puis, finalement, la prise de conscience d'une mort imminente.

Impossible d'attendre plus longtemps, il aimait trop ça.

— On attend qu'elle traverse la rue, Jimmy !

*
* *

Son neveu ralentit, ralentit encore jusqu'à se trouver à hauteur de la femme. Terence la regarda : elle bataillait avec la couverture qui s'était prise dans la roue de la poussette. Agacée, elle avait pris l'enfant sous un bras et, tant bien que mal, s'affairait à débloquer la roue.

— On y va ! lança Terence.

Jimmy écrasa la pédale de frein. La camionnette pila, ses portes arrière au niveau de la femme.

Terence bondit du véhicule. Surprise, la femme écarquilla des yeux apeurés. Elle ouvrit la bouche pour crier mais Terence plaqua son bras droit sur son visage, son bras gauche autour de sa taille et la poussa, avec son bébé, dans la camionnette. Il l'allongea sur le dos et lui ligota les jambes. Puis il passa le fil de fer autour de son cou et serra.

Le bébé roula par terre et se mit à pleurer.

— Jimmy, attrape-moi le gosse, et file !

— Il braille. T'es sûr qu'on a besoin de lui ?

Les yeux exorbités, en quête d'air, la femme tirait sur le lien qui lui serrait le cou. Elle voulait vivre, pour son enfant. Elle donna des coups de pied à Terence. Il gloussa. Qu'est-ce qu'elle croyait qu'elle allait lui faire avec ses jambes ficelées ? Rien !

Le véhicule commença à rouler.

— Tu te tiens tranquille ! gronda-t-il à l'adresse de la femme. Ou tu veux que je tue ton gosse maintenant ?

La femme arrêta sur-le-champ ses coups de pied. Elle haletait. Une larme coula sur sa joue, mais elle ne bougea plus. Elle devait croire qu'elle pouvait sauver son enfant.

L'avorton était un bon moyen de chantage, s'amusa Terence.

— Pas un mot, ordonna-t-il.

Il défit le lien de son cou et, à la vue de la marque rouge que l'acier y avait laissée, sourit. Il savait doser. Jusqu'où serrer pour seulement immobiliser. Jusqu'où, pour tuer.

Il enroula le fil autour de ses poignets.

— Si t'essaies de t'échapper, ça s'enfoncera dans tes bras,

ça sciera tes tendons, et peut-être bien que ça te coupera complètement les mains. Je te conseille pas d'essayer.

Elle blêmit et fit oui de la tête.

Il écrasa la larme qui stagnait sur sa joue et suça son doigt. Du sang et des larmes. L'élixir des dieux. La journée s'annonçait bien.

— S'il vous plaît, murmura-t-elle. Relâchez mon bébé.

Son accent traînant, typique du Sud, l'intrigua. Il plissa le front. Elle n'était pas d'ici. Peut-être que personne ne la rechercherait.

— La ferme, je te dis !

Il prit un rouleau d'adhésif et le lui colla sur la bouche. Puis il lui caressa le bras, deux fois de suite. Elle eut la chair de poule.

— T'aimes ça, hein ?

Toute frissonnante, elle hocha la tête de droite à gauche.

— Menteuse !

Il posa la main sur son cou, descendit vers sa poitrine puis sur sa taille, et remonta, sans la quitter une seconde des yeux, se régalant de son dégoût d'être tripotée.

— Elle fera l'affaire, Jimmy.

A quelque chose près, elle ressemblait physiquement au Dr Jamison. Même le tour de poitrine, un C, correspondait.

Il consulta sa montre.

— Nos clients nous attendent à 7 heures à l'aérodrome. Dans quatre heures, on fait l'échange : la marchandise contre le fric.

— Et on fait quoi en attendant ? demanda Jimmy.

Il avait toujours l'enfant dans les bras et essayait de conduire sans se faire remarquer d'éventuels policiers.

Terence prit une bonne longueur de ruban adhésif, souleva la femme et lui lia les chevilles. Il sortit son couteau de son étui, éventra son chemisier et lui dénuda la poitrine. Nouveau coup de couteau entre les bonnets de son soutien-gorge : ses seins giclèrent. Elle gémit en s'agitant.

Ravi par ses rondeurs, il sourit.

— Ça me donne des idées.

*
* *

Erin gara sa Chevrolet devant chez elle et s'adossa à son siège. Elle ne se sentait pas la force de bouger, jeta un d'œil à son rétroviseur intérieur.

Brandon dormait sagement dans son fauteuil de bébé. Elle avait quitté son bureau tôt pour aller le chercher à la crèche, mais la circulation était bloquée sur l'autoroute A110 et ils avaient mis un temps fou pour rentrer.

Elle détestait faire la navette tous les jours entre chez elle et son bureau. Mais il fallait qu'elle soit à la fois près de son labo et, dans le même temps, dans un bon quartier avec des écoles fréquentables pour Brandon. D'accord, il n'avait encore qu'un an, mais elle prévoyait tout. Toujours.

Sa vie se composait de listes, de plans à cinq ans, d'horaires, d'emplois du temps.

Son agenda était son ami le plus proche.

Excepté la semaine de passion qu'elle s'était offerte lors d'un séjour à Santorin et qui avait débouché sur la naissance de Brandon, elle n'avait jamais mordu la ligne blanche, ligne blanche un peu floue depuis, mais elle faisait de son mieux.

— Maman !

L'appel de Brandon la sortit de sa rêverie. Elle se retourna et sourit à la petite tête brune qui ouvrait des yeux tout ronds. Elle n'avait jamais regretté ces vacances. En revanche, elle regrettait de s'être laissée aller à faire l'amour avec ce menteur, ce tricheur, ce démon bourré de charme qui l'avait séduite et lui avait mis les sens à l'envers. Mais regretter son adorable bébé ? Jamais. Même s'il ressemblait à son père.

— Tu as faim, mon amour ? On va dîner maintenant.

— Maman, gazouilla-t-il. Maman, maman, maman…

Emue, souriant toujours, elle prit son sac, son attaché-case et le nécessaire de Brandon en remerciant le ciel qu'il n'appelle pas « papa » ! Ce mot, elle avait du mal à l'entendre : son fils grandirait sans père.

Elle n'était plus prête à faire confiance à quelque représentant de la gent masculine que ce soit. Et, puisque son instinct l'avait trompée, elle ne s'y fierait plus non plus.

Elle ouvrit sa portière en soupirant. Quelle journée elle avait eue ! Elle lui avait pompé toute son énergie. Elle avait passé des dizaines de coups de fil et en avait reçu le double des organisateurs du symposium qui allait se tenir en Suisse, au sujet de tout et de rien : depuis les équipements informatiques jusqu'au nombre de bouteilles d'eau qu'elle désirait. Franchement !

Elle fit le tour de la voiture et ouvrit la portière de Brandon.

— Coucou, mon bébé, tu sais quoi ?

Elle se pencha et déposa un baiser sur sa tête.

— Le boss de maman dit que je suis la « star » de la nanotechnologie. Tu te rends compte ?

Brandon tendit le bras et lui agrippa une poignée de cheveux. Elle rit.

— Merci, mon bébé, dit-elle dégageant sa petite main. J'espère que les participants au symposium seront plus impressionnés que toi par mon statut.

Après des années totalement consacrées à des travaux sur les nanotechnologies à la faculté de Floride, elle dirigeait maintenant un petit département de recherche dans un endroit assez peu connu, près de la base de l'Air Force d'Eglin. Son dernier projet avait mis le corps médical en ébullition. Avec son tout nouveau prototype, elle avait la gloire et la richesse assurées dans un avenir plus ou moins proche.

Elle défit la ceinture de sécurité de Brandon.

Clay Griffin, le père de Brandon — qui s'était volatilisé —, l'avait mise en garde contre son projet : un tel prototype risquait de lui attirer l'attention de gens malveillants. Grâce au ciel, elle ne l'avait pas écouté.

Les feuilles des chênes qui bordaient la rue frémirent dans la brise. Malgré la chaleur, un frisson la parcourut, un peu comme si elle s'était sentie épiée.

Etrange.

Elle jeta un rapide coup d'œil autour d'elle. Mais c'était

inutile. Avec ses horaires, elle connaissait à peine ses voisins. Juste une ou deux voitures, de vue, mais c'était à peu près tout.

Encore quelques clics, et elle sortit Brandon de son siège. Elle le cala sur sa hanche droite et s'arrangea pour porter son matériel — sac de couches, ordinateur, attaché-case — du côté gauche. Brandon, la tête dans le creux de son cou, se frotta les yeux. Elle aurait adoré passer la soirée à lui faire des câlins, mais elle avait des tas de choses à faire ce week-end pour préparer sa conférence. C'était important, elle allait officiellement présenter le prototype de son robot miniature la semaine suivante, lors de la conférence mondiale.

Les organisateurs du symposium avaient essayé de garder secret le titre de sa présentation sur les nanorobots, mais récemment il y avait eu des fuites. Depuis deux semaines, elle ployait sous les questions des communautés scientifique et médicale. Le minirobot survivrait-il aux réponses du système immunitaire du corps ? La technologie fonctionnerait-elle ? Pour l'heure, les résultats dépassaient ses espoirs les plus fous.

Elle avança vers la porte. En gigotant, Brandon lui fit perdre un peu l'équilibre. La courroie de son ordinateur portable glissa de son épaule. Son fils lui faisait parfois le même effet que son père. Perturbant.

— Arrête de penser à lui tout le temps, grommela-t-elle.

Mais comment l'oublier ? Chaque fois qu'elle repoussait une mèche de cheveux de Brandon, elle voyait le visage de Clay Griffin en miniature.

Ses cheveux noirs, ses yeux marron étaient tellement loin de ses yeux verts et de ses cheveux blonds à elle. Le regard de Clay l'avait tétanisée. C'était comme une fenêtre ouverte sur son âme.

— Oui, et cette folie t'a vraiment bien réussi !

Une fois à la porte, elle farfouilla pour trouver ses clés, ce qui dérangea Brandon : il grogna.

— Arrête de gigoter comme un ver, lui dit-elle.

Elle ouvrit et entra.

— Une minute, mon bébé, je te pose tout de suite par terre.

Une ombre passa dans l'entrée. Elle se pétrifia puis se retourna pour s'enfuir.

— Erin, arrête ! C'est Clay Griffin !

Non, c'était impossible…

— Clay ?

Elle fit lentement demi-tour, le regarda, en état de choc. Cela faisait presque deux ans qu'elle n'avait plus entendu parler de lui. Il avait changé. Visage plus mince, corps plus sec et, surtout, regard plus froid. Son T-shirt noir glissé dans son jean le moulait et soulignait une musculature d'athlète. Elle avait été subjuguée par sa plastique quand elle l'avait vu, la première fois, sur la plage de Santorin. Mais là, il paraissait encore plus… encore plus magnifique, ce moins que rien. Ce salaud. Le dernier des derniers.

— Sors d'ici, tonna-t-elle.

Elle s'écarta de la porte en la lui montrant.

— Va-t'en ! Tu n'as rien à faire ici !

Il ne broncha pas.

— C'est urgent. Il faut qu'on parle.

— Non.

Il avança vers elle, mais elle recula. Il avait une telle prestance qu'il donnait l'impression d'occuper tout l'espace.

Partagée entre la colère et la stupéfaction, elle le fixa. Droit dans les yeux. C'était quand même bien le même homme, celui qui hantait toujours ses rêves. Et il était toujours aussi excitant !

Que lui avait-il fait ? Qu'avait-il donc pour la subjuguer à ce point ? Le voir là, devant elle, lui donnait encore le frisson. Il était beau, certes, mais il était aussi inquiétant. Menaçant. Il n'était plus l'amant doux et romantique qui l'avait mise dans son lit.

Brandon remua sur sa hanche pour essayer de voir l'inconnu. Aussitôt, le regard de Clay s'adoucit, se voila presque, crut-elle.

— Comment es-tu entré ?

— Ta sécurité est une farce. Ferme ta porte.

Prise de peur, elle frissonna.

— Pour être seule avec toi ? Pour ce que ça m'a réussi la dernière fois !

Il referma lui-même.

— Tu es en danger, Erin. Il faut partir. Prépare tes affaires.

— Je ne vais nulle part avec toi, rétorqua-t-elle, apeurée.

Les traits de Clay se durcirent. Il regarda l'heure à son poignet.

— Il faut se presser. Tu dois m'écouter…

— T'écouter ? ricana-t-elle. Cours toujours ! Tu es parti en me laissant seule dans ton bungalow, sans un mot, sans un coup de fil. Tu t'es littéralement volatilisé. J'ai appelé l'accueil, on m'a répondu de ne pas m'inquiéter. Tu avais payé la note avant de partir. Tu parles d'une belle jambe !

— Ecoute, Erin, on n'a pas le temps de…

Elle lui coupa la parole.

— De parler ? Eh bien si, justement. Je vais te dire ce que je pense de toi. Quand j'ai appelé ta prétendue entreprise, ils m'ont dit qu'ils n'avaient jamais entendu parler de toi. Tu es un menteur, Clay. Un fieffé menteur.

Il jura.

— Ça va comme ça, Erin. On s'expliquera plus tard.

Il traversa la pièce et se planta devant elle.

— Maintenant, fais ce que je te dis. Viens. Tu es la cible de terroristes. On va t'enlever.

— Bien sûr !

Elle sortit son téléphone portable de sa poche.

— J'appelle la police, Clay.

Il pointa un gadget électronique sur son téléphone et le paralysa. Elle avait déjà vu ce petit appareil dans une des conférences auxquelles elle avait assisté. Il neutralisait les téléphones portables, entre autres. Evidemment, c'était une technologie top-secret.

— Qui es-tu ?

Il lui prit son téléphone et le posa, puis lui attrapa le bras.

— Erin, tu es recherchée par des individus dangereux. Il faut que tu viennes avec moi, sinon Brandon et toi risquez le pire.

— Tu es cingl…

Un coup très fort, suivi d'un bruit sourd de chute, du côté de la cuisine, les fit sursauter.

Clay dégaina son pistolet et cacha Erin derrière lui. Deux hommes armés et cagoulés surgirent dans le salon. Clay leva son arme.

— Ne bougez plus ! lança-t-il.

Le plus petit des deux, encore un gosse, s'étonna Erin, pila sur place, les yeux exorbités par la surprise.

— Terence, on fait quoi ?

— Tais-toi et tire !

Le plus grand leva son arme.

Erin prit son bébé, qui hurlait, et essaya de le faire taire. Soudain, Clay bondit sur le plus jeune et lui administra un coup de pied en haut des cuisses qui le fit hurler. Le malheureux tomba en se tordant de douleur. Rapide comme l'éclair, Clay se jeta alors sur le second et, d'un coup de pied, fit sauter le revolver de sa main. Le coup partit mais dans le plafond.

Le dénommé Terence jura mais rattrapa son arme et menaça Clay.

— T'as peut-être de l'entraînement, beau gosse, ça ne m'empêchera pas de te déchiqueter.

Le regard de Clay devint noir comme de la suie.

— Jette ton arme.

Le gamin se releva en titubant. Terence le poussa contre Clay et tira. Esquivant de justesse, Clay repoussa le jeune et plongea sur l'arme de Terence. Alors qu'ils se battaient à qui garderait le revolver, le coup partit. La balle vint se ficher dans le bois près de l'oreille d'Erin : elle poussa un cri et s'accroupit, serrant son bébé dans ses bras. Son attaché-case et le sac de couches glissèrent à terre. Les tirant avec elle, elle réussit à gagner la porte. Elle devait à tout prix éloigner Brandon de cet enfer. Il fallait appeler à l'aide. Peut-être quelqu'un avait-il entendu les coups de feu et déjà appelé la police ?

Il y avait du sang par terre juste là où elle était assise. Ça devait être Clay qui saignait. Elle se retourna pour voir : il flanquait un coup de poing à Terence. Le sang gicla de la bouche de celui-ci.

Fou de rage, les yeux exorbités, Terence rugit alors comme un fauve. Les mains couvertes de sang, il empoigna la chemise de Clay et le poussa brutalement. Clay atterrit tête la première dans le mur. Sous le choc, sa tête bascula en arrière.

Hors de lui, Clay rugit à son tour et se retourna. Il agrippa les bras de son agresseur, le projeta à terre. Le plancher trembla sous le choc. Clay essaya d'immobiliser Terence, mais celui-ci ne lâchait pas prise, il se débattait toujours.

Le plus jeune se redressa tant bien que mal et, rampant sur les genoux, tenta de rattraper son arme.

— Clay ! lança Erin. Attention !

Incapable de se dégager des griffes de Terence, Clay donna un coup de pied dans le revolver du complice.

— Prends le pistolet que j'ai à la cheville et vise-le.

Son bébé toujours dans les bras, Erin se releva et se précipita vers Clay.

— C'est ton point faible, ricana alors Terence. T'as tort, c'est chacun pour soi en ce bon Dieu de monde !

Il donna alors un coup de poing dans le ventre de Clay qui se plia en deux mais se redressa très vite et riposta.

Redoutant le pire, Erin visa le jeune.

— Ne bouge pas ou je tire, dit-elle en armant le pistolet qu'elle avait pris dans le holster.

— T'oseras pas, la nargua le jeune malfaiteur.

Il pointa alors son arme sur Clay mais Erin tira. Un vase posé à gauche de la tête du garçon vola en éclats. Choqué, il laissa tomber son arme et leva les mains en l'air.

— Par terre, lui cria-t-elle.

Affolé par le bruit, Brandon hurlait de plus belle. Clay prit alors son agresseur par le cou et serra.

— Qui t'envoie ?

La montre de Terence fit un petit ding. Il sourit.

— T'inquiète. T'aurais dû me descendre et filer. La maison est truffée d'explosifs. Dans quarante-cinq secondes, elle saute.

Clay donna un coup de poing dans la mâchoire de Terence,

puis se rua vers Erin et le bébé, prit son ordinateur et fonça dehors.

— Vite, vite, vite !

Son bébé serré contre elle, Erin sortit dans le jardin. Son sac lui tapait dans les jambes. .

— Plus vite ! Chez le voisin ! l'exhortait Clay.

Arrivée à l'angle de la maison, elle jeta un coup d'œil derrière elle. Le plus jeune des voyous, toujours cagoulé, passait la porte et fonçait droit devant lui en panique. Terence suivait, la figure en sang.

— Vous êtes morts, criait-il en les menaçant de son arme.

Clay la poussa derrière le gros Hummer garé dans la cour du voisin et ouvrit la portière arrière.

— Entre !

Il passa devant et prit place au volant. Des balles ricochèrent sur la carrosserie et le parebrise. Sans le briser. Le Hummer avait des vitres blindées ? se demanda-t-elle.

Elle s'accroupit au fond du véhicule quand une énorme explosion ébranla l'air. Une pluie de briques, de planches, de débris en feu tomba sur la pelouse qu'ils venaient de traverser et sur leur véhicule.

C'était affreux. Une boule de feu avait jailli de sa maison la transformant en torche. Des flammes léchaient ce qui tenait encore debout. On aurait dit des serpents devenus fous qui se tordaient de plaisir. Leurs deux agresseurs avaient été projetés au sol. Le cinglé, la manche de sa chemise en feu, se releva et pointa son revolver sur le Hummer.

Erin s'enroula autour de Brandon pour mieux le protéger. Clay mit le contact et démarra dans un crissement de pneus. Après quelques virages à angle droit dans plusieurs rues de suite, il ralentit.

— Ça va ? s'enquit-il.

— Si l'on veut !

Elle s'était redressée et tremblait.

— Clay… c'étaient qui, ces types ? Pourquoi cherchent-ils à m'enlever ?

Il la regarda par-dessus son épaule.

— Je suis quasiment certain que ce sont des hommes de main au service des terroristes.

— Des terroristes ? Mais… Comment ça ? Pourquoi ?

— Tu aurais dû m'écouter à Santorin, Erin. Je t'avais dit de ne pas retourner finir ce prototype.

2

— Des terroristes veulent mes nanorobots ? s'étonna Erin. Mais… C'est du matériel médical. Pas des armes.

— On peut les adapter à des fins militaires, répliqua Hunter.

Elle soupira mais il n'y prêta pas attention. Il n'y avait que la poursuite de son plan qui l'intéressait. Il avait espéré qu'Erin comprendrait et n'hésiterait pas à le suivre. Il avait seulement oublié qui elle était. A Santorin, elle lui avait montré la fougue qu'elle cachait derrière la froideur apparente de la scientifique.

Il regarda dans son rétroviseur le spectacle dont il s'éloignait. Un épais nuage s'élevait dans un ciel assombri par la fumée de l'explosion. Du gaz, probablement. Les voisins avaient eu de la chance que tout le quartier ne saute pas. Les experts concluraient certainement à une fuite de gaz dans la cuisine. Terence et son valet avaient bien joué. Ils n'étaient pas si idiots que ça. Présomptueux, peut-être, pervers, sûrement, mais pas si fous. L'un d'eux était doué pour l'informatique. Leona en avait eu la confirmation en consultant les transactions sur les comptes bancaires d'Erin. Impressionnant et inquiétant. Ces malfrats exploiteraient certainement les mouvements d'argent de la carte de crédit d'Erin pour la localiser.

— Tu m'entends ? gronda celle-ci. Je ne veux pas faire courir de risques à mon fils. Pour cela, j'ai besoin de savoir tout ce qui se passe.

Brandon était aussi *son* fils, pensa Hunter.

— Ecoute, j'ai d'autres préoccupations pour l'instant. On parlera quand on sera en lieu sûr.

Il prit un virage sur les chapeaux de roues et continua sur quelques kilomètres par des rues étroites et peu fréquentées.

Une fois en sécurité, il se rangea sur le bas-côté et regarda Erin et le bébé, toujours roulés en boule sur le tapis de sol. Dire qu'il avait failli les perdre. Il s'en était fallu de peu. Cinq minutes plus tard, Terence et son sous-fifre les enlevaient et les remettaient au commanditaire.

Il soupira. Les prendre dans ses bras pour les protéger le démangeait, mais il ne devait pas baisser la garde. Pas une seconde. Terence avait raison. Erin était son point faible. Et le prototype de nanorobot aggravait encore les choses.

— Ce sont des tueurs, Clay. Il faut aller à la police.

Il soupira de nouveau. Il était toujours Clay pour elle. Le consultant en systèmes de sécurité — une pure invention — en vacances à Santorin. Un homme parfaitement inoffensif qui lui avait fait l'amour. Officiellement, donc, quelqu'un qui ne présentait aucun danger. Ce qu'elle ignorait — car elle ne savait rien de lui, en fait — c'est qu'il tuait des gens pour gagner sa vie. Le fréquenter, c'était donc prendre des risques.

— La police ne nous aidera pas, Erin. Elle ne s'attaquera jamais à des gens comme eux. Tu es coincée avec moi.

— Génial. Je n'avais pas réalisé que tu étais un superhéros. S'il t'arrive quelque chose, je fais quoi ? Je vais quand même à la police ? Alors que je ne sais rien ?

En tout cas, elle savait toucher sa cible. S'il venait à disparaître, Brandon et elle seraient enlevés, et ils mourraient.

A cette pensée, son cœur se serra. Mais il devait se dominer. La survie d'Erin et de Brandon dépendait de son expérience dans les opérations à haut risque. Il allait se montrer à la hauteur.

— Je t'ai dit que nous parlerions. Tu peux te relever.

Elle s'assit sur le siège de cuir en serrant Brandon contre elle. La scène était touchante — la mère qui susurrait des mots tendres à son enfant ; l'enfant blotti contre la poitrine de sa mère et qui suçait son pouce —, il avait du mal à en détacher les yeux.

Il se força à regarder la route.

— Il n'a pas eu trop peur, j'espère ?

— Non, ça va. Je connais bien mon fils. Depuis le temps que je l'élève seule…

— Je sens que tu ne vas pas te confondre en remerciements envers moi pour vous avoir sauvé la vie, n'est-ce pas, Erin ?

Elle lui lança un regard noir.

— Si, je te remercie, évidemment. Ce serait idiot de ne pas le faire. Mais j'aimerais savoir ce que tu faisais *vraiment* chez moi. D'autre part, tu as un siège de bébé dans ta voiture. Parce que tu venais nous sauver ou parce que tu avais l'intention de kidnapper Brandon ?

Hunter se raidit. Elle n'avait pas tort, il avait déjà songé à lui réclamer Brandon. Mais ce n'était pas seulement Brandon qu'il voulait, c'était les deux, la mère et le fils.

— Au lieu de m'agresser comme tu le fais, si tu installais Brandon dans son siège ? Tu peux me faire confiance, tu sais.

— Ma maison n'est plus qu'un tas de cendres. Mon fils est en danger…

Elle lui lança un regard mortel dans le rétroviseur intérieur.

— Excuse-moi de ne pas exploser de joie ! Quant à me fier à toi, j'aurai du mal, en dépit de ce que tu viens de faire pour nous.

Sa voix tremblait, de colère sûrement, mais aussi de fatigue. Et de peur. Il y avait de quoi. Plus encore qu'elle ne l'imaginait.

— Je te promets qu'il ne t'arrivera rien, répondit-il d'un ton qui se voulait assuré.

— Il ne m'est rien arrivé depuis le jour où tu as disparu, Clay. Il suffit que tu surgisses pour que ma maison saute. J'ai remarqué que tu te bats comme un pro. Quant au petit bidule dont tu t'es servi tout à l'heure pour neutraliser mon portable, il est trop high-tech pour un simple consultant en informatique ou je ne sais quelle spécialité que tu as inventée. Si tu magouilles dans de sales affaires, comment puis-je être sûre que cela ne me retombera pas dessus ?

Il hocha la tête. Derrière une apparente fragilité, Erin cachait un caractère bien trempé et une intelligence rare.

Mais son QI, exceptionnel, était plutôt un handicap : il était la cause de la crise actuelle.

— Je te l'ai déjà expliqué, ton prototype aiguise les appétits. Il attire sur toi l'attention de personnes mal intentionnées. Mon entreprise a intercepté plusieurs messages qui indiquent qu'on veut t'enlever. Ce soir même. L'objectif est de te livrer à une cellule terroriste. Ce sont les faits.

Erin poussa un soupir.

— Puisqu'on sait qui sont ces gens, dépose-moi au poste de police et dis-leur ce que tu sais avant de repartir. Quand ces voyous seront arrêtés, je réglerai l'affaire comme j'ai réglé tous mes problèmes depuis que j'ai dix-huit ans. Toute seule.

Pour une femme brillante, elle se montrait incroyablement obtuse. Elle était en danger. Il voulait rester avec elle. Il avait toujours voulu rester avec elle, mais les circonstances l'en avaient empêché. Un beau jour pourtant, comme il ne parvenait pas à se la sortir de la tête, il était parti la retrouver en cachette, persuadé de lui faire une surprise.

C'était elle qui l'avait surpris ! Elle était enceinte de sept mois.

Il n'avait jamais douté de sa paternité. Elle était vierge quand il l'avait connue à Santorin. Et si candide… D'un côté un génie, prodigieusement douée, de l'autre, une femme adorable, exquise et très naïve. C'était la personne la plus aimante qu'il ait jamais rencontrée. Elle lui avait redonné le goût de la vie.

La voir enceinte et savoir que, rien qu'en communiquant avec elle, il les mettait en danger, elle et l'enfant, l'avaient fait passer de la joie à la souffrance. Les mises en garde du général Miller n'avaient cessé de lui trotter dans la tête depuis. Pas de famille. Pas d'amis, hormis les membres de l'équipe. Pas de faiblesses.

Erin était son talon d'Achille. L'enfant, encore plus. On pouvait les utiliser contre lui. Il ne pouvait risquer de mettre tout le monde en danger, elle, leur enfant, son équipe. Quand il avait pris la décision la plus cruelle de sa vie, il avait sombré, plongé dans un trou noir où aucun sentiment ne pouvait s'exprimer.

Il n'avait pas le choix à l'époque.

Aujourd'hui, non plus.

Il bifurqua sur la route menant à l'A281.

— Tu te trompes, lança Erin en regardant du côté de Pensacola. Le poste de police n'est pas par là.

— Ecoute, Erin, répondit-il en continuant à rouler. Laisse-moi faire. J'ai un plan.

Il pressa une touche sur l'écouteur logé dans son oreille.

— On est en route.

— Avec les bagages ? s'enquit Leona.

— Oui, mais nos *amis* nous suivaient. A cinq minutes près, on était cuit. Comment se fait-il que tu ne l'aies pas su plus tôt ?

Leona lança un juron surprenant pour une femme aux allures de grand-mère.

— Les livreurs doivent être nouveaux, Hunter. Je vérifierai.

Elle marqua une pause.

— Au fait, les pompiers ont trouvé les restes calcinés de deux corps identiques dans la maison en flammes. La police suppose qu'ils appartiennent aux occupants de la maison. A mon avis, ils y ont été déposés juste avant l'explosion.

Hunter fronça les sourcils. Il avait bien entendu un bruit sourd du côté de la cuisine juste avant l'entrée intempestive de Terence et de son complice dans le salon. Mieux valait qu'Erin ne sache jamais ce qui était arrivé.

— Nos amis ne tiennent pas à ce qu'il y ait un avis de recherche qui soit lancé pour retrouver une savante et son fils.

Leona devait fulminer. Il imaginait ses yeux furibonds.

— Comment veux-tu que je procède ? demanda-t-elle.

Hunter regarda Erin. Les yeux mi-clos, elle essayait de comprendre la conversation. Elle connaîtrait la situation bien assez tôt. Pour le monde entier, son fils et elle étaient morts. Il ne démentirait pas, évidemment.

— Continue comme on a dit, Leona. Ne change rien.

Fais marcher la carte de crédit dès notre arrivée à la marina. Surveille bien ! Que je sache où ils en sont.

— C'est comme si c'était fait.

A l'autre bout de la ligne, une mine grattait sur un papier. Leona notait. Elle était tout sauf moderne, et la tablette que le général Miller lui avait offerte gisait au fond d'un tiroir. Elle détestait la société de consommation et, de toute manière, trouvait le papier plus sûr. C'était ce qu'elle lui avait répondu quand il s'était étonné de voir le coffret de la tablette, non ouvert, dans son tiroir, lors de sa dernière visite au Q.G.

— On est toujours en mode confidentiel ? s'enquit-il.

— Pour l'instant. Mais j'ignore combien de temps ça va pouvoir durer. Je veille.

— Prudence, Leona.

— Ne t'inquiète pas.

Elle rit dans l'appareil.

— Je vais appeler mon mari et lui dire de me lancer des horreurs dans l'appareil. Je pense qu'ils n'écouteront pas très longtemps.

— Pauvre Chuck, renchérit Hunter.

— Ne le plains pas. Il sera récompensé cette nuit.

— Bonne nuit, alors, ma chérie ! On reste en contact.

Il tapota son écouteur et regarda Erin. C'était clair, elle était perplexe.

— Ça suffit maintenant, Clay. Qui es-tu ? Je sais que tu n'es pas un simple informaticien.

— Je suis quelqu'un qui veut que tu restes en vie. Restons-en là si tu veux bien.

— Je veux la vérité.

Brandon se mit à gigoter en geignant. Une méchante odeur emplit l'habitacle.

— Je crois qu'il a besoin d'être changé, expliqua Erin. Ses couches sont restées à la maison. Tu peux me trouver un magasin pour que j'en achète ?

Hunter hésita un instant. Il avait eu l'intention de prendre chez Erin les affaires dont ils auraient besoin, elle et le bébé.

Mais il avait été pris de court. Pouvait-il prendre le risque de s'arrêter maintenant ?

— Il va falloir faire vite, lança-t-il, tout en cherchant une place pour se garer.

Il regarda l'heure et appela Leona par son oreillette.

— Je te manque déjà ? plaisanta-t-elle.

Joyeuse en apparence, sa voix cachait mal une certaine inquiétude.

— On s'arrête une minute, Leona. On va se servir de la carte de crédit. Surveille les lieux, et arrange-toi pour que l'info ne sorte qu'au bon moment.

— Reçu cinq sur cinq.

Il arrêta le moteur et se tourna vers Erin.

— On n'a qu'une petite marge de sécurité, il faut se presser.

Elle le regarda, l'air furieux. Puis, très vite, déterminé. Il détestait ce regard-là.

Après avoir jeté un coup d'œil au parking, il descendit de voiture et ouvrit les portes arrière.

— Allons-y !

Elle prit Brandon et descendit à son tour.

— Ne nous accompagne pas, ce n'est pas la peine. Surveille plutôt le parking.

Elle mentait. Il le comprit aussitôt à son regard, et cela le mit en rage.

— Tu crois peut-être que je ne te vois pas, Erin ? Non, tu ne vas pas te sauver avec mon fils.

— *Ton* fils ? Qui te dit que c'est *ton* fils ? Ce n'est pas parce que j'ai couché avec toi que… Si tu te figures que tu es le seul…

Oh ! la cruelle ! Elle ne pouvait lui faire plus mal. L'espace d'une seconde, elle réussit même à le faire douter de sa paternité, puis son regard se voila. Le général Miller avait raison. La famille vous affaiblissait.

— Ne me mens plus, Erin, dit-il, haussant le ton. Primo, tu mens mal. Deuxio, c'est indigne de toi.

Elle hocha la tête.

— Bien sûr ! Mais toi, tu as le droit de me mentir !

— Pour te sauver. Oui.

Agacée, elle serra Brandon qui gémit en se tortillant de plus belle.

— De toute manière, ajouta-t-il en caressant une mèche du bébé, dès que je l'ai vu, j'ai su que c'était mon fils. C'est un miracle auquel je ne croyais plus.

Erin se détourna. Des larmes embuaient son regard.

Il en profita pour caresser la joue de l'enfant. Brandon se tut et le regarda, les yeux écarquillés, puis lui prit le doigt et le serra.

— Dis donc, petit bout, tu en as de la force.

Mais Erin s'était ressaisie et se tourna vers lui.

— Qu'est-ce que tu nous veux ?

Il la regarda droit dans les yeux.

— Je veux une chose que je ne peux pas avoir, répliqua-t-il, honnête pour la première fois.

— Laisse-nous tranquilles, murmura-t-elle.

— Je ne peux pas.

Elle serra Brandon si fort qu'il poussa un cri.

— Il faut que je le change, dit-elle. On reprendra cette conversation plus tard.

— Je ne peux pas attendre, grommela-t-il à mi-voix.

Courant presque, ils traversèrent le parking et entrèrent dans le magasin. En quelques secondes, Hunter repéra les issues et toutes les cachettes possibles ainsi que les clients. Personne ne semblait s'intéresser à eux, et son détecteur n'indiquait aucun GPS alentour. Ils n'étaient pas suivis. Pour l'instant, tout allait bien.

Erin prit un chariot et, Brandon sur la hanche, se dirigea vers le rayon bébé. Mais Hunter l'arrêta d'une main sur l'épaule.

— Je passe devant. Je veux regarder partout.

— Je croyais que nous étions pressés, rétorqua-t-elle, agacée.

Qu'était-il arrivé à la douce, à la délicieuse jeune femme qu'il avait connue à Santorin, pour qu'elle soit devenue cette harpie agressive ?

A l'époque, quand il lui avait parlé de son travail, il avait eu en face de lui une femme brillante, sûre d'elle. Il avait aimé le double personnage qu'il y avait en elle. Il pouvait l'embrasser avec passion et la laisser tremblante de désir. Mais elle pouvait aussi se braquer, comme lorsqu'il l'avait mise en garde contre le prototype qu'elle mettait au point et qu'il lui avait conseillé de ne pas terminer.

Il finit d'inspecter le magasin et lui fit signe d'approcher. Elle alla au rayon couches et s'arrêta pour choisir. Il y en avait de toutes les couleurs et de toutes les tailles. Elle hésitait. Trop. Il l'interpella :

— Tu as bientôt fini ?

Elle ne répondit pas et regarda discrètement du côté de la porte au fond du magasin. Mais il la surveillait.

Il se pencha à son oreille. Un parfum de fleurs émanait de ses cheveux.

— Non, non, souffla-t-il. On ne se sauve pas !

Surprise, elle se mordit la lèvre en rougissant. En d'autres circonstances, cela l'aurait amusé.

— Ecoute, reprit-il. On va conclure un marché. On finit ici avec Brandon, et je t'emmène en lieu sûr. Tu prendras ta décision ensuite, quand je t'aurai donné tous les détails.

— Et si ce que tu me dis ne me plaît pas ? Tu me laisseras partir ?

— Oui, mentit-il.

Elle ne retrouverait jamais sa vie d'avant. En tout cas pas de sitôt. Il le savait. Et quand elle aurait changé d'identité, il ne pourrait plus la revoir. Son fils non plus.

La gorge nouée à cette pensée, il regarda sa montre.

— Il faut se dépêcher. Et puis, c'est truffé de caméras ici. Elles sont peut-être bidouillées.

Elle écarquilla les yeux.

— Ces gens-là sont si high-tech ?

— Tu serais surprise.

— Tu as raison. J'ai assisté à assez de conférences sur la sécurité pour savoir que c'est possible. Je ne veux pas prendre de risque avec Brandon.

Elle prit quelques articles pour bébés, du talc, des vêtements, des jouets, des petits pots de purées diverses et peu appétissantes.

Pauvre gosse.

— Prends-en pour un certain temps, lui conseilla-t-il.

Puis, plus bas :

— Au cas où tu déciderais de rester avec moi.

Elle plissa le front, puis fit oui de la tête et se resservit.

— Ça y est. J'ai ce qu'il me faut.

— Et pour toi ?

Elle commença par soupirer, puis avança avec son chariot au rayon femmes. Elle décrocha des jeans et des T-shirts, puis passa, sans même y jeter un coup d'œil, devant le rayon lingerie.

Etonné, il la retint par le bras et répéta :

— Tu ne prends rien pour toi ?

Elle rougit de nouveau et prit négligemment des soutiens-gorge et des culottes qu'elle posa dans son Caddie avec un air embarrassé qui le fit sourire. De quoi était-elle gênée ? Il connaissait sa poitrine par cœur pour l'avoir caressée, embrassée, mordillée. Il ne rêvait que d'une chose : recommencer.

Pour distraire son esprit de ces pensées malvenues, il attrapa des tennis et des socquettes.

— Du 38 ? C'est bon ?

Elle fit oui de la tête, et il les lança dans le chariot.

Il aurait aimé être franc avec elle, lui dire les grandes lignes de ce qui l'attendait, mais c'était trop tôt.

Il l'emmena vers les caisses.

— Sers-toi de ta carte de crédit, lui ordonna-t-il, en lui tendant des billets de vingt dollars. Et rembourse-toi avec ça.

Elle regarda la liasse et sortit sa carte bancaire sous l'œil perplexe du caissier.

— Non. Pas question.

Le bébé se mit à hurler. Il aurait dû faire sa sieste à cette heure-là : les mots tendres d'Erin ne le calmaient pas. Elle voulut lui mettre un biberon dans la bouche, mais il le repoussa en pleurant de plus belle. De grosses larmes coulaient sur ses joues.

Hunter se pencha en avant.

— Je vais prendre des…

Voulant attraper un paquet de crackers, il bascula, déséquilibrant Erin qui lâcha Brandon sur le tapis roulant.

Il se précipita pour relever le bébé :

— Hé, non, tu n'es pas à vendre.

Amusé, le caissier rit. Hunter lui rendit son sourire. C'était la première fois qu'il tenait son fils dans ses bras. D'accord, il ne sentait pas très bon, mais cela n'avait pas d'importance. Ce qui comptait, c'était cet enfant blotti contre lui et qui le faisait fondre. Son fils. Son enfant. Jamais il n'aurait imaginé l'impact de ce petit être sur lui. Il se sentait complètement démuni. Sans défense.

— Donne-le moi, dit Erin.

Mais il ne voulait pas le lui rendre.

— Signe d'abord le reçu de ta carte de crédit.

Pendant qu'elle apposait sa signature, il dévisagea le bébé. Il avait le nez d'Erin mais la bouche de maman Graham. Sa mère.

Etrange.

Il n'avait pas pensé à sa mère depuis des lustres. Il avait refoulé tout ce qui lui rappelait son enfance volée, et voilà que sa mère se trouvait là, sous les traits de son fils.

Il leva un doigt que Brandon attrapa et chercha à mettre dans sa bouche.

Erin tendit les bras pour reprendre son fils.

— C'est mon bébé.

Hunter se pétrifia, meurtri. Mais Erin avait raison. Il ne devait pas s'attacher. Mieux valait rendre l'enfant à sa mère avant qu'il ne puisse plus s'en séparer. Hélas, c'était déjà fait.

Il aimait cet enfant. Il l'avait tout de suite aimé. Au début, en voyant les photos et les vidéos de Brandon qu'il avait réussi à se procurer. Aujourd'hui, en le tenant dans ses bras.

Mais c'était de la folie.

Il emmena Erin vers la porte et s'arrêta pour inspecter les lieux. Une fois assuré qu'ils ne craignaient rien, il lui fit signe de le suivre. Ils traversèrent très vite le parking jusqu'au Hummer dans lequel il rangea le sac dont il aurait besoin pour l'opération.

Compte tenu de la réaction qu'elle avait eue à propos de son style de vie, elle n'apprécierait pas l'équipement qu'il emportait. Des armes. Il n'avait pas eu le temps de faire faire des passeports à leurs nouveaux noms pour Brandon et elle. Elle aurait été folle de colère si elle les avait vus.

Leona et lui avaient organisé des dizaines de missions aussi dangereuses que celle-ci, mais aucune n'avait présenté pour lui le même enjeu.

Pendant qu'elle changeait Brandon, il prit le paquet de crackers.

— Il pleure, c'est probablement qu'il a faim, dit-il. On peut peut-être lui donner des crackers ?

— Non, il fait ses dents. J'ai acheté des petits pots, je vais lui donner des macaronis au fromage. Il adore.

— Comme moi.

Elle lui lança un regard en coin.

— Ah ? J'ignorais.

— A l'époque où ma mère travaillait, elle m'en faisait quand elle voulait me gâter.

Il rangea le paquet de couches dans le sac.

— C'est amusant. Je n'y avais pas repensé depuis longtemps.

Erin assit son fils dans le siège de bébé et lui donna une balle de mousse qu'il porta aussitôt à sa bouche.

— Tu es rapide quand tu fais des courses ! ajouta-t-il.

— La pratique, mon cher !

Il ne releva pas. Il rangea tout leur matériel, y compris l'ordinateur portable d'Erin dans le sac, et le ferma hermétiquement. C'était un sac waterproof que les agents spéciaux et certains militaires connaissaient bien.

Une nouvelle fois, il inspecta le parking.

— Il est temps d'y aller, Erin. En utilisant ta carte bancaire, tu as déclenché le chronomètre.

Il s'installa au volant et appela Leona dans son oreillette.

— On repart. On se dirige vers la marina. A toi de jouer, Petit Poucet. Sème les miettes de pain électroniques. Quand nos *amis* auront repéré la transaction faite avec la carte bancaire et nous auront localisés, je veux que la transaction disparaisse. Pas question de laisser de trace de notre passage aux flics.

— Compris, répondit Leona. Tu veux combien de temps d'avance ?

Erin prit place à côté de lui et boucla sa ceinture. Une minute plus tard, ils quittaient le parking.

— Il y a de la circulation. Donne-moi un quart d'heure.

— Tu es bien sûr que tu veux faire ça ? soupira Leona.

Il regarda Erin, puis Brandon.

— Je n'ai pas le choix, dit-il calmement.

Et il raccrocha.

Erin et Brandon Jamison devaient mourir. Aujourd'hui.

Partagée entre l'envie de sauter du Hummer et celle de faire confiance à Clay comme il le lui demandait, Erin s'agitait dans son fauteuil. Brandon gazouillait dans son siège de bébé, elle était coincée pour l'instant. Clay semblait aimer son fils, et elle ne pouvait nier que des gens s'étaient introduits chez elle et y avaient mis le feu. Elle avait même failli être touchée par deux ou trois balles.

— C'est fou, marmonna-t-elle. Tu nous emmènes vers le golfe du Mexique, et je te laisse faire alors que je te connais à peine et que le peu que je sais de toi me glace.

— Mmm, j'aimerais bien la goûter, cette glace !

Il reprit un air grave.

— Pardon, excuse-moi, bafouilla-t-il. J'essaie de te sauver la vie, Erin, et tu sais que j'ai raison.

— Je n'en sais rien du tout. De toute façon, je ne sais plus rien.

C'était énervant. Elle détestait l'idée d'avoir eu envie de le revoir et de se blottir dans ses bras. Il allait tenter de la convaincre qu'il n'avait pas menti, qu'elle avait bien fait de tomber amoureuse de lui, qu'ils pourraient vivre ensemble.

Quelles bêtises !

C'était aussi stupide et irréel que le fait d'être assise à côté de lui, à cet instant, sans la moindre idée de l'endroit où il l'emmenait vraiment.

Elle avait eu son bac à seize ans, un master à dix-neuf et son doctorat en nanotechnologie à vingt-trois. Elle était loin d'être idiote. Alors, que faisait-elle là, dans cette voiture, à regarder les kilomètres défiler ?

Clay, près d'elle, avait quelque chose de fascinant. Ses mains, peut-être, bronzées et qui serraient le volant de leur poigne incroyable. Oui, ça devait être ses mains…

Concentré sur sa route et très déterminé, il roulait en balayant des yeux les bords de la route avec cette acuité de fauve toujours en alerte. Où était l'homme plein de charme auquel elle avait succombé à Santorin ?

A cette époque, il était doux, drôle et romantique. Tout ce qu'elle aimait.

S'était-elle trompée à ce point sur lui ?

Un homme pouvait-il changer ainsi du tout au tout ? Etre aussi double ? Menteur ?

Mais l'avait-elle seulement vu tel qu'il était vraiment ? Ou n'avait-elle vu que le personnage qu'elle avait envie de voir ?

Ou le personnage qu'il avait voulu qu'elle voie ?

Elle gigota sur son siège.

— Dis-moi, Clay. As-tu seulement travaillé un jour dans les systèmes de sécurité ?

Il serra les mains sur son volant tellement fort que ses jointures devinrent blanches.

— Oui, d'une certaine façon. Je suis très à l'aise avec les zéros et les un.

— Ce qui veut dire non. Sois franc maintenant. Pour qui travailles-tu ?

— Je ne peux pas te le dire.

Elle sentit son sang lui cogner dans les tempes.

— Rassure-toi, je suis un tombeau pour tout ce qui est secret défense.

— Pas assez.

— Ton côté espion me fatigue, gronda-t-elle. Qui me dit que ce n'est pas toi qui as fait sauter ma maison ? Que ce n'est pas toi qui as tout mis en scène.

Il se tourna vers elle.

— Tu crois vraiment que je ferais courir pareil danger à mon fils ?

— Je n'en sais rien. Comment le saurais-je ? Je ne te connais même pas. Où nous emmènes-tu ? Et pourquoi ne me dis-tu rien ?

— Tu vas vite le comprendre.

— Ce n'est pas une réponse.

Elle lui arracha son portable pour appeler police-secours. Il se pencha pour le reprendre, mais elle détacha sa ceinture de sécurité et se recroquevilla au fond de son siège.

— Non, Erin !

— Si ! Maintenant, ça suffit.

— Vous avez besoin d'aide ? demanda une voix dans le téléphone. Que se passe-t-il ? Qui êtes-vous ? Code !

— Je... au secours, ai... dez-moi, j'ai été... enlevée, bégaya Erin.

— Docteur Jamison ? dit la voix un ton plus bas. Où est... Clay ?

— Non-on-on...

Elle lâcha le portable qui tomba au fond du Hummer.

Clay appuya sur son oreillette.

— Désolé, Leona. Je ne voulais pas te faire avoir une crise cardiaque, mais les choses sont un peu plus compliquées que prévu, ici.

— Tu n'as pas le droit de faire ce que tu fais, Clay, le coupa Erin.

Il mit fin à la communication et se tourna vers elle.

— S'il te plaît, se radoucit-elle. Laisse-nous partir. Je ne dirai pas un mot de ce qui est arrivé. Mais, je t'en prie, va exercer tes talents d'agent secret sur quelqu'un d'autre. Je ne raconterai à personne que je t'ai vu.

Il ne répondit pas. Il manœuvra pour prendre le pont qui enjambait Redfish Cove, une jolie crique aux reflets argentés, car inondée de soleil. Des kayaks y naviguaient tranquillement en direction de la rive.

— Laisse-moi d'abord vous mettre en lieu sûr, reprit-il. Je te montrerai les preuves de ce que j'avance, ensuite.

— Qui me dira que tu ne me racontes pas des bobards ?

Il lui jeta un regard noir.

— Je sais. Je mens bien.

— Et tu t'en vantes ! Il n'y a pourtant pas de quoi être fier !

— Tu as sans doute raison.

Un silence tendu emplit l'habitacle, mais un éclat de rire de Brandon détendit l'atmosphère. Il venait de trouver le jouet que lui avait acheté Clay.

Erin se retourna pour regarder son bébé, mais elle ne riait pas. Sa vie semblait lui échapper. C'était une impression détestable.

— Ça va, Brandon ? l'interrogea Clay.

— Oui, ça va. Il a trouvé le petit train bleu.

Elle s'approcha de son fils qui gazouillait comme un pinson. Dès que Clay arrêterait la voiture, elle se sauverait. Elle avait des amis à la base Air Force d'Eglin. Elle trouverait sûrement quelqu'un là-bas pour l'aider.

Clay enjamba un deuxième pont et roula vers la marina, un endroit un peu reculé du monde bien qu'assez proche de Pensacola Beach. Il se gara et cliqua sur son oreillette.

— Nous y sommes. Je te rappelle plus tard.

Il descendit de voiture, et elle en fit autant. Elle détacha Brandon et le prit dans ses bras. Sans rien dire, elle regarda partout dans l'espoir d'attirer l'attention de quelqu'un.

Mais il n'y avait personne. La marina avait connu des jours meilleurs. Un homme âgé, à bord d'un petit canot, luttait contre le courant en pagayant de toutes ses forces. Deux jet-skis et quelques youyous mal en point étaient amarrés à une jetée délabrée. A part ça, l'endroit était désert.

Il fallait qu'elle gagne du temps.

— Où allons-nous ?

Il avança vers la mer et souleva la toile qui recouvrait un cigare au profilé racé, à faire honte aux autres embarcations.

— Quelque part où personne ne nous trouvera.

— Je n'embarque pas avec mon fils. Pas question. Le soleil baisse et la nuit va tomber. Tu es fou ou quoi ?

— Complètement.

Elle lui prit le bras et le pinça.

— Aïe !

— Bien fait ! Je ne vais pas avec toi, Clay. Je refuse !

— Tu n'as pas le choix.

Sur ces mots, il la prit par la taille et les fit monter de force à bord, elle et Brandon. Ecumante de rage, elle tomba assise sur la banquette de cuir.

— Mets ça, lança Clay, en lui tendant un gilet de sauvetage.

Elle repoussa le gilet et gronda :

— Tu m'as fait mal.

Il se pencha sur elle, une main de chaque côté de ses hanches.

— Ecoute-moi, Erin. Si j'avais vraiment voulu te faire du mal, je t'aurais laissée chez toi. Maintenant, enfile ça !

Il lui tendit le gilet, mais elle ne le passa pas. La laissant ostensiblement bouder, il mit un gilet à Brandon et le cala sur sa hanche.

— Tu peux t'en aller si tu veux, maintenant. Mais je garde Brandon.

— Tu n'as pas le droit de…

— Poursuis-moi en justice si tu veux ! A condition que tu survives à la prochaine attaque de tes kidnappeurs. D'ailleurs, ils seront bientôt là. Alors dépêche-toi s'il te plaît, sinon c'est nous trois qui allons y rester !

Il prit place sur le siège du capitaine.

En maugréant, elle s'exécuta et s'installa sur le siège à côté de lui. Elle n'avait pas le choix. Elle ne partirait pas sans Brandon. Et puis, les avertissements de Clay quant aux kidnappeurs lui avaient fait un peu peur.

Il lui tendit son fils et actionna son oreillette.

— On est prêt, Leona. Ils sont là ?

Une pause.

— D'accord.

Le moteur du cigare rugit si fort qu'elle en eut mal aux oreilles. Elle serra Brandon, terrifié, contre elle, tentant d'amortir le tonnerre des chevaux-moteur.

Clay poussa la manette. Le bateau vibra sous leurs pieds et démarra en trombe, fendant l'eau comme une lame.

— Où va-t-on ? cria-t-elle.

— En lieu sûr.

Une bordée de jurons provenant de la rive leur parvint aux oreilles. Elle se retourna. Deux hommes cagoulés sautaient sur les jet-skis. Un grand. Le second, plus petit.

Epouvantée, elle plaqua la main sur son cœur.

— Ils sont là. Ils nous ont suivis ! Comment est-ce possible ?

Clay avait une expression glaciale, qui lui fit froid dans le dos.

— J'ai laissé des traces. Exprès. Je voulais qu'ils nous suivent.

Incrédule, elle bondit sur le siège.

— Quoi ? Tu l'as fait exprès ?

Clay accéléra. Le cigare semblait voler de crête de vague en crête de vague.

Complètement nouée, elle se retourna de nouveau. Non seulement les jet-skis les suivaient, mais ils les rattrapaient. Clay fit le tour de l'anse et déboucha sur le golfe du Mexique. Il longea les plages en faisant quelques zigzags par moments, mais ne sema pas ses poursuivants.

— Ils sont toujours là ! lança-t-elle. Ils remontent sur nous.

— Je sais.

Il mit les gaz à fond et prit une sangle pour maintenir la commande d'accélération sur cette position.

— Tu me crois, maintenant ?

— Non.

— Pas grave. Je vais quand même te sauver la vie !

Leurs assaillants étaient maintenant à leur hauteur et les menaçaient de leurs armes.

— On veut la femme et le gosse ! cria Terence. Donne-les, et on vous laissera vivre.

Clay ne répondit pas. Il poussa Erin et le bébé dans le fond du bateau, s'accroupit et débloqua le loquet d'une trappe sur le côté, juste assez grande pour qu'ils s'y glissent.

— Quand j'ouvrirai la trappe, tu files dans l'eau, et tu t'éloignes du bateau. Le sac fait bouée, sers-t'en.

Il donna un coup dans l'ouverture et l'eau de mer envahit le cigare.

— Et Brandon ? cria-t-elle. Brandon ?

— Je m'en charge.

Prise de panique, elle voulut protester mais n'en eut pas le temps. Une balle frôla la tête de Clay qui se baissa juste à temps. Une autre rafale suivit, éventrant le cigare.

— Plonge ! cria Clay. Vite !

Nager ou se faire tuer. Il ne lui restait qu'à faire confiance à Clay. Elle inspira à fond, regarda son fils une dernière fois et se jeta à l'eau.

La mer la recouvrit. Elle cracha et se retourna pour voir le cigare filer. Le sac-bouée flottait dans sa direction. Elle nagea vers lui et passa les bras dans les lanières puis, sens dessus dessous, fouilla des yeux la surface de l'eau pour repérer Clay et Brandon.

Où étaient-ils ?

Soudain, une explosion ébranla l'air. Une boule de feu s'éleva vers le ciel.

Le cigare vola en éclats, la déflagration engloutissant les jet-skis et les hommes qui les chevauchaient. Une nappe d'huile se répandit à la surface des vagues.

— Non !

Le rugissement des flammes étouffa son cri.

Elle nagea vers l'épave en feu. Mais personne ne pouvait survivre à pareille explosion.

Elle s'arrêta, à bout de souffle. Des larmes lui coulaient sur le visage.

Qu'allait-elle devenir ? Ils étaient morts.

Clay et Brandon étaient morts.

3

Sous la force de l'explosion, une pluie d'objets disparates vola dans le ciel : des débris brûlants, des garnitures de cuir fumantes, du verre cassé et des morceaux de métal tordus. Recroquevillé sur le corps de son fils pour le protéger, Hunter en reçut quelques-uns sur lui.

Le gilet de sauvetage l'avait protégé du pire, mais pas de tout : des bouts de ferraille fumants lui avaient entaillé le cou et les épaules. Il plongea plus profondément dans l'eau pour apaiser les brûlures.

Après quelques secondes, l'avalanche de débris cessa. Il devait être blessé sous l'omoplate, car il souffrait. Mais ce n'était pas le moment de s'apitoyer sur lui-même, il fallait s'en sortir et agiter les jambes sous l'eau pour rester à la surface. Le bébé était en vie, en vie mais hurlant.

Il devait maintenant retrouver Erin dans cette mer de débris. Les vagues montaient et descendaient autour d'eux, l'empêchant de bien voir. Où pouvait-elle être ?

Brandon toussa et pleura de plus belle. Hunter multiplia les battements de jambes sous l'eau pour tenter de surélever le bébé.

Soudain, il aperçut un corps à demi submergé dont la figure était sous l'eau. Des cheveux blonds flottaient à la surface.

Erin ! pensa-t-il, affolé.

Tenant le bébé fermement, il nagea vers le corps qui flottait. Une vague retourna le cadavre : c'était le plus jeune des deux assaillants.

Hunter soupira, à moitié soulagé seulement : des requins, attirés par le sang, nageaient peut-être à proximité.

Il devait saigner, Erin aussi. Il fallait qu'il la retrouve, vite, et qu'ils sortent de l'eau.

Il s'essuya les yeux. L'eau de mer, très salée, lui piquait les paupières. Terence avait disparu de sa vue : avec un peu de chance, il avait subi le même sort que son complice.

— Ma-man, sanglota Brandon. Ma-man !

Paniqué, le bébé essayait de grimper sur les épaules de Hunter.

— Maman ! Viens !

La voix de l'enfant avait changé. Etait-ce qu'il avait aperçu sa mère ?

Soudain, dans le soleil qui déclinait, les cheveux blonds d'Erin brillèrent. Elle tournait sur elle-même dans l'espoir de les voir.

— Erin ! appela-t-il. On est là. Ne t'en fais pas, on va s'en sortir. Sers-toi du sac comme flotteur.

Le bruit des vagues couvrait sa voix. Brandon agrippé à lui, il battit des pieds pour nager vers Erin.

Elle finit par regarder de leur côté et les aperçut. Elle s'allongea alors sur le dos pour faire la planche.

Remontant le courant qui contrariait ses efforts, Hunter réussit à arriver à sa hauteur.

— Maman ! Maman ! criait Brandon.

Encore quelques battements de pieds, et Hunter toucha son visage. Il était baigné d'eau salée et de larmes.

— J'ai cru que vous étiez morts tous les deux.

Brandon lâcha Hunter et entoura le cou d'Erin de ses petits bras.

— Merci, murmura-t-elle à Hunter. Il est tout pour moi, tu sais.

Hunter détourna les yeux, mal à l'aise. Son cigare n'était plus qu'un éparpillement de bouts de bois flottant à la surface de l'eau huileuse.

Au loin, un bateau de sauvetage surgit, fendant les flots dans leur direction. Il évalua la distance qui les séparait des débris et du rivage. Ils avaient probablement le temps de s'éloigner sans que personne ne les voie.

— Il faut s'en aller de là, ordonna-t-il. Personne ne doit nous trouver. Redonne-moi Brandon. Tu crois qu'il pourra rester accroché à mon cou ?

— Pas plus d'une minute. Il n'a qu'un an.

Hunter réfléchit. Comment allait-il pouvoir nager avec le bébé en tenant sa tête hors de l'eau ?

— J'ai une idée, lança Erin. Je vais attacher son gilet au tien avec les mousquetons du sac.

Sur ces mots, elle embrassa son fils et le lui confia.

— Tu vas faire une promenade avec Hunter, mon chou.

Elle plaça Brandon sur son dos et accrocha leurs deux gilets ensemble.

— Serre fort, dit-elle.

Paniqué, Brandon griffa Hunter.

— Il a des ongles coupants, plaisanta-t-il en remontant le bébé plus haut sur son dos.

L'eau de mer sur ses épaules lui faisait mal, car elle piquait. Mais au moins, elle empêchait les brûlures de cloquer et aseptisait les autres plaies.

Le bateau des garde-côtes approchait. Le temps était compté maintenant. Il y avait une petite crique sur la droite.

— Erin, nage vers la plage, lui intima-t-il. A droite. Un zodiac nous attend.

Multipliant les battements de pieds pour avancer plus vite, elle commençait manifestement à s'épuiser.

— Pas trop vite. C'est plus loin qu'il n'y paraît. Aide-toi du sac comme bouée, tu te fatigueras moins.

Après s'être assuré que Brandon lui serrait bien le cou, il crawla pour avancer plus vite. Sous l'effet des vagues qui l'agressaient, son petit garçon se mit à gesticuler. Il lui donna même un coup de pied dans les côtes qui lui fit très mal. Bon Dieu ! La balle était-elle restée fichée dans son corps pour que ce soit aussi douloureux ?

Il reprit son souffle et continua. Une seule chose comptait : mettre Erin et Brandon en lieu sûr.

Erin lui lança un regard inquiet.

— Ça va ?

— Oui. Avance.

Heureusement, Erin était une bonne nageuse. Et elle avait du souffle.

Tout en nageant, il regardait autour de lui mais ne voyait que les mouettes qui guettaient leurs proies. Alors, il s'arrêta, prit son élan pour sortir un maximum de l'eau et voir ce qui se passait. Le bateau des garde-côtes fonçait vers les restes fumants du cigare. *Parfait*, se dit-il. Le rugissement de leur moteur couvrait les pleurs de Brandon, mais ils allaient sûrement patrouiller à la recherche de survivants.

Il se remit à nager. Brasse après brasse, il avançait, mais comme il était fatigué ! Heureusement, la crique n'était plus très loin.

Son dos le faisait souffrir. Après tout, c'était aussi bien : la douleur le maintenait éveillé. Encore quelques battements des pieds… Mais il n'avait plus aucune force dans les jambes.

— La mer monte, cria-t-il à Erin. Ça va nous aider.

Elle fit oui de la tête. La fatigue marquait son visage.

Epuisé, il se laissait porter par les vagues quand il aperçut le zodiac.

— Le voilà ! lança-t-il, montrant l'embarcation.

Brandon se mit à gémir.

— C'est bientôt fini, bonhomme, le rassura-t-il, en caressant la petite main qui lui serrait le cou.

Enfin, ils atteignirent le bateau !

Hunter poussa un soupir de soulagement. La douleur qui lui vrillait le dos était devenue insoutenable. Brandon l'avait labouré de coups de pied avec une précision diabolique, comme s'il avait visé ses plaies. Assurément, il avait un avenir dans les interrogatoires où la torture est un moyen d'extorquer des aveux.

Hunter s'approcha du zodiac et détacha les mains de Brandon de son cou. Erin approcha à son tour et embrassa son fils.

— Maman est là, mon bébé.

Elle défit les mousquetons pour libérer l'enfant.

— Il est gelé, dit-elle.

— Donne-le-moi et grimpe à bord. Je te le passe ensuite et tu le réchaufferas.

Elle regarda le boudin du zodiac, prit son élan et se hissa à bord.

— Passe-le-moi maintenant.

Hunter le lui tendit sans pouvoir cacher une grimace de douleur. Chacun de ses gestes était un supplice. Il y avait les plaies mais aussi les brûlures que le contact avec l'air rendait encore plus pénibles. Grâce au ciel, ni Brandon ni Erin n'étaient blessés.

Il lança le sac-bouée par-dessus bord et tenta de se hisser dans le zodiac. En vain. Il retomba dans l'eau.

— Clay ? Ça ne va pas ? s'inquiéta Erin.

— Si, si, ça va.

Reprenant son élan au prix d'un gros effort, il réussit à grimper à bord et tomba à plat ventre dans le fond du bateau, pantelant, attendant, sans trop y croire, que la douleur se calme.

— Oh ! Mais, tu saignes ! s'exclama-t-elle.

Terence geignait à chaque vague. La mer léchait les piles du ponton sous lequel il se cachait, à demi-inconscient. La nuit était presque tombée, le bateau des garde-côtes quittait les lieux de l'accident pour regagner le rivage.

Jimmy ne s'en était pas sorti.

C'est ma sœur qui va être triste, pensa Terence. Elle serait même très malheureuse, mais il n'avait rien pu faire pour son copain. Le gosse était trop faible et pas assez volontaire pour survivre. Les bras et les jambes arrachées, il était mort, faute de sang, en quelques secondes. Les requins avaient dû le dévorer à l'heure qu'il était. Terence réprima un soupir. Vu le sang qu'il perdait, il était étonnant qu'ils l'aient épargné, lui. Pour combien de temps ? Il ne voyait plus que d'un œil. Tout son côté gauche était en sang et brûlé du fait de l'explosion. Il ne sentait plus la moitié de sa figure.

Il se passa la main sur la joue, ou ce qu'il en restait, et faillit vomir. C'était de la bouillie. Comment une chose pareille avait-elle pu lui arriver ? A lui ?

Malgré sa faiblesse, il réussit à se traîner hors de l'eau jusqu'au sable où il s'affala. Bizarre ! La plage était déserte. Il essaya de remuer les doigts de sa main gauche mais ne les sentit pas. *Les brûlures, ce n'est pas bon*, se rappela-t-il dans le brouillard de son esprit. Pire : les brûlures qu'on ne sent pas sont mortelles. Il fallait qu'il trouve du secours. Vite.

En rampant, il alla jusqu'à la route. Là, il glissa et s'écrasa le nez sur le macadam. La douleur lui arracha un cri qui ricocha à la surface de l'eau.

Personne ne vint l'aider. Personne ne l'entendait. Il n'avait plus qu'un souhait : rester là et mourir. Vite.

Désolé, p'tite mère. Finalement, je ne pourrai rien pour toi.

Il se mit à pleurer sans pouvoir s'arrêter. Immobile, pantelant, il gisait sur la chaussée quand son esprit reprit un semblant d'activité. Sûr et certain, il n'avait pas envie de bouger, mais il n'avait pas le choix : personne ne le trouverait là.

Prenant sa respiration, il essaya de bouger le côté gauche de son corps et réussit à se mettre debout. En titubant, il parvint à regagner la camionnette et agrippa la poignée de la portière côté conducteur.

Fermée.

Epuisé, il s'adossa à la carrosserie qu'il barbouilla de sang. Rouge sur blanc. Il n'avait pas les clés, c'était Jimmy qui conduisait. Que faire ?

Peut-être que…

Il fit le tour du véhicule jusqu'à la portière du passager. Elle était ouverte, il ne l'avait pas fermée. C'était une mauvaise habitude qui, pour une fois, payait. Il réussit à se hisser à bord, actionna la commande centralisée d'ouverture des portes. Bon Dieu, comme il était faible ! S'il ne s'évanouissait pas…

Tant bien que mal, il se glissa au volant. Si seulement il avait pu perdre connaissance ! Mi-tombé, mi-couché sous le tableau de bord, il bidouilla les fils du contact, malgré le sang qui coulait sur ses yeux et l'aveuglait, malgré ses doigts à moitié morts.

Soudain, le moteur ronfla.

Il remonta sur le siège et regarda dans le rétroviseur. Une créature hideuse le dévisageait. Sa gorge se noua. C'était lui, ce monstre ? Même sa mère ne le reconnaîtrait pas. La moitié gauche de sa figure n'était que sang et peau brûlée. Comme du carton calciné. Il ne voyait pas son œil, ne pouvait pas relever la paupière. Œil et paupière existaient-ils toujours, d'ailleurs ? Pas sûr. Il perdait son sang. S'il se vidait, il allait mourir. Il lui fallait un hôpital.

Il inspira à fond et, de son bon bras, passa une vitesse et rejoignit la route la plus proche. En venant, il avait vu un panneau indiquant un hôpital. Il devait donc y en avoir un quelque part dans le coin. Il saignait comme un bœuf, ça coulait partout. Il voyait flou, et son corps pesait comme s'il avait été lesté avec du plomb. Il ne restait pas beaucoup de temps avant qu'il ne tombe dans les pommes.

A demi affalé sur le volant, le soleil dans l'œil, il roula, faisant embardée sur embardée, vers le panneau qu'il avait cru voir à l'aller.

Brusquement, un bâtiment apparut à droite avec le panneau H. Encore quelques dizaines de mètres, et il y serait.

Une sonnerie stridente retentit alors dans la camionnette. Il lui fallut une bonne minute pour comprendre : c'était son téléphone. Avec difficulté, il parvint à l'attraper sur la banquette arrière où il l'avait laissé pour ne pas risquer de le perdre dans l'eau.

Coup d'œil à l'écran. C'était bon, il pouvait répondre.

— Mahew, répondit-il d'une voix qui ne sonnait plus comme la sienne.

— T'es en retard, lui reprocha son interlocuteur, avec ses intonations britanniques et son accent moyen-oriental.

Argent facile ? Qui osait parler d'argent facile ? pesta Terence intérieurement.

— T'avais pas fourni toutes les infos, grogna-t-il, tout en se dirigeant vers les urgences. Tu ne m'avais pas parlé du ninja qui protège la femme. J'ai perdu mon équipier, et je suis à moitié mort, moi aussi. Regarde les news à la télé. Leur bateau a explosé dans une marina et tué deux jet-skieurs. C'était nous.

— Quoi ! Leur bateau a explosé ? La femme est morte ?

Une bordée de jurons suivit, lui fracassant son oreille déjà meurtrie.

— Si elle est morte, t'es mort toi aussi. J'ai des *amis* qui se chargeront de t'arracher le foie, et j'enverrai ta tête à ta famille pour qu'elle se souvienne de toi !

— Calme-toi. Elle n'est pas morte. C'était truqué. Quelqu'un de doué avait trafiqué le cigare pour qu'il saute. On n'a retrouvé personne, sauf le corps de Jimmy. Mais j'ai vu des formes dans l'eau, pas loin du rivage. Je suis pas sûr, mais je parierais que c'était eux.

— Hunter Graham, marmonna son contact.

— Tu sais qui c'est ?

La colère donna un sursaut d'énergie à Terence.

— Si je survis, je lui fais la peau.

Son contact ne prêta pas attention au commentaire.

— Faut que tu les retrouves. Mon … client n'aime pas qu'on le fasse attendre. Il sera pas content. Ça pourrait faire du vilain…

— A propos de vilain, on dirait que la moitié de mon corps est passée à la moulinette. Quant au gosse, j'ai rien pu faire non plus.

Sa vue se brouilla. Il essaya de braquer vers l'entrée des urgences, cligna des yeux plusieurs fois. La camionnette heurta un mur et s'arrêta net. Projeté en avant sur le volant puis rejeté brutalement en arrière, Terence s'écrasa finalement contre le parebrise. Des sirènes hurlaient… Il reprit conscience et entendit crier. Quelqu'un ouvrit sa portière.

— Un brancard. Vite.

— Où es-tu ? cria la voix métallique dans son oreillette.

Terence porta le téléphone à sa bouche en tremblant.

— A l'hôpital.

Sa tête retomba sur sa poitrine. Il geignit. Quelqu'un se pencha dans l'habitacle pour l'aider à sortir. En le remuant, on le fit hurler de douleur.

— Il faut un bloc opératoire. Prévenez le service des grands brûlés, qu'il se prépare.

— Qu'est-ce qui se passe ? Qui parle, là ? s'énerva le contact.

Les hurlements de son client sortirent une nouvelle fois Terence de sa torpeur.

— Mes nouveaux grands amis, répliqua-t-il, la bouche pâteuse. Au fait, je laisse tomber.

Il lâcha le téléphone et s'abandonna aux bras secourables qui le soutenaient. Cette fois, tous les zéros qui devaient s'aligner sur le chèque ne valaient vraiment pas le coup.

— Clay ! s'écria Erin.

Brandon dans les bras, elle s'approcha de lui. Il gisait à plat ventre au fond du zodiac et saignait. En se déplaçant, elle déséquilibra l'embarcation qui se mit à tanguer.

— Bobo, maman ! Bobo ! bredouilla Brandon en montrant le sang.

Erin tourna le visage de l'enfant pour lui épargner ce spectacle et se pencha sur Clay, cloué au fond de l'embarcation. Il n'avait pas dit un mot.

Elle ne voyait pas l'origine de la blessure, mais le petit bout de tissu qui dépassait du gilet de sauvetage était rouge de sang.

Elle s'agenouilla près de lui pour défaire son gilet, les doigts tremblants.

— Ça va, marmonna-t-il entre deux gémissements. Je suis juste un peu étourdi.

Elle écarta les pans de sa chemise.

— Tes blessures ne sont pas belles, et tu saignes. Il faut stopper l'hémorragie.

Il se mit à quatre pattes. Péniblement.

— Il faut qu'on parte d'ici. Nous ne sommes pas en sécurité.

Agrippant le fauteuil du pilote, il se releva. Mais il n'était pas stable sur ses jambes.

— Assieds-toi et prends le bébé sur tes genoux, lança-t-il en lui indiquant la banquette en face du fauteuil du capitaine.

Ne sachant que faire d'autre, elle s'exécuta et le regarda faire. Il souffrait, mais seule la crispation de ses mâchoires, qu'il serrait par moments, trahissait sa douleur.

Ces dernières heures, elle avait découvert une nouvelle facette du personnage. Il était dur, terriblement dur. Où était l'homme qui l'avait séduite à Santorin ? L'homme qui l'avait fait rire ? L'homme qui l'avait écoutée parler sans fin de son nanorobot, sans ciller, sans jamais l'interrompre, faisant semblant d'être passionné par le sujet ?

A y repenser dans ce zodiac, il ne lui avait en réalité rien dit sur lui. Comment ne l'avait-elle pas vu ? Elle qui détestait l'inconnu !

Après avoir attaché Brandon sur la banquette en Skaï, elle s'attacha elle-même puis serra son bébé contre elle et lui embrassa les cheveux.

Clay s'installa à son tour, actionna quelques manettes, tourna la clé, et l'énorme ventilateur qui se trouvait à l'arrière propulsa le zodiac. En quelques secondes ils avaient traversé la crique et filaient tout droit vers un labyrinthe marécageux, traçant derrière eux un sillon d'écume.

— On entre là-dedans ? s'époumona-t-elle pour couvrir le rugissement du moteur.

— Oui. Ce n'est plus très loin, cria-t-il à son tour. Il faut que je me concentre.

Elle se tut et le détailla. Menton volontaire, yeux perçants, il lui faisait presque peur.

La ressemblance du fils avec son père ne s'arrêtait pas à la couleur des yeux et des cheveux. Elle avait vu la même détermination sur le minois de Brandon un jour où il cherchait à se mettre debout. D'où lui venait cette obstination ? s'était-elle alors demandé. Maintenant, elle savait.

Elle non plus, quand elle avait une idée en tête, elle ne lâchait pas prise. Avec son fils, elle avait trouvé un maître !

Brandon mit son pouce dans sa bouche et ronronna.

Lancé à toute vitesse, le zodiac devait avoir atteint sa

puissance maximale. Soixante-dix kilomètres à l'heure environ. C'était impressionnant. Et brutal.

Erin serra Brandon contre elle pour le protéger du vent. Le ciel s'était assombri. La visibilité s'amenuisait.

Un peu effrayée de voir le jour tomber si vite, elle scruta la mer. Encore bleue quelques instants plus tôt, elle était maintenant noire.

— Pas loin ? s'égosilla-t-elle. C'est-à-dire combien ?

Clay ne répondit pas. Elle tourna la tête vers lui. Il était pâle et transpirait.

Il poussa le levier vers l'avant. Le zodiac vira à droite. Il corrigea la trajectoire.

Ne voyant pas ce qu'il avait voulu éviter, elle s'inquiéta.

— Clay, ça va ?

Il la regarda comme s'il avait oublié qu'elle était là.

— Quoi ? Ah oui. Clay..., dit-il d'une voix bizarre. On est bientôt arrivés.

— Ça n'a pas l'air d'aller, Clay, insista-t-elle.

La panique la gagnait et elle resserra la ceinture de sécurité de Brandon. Elle allait peut-être devoir piloter.

— Ce n'est rien, répondit finalement Clay. Juste la tête qui tourne un peu.

Il cligna des yeux, regarda autour de lui et jura.

— Accroche-toi, on vire de bord.

Il poussa le levier à fond vers l'avant et accéléra comme un fou. Le zodiac vira à tribord. Ils s'engagèrent à toute allure dans un chenal étroit.

Il réduisit alors les gaz, et le bateau ralentit.

Ils pénétraient dans un décor irréel. Les arbres de la mangrove formaient une voûte au-dessus d'eux. Les fougères géantes et les palmes semblaient se refermer sur eux pour mieux les protéger. Des odeurs qui lui étaient étrangères imprégnaient l'air jusqu'à l'écœurement.

Glissant en silence à la surface de l'eau, le bateau s'enfonça peu à peu dans des méandres de plus en plus marécageux.

Soudain, ce qu'elle prenait pour un rocher se mit à bouger. Leur embarcation se souleva. Un alligator.

Elle poussa un cri et serra Brandon contre elle, sans quitter des yeux le reptile qui replongeait sous l'eau.

— Clay, dis-le tout de suite si l'on doit mourir avant d'arriver dans ton refuge.

Il ne répondit pas. Il relâcha la manette des gaz, et le zodiac surfa vers la berge.

La végétation, entrelacs de lianes et de racines, envahissait tellement l'eau que cela ressemblait à la terre ferme. On pourrait presque marcher dessus, pensa Erin. Passer à pied sec d'une berge à l'autre.

Le zodiac s'ouvrait une voie dans ce fouillis en écartant les plantes sur son passage.

L'endroit baignait dans la sérénité, et pourtant, sous ce calme de façade, rôdaient toutes sortes de prédateurs et de dangers. A l'image de ce qu'était devenue sa vie depuis qu'elle avait quitté son chez-elle, quelques heures plus tôt.

Clay ralentit encore jusqu'à ce que le zodiac, porté par le léger courant, dérive jusqu'à un ponton. La coque cogna un poteau de bois et fit un bruit sourd.

A travers un mur de cyprès apparut alors une masure en planches.

— Pitié ! s'exclama-t-elle. C'est tout de même pas ici qu'on va vivre !

Clay éteignit le moteur et soupira.

— Tu verras, c'est mieux que ça n'en a l'air. Les murs sont doublés de plaques d'acier, et presque toutes les fenêtres sont de verre anti-effraction.

— Presque ?

— Oui. Toutes les vitres n'ont pas encore été remplacées. C'est en cours. Je ne pensais pas venir ici si tôt.

— Rappelle-moi de mieux programmer mon prochain enlèvement !

Elle se détacha puis fit de même avec Brandon et le prit dans ses bras : il se mit à gazouiller.

— Le bébé est heureux, on dirait, observa Clay.

— Oui, il va bien. Ce n'est pas comme toi. On dirait que tu vas couler à pic !

— Pas du tout. Je vais très bien. Il faut que j'amarre le bateau, maintenant.

— Je peux le faire, proposa Erin.

Il hocha la tête.

— Il faut connaître les nœuds marins pour accrocher l'ancre.

— Tu veux parler du nœud qu'on fait en passant deux fois le bout dans l'anneau, puis deux fois autour de l'objet et qu'on termine par deux demi-boucles. C'est celui-là, non ?

Stupéfait, il resta à la regarder, bouche bée.

— Alors, d'accord, concéda-t-il.

— J'ai une excellente mémoire visuelle, tu sais. Maintenant, assieds-toi, je m'occupe de tout, lui intima-t-elle. Te sens-tu capable de garder Brandon ?

— Oui.

Il prit le bébé dans ses bras et s'assit dans le fauteuil du capitaine.

Erin sauta du zodiac et l'amarra. Elle regarda alors Clay. Il fermait les yeux mais tenait Brandon bien serré contre lui. Son teint était gris, un gris qui ne devait rien à la nuit qui tombait. Il avait vraiment besoin de soins, mais il devait être très lourd : jamais elle ne pourrait le porter.

Doucement, elle voulut lui reprendre Brandon, mais il resserra son étreinte.

— Clay, c'est moi.

Sa voix sembla lui faire du bien. Il desserra les bras. Mais comment allait-elle s'y prendre pour sortir son fils et Clay de là ?

— Tu crois que tu peux te lever ? s'enquit-elle.

S'il tombait à l'eau, elle ne pourrait pas lui porter secours.

— Bien sûr. Prends le bébé et je descends.

Il se leva, lui tendit l'enfant et, prenant une grande inspiration, enjamba le boudin et atterrit sur le ponton.

— Tu vois, je suis en forme, affirma-t-il.

— Oui, fin prêt pour un marathon.

Ils approchèrent de la masure. Elle avait tout d'une ruine prête à s'écrouler.

Clay défit le loquet et entra le premier. A première vue, la baraque pouvait passer pour un abri pour chasseurs. Mais quand il actionna un interrupteur, une cloison coulissante s'ouvrit sur une collection d'armes et de munitions, une trousse de secours et un tas d'autres objets.

Dans un coin de la pièce, il y avait un lit.

— Allonge-toi, dit-elle d'un ton sans appel. Et montre-moi ton dos.

— Pas sur le lit, rétorqua-t-il sur le même ton. Par terre si tu veux. Brandon et toi, vous avez besoin du lit pour dormir.

— Tais-toi, gronda-t-elle.

Elle prit des sacs en plastique pour protéger le lit et les recouvrit avec un drap.

— Allez ! Il faut que tu récupères pour nous sortir tous les trois de là.

Il se hissa sur le lit.

— Si tu me laissais tranquille ! Je suis certain que les brûlures s'arrangeront toutes seules et que tout ira bien.

Le fracas des vagues qui déferlaient grondait dans ses oreilles. De la terrasse de son bungalow, Hunter contemplait la mer Egée. Le va-et-vient de la houle qui se déroulait sur la plage de sable noir l'appelait. D'un bleu profond, elle taquinait le rivage.

Les points de suture qu'il avait dans le dos tiraillaient, il changea donc de position. Quelqu'un les avait trahis. Son anonymat avait volé en éclats. Il avait passé un mois d'enfer en captivité et s'en était tiré de justesse. Le général Miller avait envoyé une équipe pour le récupérer. Il aurait pu le laisser pour mort, là-bas. Peut-être aurait-il dû, d'ailleurs ? Mais le général Miller n'abandonnait jamais l'un des siens. C'était la fidélité faite homme. La droiture jamais prise en défaut.

Hunter aurait aimé avoir de meilleures nouvelles à lui apporter. Mais, après avoir repris connaissance, son premier rapport avait été pour lui annoncer que son fils, Matt Miller, n'était pas revenu du combat. Il était mort dans cet enfer, aux mains de terroristes hilares.

Il avait tenté de sauver Matt. Il avait échoué. Pourquoi lui avait-il survécu ?

Le général Miller n'avait pas cillé en apprenant la nouvelle, il n'avait pas manqué un jour. Mais, la nuit suivante, le camp des terroristes avait été décimé par une bombe intelligemment ciblée. Cela faisait un groupe d'assassins en moins.

Aujourd'hui, Hunter ne souhaitait plus qu'une chose : oublier.

Une silhouette en maillot de bain, un paréo noué autour des hanches, marchait au bord de l'eau. Le soleil illuminait ses cheveux blonds. Elle s'accroupit et dessina quelque chose dans le sable puis ramassa… un coquillage, sans doute.

Elle se releva. De profil. Poitrine et fesses d'une rondeur parfaite. Une vraie beauté. Elle s'immobilisa puis, comme si elle avait entendu son souhait, se tourna vers lui.

La tête légèrement penchée sur le côté, elle le fixa.

Décidément, oui, elle était magnifique. Exactement ce qu'il lui fallait pour oublier.

Sans hésiter, il se leva et descendit sur la plage. Vers elle. Ses pieds s'enfonçaient dans le sable chaud.

Le voyant approcher, elle regarda à droite puis à gauche. Non, il n'y avait personne d'autre sur la plage, qui était privée d'ailleurs. Ils étaient seuls.

Il continua d'avancer et s'arrêta à trente centimètres d'elle. Elle écarquilla les yeux. De beaux yeux. Vert émeraude. Bordés de longs cils noirs.

Fasciné, il la fixa. Elle était la perfection même. Et il avait envie d'elle.

Un peu gênée d'être ainsi dévisagée, elle regarda ailleurs, mais ne s'enfuit pas, ne chercha même pas à reculer. Elle le regarda, manifestement surprise de cette présence insolite.

— Bonjour, dit-il tout simplement, n'espérant rien d'autre qu'entendre sa voix en retour. Vous ramassez des coquillages ?

Elle se troubla puis regarda partout autour d'elle, comme s'il se trompait, et dit :

— Qui ? Moi ?

Il ne put s'empêcher de rire.

— Oui, vous.

Elle sourit et lui montra ce qu'elle avait dans la main. Un coquillage en forme d'étoile, très particulier.

— *Spatangus purpureus.* C'est un petit, il ne fait que six centimètres.

Et elle continua, sourire aux lèvres. C'étaient des lèvres pleines et qui parlaient avec gourmandise des larves du *Spatangus purpureus* et de leur cycle de vie.

Fasciné par sa peau lisse et soyeuse qui appelait les caresses, fasciné aussi par le timbre chaud de sa voix, il la contemplait, incapable de répondre.

Brusquement, elle s'arrêta et joua avec ses doigts.

— Pardon, je me suis laissé emporter. Ces histoires de biologie marine n'intéressent que moi.

Elle salua d'un petit signe de tête et se tourna pour partir.

— Ne vous excusez pas. Il n'y a pas de mal à être intelligente. Au contraire. C'est plutôt sexy.

Elle s'arrêta, se retourna, une étrange lueur dans les yeux.

Charmé par sa timidité, il prit le coquillage qu'elle tenait au creux de la main et l'inspecta.

— *Porfyri kardia achinos*, dit-il, éprouvant le besoin de lui montrer qu'il n'était pas idiot lui non plus, même s'il n'avait que son baccalauréat.

Elle entrouvrit les lèvres.

— Qu'est-ce que vous dites ?

— Je dis qu'il s'agit d'un oursin à chair rouge.

Etonnée, elle leva les yeux vers lui.

— Vous parlez grec ?

— J'ai des dispositions pour les langues, répondit-il. J'en parle quelques-unes.

Surtout celles que l'on parle dans les coins chauds du monde, pour pouvoir se fondre dans la foule des autochtones. Le turc, l'arabe, le kurde, le farsi et…

— Et quelques phrases en russe pour faire bonne mesure, ajouta-t-il.

Il lui rendit le coquillage qu'elle glissa dans un repli de son paréo.

— J'ai été ravie de…

— Vous êtes américaine ? En vacances ? la coupa-t-il.

Il ne voulait pas qu'elle s'en aille.

Elle coinça une mèche de cheveux derrière son oreille.

— Je suis de Floride et je ne suis pas vraiment en vacances. Disons que je me suis offert ce voyage pour me récompenser de mon succès à mes examens. Je m'étais toujours promis, si j'étais reçue, de visiter le pays de mes rêves. Après avoir été un rat de bibliothèque, je voulais voir quelque chose de beau. De surprenant.

Elle regarda au loin, l'air rêveur. Dans la baie, la mer scintillait comme une nappe d'argent.

— Des chercheurs pensent que Santorin a peut-être été l'Atlantide de Platon, vous le saviez ? Les Minoens étaient en avance sur leur temps, comparés à d'autres civilisations…

Elle laissa sa phrase en suspens.

— Excusez-moi, je recommence. Avec de l'histoire, cette fois. Ce que je peux être ennuyeuse…

Elle se tut, visiblement prête à s'en aller, mais il la retint.

Surtout, qu'elle ne parte pas, se dit-il.

— Vous êtes libre à dîner ? demanda-t-il brusquement. J'aimerais que vous me racontiez l'aventure des Minoens.

Elle le regarda droit dans les yeux.

— Je peux savoir qui vous êtes ?

Il lui tendit la main.

— Clay Griffin.

Pour la première fois depuis longtemps, donner son pseudo au lieu de son vrai nom lui parut indécent. Parce que cette femme n'était pas comme les autres.

— Je m'appelle Erin Jamison, répondit-elle en lui serrant la main.

— Docteur Jamison, que diriez-vous de fêter avec moi votre succès ? Je vous promets un excellent dîner, des vins fins, et plus si… affinités.

Elle rougit tout en écarquillant les yeux de stupeur.

Hunter n'entendit bientôt plus ni le ressac, ni les mouettes, ni le vent. Seul lui parvenait le fracas des battements de son cœur.

Elle se passa la langue sur les lèvres. Il retint sa respiration, la chair de poule lui courait sur les bras. Malgré la réserve qu'elle affichait, cette femme dégageait quelque chose d'incroyablement sensuel qui ne demandait qu'à être satisfait, semblait-il.

Machinalement, il lui caressa la joue.

— Vous savez que vous m'intriguez, docteur Jamison. On se retrouve ici, ce soir ? 18 heures ? Cela vous va ?

Elle empoigna le pan de son paréo et le froissa nerveusement entre ses doigts.

— Volontiers, Clay.

Sourire en coin, elle se retourna et partit le long de la plage, se retournant tous les trois pas.

Je m'appelle Hunter, se dit-il.

Il aurait voulu le lui dire, le lui crier. Mais il ne pouvait pas lui révéler la vérité. Elle ne devait pas savoir son vrai nom.

Il la regarda s'éloigner — port altier et déhanchement harmonieux mais suggestif — jusqu'à ce qu'elle disparaisse derrière un amoncellement de rochers volcaniques.

Le cœur lourd, sans savoir pourquoi, il regagna son bungalow. Il ne fallait pas qu'il aille à son rendez-vous avec elle. Cette fille était trop pure, trop droite, trop honnête. Lui n'était que mensonges. Toute sa carrière reposait sur la dissimulation. L'imposture.

Il irait, pourtant. Il arriverait même un quart d'heure en avance. Il le savait aussi sûrement qu'il avait su, à l'instant où il prêtait serment comme membre des Forces spéciales, qu'il avait trouvé une famille.

Il soupira et frotta le pansement qu'il avait sur le côté. Il guérirait. Et il retrouverait son équipe, ses frères. Il essaierait de se racheter pour la mort de Matt Miller. Mais le général Miller pourrait-il lui pardonner la perte de son fils ?

Une vague vint mourir sur le sable. Puis une autre qui recula, emportant avec elle des milliards de grains de sable noir.

Les limites de la baie se réduisirent soudain aux murs d'une petite chambre.

Des mains le poussaient. D'un côté, puis de l'autre. Quelqu'un arracha le tissu mouillé qui lui collait à la peau. La douleur le fit hurler. Son dos.

Il désirait Erin. Il ne voulait pas la laisser partir. Pas une nouvelle fois.

Il se dégagea des mains qui le suppliciaient. Erin était douce. Elle n'avait pas de raison de vouloir lui faire mal. C'était lui qui lui faisait du mal.

— Clay !

Une main le secoua.

— Clay ? Tu m'entends, oui ou non ?

Il détestait ce nom. Il voulait une chose avant de quitter Erin. Il voulait l'entendre murmurer son vrai nom avant que son rêve ne s'évanouisse... comme le font toujours les rêves.

— Non. *Je m'appelle Hunter.* Pas Clay.

4

Des élancements qui lui vrillaient le cou et les épaules le tirèrent de son rêve. Non, pas d'un rêve. D'un souvenir, plutôt.

Un souvenir ancien qu'il valait mieux oublier.

Le matelas grinça. Hunter roula sur le côté et s'obligea à ouvrir les yeux. Erin se tenait à quelques pas de lui, Brandon dans les bras. L'incrédulité et la peine se lisaient sur son visage.

— Tu m'as aussi menti sur ton nom ?

La voix était accusatrice.

— Mais qui es-tu, Clay, alias Hunter ?

Il se pétrifia. La brume qui envahissait son cerveau se dissipa. Elle avait dit… Non, elle n'avait pas dit ça…

Sapristi ! Elle connaissait son nom. Que lui avait-il révélé d'autre ? Il s'était entraîné à ne jamais dévoiler aucune information importante. Il avait affronté des fusils et des poignards, des poings et des revolvers. Il n'avait jamais, ne serait-ce que murmuré, sa véritable identité. A personne.

Il gémit.

— Tu veux bien oublier que je t'ai dit ça ?

— M'as-tu seulement une fois dit la vérité ? Si tant est que tu m'aies beaucoup parlé. Chaque fois que je t'ai posé une question…

Elle n'en dit pas plus et rougit.

Il sut tout de suite à quoi elle pensait.

Lui-même… Il y avait souvent repensé, en avait rêvé…

Elle l'avait interrogé sur son métier, sur les voyages qu'il avait faits. Comme il ne voulait pas mentir — pour une fois — il avait fait ce qui lui avait paru le mieux, il l'avait embrassée. La première fois, sur la joue. La deuxième fois, sur les lèvres. La troisième… Il avait commencé sous la plante du pied et était remonté tout le long de sa jambe sans manquer un centimètre de peau.

Ensuite, ils n'avaient plus reparlé… pendant longtemps…

Comment pouvait-il lui répondre ? Ne valait-il pas mieux qu'elle le haïsse ? Cela ne leur simplifierait-il pas la vie, à tous les deux, par la suite ?

— Il y a des cas où mentir est l'unique option.

Il se leva et fit une grimace de douleur. Bon Dieu, son dos !

— Non, non, tu ne t'en vas pas, protesta Erin. J'ai dit que j'allais regarder ton dos, et je le ferai. J'ai beau mourir d'envie de te tuer, je ne tiens pas à avoir ta mort sur la conscience.

Il voulait connaître la gravité de sa blessure. Son épaule lui faisait trop mal. Elle le brûlait. Il avait besoin qu'elle l'aide, malgré tout. Et si sa blessure pouvait la faire penser à autre chose qu'à son nom…

— Regarde dans la trousse d'urgence, dit-il. Tu devrais trouver de quoi me soigner. Près des armes.

— Si je ne me retenais pas…

Elle déposa Brandon à ses pieds. Puis, elle attrapa la trousse d'urgence, la plaça à côté de lui sur le lit et ouvrit le réfrigérateur. C'était clair, elle était très en colère. Et elle avait une bonne raison de l'être. Pourquoi lui aurait-elle fait confiance ?

Il dégrafa son gilet de sauvetage et le laissa tomber à terre.

— Oh ! Hunter, dit-elle tout bas. Tu as du sang partout.

Il essaya de regarder par-dessus son épaule, mais la douleur le stoppa net. Il voulut déboutonner sa chemise, Erin repoussa ses mains.

— Laisse-moi faire.

Son ton s'était radouci. Elle défit les boutons jusqu'en bas, mais quand elle voulut lui ôter sa chemise, il poussa un cri qui l'arrêta aussitôt.

— Pardon.

— Non, vas-y, dit-il, en serrant les dents pour amortir la douleur. Il faut nettoyer la plaie.

Avec son aide, il réussit à sortir les bras de ses manches, mais le tissu collait à sa peau.

— Il va falloir le décoller avec de l'eau, prévint-elle.

Il se tourna sur le ventre tandis qu'Erin remplissait d'eau un saladier.

— Je vais te faire mal, Cl… Hunter.

Il tiqua : elle n'avait pas oublié…

— Je sais que ça va faire mal, bougonna-t-il. Mais vas-y. Simplement, je ne veux pas que Brandon voie ça.

Elle se pencha sur lui et retint sa respiration.

— Fais ce qu'il faut, ordonna-t-il.

Le manipulant avec beaucoup plus de douceur qu'il ne le méritait, elle tamponna son dos à l'aide du tissu mouillé. Centimètre après centimètre d'un supplice horrible, elle finit par détacher la chemise de la peau.

Puis elle poussa un soupir qui résonna dans toute la cabane.

— Hunter, tu as reçu une balle dans le dos.

Les bâtiments ultrasecrets de Langley, en Virginie, étaient sans doute ce qui se faisait de plus mystérieux et de mieux gardé aux Etats-Unis. Ici, personne ne s'appelait par son vrai nom.

Leona Yates essuya ses mains sur son ensemble noir, fit un signe de tête aux gardes et avança la main sous le scanner. Quelques secondes plus tard, après quelques clics et sifflements, l'ordinateur ayant comparé son empreinte à celle précédemment enregistrée et un scanner de la rétine complété l'authentification de son identité, une voix mécanique annonça,

— Yates. Leona. Vérifié.

Et la porte coulissa.

Leona traversa le hall d'accueil et appuya sur un bouton. En quelques secondes, un ascenseur la descendit plusieurs niveaux sous terre. Avec les systèmes de sécurité top niveau et les contrôles successifs, s'il y avait un endroit que Leona pensait invulnérable, c'était bien celui-ci.

Incapable de faire taire les gargouillis qui lui tordaient l'estomac à l'approche de l'homme qu'elle n'avait aucune envie de voir, elle avança vers Trace Padgett, qui l'attendait. Tant par sa carrure que son intelligence et son habileté à se faire obéir, cet homme était impressionnant. Et peu importaient les difficultés. Il ne voulait pas le savoir. C'était pour cette raison que son patron l'avait engagé.

— Le général Miller vous attend, madame, l'informa Trace, en l'escortant jusqu'au saint des saints.

Elle longea avec lui le couloir qui menait au sanctuaire.

— Que sait-il ?

— Plus que nous, probablement, répondit Trace.

— Comme d'habitude !

Elle se passa la langue sur les lèvres et entra dans le bureau du général. Il dégageait une force peu commune, son expérience des Forces spéciales lui ayant aiguisé l'œil et développé l'intuition. Ils avaient à peu près le même âge, mais le visage du général était nettement plus marqué que le sien. Plus de soucis car davantage de responsabilités, davantage de décisions à prendre, plus de sang sur les mains.

L'air sévère, Kent Miller croisa les bras.

— Au rapport, ordonna-t-il.

— Terence Mahew a été admis dans un hôpital de Floride. Il est en vie, mais les médecins disent que c'est *de la dentelle*. Il est très vulnérable là où il est. Il faudrait le rapatrier.

— Faites-le, commanda le général à Trace.

— Oui, Monsieur.

Trace salua et quitta la pièce.

— Vous lui faites confiance ? demanda Leona.

C'était la première qu'elle manifestait ses doutes au sujet de Padgett.

Le patron haussa les sourcils.

— Je n'ai pas le choix.

— Kent…

— Pourquoi ne m'avez-vous rien dit, Leona ? Je vous aurais aidée.

Gênée par le regard perçant de son patron, elle se tortilla les doigts.

— J'avais fait une promesse à Hunter. J'ai voulu la tenir.

— Ça a failli lui coûter la vie.

Kent serrait les dents de rage.

— Il a été trahi, reprit-il. Il faut arranger ça.

Il pianota du bout des doigts sur ses bras. Leona savait ce que cela signifiait.

— Vous avez un plan, Kent.

— Peut-être. Mais je veux plus de renseignements avant de m'engager. Interviewez Mahew. Trouvez qui est son contact. Nous devons savoir d'où vient la fuite, Leona. Hunter est trop précieux, je ne le perdrai pas.

— Sa famille non plus, ajouta-t-elle.

Miller acquiesça.

— Je veux savoir tout ce que sait Mahew… et ce qu'il ignore qu'il sait.

— Et ensuite ?

— Il a tué deux innocents, au moins. Faites ce que vous pensez devoir faire.

La main sur le cou, Leona fit un petit salut de la tête et se dirigea vers la salle de commandement. Arrivée devant la porte, elle se retourna vers celui qui était son collègue depuis toujours. Ils s'étaient connus pendant leur formation.

— Kent, je n'aime pas le tour que prennent les événements. Ce qui s'est passé ces derniers mois me déplaît.

Le général s'affala dans son fauteuil, montrant pour la première fois des signes de fatigue. Ils avaient vécu des choses tragiques ensemble, avaient perdu beaucoup trop d'hommes au fil des ans. Etait-ce qu'elle vieillissait ? Qu'elle n'avait plus l'âge pour ce métier ? Lorsque cette affaire avec Hunter serait réglée, peut-être irait-elle couler une retraite paisible avec Chuck aux Bahamas ? Soleil, sable, surf et du rosé bien frais. Ne penser à rien. Et pas de terroristes prêts à assassiner ceux qu'elle aimait.

— Nous allons arranger cela, Leona. On va colmater les brèches de ce *Titanic*.

— Cela n'empêchera pas forcément le navire de sombrer, Kent. Vous le savez aussi bien que moi.

Elle passa la porte, qui se verrouilla automatiquement derrière elle. Puis elle rejoignit une autre pièce.

Des murs tapissés d'écrans en activité la firent cligner des yeux quand elle y entra. Des vidéos du monde entier défilaient sur les écrans. Elle s'approcha d'une carte de Floride et de la dernière recrue, Zane Westin. Il avait été engagé sur recommandation de Hunter. Les yeux sur un des moniteurs, il pianotait sur un clavier. Elle saurait très vite s'il était bon ou pas.

— Où se trouve Mahew ? lui demanda-t-elle.

Un point rouge clignota sur un des écrans.

— Unité des grands brûlés, répondit Zane.

— Autre chose ?

— On a perdu la trace de Hunter Graham. Il a atterri à Eglin. Une embarcation non identifiée a explosé au large de la Floride. Ça sent le mode opératoire de Hunter à plein nez.

Leona se garda de tout commentaire. Elle savait tout cela.

— Qu'est-ce qui se dit ? Des infos nouvelles ?

Zane fronça les sourcils.

— Je ne sais pas pourquoi les renseignements n'ont pas relevé certains signaux. Ça m'aurait semblé normal qu'ils le fassent. Une scientifique, et pas n'importe laquelle, Erin Jamison, une grosse tête, a été mentionnée à diverses reprises depuis plusieurs semaines.

Zane débita la biographie impressionnante de Jamison.

— Situation actuelle ? s'enquit Leona.

Le Nimbus de l'informatique s'assombrit.

— N'a pas été vue depuis qu'elle a quitté son bureau. Deux corps calcinés ont été découverts dans les décombres de sa maison. La police pense que son fils et elle sont morts dans l'explosion. Ce serait un accident dû à une fuite de gaz. Les journaux télévisés n'en ont pas encore parlé.

Leona fixa Zane.

— Qu'est-ce que vous en dites ?

— Je n'y crois pas.

Leona hocha la tête. Hunter avait raison. Ce garçon était intelligent et avait du flair. Ou c'était une taupe de génie.

— Parfait, Westin. Voyez maintenant si vous pouvez trouver l'origine de l'info.

Elle se pencha à l'oreille du garçon.

— Au fait, Westin, pas un mot à quiconque. Sauf à moi. Compris ?

Il la regarda droit dans les yeux.

— Oui. Je comprends.

Elle se redressa.

— Vous avez intérêt.

Du bout des doigts, Erin pressa les lèvres de la plaie qui ensanglantait le dos de Hunter. Elle avait vu assez de films à la télévision pour reconnaître le trou fait par une balle. Le projectile avait déchiré la chair et s'était fiché dans l'épaule. Une blessure pareille en aurait anéanti plus d'un, mais lui tenait toujours debout. Il avait même retrouvé des couleurs.

Il bougea et essaya de rouler sur le côté.

— Peux-tu obéir ? s'agaça-t-elle. Pour une fois.

L'humidité lui collait à la peau comme une couverture de laine mouillée. C'était oppressant et étouffant. Sans compter que l'humidité, véritable bouillon de culture, favorisait le développement des microbes.

Elle appuya sur son flanc gauche, la seule partie de son corps qui ne soit pas blessée, pour l'immobiliser et s'épongea le front d'un revers de manche.

— A moins que tu ne préfères une bonne septicémie ? ajouta-t-elle.

Elle appuya plus fort pour l'empêcher de se retourner et lui dit à l'oreille :

— Si jamais il t'arrive quelque chose, que deviendrons-nous ? Laisse-moi au moins nettoyer tes plaies.

Brandon baragouina quelques mots incompréhensibles en tendant les bras vers elle. Hunter le regarda par-dessus son épaule, et son regard s'adoucit.

— Vas-y franchement, dit-il. N'aie pas peur de me faire mal.

Elle se mordilla les lèvres. Elle redoutait l'idée de lui faire mal, mais il fallait parfois souffrir pour guérir. Elle était bien placée pour le savoir.

Elle cligna plusieurs fois des paupières. Les brûlures étaient vilaines. Le gilet de sauvetage l'avait protégé mais pas partout.

Brandon s'approcha d'elle et lui agrippa la jambe.

— Arrête, petit homme. Je sais, c'est long. Que peut-on faire pour que tu ne t'ennuies pas ?

Elle regarda autour d'elle et, remarquant une armoire dans un coin, alla l'ouvrir. Les tiroirs regorgeaient de T-shirts, de pantalons de survêtement, de chaussettes. Elle en prit une et fit un nœud dedans.

— Regarde la belle balle, mon coco. Allez, joue.

Brandon saisit la chaussette roulée en boule et la porta aussitôt à sa bouche en couinant.

— Qu'est-ce qu'il a ? s'inquiéta Hunter.

— Rien, il est content et il le dit.

— Pendant que tu t'amuses à me torturer ?

— Je suis peut-être en colère contre toi, mais loin de moi l'idée de te faire mal.

— Excuse-moi. Je plaisantais. Tu as raison, ce n'est pas drôle. Mais tu as l'air tellement préoccupée.

— Tu ne le serais pas à ma place ?

Elle ramassa la chemise pleine de sang et le gilet de sauvetage, puis les mit dans l'évier qu'elle remplit d'eau. Elle prit ensuite le flacon d'éosine dans la trousse d'urgence.

— Que fais-tu ?

— Tu vas voir. Tu es prêt ?

— Au fait, as-tu fermé la porte ?

— Naturellement. Je ne pense pas que ce loquet empêche quelqu'un d'entrer, mais il empêchera Brandon de s'échapper.

Soudain, un bang sonore les fit sursauter. Elle se retourna vers Brandon. Il avait trouvé une marmite, l'avait retournée et s'en servait comme d'un tambour.

« Bang, bang, bang. » Le bruit le faisait rire aux éclats.

Erin soupira. Au moins, il avait trouvé de quoi se distraire. Ignorant le tam-tam de son fils, elle revint vers le lit.

— Il s'amuse bien, nota Hunter. Quel enthousiasme !

— Il n'arrête jamais. Il me faut de l'énergie pour deux. Et encore ! Même comme cela, j'ai du mal.

Elle regarda Hunter et soupira de nouveau.

Les brûlures, les cloques et les plaies couvraient le quart supérieur de son dos. Les cicatrices qu'elle avait caressées pendant la semaine qu'ils avaient passée ensemble étaient toujours là, mais il y en avait d'autres qui n'existaient pas deux ans auparavant.

— J'ai peur de te faire mal, Hunter.

— C'est si moche que ça ?

— C'est-à-dire que j'ai l'impression que la balle n'est pas ressortie.

— Non, il y aurait un orifice dans ma poitrine si elle était ressortie. Or, je ne vois rien.

Elle se pencha sur la blessure.

— Ça saigne, mais juste un peu. Le pourtour est propre.

— C'est bien.

— Non, ce n'est pas bien. Je ne suis pas médecin. Je ne sais pas faire grand-chose à part soigner les genoux de Brandon quand il tombe. Toi, c'est autre chose, tu as une balle logée dans la poitrine.

— Je sais. Je vais la garder. Mets une pommade antibiotique pour l'instant, on verra ensuite.

Il était incroyable ! D'accord, elle n'avait pas beaucoup d'expérience, mais tous les hommes étaient-ils aussi cool quand on leur tirait dessus ou était-ce seulement Hunter ?

Elle appliqua la pommade sur les plaies, fit quelques pansements et se releva.

— Voilà ! C'est tout ce que je peux faire.

— Merci. C'est parfait, répondit-il en bougeant.

— Mais la balle ? Que fait-on pour la balle ? Il faut l'extraire. Ça risque de s'infecter.

Hunter roula sur le côté et s'assit. Puis, il prit son téléphone, tapa un numéro codé et cala l'appareil entre son épaule et son oreille.

Son interlocuteur décrocha presque aussitôt :

— Fabiano...

— Hé, docteur, c'est Hunter.

— Que se passe-t-il encore ? Il y a des bruits qui courent. On raconte que tu aurais déserté. D'autres disent que tu souffres du syndrome post-traumatique. Et d'autres, que tu aurais mal tourné. Ripou, voyou ou...

— Je ne sais pas ce que tu racontes ! Mais on s'en fiche ! Pour l'instant, ce qui m'arrive n'était pas prévu au programme.

Il baissa les yeux. Une main avait agrippé le bas de son pantalon. Son fils le regardait en souriant, un sourire malicieux, adorable. Débordant de tendresse pour cet enfant qu'il connaissait si peu, il lui tendit la main. Brandon lui prit un doigt et le serra très fort pour se lever. Une fois debout, il mit le doigt dans sa bouche et le suça.

— J'ignore dans quel pétrin tu t'es mis, continua le médecin, mais ça fait des bulles ici.

— Je ne voulais impliquer personne dans mon aventure, mais je suis obligé, expliqua Hunter en se frottant les tempes. J'ai besoin de ton aide, Fabiano. Juste une chose, Leona doit rester en dehors de tout ça.

Elle serait furieuse, mais tant pis. Il ne voulait pas qu'elle s'en mêle. Premièrement, cela faisait des années qu'elle n'était pas allée sur le terrain. Deuxièmement, s'il l'entraînait dans ce qui ressemblait de plus en plus à une vilaine affaire, Chuck, le mari de Leona, ne le lui pardonnerait jamais.

— Dans quelle histoire t'es-tu fourré, Hunter ?

— Elle a déjà pris beaucoup de risques pour moi, ça suffit comme ça.

— Tu sais que je suis là. Qu'est-ce qui ne va pas ?

— J'ai reçu une prune dans le dos. Viens avec ce qu'il faut pour l'extraire, mais ne te fais pas remarquer.

— Dis-moi si c'est très grave.

Hunter remua l'épaule. Si la balle avait touché les poumons ou n'importe quel organe vital, il serait déjà mort. Néanmoins, il ne devait pas prendre de risques. Il ignorait combien de temps encore il lui faudrait pour mettre Erin et Brandon en lieu sûr. Il ne tenait pas à avoir des complications.

— Où es-tu, bon sang ? On peut parler ?

Hunter lui confia les coordonnées.

— Il te faut un bateau pour venir, ajouta-t-il.

— Ne meurs pas avant que j'arrive.

— Je vais essayer.

Il regarda son fils et lui sourit. Brandon éclata de rire.

— C'est un bébé que j'entends ?

— Peut-être bien. Rapplique.

— Je sens que tu vas avoir des trucs à me raconter. Je suis en Virginie. Laisse-moi le temps.

— Profil bas, n'oublie pas ! Ne parle de rien à personne. S'il te plaît, c'est important pour moi.

Brandon attrapa la jambe de Hunter et se serra contre elle. Hunter le regarda, plus ému qu'il ne l'avait jamais été.

— Tu m'as compris, Fabiano ?

— On forme une équipe, non ? Est-ce que je t'ai déjà laissé tomber ?

Jamais. Et cela ne changerait pas.

Hunter mit fin à la conversation et chercha Erin des yeux.

— On vient nous aider.

— Le ciel t'entende !

Elle se mit à arpenter la pièce.

— Ecoute, je suis heureuse que tu ne sois pas mort, mais je ne comprends rien à ce qui se passe. Que fait-on ici ? Et pourquoi ne puis-je pas t'emmener à l'hôpital ? Les types qui ont essayé de nous tuer sont tous morts.

— Malheureusement, il y en a d'autres qui sont à ta recherche. Je croyais que tu l'avais compris.

— Je ne vois pas pourquoi je devrais te croire ! Je me retrouve avec l'homme qui m'a abandonnée à Santorin — et dont j'avais fini par oublier plus ou moins l'existence. Il est assis sur un lit à un mètre de moi avec une balle dans le dos, et je découvre que ce n'est pas l'homme que je croyais. Bref, je découvre que le charmeur de Santorin n'était qu'un menteur.

— Erin, je suis désolé de ce qui arrive. Quoi qu'il en soit, sache que tu es toujours en danger.

Elle leva la main pour l'interrompre.

— Ecoute, Hunter — puisque apparemment c'est ton vrai nom —, je suis piégée dans une espèce de marécage avec notre fils d'un an, dans l'attente d'un prétendu médecin qui devrait extraire la balle que tu as reçue dans le dos, et tu me dis que je cours toujours un danger !

Elle poussa un soupir, puis reprit :

— Tu veux que je te dise ? J'avais réalisé, quand j'ai appelé ta pseudo-société et qu'ils m'ont répondu qu'ils ne te connaissaient ni d'Eve ni d'Adam, que tu étais un menteur. Je n'ai rien dit. Mais, maintenant, je me rends compte que non content de m'avoir menti, c'est toute ta vie qui est un mensonge. Je ne pourrai jamais plus te faire confiance. Dans aucun domaine.

Elle prit Brandon dans ses bras et sortit en claquant la porte derrière elle.

Interloqué, Hunter resta sans voix. Que faire maintenant ? Que dire pour qu'elle comprenne ?

La vérité ? Impossible. Elle risquait de saisir bien plus qu'il ne voulait en raconter.

— Quel gâchis ! marmonna-t-il.

Il devait lui en dire assez pour lui faire peur et qu'elle adhère à son plan, sans toutefois être trop complet, pour qu'elle ne se débarrasse pas de lui.

— Comment faire pour la convaincre ? pesta-t-il tout haut.

Ce n'était pas tous les jours qu'il fallait demander à quelqu'un de mettre sa vie, ses rêves… tout, entre parenthèses.

Dehors, les cigales caquetaient de plus belle, rejointes dans leur concert par le cri d'un héron. Un éclat de rire vint s'ajouter à ce joyeux concert. Hunter, lui, ne se sentait pas d'humeur à rire.

— Brandon, non ! hurla Erin.

Debout en un éclair, Hunter fonça vers la porte et sortit. Dans la lumière déclinante, un alligator à nez plat de près de cinq mètres de long rampait vers Erin.

Réfugiée sur la rambarde de la terrasse, serrant Brandon contre elle, elle était blême.

L'animal préhistorique, la gueule ouverte, se régalait d'avance du repas qu'il allait faire. Brusquement, il se précipita vers eux et ferma sa gueule d'un coup sec.

N'hésitant pas une seconde, Hunter s'élança entre Erin et les mâchoires de l'animal.

— Fais du bruit, cria-t-il à Erin.

Elle s'empara d'un bâton et se mit à taper sur la balustrade en criant. Brandon, croyant à un jeu, tapait joyeusement des mains.

— D'où venait-il ? questionna Hunter.

L'alligator avança plus près. Hunter plissa les paupières. Il pouvait crever les yeux du reptile mais ne tenait pas à engager une lutte avec lui si près de l'eau. La bête pouvait l'y entraîner beaucoup trop facilement.

— On était à dix mètres de la terrasse, sur la droite, répondit Erin, la voix tremblante.

Hunter jeta un coup d'œil dans cette direction. Tout près de l'eau se trouvaient trois gros œufs dont il apercevait le sommet arrondi.

— Rentrez, ordonna-t-il. Elle défend ses œufs.

Erin recula lentement avec Brandon, tandis que Hunter s'approcha des œufs. L'alligator le suivit, la bouche grande ouverte. Hunter s'arrêta près du nid. L'alligator se rua sur lui. Il était incroyablement rapide.

— O.K., p'tite mère, je n'ai pas l'intention de faire du mal à tes petits.

Il fit en courant le tour de la cabane, poursuivi par le reptile. Il avait pris de l'avance sur l'animal quand il se prit le pied dans des racines.

La bête se rapprocha. Trois mètres, un mètre cinquante. Hunter réussit à dégager son pied. L'alligator donna un grand coup de queue. Trop près. Hunter cligna des yeux dans la lumière qui déclinait et empoigna un bâton. D'un geste précis, il en frappa l'animal au niveau des yeux.

Le geste surprit la bête qui recula puis s'immobilisa.

Sans hésiter une seconde, Hunter prit ses jambes à son cou et tourna derrière la cabane.

Une fois hors de la vue du reptile, il revint vers l'entrée, sans faire de bruit pour ne pas attirer l'attention de l'alligator. Ces bêtes-là avaient l'ouïe fine.

Comme les derniers rayons du soleil disparaissaient sur l'horizon, l'alligator grogna plusieurs fois de suite, siffla entre ses dents et, dans la nuit, repartit vers son nid autour duquel il s'enroula et, là, guetta.

Toujours sans faire de bruit, Hunter ouvrit la porte et rentra, puis barricada toute la petite famille à l'intérieur. Assise à la table de la cuisine, Brandon serré dans ses bras, Erin tremblait.

— Elle défendait son nid, répéta Hunter, en la voyant pâle comme un linge. Ça va tous les deux ?

Elle embrassa son petit garçon.

— J'ai été enlevée par un homme avec lequel j'ai couché sans même savoir son nom et, maintenant, je suis coincée dans une hutte à cause d'un reptile préhistorique. Que dirais-tu à ma place ?

— Que ce n'est pas la routine, au moins ! plaisanta-t-il.

— Je te remercie. Même si ce n'est pas ta faute, on a failli se faire dévorer.

Hunter se tut. Quand il avait vu Erin et son fils devant l'animal, il avait eu très peur. L'alligator n'aurait fait qu'une bouchée de Brandon.

Tremblant sur ses jambes, il s'affala sur une chaise.

— On va rester enfermé, soupira-t-il.

— Combien de temps ? demanda Erin. Je suppose que tu as un plan. C'est quoi au juste ? Quand vais-je pouvoir retrouver une vie normale ?

Il se pencha vers elle.

— Navré de te le dire, Erin. Pas de sitôt.

5

Les oreilles pleines des murmures du marécage grouillant d'insectes et d'animaux, Erin crut avoir mal entendu ce que Hunter venait de dire.

— Tu peux répéter, s'il te plaît, murmura-t-elle.

— Navré, Erin. Mais tu ne retourneras pas de sitôt à la vie normale.

Il bascula en avant dans sa chaise.

— Ce n'est pas que je ne le souhaite pas, mais…

Erin était assise, grâce au ciel, car les bras lui en tombèrent. Anéantie, elle posa Brandon au sol.

— Mais enfin pourquoi ? Qu'ai-je fait ?

— Tu es trop brillante.

A son tour, elle bascula en arrière dans sa chaise.

— Ça n'a pas de sens.

— Tu vois ton prototype comme un outil destiné à toucher de tout petits groupes de cellules, cibler parfaitement les tumeurs cancéreuses et, peut-être aussi, soigner d'autres maladies.

Elle fit oui de la tête et frissonna de plaisir à la pensée de sa découverte. Elle saisit le bras de Hunter.

— Cela fonctionne, Hunter. Tu ne peux pas comprendre. Tous les tests préliminaires sont concluants. Grâce à ce traitement, on pourra sauver des vies.

— Oui, mais d'autres voient dans ta découverte un outil parfait pour commettre des meurtres. C'est efficace, indétectable, il ne laisse pas de trace.

Erin écarquilla les yeux. Non. Ce n'était pas vrai ! Personne n'avait pu penser à ça !

Hunter laissa échapper un soupir.

— Il y a un peu partout des gens qui ne pensent qu'à tuer. Ton invention est l'outil idéal pour eux. Ils le veulent.

Elle vacilla sur sa chaise. Pas de doute possible, cette fois Hunter disait la vérité. Cela se lisait sur son visage.

— Tu ne peux pas les arrêter ? Toi ou la CIA, ou les gens pour qui tu travailles ?

Hunter s'agita sur son siège.

— Ils sont au courant de tes travaux. Ils n'auront de cesse d'avoir mis la main sur la technologie que tu as développée, de la comprendre et de pouvoir la dupliquer.

Non ! Ça dépassait l'entendement !

La flamme de la lampe à pétrole posée dans un angle de la pièce diffusait une lumière pâlotte qui leur donnait mauvaise mine. Ils n'avaient pas besoin de ça.

Elle se leva et commença à faire les cent pas.

— Ce n'est pas si simple. Il faut un matériel spécial, et un équipement très particulier qui ne se trouve pas chez le droguiste du coin. Je peux détruire le prototype, je l'ai…

— Dans ton ordinateur. Je sais. Dans sa housse.

Elle pivota sur elle-même et lui fit face.

— Comment le…

— Je fais bien mon métier, et il y en a d'autres qui le font encore mieux. Malheureusement pour toi, ils ne sont pas du bon côté. Que le prototype existe ou pas importe peu. Ce qu'ils veulent, c'est toi, ton intelligence, ton talent, et ils feront tout ce qu'il est possible de faire pour te mettre la main dessus.

Il regarda leur fils.

Tremblante, elle prit Brandon dans ses bras et le serra contre elle. Il attrapa son nez et joua avec.

Bouleversée par ses jolis yeux pleins d'innocence, elle réfléchit. Il y avait sûrement un moyen de se sortir de ce mauvais pas.

Elle se tourna vers Hunter.

— Que puis-je faire ?

— Les voyous qui ont failli t'enlever aujourd'hui sont

très malins. Leur mise en scène a fait croire à la police que tu es morte. La nouvelle va vite se répandre.

Il s'arrêta et la regarda droit dans les yeux.

— Je veux qu'on continue de croire que tu es morte. Pour de bon.

A ces mots, Erin se mit à trembler doublement.

— Non, dit-elle en hochant désespérément la tête. C'est impossible. J'ai des projets. Pour Brandon. Pour moi.

Hunter s'approcha d'elle et prit son menton dans sa main, mais elle la repoussa.

— Je sais, c'est difficile, admit-il en reculant. Crois-moi, je préférerais te proposer une solution plus confortable, mais je n'en ai pas d'autre. Tout ce que je veux, c'est vous garder sains et saufs tous les deux et… heureux.

— En ce cas, laisse-nous tranquilles, murmura-t-elle. Débrouille-toi pour que cela s'arrange.

— C'est compliqué, protesta-t-il.

Il marqua un temps d'arrêt, puis reprit :

— Il faut que je me change et que je me débarbouille. Ça te laisse le temps de réfléchir à ce que tu souhaites.

Comme anesthésiée, Erin ne ressentait plus rien. Comment pouvait-elle se retrouver dans cette situation ? Comment ses rêves les plus doux pouvaient-ils s'être mués en cauchemar ?

Hunter lui caressa le bras et, cette fois, elle ne le repoussa pas. Elle ne s'en sentait même pas la force.

— Je ne serai pas long, dit-il, en prenant ses affaires de toilette dans son sac.

Il alla fourrager dans le réfrigérateur et en sortit une bouteille d'eau, puis disparut dans la salle de bains.

Incapable de retenir ses larmes, Erin renifla. Brandon la regarda et tapota sa joue.

— Mon pauvre bébé, qu'ai-je donc fait pour nous mettre dans ce pétrin-là ?

*
* *

Hunter referma la porte derrière lui, laissant Erin totalement désemparée. Mais que faire ? Il ne voyait pas d'autre solution qui puisse convenir et à elle et à lui.

Il avala plusieurs gorgées d'eau avec des comprimés d'antalgique, puis enleva ses vêtements et ses chaussures. Ces gestes lui firent mal. Mais, là non plus, il n'avait pas d'autre formule. Il but encore une gorgée d'eau et se tourna dos à la glace.

— Bon Dieu ! jura-t-il.

Ils ne l'avaient pas raté ! Heureusement, Erin l'avait bien soigné. Elle n'avait pas lésiné sur les pansements : ils lui barraient le dos.

Il bougea l'épaule pour voir. Une douleur le transperça avec une telle violence qu'il crut s'évanouir. Il empoigna le rebord du lavabo pour se retenir. Il fallait qu'on extraie cette balle de sa poitrine. Et vite.

Il regarda, pensif, le pommeau de douche. Que n'aurait-il donné pour sentir l'eau couler sur son dos et apaiser sa douleur, non pas tant celle que lui faisait sa blessure mais celle qu'il éprouvait à lire la déconvenue sur le visage d'Erin !

Sans hésiter davantage, il passa sous la douche et se lava du mieux qu'il put, s'efforçant de ne pas mouiller les pansements qu'elle avait faits.

Sa douche terminée, il se rhabilla, mais sa tête recommença à tourner. Il retourna dans la grande pièce dans laquelle il faisait encore plus sombre à présent. Erin touillait quelque chose sur le fourneau, Brandon, tout propre, à ses pieds. Une odeur de soupe poulet-vermicelles planait dans la cabane. Ça sentait bon, et ça donnait faim.

Elle jeta un regard par-dessus son épaule.

— Ça n'a pas l'air d'aller, Hunter.

Il se passa la main dans les cheveux.

— Si. Et je suis propre.

— Tu as mal, dis-le.

— Je pense que je vais pouvoir survivre jusqu'à l'arrivée du médecin.

Elle posa une assiette de potage devant lui et lui présenta des crackers.

— Mange, lui intima-t-elle évitant son regard. Ça te fera du bien.

Il s'assit et entama son assiette en la regardant. Elle était raide, en colère. Elle mit un petit pot pour bébé dans un bain-marie et resta à le surveiller.

Supportant mal son silence, il intervint.

— A quoi penses-tu ?

— A quoi je pense ? rétorqua-t-elle, butée, sans même se retourner. J'aimerais me réveiller demain matin et me dire que cette journée n'a jamais existé.

Hunter réprima un soupir, tandis que Brandon rampait jusqu'à lui et posait les mains sur ses genoux. Hunter les lui prit dans les siennes. Tout en comprenant ce que ressentait Erin, il ne partageait pas sa façon de réagir. Chez lui, chaque seconde passée avec eux lui inspirait l'envie d'en passer plus encore. Comment pouvait-elle ne pas ressentir la même chose ?

Il embrouilla les cheveux de Brandon.

— Alors, bébé, comment vas-tu ?

S'agrippant aux jambes de Hunter, le bébé se mit debout, les bras solides mais les jambes incertaines.

— Brandon s'est mis debout tout seul, lança-t-il fièrement. Il est en avance, non ?

Cette fois, Erin se retourna, les yeux pleins d'amour pour leur fils. Et, pour la première fois depuis qu'ils étaient arrivés dans la cabane, elle sourit.

— Il est dans la norme. Il marchera entre onze et quatorze mois, répondit-elle.

— Tu entends ça, gamin ? Bravo !

Hunter prit un cracker et l'avala.

Voyant le gâteau, Brandon tendit la main en criant.

— Miam, miam, miam…

Inquiété par les cris de l'enfant, Hunter se tourna vers Erin :

— Que réclame-t-il ?

— Pas de panique, répondit-elle. Il a faim, c'est tout.

Erin vida le petit pot dans une assiette et appela Brandon.

— Tu veux manger, mon poussin ? Alors, viens voir maman.

A ces mots, Brandon essaya de se retourner. Il réussit presque, mais, au dernier moment, se laissa tomber sur les fesses. Réception un peu dure. Il fit la grimace. Allait-il pleurer ?

Erin se précipita pour le relever.

— Alors, bébé, on a fait « boum » ?

Elle lui embrassa le ventre. Aussitôt les larmes naissantes se transformèrent en éclats de rire.

Elle s'assit, le bébé sur les genoux.

— Allez, on va manger sa sou-soupe et hop ! Au dodo.

Oubliant son poulet-vermicelles, Hunter ne pouvait détacher les yeux de la scène. La tendresse d'Erin, son amour, son dévouement le touchaient au plus profond de lui. Il voulait prendre son fils dans ses bras, le serrer contre lui. Il voulait s'occuper de lui et de sa mère, de tous les deux. Il voulait une vraie vie. Avec Erin.

Mais sa situation l'en empêchait. C'était un crève-cœur pour lui. Erin avait peut-être raison finalement. Sans doute aurait-il mieux valu que cette journée n'existât pas ?

Brandon recracha un peu de son horrible repas. Erin rit et lui essuya le museau, puis croisa le regard de Hunter par-dessus la tête de Brandon. Son expression se fit plus douce.

— Tu veux lui donner à manger ?

Le cœur de Hunter se mit à battre très vite.

— Je ne…

Elle ne le laissa pas terminer. Elle se leva et lui confia le bébé, mais l'enfant voulait sa mère et lui tendait les bras pour qu'elle le reprenne.

— Il ne veut pas de moi, remarqua Hunter, vexé d'être repoussé.

— Mais non, c'est parce qu'il veut son dîner. Attention, il n'est pas habitué à manger avec une aussi grande cuiller.

Hunter posa son fils sur ses genoux, prit un peu de sa purée vraiment peu appétissante et la lui porta à la bouche. L'enfant happa la purée et l'avala goulûment, puis sourit.

— Je préfère que ce soit toi qui manges ça, plutôt que moi ! lâcha Hunter.

A chaque bouchée, il se sentait de plus en plus à l'aise. Même quand Brandon lui prit le menton dans ses mains poisseuses, il demeura comblé et chercha le regard d'Erin.

— Merci, lui dit-il.

Ce simple mot mit un sourire sur les lèvres d'Erin, sourire qu'il reçut comme un merveilleux cadeau. Un répit dans le cauchemar qu'il vivait. Hélas, la réalité ne tarderait pas à reprendre ses droits.

Pour l'heure, il fallait savourer chaque instant sans penser à plus tard. Plus tard arriverait bien assez tôt.

— Est-ce que je peux te le laisser le temps que je prenne une douche ? demanda-t-elle.

— Bien sûr. Je dois pouvoir y arriver.

Sur ces mots, elle disparut dans la salle de bains avec les vêtements qu'ils avaient achetés plus tôt dans la journée. Elle fit couler l'eau tandis que Hunter donnait une dernière bouchée à Brandon.

— On est seuls, tous les deux, bambin. Tu penses qu'on va s'en sortir ?

Brandon se lécha les lèvres et finit son dîner jusqu'à la dernière miette.

— Elle n'est pas commode, ta maman ! N'empêche, je donnerais tout pour me sauver avec vous deux.

Il débarbouilla le visage de Brandon qui rouspéta.

— Je sais, je sais. Mais les femmes aiment bien les garçons qui ont la bouche propre. N'oublie jamais ça.

Brandon essaya d'attraper le paquet de crackers, mais il était trop loin. Hunter lui en mit un dans la main que l'enfant porta immédiatement à sa bouche. Puis, il se blottit contre la poitrine de son père. Hunter sentit sa gorge se serrer.

— Je ne vais jamais pouvoir vous laisser partir, dit-il. Moi, je n'ai pas eu de père, je ne sais donc pas ce qu'un père doit faire. Tout ce dont je suis capable, c'est t'apprendre ce qui est bien et ce qui est mal. A part ça… Si, je peux te montrer comment on shoote dans un ballon de football…

Brandon enfonça son petit poing dans sa bouche et se lova dans les bras de son père. Après quelques battements de cils, ses paupières se fermèrent. Hunter lui embrassa le sommet de la tête en inspirant l'odeur de ses cheveux. Il faudrait qu'il s'en souvienne. Longtemps.

Une sonnerie agaçante le sortit de ses songes doux-amers et réveilla Brandon dans son premier sommeil. Le bébé fit une moue amusante et regarda autour de lui en serrant les doigts de son père dans sa main.

Hunter sortit son portable de sa poche et jeta un coup d'œil à l'écran.

Leona.

Il aurait dû s'en douter. Il avait pourtant insisté, il ne voulait pas qu'elle soit mise au courant. Il devait la protéger autant que sa famille. Il fallait qu'il la tienne à l'écart et trouve donc une excuse plausible jusqu'à ce qu'il ait découvert exactement ce qui se passait.

Il coupa son portable et le remit dans sa poche. Restait à espérer qu'elle comprendrait et accepterait de garder ses distances.

Brandon gigota sur ses genoux en regardant partout. Il avait les yeux noyés de larmes. Il agita ses petits bras et finit par lui empoigner le pouce en appelant.

— Maman, maman… Maman, maman.

Hunter le fit sauter sur ses genoux.

— Tout va bien, mon p'tit gars. Je suis là.

Brandon ouvrit la bouche et poussa un cri strident.

Affolé, Hunter se leva et, malgré le coup de poignard que lui faisait sa blessure, berça le bébé dans ses bras en lui chuchotant des mots rassurants. Mais rien ne calma Brandon, qui se mit à hurler encore plus fort.

Que diraient ses équipiers ou Leona s'ils le voyaient ? se demanda Hunter. Ils se moqueraient de son incompétence, c'était certain.

Finalement, quand les sanglots succédèrent aux cris et que les larmes coulèrent sur les joues de l'enfant, Hunter, n'y tenant plus, frappa à la porte de la salle d'eau, attendit trois secondes et entra. Elle était toujours sous la douche, à peine dissimulée par un rideau transparent.

Il se pétrifia. Mon Dieu, qu'elle était belle ! Et désirable. Il aurait dû regarder ailleurs, mais il ne pouvait pas, fasciné par sa silhouette, par ses courbes, par ce spectacle.

Elle était encore plus sensuelle que dans son souvenir. Ses seins étaient plus pleins qu'à Santorin, et ses courbes… Sapristi ! Voilà que le désir le faisait saliver !

— Elle est là, maman, dit-il finalement.

L'enfant se tut et se pencha vers le rideau. Il connaissait bien sa mère.

Soudain, celle-ci ouvrit le rideau de douche.

Les yeux écarquillés de stupeur, elle découvrit Hunter, debout, bouche bée, devant le bac.

Attrapant une serviette sur le lavabo, elle s'en entoura.

— Mais… qu'est-ce que tu fais là ?

— Brandon pleurait, je n'arr… ivais pas à le… con… soler, bégaya-t-il.

C'était terrible. Il ne se contrôlait plus. C'était comme si tout son sang avait quitté son cerveau pour affluer dans ses reins. Tout son corps criait de désir, un désir qu'il ne pouvait, qu'il ne devait pas assouvir.

Avec la volonté de fer que tous lui connaissaient, il réussit à se dominer au lieu de la prendre dans ses bras comme son corps le suppliait de le faire. Le silence s'installa. Les secondes passèrent. Les souvenirs des douches qu'ils avaient prises ensemble dans l'île paradisiaque de Santorin le submergèrent.

Elle rougit. Entrouvrit la bouche et s'humecta les lèvres. Elle aussi se rappelait.

Oh lala !

Un pas vers elle, un pas vers lui, et il l'embrasserait.

Il se pencha.

— Maman !

Brandon hocha sa tête blonde et regarda Erin en souriant.

Fini ! Rompu, le charme !

Brusquement tout à son fils, Erin resserra la serviette autour d'elle.

— Il pleurait !

— Ah oui, je vois ça !

— Je te jure qu'il hurlait ! protesta-t-il.

— Puisqu'il va bien maintenant, peux-tu me laisser, que je m'habille ?

Il sortit, sans doute pas assez vite, et ferma derrière lui.

— Merci, mon petit pote ! marmonna-t-il à l'oreille de Brandon. A cause de toi, elle pense que je suis un voyeur !

Quelques minutes plus tard, elle apparut dans la grande pièce en jean et T-shirt et tendit les bras vers lui pour qu'il lui rende le bébé. Une fois dans les bras de sa mère, Brandon posa la tête sur son épaule et ferma les yeux.

— Je ne sais pas pourquoi il n'a pas fait ça avec moi, soupira Hunter.

Elle caressa le dos de son bébé.

— Parce que je suis sa mère.

Son regard passa du lit à Hunter.

— Il a sommeil.

— Couche-le dans le lit. Je dormirai assis, cette nuit. Je ne suis pas fatigué.

— Tu mens.

Il esquissa un sourire.

— Peut-être. Pour l'instant, je vais aller jeter un coup d'œil dehors. On ne sait jamais.

Après s'être assuré que tout allait bien et avoir donné, au passage, un bonsoir à la maman alligator, il revint dans la cabane. Erin s'était allongée sur le lit avec Brandon qui suçait son pouce. Enroulée autour de lui, elle le protégeait comme une coquille.

Résigné, Hunter prit deux couvertures dans le placard et les étala par terre.

— Non, intervint Erin. Il y a de la place pour nous trois dans le lit.

Il hésita. Elle insista.

— Il faut que tu te reposes.

La voyant jouer avec les cheveux du bébé, il sentit son

cœur se serrer mais se reprit très vite pour éviter qu'elle ne soit témoin de son émotion.

— Il est étonnant, dit-il. Tu es une bonne mère, Erin.

— C'est facile avec lui. Il est d'une nature tellement joyeuse.

— J'aurais aimé…

Il ne termina pas sa phrase.

Il réduisit la mèche de la lampe à pétrole, et la pénombre emplit la pièce, mis à part quelques fentes dans les volets qui laissaient filtrer un peu de lumière.

— Moi aussi, Hunter.

Elle serra Brandon plus fort.

— Je pensais que notre relation aurait quelque chose d'exceptionnel, soupira-t-elle.

Il s'allongea à plat ventre sur le lit. Il avait mal partout. Son dos le faisait souffrir. Sa gorge était irritée. Impossible de dormir. Leur souffle, leurs odeurs, tout le tenait éveillé. Que n'aurait-il donné pour qu'ils partagent sa vie.

Les petits ronflements de Brandon et, bientôt, la respiration d'Erin, calme et régulière, achevèrent de l'attendrir. De l'émouvoir. Vivre ensemble tous les trois aurait pu être fantastique.

Un temps, il avait songé à quitter l'Organisation. Il l'avait plus ou moins évoqué avec le général Miller. Celui-ci l'avait entendu mais s'était montré très clair. « Que ferez-vous si votre passé vous rattrape et que votre famille est prise dans le feu ? » lui avait-il assené.

Réponse facile. Hunter ferait tout pour ne pas faire courir de danger à Erin et leur fils. Jusqu'à les oublier, s'il le fallait.

L'ennui, c'était que l'avenir solitaire auquel il était promis était devenu plus lugubre encore qu'il ne l'entrevoyait.

Il effleura la joue de Brandon, puis la main d'Erin.

Dorénavant, il savait à côté de quoi il passerait.

Terence passa la main sur le pansement qui recouvrait l'orbite où il avait eu un œil. Les médecins l'avaient énucléé : ils mettraient à la place un œil de verre. Terence avait d'ailleurs été mis dans une chambre à part, sans doute pour éviter d'effrayer les autres patients,

Les médecins lui avaient également dit qu'il avait eu de la chance, que ses brûlures avaient des chances de guérir, et ses autres plaies aussi. Avec un peu de chirurgie réparatrice, il pourrait récupérer un peu d'un corps humain.

Il faudra que je me procure le masque du Fantôme de l'Opéra, se dit-il.

En réalité, son apparence lui importait peu. Il apprendrait à vivre avec un seul œil. Ce n'était pas si grave, sauf que ça le rendait plus vulnérable.

— Monsieur Mahew, murmura une voix près de son lit.

Terence n'avait pas vu le type entrer. En temps normal, sa vision périphérique l'aurait averti d'une arrivée. L'homme portait un long manteau blanc et des chaussures cousues main, noires et brillantes comme du vernis. Une nausée souleva le cœur de Terence.

Il glissa la main sous son oreiller. Son revolver avait disparu.

Il tâta sa table de chevet. Toucha un couteau en plastique. Il ferait l'affaire.

— Que me voulez-vous ?

— Ce n'est pas comme ça qu'on traite ses clients, rétorqua l'homme.

Terence le dévisagea.

— Ce n'est pas avec vous que j'ai signé le contrat. Je ne reconnais pas votre voix.

— Peut-être bien, mais vous avez commis une erreur, Monsieur Mahew. Vous deviez nous livrer un… paquet. Vous ne l'avez pas fait. Mon employeur n'est pas content.

La suite était prévisible. Terence la voyait aussi précisément que dans un film. Ça allait mal se terminer. Mais il n'était pas homme à se laisser abattre sans se défendre.

Sans quitter son ennemi des yeux, il changea de position dans le lit pour pouvoir agir plus aisément.

— C'est fini pour moi, je laisse tomber, poursuivit-il dans l'espoir de gagner du temps.

— L'argent a déjà été retiré de ton compte, mais le boulot n'est pas terminé, répliqua l'inconnu.

Il se pencha vers le lit, un sourire terrifiant sur le visage.

Terence saisit le couteau en plastique et en assena un coup dans l'œil de l'homme. L'agresseur plongea pour éviter la lame et plaqua la main sur le nez de Terence.

— Tu sais que je peux te tuer, menaça-t-il. Et je vais te tuer. Je n'ai pas le choix.

Incapable de regarder ailleurs, Terence fixait les yeux de son visiteur. Ils étaient froids, cruels. La vérité lui sauta alors au visage. Il allait mourir. Il était mort.

L'homme sourit.

Puis ses yeux se révulsèrent. Terence ne vit plus que le blanc du globe. Du sang gicla de la base de son cou. Il s'effondra.

Un deuxième visiteur apparut. Un homme en costume, élégant, qui remettait un poinçon dans sa poche.

Puis plusieurs hommes déboulèrent dans sa chambre d'hôpital. Ils enveloppèrent le corps dans un plastique en prenant soin de tout bien nettoyer.

— Terence Mahew ?

Eberlué, Terence hocha la tête.

Il s'était fait de la bile quand il avait vu l'efficacité du geste de cet homme. Pourtant, il en avait vu d'autres, lui qui avait tué plus d'une centaine d'individus dans sa vie, lui qui avait combattu et vu des copains mourir…

— Je m'appelle Padgett. On vous veut en Virginie. On a des choses à vous dire sur …

Il jeta un regard au cadavre par terre.

— … vos anciens employeurs.

Il balança des vêtements à Terence.

— Habillez-vous, si vous tenez à vivre un jour de plus.

Erin était assise dans la cuisine, les genoux repliés. Le soleil de l'après-midi filtrait à travers les lattes des volets. Elle avait convaincu Hunter de s'allonger avec Brandon pour faire la sieste. Depuis le matin, il était rouge.

Quand Brandon, sans le faire exprès, l'avait heurté dans le dos, il était devenu gris. Un vilain gris qui ne lui disait rien de bon.

Elle regarda du côté de la porte pour la millième fois. Cela faisait vingt-quatre heures qu'il avait reçu cette fichue balle dans l'épaule et il refusait qu'elle retire les pansements — juste pour voir — sous prétexte que le médecin n'allait plus tarder.

Incapable de rester assise plus longtemps, elle traversa la pièce pour aller l'examiner. Il n'avait pas l'air bien. Des rides barraient son front et il transpirait.

Elle posa une main sur sa joue.

Trop chaude.

— Oh ! oh ! Hunter !

Il ne lui répondit pas, mais Brandon, si : il lui fit un clin d'œil et lui sourit. Puis il tapota la poitrine de Hunter. Celui-ci geignit.

Inquiété par cette plainte, Brandon changea de tête. Erin le prit aussitôt dans ses bras et le déposa au milieu de jouets de fortune entassés au milieu de la pièce.

— Papa ne va pas bien. Si tu jouais avec Socky ?

Elle s'accroupit et lui tendit la peluche.

Brandon prit le jouet et le lui lança en poussant des cris. Elle s'allongea par terre pour le récupérer, ce qui fit rire son fils. L'air malicieux qu'il eut à cet instant lui rappela l'homme charmant et joyeux qu'elle avait connu à Santorin.

— Tu l'as fait exprès, petit chameau.

Il rit de plus belle.

Elle lui renvoya la peluche et lui emmêla les cheveux.

— Ton papa est vraiment malade. Si le médecin n'arrive pas, on va devoir l'emmener à l'hôpital. Même s'il rouspète. Il faut qu'il prenne un antibiotique.

Brandon lui tapa sur la joue et fit des bulles avec sa salive, ce qui l'amusait follement. Le voyant si heureux, elle sourit quand, brusquement, un bruit qu'elle reconnut tout de suite l'alerta. Elle se figea, chercha des yeux l'arme de Hunter. Elle l'avait vu la poser au sommet de l'armoire.

— Sois gentil, dit-elle à son fils en l'embrassant.

Elle jeta un coup d'œil discret par la fenêtre. Un zodiac approchait à vive allure piloté par un homme brun et bronzé qui, de toute évidence, savait où il allait.

L'inconnu ralentit puis, sur ses gardes, sauta sur le ponton avec un sac. Etait-ce sa corpulence ou son attitude, il lui faisait penser à Hunter.

Solidement campée sur ses jambes, elle ouvrit la porte tout en serrant l'arme qu'elle venait de prendre sur l'armoire. Et elle visa l'homme. A la tête. Se forçant à ne pas trembler. Elle ne devait pas montrer qu'elle avait peur, pas avant de savoir à qui elle avait à faire.

— Qui êtes-vous ? demanda-t-elle d'une voix posée.

Voyant l'arme pointée sur lui, il pencha la tête de côté.

— Dites-moi votre nom, insista-t-elle.

— Je suis le médecin. C'est vous la mère de l'enfant que j'ai entendu rire au téléphone ?

Soulagée, elle abaissa son arme.

— Bonjour, je suis Erin Jamison. J'ai cru que vous n'arriveriez jamais.

— Erin Jamison ? De Pensacola ?

Il plissa les yeux et jura.

— Dans quoi s'est-il encore fourré, cet imbécile ? Et où est-il ?

— A l'intérieur. Il a de la fièvre.

Etrange. Elle n'avait jamais vu cet homme. Comment savait-il son nom ?

Submergée par une soudaine inquiétude, elle garda l'arme à la main et suivit le médecin jusqu'au lit où gisait Hunter. En voyant le nouveau visiteur, Brandon recommença le jeu des bulles en lui adressant des « beuleu beuleu » ravis.

— Pour les complications, t'es le champion ! lança le médecin à Hunter.

Il se tourna vers Erin.

— Où est-il blessé ?

— Je ne suis pas invisible, grommela Hunter.

— Clay, ton équipier préféré est arrivé, lui répondit Fabiano.

Hunter ouvrit les yeux.

— Ne te complique pas la vie, elle connaît mon vrai nom.

Le médecin haussa les sourcils.

— Vraiment ?

— Oui. C'est une longue histoire.

Fabiano regarda l'enfant, puis Hunter.

— Pas besoin d'expliquer. Je vois ta miniature, ça me suffit, j'ai compris. Quant à toi, on dirait qu'un alligator t'a couru après dans le marais ! Laisse-moi voir les dégâts.

— Je vais te la faire simple, précisa Hunter. Une balle sous l'omoplate, des brûlures. Répare-moi ça, donne-moi des antibiotiques et oublie que tu nous as vus.

Le médecin décolla les pansements et fit la moue.

— Il a de la chance que vous ayez un diplôme de médecin, lança-t-il à Erin. C'est vous qui avez fait ça ?

Elle fit oui de la tête.

— Beau travail, mais va falloir extraire la balle.

— C'est ce que je ne cesse de dire, grogna Hunter.

Fabiano fouilla dans son sac et lui tendit des comprimés.

— Tais-toi et avale ça.

— C'est quoi ?

— Un antalgique. Tu vas en avoir besoin.

— Mais je ne peux pas me permettre d'être abruti. Je dois rester en forme.

— Tu dois surtout dormir.

Fabiano prépara son matériel et se tourna de nouveau vers Erin.

— Vous avez le cœur bien accroché, docteur Jamison ? Deux mains supplémentaires ne seront pas de trop… si vous pouvez occuper votre bébé pendant ce temps.

Elle ne pouvait pas laisser tomber Hunter. Quoi qu'il ait fait par le passé, il avait reçu une balle, ce qui les avait sauvés, Brandon et elle.

— Je vais vous aider, répondit-elle.

Le médecin la remercia d'un signe de tête.

— On va commencer par nettoyer, indiqua-t-il.

Après avoir passé des gants chirurgicaux, il remplit une seringue.

— C'est pour endormir la zone.

Il posa la main sur le dos de Hunter.

— Prêt ?

— Vas-y.

Le médecin piqua le dos et appuya sur la zone pour diffuser l'anesthésique.

— Tu sens quelque chose ?

— Je sens que tu appuies.

Avec le scalpel, il incisa des deux côtés de la plaie.

Erin, qui avait elle aussi passé des gants stériles, s'interdit de penser. Elle devait suivre les ordres du médecin à la lettre. En quelques secondes, il explora le trou fait par la balle avec des forceps. Hunter gémit tandis qu'Erin se détournait en se mordillant les lèvres.

— C'est presque fini, les rassura Fabiano. Courage.

Il fit encore quelques gestes précis et annonça :

— Ça y est, je l'ai.

Il sortit de la plaie une balle et la mit dans une pochette en plastique.

— Première opération terminée. Passons aux autres plaies.

Après avoir nettoyé et traité les autres blessures, ils refirent des pansements.

— Parfait. C'est fini, conclut le médecin.

— Grâce au ciel ! lança Hunter.

Erin, les genoux en coton, regarda Brandon. Son pouce dans la bouche, il scrutait son père. De grosses larmes coulaient sur ses joues rebondies.

— Je sais, mon bébé, je sais, murmura-t-elle.

Puis elle se tourna vers Fabiano.

— Vous pensez qu'il va s'en sortir ?

— Je vais bien, intervint Hunter.

Le médecin sourit et prépara une seconde seringue qu'il lui planta dans la fesse.

— Avec ça, il sera sur pied très vite. Je vais lui laisser des comprimés à prendre pendant sept jours. Sans faute. Sinon, je ne réponds pas de sa guérison.

Erin soupira. L'optimisme du médecin lui plaisait. Hunter allait guérir.

Mais celui-ci foudroya Fabiano du regard.

— Ça t'a plu, hein, de montrer mes fesses à tout le monde ! Tu ne pouvais pas être plus discret ?

— Pas pu faire autrement, vieux. Maintenant, estime-toi heureux de t'en tirer à si bon compte.

— Vous êtes médecin ? s'enquit Erin.

— Plus ou moins. J'ai appris sur le tas, et mes interventions n'ont pas toujours été couronnées de succès.

Erin le dévisagea. Cette réponse l'inquiétait. Mais les deux hommes échangèrent un regard. Ils étaient visiblement sur la même longueur d'onde. Elle sentait une grande connivence entre eux.

— Prends soin d'eux, demanda Hunter d'une voix faible.

Et ses yeux se fermèrent.

Erin s'agenouilla près du lit et ôta les cheveux du front de Hunter. Elle n'aurait jamais osé s'il avait été éveillé.

— Vous êtes sûr qu'il va s'en sortir ? insista-t-elle.

— Demain, ce sera déjà un autre homme, répondit le médecin avec une gentillesse qui lui fit chaud au cœur. On aura oublié ce qui s'est passé.

Elle se mordilla les lèvres.

— Vous restez avec nous ?

— Bien sûr. Il y a au moins trois groupuscules qui vous recherchent. Tant que Hunter n'aura pas repris ses esprits, je suis votre garde du corps, docteur Jamison.

6

Hunter avait le bruit des vagues de Santorin plein les oreilles. Le sable noir des plages de cette île volcanique tranchait sur le bleu turquoise de la mer. La femme qui se trouvait là-bas, devant lui, souriait. Elle avait un beau regard, limpide, franc.

Tout ce qu'il n'était pas.

Sa fine silhouette se détachait sur le roux de la falaise, avec ses cheveux blonds volant dans le vent qui balayait les Cyclades. Des mèches s'étaient échappées d'un catogan assez étudié. Ces mèches blondes lui manquaient. Il les avait tout de suite aimées quand ils s'étaient rencontrés. Maintenant, ses doigts le démangeaient. Il lui tardait de défaire ses tresses pour voir ses cheveux caresser de nouveau ses épaules.

Persuadé qu'elle devinait son désir, il abaissa les yeux. Sa fraîcheur, sa candeur, son innocence n'étaient pas feintes. Son besoin de le protéger était sincère. C'était une chose qu'il n'avait pas connue depuis que sa mère était tombée si gravement malade.

Impossible d'arrêter de la regarder. Depuis ses longs cils noirs bordant ses superbes yeux verts jusqu'au rose de ses joues, en passant par ses lèvres pleines et si joliment ourlées, elle était la séduction faite femme. Il voulait la tenir dans ses bras, la serrer. Il voulait la toucher comme jamais aucun homme ne l'avait fait. Il voulait lui faire crier son nom.

Elle inspira une profonde bouffée d'air et abaissa à son tour les yeux. Sans doute avait-elle lu son désir.

Qu'elle était belle avec sa naïveté, son optimisme.

Si seulement il avait pu balayer les erreurs qu'il avait commises…

Elle se racla la gorge.

— Pourquoi avez-vous choisi Santorin, Clay ?

Clay. Pas Hunter. Evidemment.

Il ravala les pensées qui le hantaient, pour ne pas l'effrayer, et approcha un peu sa chaise.

— J'avais besoin de vacances. Mon métier, ces derniers temps, a été… difficile.

Plus qu'elle ne pouvait l'imaginer. Du sang, du feu, des trahisons. Pas de la part de ses équipiers. De leur part, jamais. Dès l'instant où le général Miller l'avait débauché des Forces Sspéciales où il suivait son entraînement, les membres de l'équipe étaient devenus sa famille. Il aurait tout sacrifié pour eux, et tous étaient prêts à en faire autant pour lui. Mais, au fil des ans, on n'avait plus su quel était le vrai visage de l'ennemi. Les informateurs n'étaient plus fiables, les taupes changeaient de camp comme de chemise. Il s'était lassé de ces jeux-là. Il croyait toujours en l'extrême importance du travail de son organisation, mais la lassitude le minait de l'intérieur. Il était épuisé, rongé jusqu'à l'os, démoralisé.

— Je pense que le métier de consultant souffre de la situation économique, reprit-elle.

Il remua sur sa chaise, mal à l'aise. En temps normal, mentir ne lui aurait posé aucun problème. Mais avec Erin tout était différent. Le mensonge — une procédure normale pour les gens engagés comme lui dans les Opérations spéciales — lui faisait honte.

Il froissa sa serviette sur ses genoux. La femme assise en face de lui dans ce restaurant de Santorin était la perfection même. Trop bien pour lui.

Elle but un peu de son vin blanc, mais, au lieu de se lever et de partir, il lui prit la main.

Elle regarda ses doigts, ne le repoussa pas. Plein d'espoir, il retint son souffle. Elle le désirait, elle aussi. Il le sentait.

— Parlez-moi de vos travaux, demanda-t-il les yeux rivés sur ses lèvres.

Son visage s'éclaira. Tout excitée, elle raconta. Il ne comprenait pas le quart des mots qu'elle employait. Trop techniques. Mais, les minutes passant, elle l'intéressait de plus en plus. Quand elle évoqua les isotopes radioactifs et les cibles visées, il tendit le cou pour mieux entendre. Il voyait le Ministère de la Défense et l'Agence nationale de sécurité du territoire salivant à la pensée de l'arme potentielle que représentait son minirobot. Et les terroristes… Eux seraient prêts à payer des fortunes pour se l'approprier.

Comprenait-elle toutes les implications de sa découverte ? Il fallait qu'elle arrête, il allait le lui dire, lui suggérer d'employer ses talents à d'autres fins, mais il ne voulait pas détruire l'enthousiasme dont elle débordait. Elle voyait dans sa découverte un moyen de soigner les cancers, l'épilepsie, les nerfs abîmés.

Elle voyait le bien.

Lui ne voyait que la destruction.

Deux démarches opposées. Elle était brillante, créative, un prodige. Il était une espèce d'orphelin n'ayant pas fait beaucoup d'études, mais avec un don pour les langues et un talent certain pour flairer l'ennemi et le tuer.

Pas besoin de chercher plus loin, tout les opposait. Entre eux, ça ne pouvait pas marcher.

— Je n'ai jamais connu quelqu'un d'aussi brillant que vous, dit-il, serrant sa main sous la sienne.

— Ne dites pas ça, répliqua-t-elle, essayant de dégager ses doigts.

Il les serra encore plus fort.

— Pourquoi ? C'est vrai, non ?

Elle avala sa dernière goutte de vin.

— J'en ai assez de ne pas être comme tout le monde, qu'on me considère comme la première de la classe à qui personne n'a envie de parler. A seize ans, j'étais déjà en fac et tout le monde me fuyait. Je ne pouvais pas aller au pub avec les autres, car j'étais trop jeune. Et, dans les soirées, je faisais toujours tapisserie. Je pense qu'on me trouvait ennuyeuse.

Il l'écoutait attentivement, commençait à mieux la cerner.

— Vous êtes déjà sortie avec un garçon ?

Elle rougit, pointa le menton vers lui.

— Evidemment.

— Un garçon que vous désiriez ?

— Pas vraiment.

En soupirant, elle recula sa chaise et se leva.

— Je ne sais pas pourquoi je vous ai dit ça. Il vaut mieux que je m'en aille.

Il se leva à son tour et se planta devant elle pour l'empêcher de passer. Elle tremblait comme une feuille.

— Avez-vous déjà été embrassée ? murmura-t-il, sa voix couvrant à peine le bruit du ressac.

Elle se passa la langue sur les lèvres et fit oui de la tête.

— Par quelqu'un que vous désiriez ? ajouta-t-il en lui caressant la joue.

Elle se pencha vers lui, l'incitant à la caresser encore. La tension entre eux était palpable. Leurs doigts étaient entrelacés. Elle le regardait, les yeux brillants, presque fiévreux, et tellement confiants qu'il regretta d'être l'homme qu'il était.

— J'ai envie de vous embrasser, lui confia-t-il d'une voix si rauque qu'il la reconnut à peine.

Elle écarquilla les yeux.

— Vous avez envie de moi ?

Elle se blottit contre lui et entrouvrit les lèvres, comme une invitation tacite à les prendre.

Les clients du restaurant cessèrent aussitôt d'exister.

Il ferma les yeux et effleura sa bouche. Elle était plus douce et plus tendre que tout ce qu'il connaissait. Il se mit à trembler. Ou peut-être était-ce elle ? Ou même eux deux.

Sapristi ! Elle était tendre et câline ! Elle ronronnait comme une chatte.

Brusquement, une angoisse l'étreignit. Il releva la tête vers elle. Son regard s'était voilé. Elle ne dit rien, mais le regarda avec intensité.

— Suivez-moi, murmura-t-il, complètement envoûté. Venez.

Il déposa quelques billets sur la table et lui tendit la main, espérant qu'elle accepte de le suivre.

Elle la serra comme si elle avait eu peur qu'il se sauve.

Oubliant son devoir et toutes ses résolutions, il l'attira à lui, incapable de résister à son charme et au désir violent qu'elle lui inspirait. Il allait baigner dans sa féminité. Il entrevoyait déjà le bonheur de cette aventure. Juste une nuit. Vivre enfin une expérience qu'il pensait ne jamais connaître.

Elle se plaqua contre lui.

— C'est complètement fou, chuchota-t-elle en agrippant son bras. Je ne fais jamais ça d'habitude, Clay.

— Moi non plus, dit-il tout bas.

Et pour une fois, ce n'était pas un mensonge.

Hunter ferma les yeux et gémit. Qu'est-ce qui était pire ? Le brouillard qu'il avait dans la tête ou la lumière aveuglante qui l'agressait ?

Sentant une main caresser son front, il murmura :

— Erin…

— Non, n'essaie pas de m'embrasser, vieux.

Hunter rouvrit les yeux et découvrit le visage mal rasé du médecin penché sur lui. Fabiano lui avait sauvé la vie plus d'une fois, il lui en serait éternellement redevable.

Des yeux, il fit le tour de la pièce. Elle était vide.

— Où est Erin ? s'enquit-il, inquiet.

— Dans la salle de bains, avec le bébé. Il est à toi ?

— Ça ne se voit pas ?

— Il est plus mignon que toi, mais je l'aurais deviné : vous avez la même coupe de cheveux ! J'ai toujours pensé que tu devais utiliser du gel ultrafort pour réussir pareille crête de coq.

Hunter rit et se passa la main sur le visage.

— C'est mon fils. C'est comme ça.

— Nul n'est parfait, rétorqua tranquillement Fabiano. Tu as un plan ?

— Les mettre à l'abri. Même si Erin n'était pas menacée, tu sais que je ne pourrais pas l'avoir dans ma vie.

— Foutaises ! lança le médecin. Au fait, Miller est au courant ?

— Personne. Sauf le notaire que j'ai chargé de créer un fonds pour Brandon, au cas où…

Il soupira.

— Et Leona.

Le médecin se gratta le menton.

— Tu sais qu'ils marchent main dans la main, Miller et Leona ?

— Non, elle ne me trahira jamais. Et puis, une fois que j'aurai quitté cette cabane, elle ne saura rien de la suite de mon plan.

Il s'assit et s'inspecta, remua l'épaule : endolorie mais supportable.

— Je suis resté combien de temps dans les choux ?

— Vingt-quatre heures.

— C'est beaucoup trop au même endroit. Faut qu'on parte d'ici. Merci, vieux. J'ai l'impression d'être redevenu un homme.

— Tant mieux, car il va te falloir toutes tes forces. Daniel m'a touché deux mots et…

— Comment va-t-il ?

Leur équipier avait été enlevé et torturé peu de temps avant Noël. Il avait survécu… mais dans quelles conditions…

— Il lui a fallu six bons mois pour se remettre. Physiquement, il est d'aplomb, mais moralement… J'ai des doutes. Il m'a parlé de toi. Il voulait des nouvelles.

— Ah ? Je ne l'ai pas revu depuis qu'on l'a sorti de cette maudite tour en flammes.

— Il essaie de se réinsérer dans l'active. Il a entendu ton nom à l'hôpital où il est suivi. Tu sais, les cellules psychologiques… Il voit régulièrement un psy.

— Tel que je le connais, il doit détester ça.

— Oui. D'après lui, le bruit court que tu souffres du choc post-captivité, comme lui et presque tous les otages.

Hunter repoussa drap et couverture, puis posa le pied par terre pour vérifier son équilibre.

A la réflexion, ce que Fabiano racontait n'avait pas de sens.

— Ça ne tient pas debout. Je suis censé être en vacances.

— Ecoute, Hunter. Je serais d'accord avec toi pour dire que c'est stupide, mais il y a un truc. Ton nom circule sur une liste. Tu es recherché. J'ai dû raconter des bobards et jouer les Sherlock Holmes pour venir ici. Des types passent la région au peigne fin pour te mettre la main dessus. Avions, cars, trains, ils fouillent tout.

Hunter se leva et se mit à marcher de long en large en jurant.

— Ça fiche tout par terre ! J'avais l'intention d'emprunter un petit avion pour me rendre au Texas. Logan m'a arrangé un rendez-vous avec un notaire qui exerce là-bas, à Carder.

— Tu envisages quoi, alors ?

— Faut que je me débarrasse d'Erin et de Brandon.

— Tu vas nous donner à manger aux alligators ? intervint Erin.

Elle sortait de la salle de bains, Brandon calé sur sa hanche.

— Ce n'est pas ce que je…

— Pap…, gazouilla Brandon en tendant les bras à son père.

Hunter s'arrêta, ému, et regarda son fils en souriant.

— Je sors, dit le médecin après s'être raclé la gorge.

Brandon s'agita dans les bras de sa mère.

— Pa… pa… pap…, bégaya-t-il les bras tendus.

Erin le tendit à Hunter qui le prit et le serra contre lui.

— Pa ! dit le petit garçon avec un air déterminé.

Hunter était de plus en plus ému.

— Depuis quand sait-il dire ça ? demanda-t-il à Erin

— Oh ! c'est un mot facile à apprendre, rétorqua celle-ci, d'un ton un peu pincé. Dis-moi plutôt, tu as l'intention de te débarrasser de nous ?

Il se passa la main dans les cheveux.

— Je te l'ai déjà expliqué. Il faut qu'on croie que le Dr Jamison et son fils sont morts dans l'incendie de leur maison. Disparus. Ils n'existent plus.

— J'ai repensé à tout cela, Hunter. Je ne peux pas croire que personne ne puisse nous aider. Le FBI, ou quelqu'un d'autre, je ne sais pas, moi… Tu veux nous protéger, mais ce n'est pas à toi de le faire, c'est à moi. Je suis heureuse que tu ailles mieux, ça, c'est une chose. Mais, pour le reste, j'en ai assez. Je veux retrouver ma vie d'avant.

Sa frustration était immense mais elle n'était rien comparée à ce qu'il éprouvait lui-même. Comment une femme pouvait-elle être aussi têtue ? Que pouvait-il faire de plus pour qu'elle le croie ?

— Erin, tes travaux n'ont pas de prix. Le chercheur que tu es n'a pas de prix non plus. Ces hommes ne respectent rien. Ce sont des brutes. Je connais plusieurs personnes, comme ça, qui ont disparu. Je refuse de lire un jour dans le journal que notre fils et toi êtes comptés dans les statistiques.

— C'est déjà un peu vrai, non ?

— Mais vous êtes en vie.

Brandon se pencha et mit son pouce dans sa bouche. Il se contorsionna dans les bras de Hunter qui posa la main sur sa tête.

— Ça ne se passe pas comme je l'aurais voulu, Erin. Mais je ne peux pas faire mieux pour l'instant. Je dois vous trouver une nouvelle vie, une nouvelle identité. Alors, vous pourrez tout recommencer de zéro. Vous serez en sécurité, et personne ne devinera jamais rien. Il n'y a pas d'autre moyen.

— Mais mon travail ? Comment vais-je poursuivre mes travaux ? De loin ?

— Non. Il faut les oublier. Tu es trop créative, trop spécialisée. Les gens comprendraient. Ta vie future ne devra ressembler en rien à ta vie antérieure. Si jamais quelqu'un soupçonnait…

— Tu veux dire que je dois abandonner ma recherche ?

— Comme scientifique ? Oui.

Les bras croisés sur la poitrine, Erin se recroquevilla sur elle-même.

— J'ai travaillé toute ma vie pour réussir dans un métier pour lequel je suis née, et tu me dis que je dois tout rayer de ma vie, ma carrière, mes rêves…

Il se pencha vers elle.

— C'est ta vie ou ta carrière. Et la vie de notre fils. Choisis.

L'humidité ambiante était oppressante et lui collait à la peau. Elle se sentait poisseuse dans le T-shirt qu'elle avait acheté. Elle ne demandait rien de plus qu'une maison climatisée, son ordinateur portable et Brandon. Sans Hunter.

— Il y a sûrement un autre moyen, répliqua-t-elle à celui-ci.

Brandon gigota dans les bras de son père et lui chatouilla le nez. Il semblait fasciné par Hunter, exactement comme elle-même avait été fascinée par lui.

Pendant la semaine passée ensemble, elle n'avait cessé de se répéter que Clay était un homme parfait.

Aujourd'hui, il s'ingéniait à lui pourrir la vie.

Il se passa la main dans les cheveux.

— Ecoute-moi, une fois en sécurité, tu pourras cesser de te cacher, je ferai tout pour cela. Mais tant que la menace existe, tu ne dois pas te montrer.

Le médecin entra et claqua la porte.

— On a de la visite. Ils nous ont trouvés plus vite que prévu. Ils sont au moins cinq sur un zodiac. Plus peut-être.

Hunter foudroya le médecin du regard.

— Tu as été suivi.

— Non, j'ai fait attention. Je te l'ai dit, ils ont tissé leur toile partout. Ce n'était qu'une question de temps.

Hunter rendit Brandon à Erin.

— On a combien de temps devant nous ? demanda-t-elle.

— Pas beaucoup.

Hunter ouvrit le compartiment secret et en sortit deux armes, dont une qu'il donna à Fabiano. Il mit des munitions dans le chargeur de la mitraillette et enfonça un couteau dans sa botte.

Mâchoires serrées, crispé, il glissa deux chargeurs dans la poche de son gilet et en tendit deux autres au médecin.

— Allons-y.

Erin serra Brandon sur son cœur et suivit Hunter et le médecin à la porte. Hunter jeta un coup d'œil par la fenêtre et laissa retomber le rideau en jurant.

— Ils sont trop près. On n'arrivera jamais jusqu'aux bateaux. Et on ne sortira pas vivants dans la baie.

Erin l'attrapa par le bas de sa chemise pour tenter de le retenir.

— On ne pourrait pas sortir par-derrière et filer par la terre ferme ?

— Le médecin et moi, peut-être. Mais on est loin de tout. Avec le bébé et toi, je pense que nous n'y arriverons jamais.

Fabiano regarda à son tour par la fenêtre.

— Si on doit y aller, c'est tout de suite. En principe, ils sont cinq, dit-il.

Hunter plissa les yeux. Effrayée par l'expression de son regard, Erin se mit à trembler.

— Sors par-derrière et passe à gauche, lança Hunter au médecin. A droite, il y a la mère alligator. Elle est près du bouquet d'arbres.

Fabiano opina.

— Et moi ? demanda Erin. Je fais quoi ?

Hunter ouvrit le placard.

— Entre là-dedans et ne fais pas de bruit.

Il lui tendit un revolver.

— Accroupis-toi dans le fond et, si quelqu'un ouvre, tu n'hésites pas, tu tires. Vise la poitrine.

Il mit le cran de sûreté et lui donna l'arme.

Un bruit de moteur qui approchait la fit sursauter. Serrant Brandon encore plus fort, elle entra dans le placard et s'accroupit avec lui en tenant fermement le revolver.

— Ne me tire pas dessus, ajouta Hunter sur le ton de la blague.

Elle n'avait pas du tout envie de rire.

— S'il te plaît, sois prudent, lui lança-t-elle.

— Ils sont cinq. C'est rien. A nous deux, Fabiano et moi, on n'en fera qu'une bouchée.

Il s'accroupit à son tour.

— Je n'ai pas l'intention de vous abandonner. Je te le jure.

Il tourna le loquet et ferma la porte.

Quelques minutes plus tard, elle entendit jurer, puis :

— Ils sont sept, pas cinq ! aboyait le médecin.

Une mitraillette crachait des balles. Elles se plantaient

dans le bois. *Dans la porte ?* se demanda Erin en s'aplatissant contre le plancher.

Elle tremblait. De nouveaux coups de feu éclatèrent. Brandon commença à pleurer. Tout près, du verre explosa. Un bruit terrifiant ébranla la cabane. Des pas précipités résonnèrent.

— Ils entrent ! cria le médecin

— Trouve-la ! lança une voix.

Dehors on criait, mais qui ? Et si le médecin et Hunter ne les arrêtaient pas ? Sept contre deux, c'était perdu d'avance. Qu'allaient-ils devenir, Brandon et elle ?

Quelqu'un secouait la poignée de la porte du placard.

— Je te tiens ! hurla la voix.

Erin serra la crosse du revolver encore plus fort. La porte vola en éclats. Elle n'hésita pas. Elle visa la poitrine de l'homme et vida le barillet. Il grogna et s'écroula. Puis recommença à grogner.

Il n'y avait pas de sang. Il n'était pas mort.

Zut ! Il devait porter un gilet pare-balles.

Il roula sur lui-même en haletant.

Ah non, elle n'allait pas se laisser attraper ! Mais elle n'avait que quelques secondes devant elle. Et elle avait besoin d'une autre arme.

Brandon dans les bras, elle sauta par-dessus l'homme au sol en lui donnant un coup de pied dans la tête. Puis elle se rua dans la salle de bains et s'y enferma. Mais le bois était mince et ne la protègerait pas longtemps.

Elle entendit un juron puis une nouvelle volée de balles.

Frénétiquement, elle ouvrit les tiroirs de la salle de bains, les fouilla. Une lime à ongles pouvait-elle faire l'affaire ? Non. Le grand briquet pour allumer le feu ? Non plus. Elle avisa l'armoire de toilette. L'ouvrit. Du shampoing, du dentifrice, du déodorant.

Une idée germa dans sa tête de scientifique. Le déodorant. En aérosol. Inflammable.

Et le grand briquet.

Ça pouvait marcher.

Elle saisit le déodorant et en ôta le bouchon. Elle assit Brandon dans le bac à douche.

— Tu vas voir, bébé. Maman est la meilleure !

Elle fermait le rideau de douche sur Brandon quand un individu fracassa la porte.

Elle cliqua pour allumer le grand briquet et appuya sur l'embout de l'aérosol. Le déodorant jaillit. Prit feu. Elle dirigea le jet vers la poitrine de l'homme. Le feu se propagea à son visage. Hurlant comme une bête, il tomba à terre, roula sur lui-même pour étouffer la flamme.

A cet instant, Hunter entra dans la pièce.

Roulant toujours sur lui-même et hurlant, l'homme pointa son arme sur Erin.

Hunter n'hésita pas. Il appuya sur la détente, et l'homme se tut.

Dehors, le silence était revenu. Le marais, pourtant grouillant d'insectes, sommeillait. Sans même un regard à l'homme gisant à terre, Hunter s'approcha d'Erin et la prit dans ses bras.

Des pas résonnèrent sur la terrasse de bois. Hunter se retourna et pointa son arme.

Un coup codé contre ce qui restait de la porte *toc — toctoc — toc* : il abaissa son arme. Le médecin entra, sa mitraillette toujours prête.

— Les alligators ont de quoi manger pour plusieurs jours, lança-t-il.

Puis, voyant l'homme à terre et l'aérosol dans la main d'Erin, il s'esclaffa.

— A l'avenir, il vaudra mieux que je ne me frotte pas à elle.

— Oh ! s'exclama Erin.

Elle lâcha le déodorant et, la main sur la bouche, se précipita dans les toilettes. Hunter regarda Fabiano en faisant la moue.

— J'ai fait comme elle la première fois que j'ai tué, confessa le médecin. Mais ne le répète pas.

— Moi, pareil, confia Hunter. Maintenant, aide-moi à me débarrasser de lui. Ce n'est pas la peine qu'elle voie ça.

Ils jetèrent le corps dans le marais. Les fougères et autres plantes aquatiques le recouvrirent aussitôt, et il disparut, entraîné vers le fond.

Le marais reprit vie presque immédiatement, avec son bruissement et ses cris, comme si de rien n'était. Hunter et le médecin rentrèrent dans la hutte.

— Est-ce que tu peux nettoyer ? demanda Hunter. Je vais voir ce qu'elle fait, et on n'a pas beaucoup de temps. On ne sait pas combien ils sont à être au courant d'où nous sommes.

Fabiano acquiesça, et Hunter se dirigea vers la porte éventrée de la salle d'eau.

— Erin ? appela-t-il, la tête passée dans le chambranle.

Elle était allongée par terre, Brandon dans les bras. Sans doute avait-il compris quelque chose, car il ne pleurait pas.

— Maman, dit-il en regardant Hunter.

— Oui, bonhomme, je sais.

Hunter s'agenouilla à côté d'elle.

— Erin, il faut qu'on parte. Tu m'entends, ma belle ?

Elle le regarda.

— Je l'ai tué. Je l'ai brûlé à mort. Comment ai-je pu faire ça ?

Il la secoua.

— Ecoute-moi. Tu ne pouvais pas faire autrement. C'était lui ou toi. Crois-moi, il n'aurait eu aucun état d'âme à vous livrer aux terroristes, Brandon et toi.

Il avait beau dire, il ne la convaincrait pas : il le voyait bien.

— Tu as fait ce qu'il fallait faire, Erin. Maintenant lève-toi, il faut partir.

Il l'aida à se relever, Brandon dans les bras, et traversa la cabane avec eux.

Elle regarda le plancher. Les balles et le feu l'avaient abîmé. Elle se raidit, cala son fils sur sa hanche et avança.

Sapristi ! se dit Hunter. Elle savait être dure quand il le fallait.

Il les conduisit jusqu'au ponton et embrassa Erin.

— Peux-tu rester là le temps que je finisse les bagages ?

Elle regarda du côté du nid de l'alligator. L'animal semblait les guetter du coin de l'œil.

— Trouve-nous une nouvelle identité, Hunter. Je refuse que Brandon coure un danger.

Il repartit vers la hutte où le médecin l'attendait, le sac à ses pieds.

— C'est prêt. Tout y est : un peu de nourriture, des munitions et ton antibiotique.

— Merci, Fabiano.

Il effaça leurs empreintes et toute trace de leur passage, puis se retourna une dernière fois, parlant pour lui-même.

— Moi qui croyais cet endroit aussi sûr qu'un coffre-fort !

Il se massa la nuque.

— Mon plan ne vaut plus un kopek, lança-t-il à Fabiano. J'avais rendez-vous aujourd'hui avec quelqu'un qui devait me fournir de nouveaux papiers d'identité pour eux. Photos, empreintes, certificats de naissance. Ce n'est plus à l'ordre du jour. Il va falloir que je trouve un plan B.

— Tu sais qui, rétorqua le médecin en sortant son mobile de sa poche. Logan. C'est le spécialiste des situations d'urgence.

Hunter prit l'appareil et composa un numéro.

— Carmichael, répondit une voix au bout du fil.

— Salut, c'est Hunter. Dois-je t'appeler *monseigneur* maintenant que tu vis dans un superbe manoir ?

— Ça va, Graham, grogna Logan. J'ai ma dose pour ce soir. Faut que j'aille faire des ronds de jambe à une bande de crétins d'Allemands et de Français. Heureusement, Kat m'a fait miroiter la nuit de ma vie si je me tiens bien. Je te prie de croire que je vais sourire toute la soirée jusqu'à en avoir des crampes dans les joues. Elle ne pourra pas se défiler ensuite ! Bon, vas-y, qu'est-ce que tu me veux ? Et vite, il va falloir que j'y aille.

Hunter ne put s'empêcher de sourire. Carmichael avait beau gémir, il était le plus heureux des hommes. Il était tellement amoureux de sa femme et adorait tellement leurs enfants qu'il en devenait parfois totalement idiot.

— Logan, il faut que tu m'aides. J'avais rendez-vous avec ton contact au Texas, mais j'ai pris du retard, et le numéro de téléphone que j'ai n'est plus valide.

— Classique, rétorqua Logan. C'est la procédure normale.

Hunter l'entendit grommeler quelque chose à quelqu'un puis une porte claqua.

— Qu'est-ce que tu me caches ? reprit Logan. Tu as ton réseau. Tu devrais trouver quelqu'un pour t'aider en moins de temps que moi.

Pas facile à admettre, songea Hunter, mais son copain avait raison. Comme ce n'était pas le moment de mentir à ceux à qui il faisait confiance, il prit son courage à deux mains.

— Je ne t'ai pas donné toutes les infos, Logan. Désolé. Mais cette opération est d'ordre… privé.

Logan ne répondit pas.

— J'ai un fils, poursuivit Hunter. Il a un an et sa mère est en danger. Elle est très célèbre.

Logan siffla au bout du fil. Il avait compris.

— Il me faut de nouvelles identités pour elle et son fils, reprit Hunter. Pour ça, il me faut quelqu'un de très sûr. Et qui habite le plus loin possible. Il ne faut pas qu'on puisse un jour faire le lien entre eux et moi.

Logan tapota sur sa table du bout des doigts. Le bruit résonnait dans l'appareil.

— J'ai peut-être une idée. Où te trouves-tu en ce moment ?

— A Panhandle, en Floride, mais je dois aller à Carder. Il faut que je rencontre le notaire que tu m'as conseillé.

— C'est parfait. Ça va coller. Noah Bradford a gardé un contact depuis qu'on a travaillé à la frontière sur un cartel de la drogue. C'est une espèce d'ermite, mais elle te trouvera ce que tu veux. Elle a une autre connexion à Carder et vit pas trop loin de ce qui a été mon ranch.

— Ah, c'est vrai ! Désolé pour ton ranch ! Tu dois le regretter, ton Triple C.

— L'important c'est que Kat et mes gosses s'en soient sortis vivants. Le reste, je m'en fiche, ce n'est que matériel.

— Je pense qu'il faudra que je passe plusieurs jours à

Carder. Tu as idée d'un endroit où je pourrais séjourner, où personne ne pensera à me chercher ?

— Ma ferme a complètement brûlé, mais il reste un petit chalet sur le terrain qui est derrière, pas trop loin de la rivière. C'était là que les cow-boys restaient surveiller le bétail pour empêcher les prédateurs d'approcher. C'est pas un cinq étoiles, mais il y a un toit.

Hunter poussa un énorme soupir. Sa petite famille aurait le gîte, sinon le couvert. Elle pourrait se reposer, dormir.

— Merci, Logan. Je te revaudrai ça.

— Grâce à toi, Kat est toujours en vie. Je ne l'oublie pas. Tu ne me dois rien.

Logan marqua un temps d'arrêt.

— Prends bien soin de ton fils. Tu sais, tout compte fait, la famille, il n'y a que ça de vrai.

Hunter mit fin à la communication et regarda le médecin.

— Je n'ai plus qu'à trouver un moyen de me rendre à Carder sans que personne ne me remarque. Et sans me faire tuer en chemin.

7

Mis à part les vagues qui léchaient le ponton, Hunter n'entendait aucun bruit. Sur la marina déserte régnait un silence presque inquiétant. La nuit n'était pas encore tombée, mais il faisait sombre.

Au signal du médecin, Hunter poussa Erin contre le mur d'un bâtiment fermé. « A vendre », disait le panneau.

— Ne bouge pas tant que je ne te dis rien.

Elle fit oui de la tête. Elle était silencieuse. Trop silencieuse au goût de Hunter, mais il savait pourquoi.

Depuis qu'ils avaient rendu les zodiacs, elle était bouleversée. Elle avait vu le sang en même temps que lui à l'extérieur du local. Il avait tenté de détourner son regard, mais trop tard. L'homme qui leur avait vendu les bateaux gisait au sol, face contre terre. Erin n'avait pas pu regarder ailleurs et n'avait pas dit un mot depuis.

Tendu, Hunter fureta autour de lui. Toujours aucun bruit, sauf le ressac.

— Tu es sûr qu'ils vont venir ? demanda-t-il au médecin. Perso, je n'aurais pas accepté cette mission.

— Je te dis qu'ils vont venir, répéta Fabiano.

— Je ne pige pas. C'est quoi leur histoire ?

— Le mari de Marty est mort le 11 septembre 2001. Il était pompier. Un héros. Il est remonté dans une des tours mais n'est jamais redescendu.

Le médecin releva ses jumelles de vision de nuit et scruta l'horizon.

— Elle et l'oncle de son mari acceptent des missions, maintenant. Ils ne m'ont jamais laissé tomber.

Un bruit de moteur, plus fort que celui des vaguelettes contre le ponton, troubla le silence. Fabiano et lui s'accroupirent. Le médecin chaussa ses jumelles et regarda dans la direction du moteur. D'abord sans parler.

— C'est eux, chuchota-t-il, rassuré. Qu'est-ce que je t'avais dit ? Et pile à l'heure, avec ça.

Un bateau de pêche fonçait vers le quai. Sa peinture était défraîchie.

— Drôle de barcasse ! lança Hunter. Tu crois vraiment qu'il tient la mer ? Je dois être au Texas très vite. Il lui faudra combien de temps pour y arriver ?

— Moins de temps que tu ne crois, répondit le médecin. De toute manière, tu n'as pas le choix. A moins que tu ne préfères tenter le car ou le train.

Hunter haussa les épaules.

— Ils doivent les surveiller, je ne tiens pas à prendre de risques. Même si on ne passe pas par l'autoroute, ils peuvent nous repérer sur une route secondaire. Alors que personne ne viendra nous chercher sur l'eau.

Le bateau accosta. Hunter détailla la femme qui se tenait debout à l'avant, ses cheveux roux ramassés sous un chapeau de paille enfoncé jusqu'aux yeux. L'homme qui l'accompagnait, nettement plus âgé et l'air ronchon, arrima le bateau. Tous les deux accoururent vers Fabiano.

— Qu'y a-t-il donc de si urgent qu'il faille que j'annule une semaine de pêche dans le golfe ? les interrogea la femme.

Les mains sur les hanches et la tête de côté, elle avait tout d'une chef.

— Hunter, je te présente Marty Zaring, annonça Fabiano. C'est le capitaine du *Souvenirs Précieux*. Elle va vous emmener près de Corpus Christi, sur la côte texane.

— C'est un gentil ? s'enquit-elle

— Est-ce que je t'ai déjà recommandé quelqu'un de pas gentil ? répliqua le médecin, l'air faussement offusqué.

Marty tendit la main à Hunter.

— Très bien. Si j'ai compris, faut que je vous emmène. Discrètement. Juste vous ?

Hunter fit signe à Erin. Elle sortit de l'ombre, Brandon sous le bras.

— Nous trois.

Marty regarda le bébé, et son expression changea.

— C'est bon. Il est minouche, ce petit-là.

L'homme qui accompagnait Marty s'approcha.

— Si c'est pas un grand gaillard, ça !

Son sourire le métamorphosa. Ce n'était plus un vieux grincheux, mais un Père Noël.

— Crisp adore les gosses, expliqua Marty. Si vous voulez, il s'occupera de votre fils.

— Ses parents ont besoin de repos, marmonna Crisp. T'as vu leurs têtes ?

Il prit Brandon et le souleva au-dessus de sa tête. L'enfant éclata de rire.

— Montez à bord, vous deux, lança Crisp. Je m'occupe du môme.

— Dis donc, l'oncle, je n'ai pas donné l'autorisation, gronda Marty.

— Mais... Capitaine... Tu ne vas pas les laisser sur le quai ?

— Non, acquiesça la femme. Allez, montez à bord.

Fabiano se pencha vers Hunter.

— Est-ce que je t'ai déjà déçu ?

Hunter lui serra la main.

— Si jamais tu as besoin de quelque chose...

— Je te demanderai, répondit le médecin. Je sais, tu me dois beaucoup.

Il s'esclaffa.

— Va donc mettre ta famille à l'abri et... Oh ! Hunter... réfléchis à deux fois avant de les laisser partir. Tu pourrais le regretter.

Puis il se tourna vers Erin et la prit dans ses bras.

— Prenez soin de lui. Parce que lui, il ne le fera pas. Refaites-lui ses pansements et veillez à ce qu'il prenne son antibiotique.

— Je suis là, intervint Hunter. Je vous entends tous les deux.

— Alors fais ce que je t'ai dit, insista Fabiano.

Il salua Marty et s'évanouit dans la nuit.

La capitaine du *Souvenirs Précieux* s'avança alors, les mains de nouveau sur les hanches.

— Maintenant qu'il est parti, je vais vous dire le règlement. C'est mon bateau. C'est moi qui commande.

Elle regarda Hunter des pieds à la tête.

— Je suis de l'avis de l'oncle, vous avez des têtes à faire peur. J'ai une cabine en bas, juste après le carré. Allez vous reposer. Je ne tiens pas à avoir un cadavre à jeter par-dessus bord. Les garde-côtes n'aiment pas trop ça. Ah… Autre chose, vous deux, je ne veux pas vous voir de toute la traversée. Il n'y a peut-être pas autant de caméras dans le golfe que sur les routes, mais il y en a quelques-unes.

Hunter empoigna le sac et jeta un dernier coup d'œil autour d'eux. Tout était normal. Pas un chat. Ils allaient peut-être enfin connaître un peu de répit.

— Vous êtes armés ? s'enquit Marty.

— Oui, une mitraillette.

— Je ne veux pas la voir. En cas de problème, il y a un placard dans la cuisine avec un cadenas. Dedans, il y a tout ce qu'il faut.

Hunter se tourna vers Erin : elle voulait reprendre le bébé des bras de Crisp. Mais Brandon semblait fasciné par celui-ci : le vieil homme le faisait rire aux éclats.

— Je vais faire un marin de toi, lui promettait Crisp. Comme j'ai fait avec la femme de mon neveu. Mais toi, tu ne me prendras pas ma place. Pas vrai, mon garçon ?

Il leva Brandon au-dessus de sa tête.

— Holà ! Faut que je te change, mon petit gars !

Sans demander, il prit une couche dans le sac et changea l'enfant. Hunter et Erin en étaient bouche bée.

— Il va plus vite que toi, commenta finalement Hunter.

— Je suis sidérée, renchérit Erin. On dirait qu'il a fait ça toute sa vie.

Crisp prit l'enfant sous le bras et passa à l'avant du bateau.

— Ordre du capitaine. Tous les deux, vous descendez. Moi, je le garde.

— Non, dit Erin. Je ne veux pas.

— Ecoute, ma mignonne, je te comprends. Mais en bas on est secoué. A l'air libre, il risque moins d'être malade.

Erin interrogea Hunter du regard. Au même instant une sirène stridente déchira l'air, et un projecteur aveuglant balaya l'embarcation.

— Descendez, leur ordonna Crisp.

Hunter entraîna Erin sur le pont. Un grand yacht naviguait dans les parages.

— Marty a raison, soupira Hunter. Il faut se cacher.

— Bien raisonné, jeune homme, confirma Crisp en souriant. Je surveille votre petit gars. Je vous donne ma parole.

Au regard du vieux loup de mer, Hunter se sentit en confiance. Il prit Erin par la main et descendit avec elle dans le carré.

— Tu crois que ça va aller ? Brandon…

— J'en suis sûr, Erin. Crisp ne va pas l'enlever — même si ce n'est pas l'envie qui lui manque — et je ne veux pas que notre petit garçon soit malade.

Ils descendirent. En bas, la cuisine était propre comme un sou neuf. A la suite, il y avait une porte que Hunter poussa.

Une petite couchette occupait tout l'espace ou presque.

— Ils ne veulent quand même pas qu'on reste enfermés là-dedans ? s'étonna Erin. Je vais étouffer.

Elle était livide.

— Fais un effort, la pria Hunter. On ressortira quand on sera en pleine mer.

Le moteur vrombit. Le bateau prit de la vitesse.

— C'est complètement fou, souffla Erin. Comment a-t-on fait pour en arriver là ?

Hunter lui caressa la joue.

— Le ciel ne règle pas toujours son cours sur nos désirs, rappela-t-il sentencieusement. Mais tout va s'arranger, tu verras.

— Tu essaies de me rassurer. Mais sérieusement, Hunter, avec la chance qui nous caractérise, tu n'as pas peur que, en plus, on rencontre une tempête ?

A ces mots, le bateau tangua, et Erin tomba dans les bras de Hunter. Il lui prit les mains et la regarda droit dans les yeux. Elle le fixa elle aussi. Il avait ses yeux sombres, voilés. Elle connaissait ce regard-là. Elle le connaissait même bien.

Ses doigts la démangèrent.

Si seulement elle avait pu le serrer contre elle, ainsi qu'elle l'avait osé une certaine semaine, et se noyer dans un bain de tendresse comme ils l'avaient fait à Santorin.

Mais ses émotions étaient mauvaises conseillères, elle le savait.

Hunter était prêt à les aider, mais il n'envisageait sûrement pas de s'engager. Et elle ne le supplierait pas. Brandon et elle s'étaient passés de lui jusqu'à présent. Ils continueraient.

Quelle que soit leur vie à venir.

— Il faudrait que je renouvelle tes pansements, dit-elle. J'ai promis au médecin de le faire.

Il plissa le front, fit mine de reculer, mais il n'y avait pas beaucoup de place dans la cabine.

— Oui, tu as raison, concéda-t-il.

Il ôta sa chemise et s'allongea sur le lit. Maintenant qu'elle n'avait plus peur de le voir mourir dans ses bras, elle avait tout le temps de savourer la beauté de son corps.

C'était un dieu. Epaules larges, hanches minces, des muscles ni trop apparents ni trop fins. La puissance faite homme.

Elle fouilla dans leur sac et en sortit la trousse que le médecin avait préparée.

— Ça va peut-être te faire mal, prévint-elle.

— N'en profite pas !

Elle prit un long moment à le soigner et à refaire les pansements du mieux qu'elle put. Mais quand elle finit et le regarda, il lui fit la grimace. Elle lui avait fait mal.

Elle tomba sur le lit à côté de lui.

— Je suis désolée, Hunter.

— Pourquoi ? Je n'ai rien senti.

— Menteur.

— Peut-être. Mais tu ne préfères pas que je mente ?

Elle n'hésita pas une seconde.

— Non, j'essaie toujours d'être franche. Quand on ment, ça se termine toujours mal.

Elle se redressa sur le lit et replia les jambes.

— Quelquefois, cela permet de rester en vie, déclara-t-il.

— Je vois pourquoi tu dis ça. Mais, personnellement, je mens mal. Ma mère me le disait tout le temps.

Les bras autour de ses jambes, elle posa la tête sur ses genoux.

— C'est la première fois que tu évoques tes parents, remarqua Hunter.

Il lui caressa le bras. Elle frissonna.

— Ce ne sont pas des conversations d'alcôve, dit-elle. Et rappelle-toi, à Santorin nous avons passé la semaine au lit.

— Ce n'est pas vrai, protesta-t-il. Nous sommes allés marcher sur la plage.

— Sur ta plage privée. Nus. Et nous ne sommes pas restés longtemps debout. Ça ne compte pas.

— Quelle semaine ! reprit-il. Tu regrettes ?

— Comment veux-tu que je regrette ? J'ai Brandon, maintenant.

Elle joua avec l'ourlet de son T-shirt.

— Et je me dis que si je ne t'avais pas rencontré, je pourrais être l'otage de terroristes à l'heure qu'il est. Je comprends ce que tu as fait, Hunter. Mais, la prochaine fois, explique-moi ce qui se passe. Ne m'enlève pas sans rien me dire.

Leona s'essuya les pieds devant l'entrée du dispensaire sécurisé et, saisie par une forte odeur d'éther, se frotta le nez.

— Suivez-moi, Padgett, dit-elle.

Trace lui emboîta le pas. Le médecin sortit de son bureau au même moment.

— Alors ? s'enquit Leona.

— Incroyable mais vrai, l'individu est toujours vivant. Il va devoir subir quelques interventions : chirurgie réparatrice de la face et œil de verre. Mais il est assez en forme pour vous recevoir. Suivez-moi.

L'homme allongé dans le lit avait la moitié de la tête

bandée. Il était relié à une poche de perfusion et attaché aux barreaux de son lit.

— Monsieur Mahew, je présume, lança Leona.

Il essaya de se réfugier contre les barreaux.

— Vous étiez promis à une belle carrière, reprit-elle après avoir ouvert un dossier. Vous étiez accepté dans l'Unité des forces spéciales. Curieusement, vous aviez passé avec succès les tests psychologiques. Vous aviez tout pour faire un excellent soldat de l'ombre. Là-dessus, vous fichez tout en l'air en vous faisant radier de votre équipe. Comment un homme comme vous a-t-il pu passer du héros couvert d'honneurs à un misérable assassin ? Comment ?

Terence froissa son drap entre ses doigts.

— J'en avais peut-être marre de toute cette hypocrisie. J'en avais peut-être marre d'obéir aux ordres. Peut-être que j'aime tuer les gens, tout simplement, et que ça me rapporte plus.

— Je vois. L'appât du gain. C'est ce qui mène le monde.

Leona se pencha sur lui.

— Mais dans votre cas, je ne crois pas que ce soit ça. N'est-ce pas, Mahew ? Nous avons reçu des renseignements très intéressants de la ville où vous avez grandi. Quand vous aviez treize ou quatorze ans, on a remarqué des disparitions suspectes d'animaux dans les fermes avoisinantes. Il y a même des chiens qui ont disparu. On n'a jamais rien pu prouver, mais votre mère…

— Laissez-la tranquille, cria Terence.

Trace Padgett fondit sur lui et lui serra le cou avec son bras.

— Tu élèves encore la voix, vermine, et tu regretteras que je t'aie sauvé.

Leona tapa sur le bras de Trace qui recula. *Il aurait dû faire du théâtre, celui-là !* songea-t-elle.

— Bien. Votre mère, Terence, ne doit pas connaître vos activités… extraprofessionnelles, j'ai bien compris ? C'est une femme pieuse, qui craint Dieu. Pour que ce que vous faites reste secret, je vais devoir user de mon influence. Pour cela, je vais avoir besoin d'infos supplémentaires à donner à mon directeur.

Terence hocha la tête.

— Je ne sais rien. Je leur ai seulement parlé au téléphone. Je ne sais pas qui c'était. On ne s'est jamais rencontrés.

— Vous reconnaîtriez la voix ?

— Oui, je pense. Il avait l'accent anglais avec des pointes d'intonation arabe. Tout ce que je sais, c'est qu'il voulait le Dr Jamison et son gosse. Il les voulait vivants tous les deux.

— Ce n'est pas nouveau, ça, Terence, répliqua Leona, agacée. Vous allez devoir faire un effort si vous voulez sortir d'ici vivant.

Elle se pencha sur lui et pianota de bas en haut sur sa poitrine. Arrivée au niveau du cou, elle appuya sur sa carotide avec un doigt d'abord, puis deux.

— Réfléchissez, Terence.

— D'accord, d'accord, soupira-t-il. Mais laissez-moi respirer.

Elle le lâcha et croisa les bras devant elle.

— Alors ? J'attends.

Terence inspira une bouffée d'air.

— Quand j'ai dit à mon contact qu'un type, un doué, aidait le Dr Jamison à s'enfuir, mon client a lancé un nom.

Leona se pencha plus bas.

— Quel nom ?

— Graham.

Misère ! Ça, c'était une info de première ! Le nom de Graham était top secret. Si le client de Terence le connaissait, c'est qu'il y avait une taupe dans les services.

Ça pouvait être n'importe qui.

Plus probablement quelqu'un de nouveau.

Leona se précipita vers Trace.

— Sortez, hurla-t-elle, ne dominant pas sa rage

— Mais, madame ?

— J'ai dit sortez. Allez m'attendre dans mon bureau. Et interdiction de parler à qui que ce soit.

Raide comme un I, Trace Padgett quitta la chambre et referma derrière lui.

Hors d'elle, Leona se mit à aller et venir dans la pièce.

L'air lui manquait. Il fallait qu'elle réfléchisse. Erin et Hunter couraient un danger encore plus grand qu'elle ne le pensait. Elle devait identifier la menace.

— Vous dites que votre interlocuteur avait un accent arabe. Je vous demande d'essayer de vous rappeler, Terence. C'était vraiment son accent ? Ou il imitait l'accent de là-bas ?

Elle en avait un peu trop dit, mais il fallait bien qu'elle pose la question.

— Si je vous le dis, vous me sortirez d'ici ?

— Peut-être.

— D'accord, je joue.

Terence la regarda un long moment sans parler, puis il se décida.

— Voilà. Si je devais parier, je dirais qu'il faisait semblant. Son accent anglais était trop net.

Leona tourna sur ses talons et ouvrit la porte.

— Hé, ho, la rappela-t-il. Une minute. Je veux sortir.

— Peut-être demain, répondit-elle.

Pour l'heure, elle avait un traître à débusquer et devait joindre Hunter. Il lui dirait de ne pas s'en mêler, c'était certain. N'empêche, il devait savoir qu'il n'était en sécurité nulle part.

Si le traître faisait partie de l'Organisation, qui qu'il soit, il avait les moyens de trouver Erin Jamison et Hunter, où qu'ils se cachent.

Le bateau qui roulait bord sur bord les ballotait tous les deux. Hunter admirait le profil de la femme qui avait dormi toute la nuit dans ses bras. Elle en avait vu de toutes les couleurs, et ce n'était pas fini. Loin de là. Si seulement il avait pu faire quelque chose pour elle, pesta-t-il.

Une corne de bateau au son sourd les sortit de leur torpeur. Erin s'étira. Son vêtement se plaqua sur ses seins. Déjà très excité, Hunter eut du mal à tenir ses mains. Mais des cris retentirent. Oubliant le désir qui le tourmentait une seconde plus tôt, il se leva d'un bond. Erin se redressa sur la couchette.

— Qu'est-ce qui se passe ?

Quelqu'un dévalait l'échelle qui menait au carré. Crisp ouvrit la porte, le regard halluciné. Il avait du sang sur les joues.

— On a été abordé.

— Où est Brandon ? s'écria Erin.

— Dans ma cabine.

Erin se précipita dans la cabine du loup de mer. Hunter lui cria :

— Reste dedans et enferme-toi. Tu te tiens derrière la porte et tu la vises. Ne laisse entrer personne. Que moi.

Il s'empara d'une mitraillette et d'un couteau.

Des coups de feu retentirent alors.

— Marty ! hurla Crisp.

Hunter remonta sur le pont.

Un homme en noir tenait Marty par le cou.

— Où sont la femme et le gosse ?

Marty lui laboura les côtes de coups de coude, ce qui l'énerva encore plus. Furieux, il la gifla, tellement fort qu'elle s'écroula.

Crisp poussa un nouveau hurlement et visa. Mais avant qu'il ait eu le temps de tirer, Hunter abattit l'homme : celui-ci tomba comme une pierre sur le pont.

Mais un grappin avait été lancé d'un bateau qui s'était mis à couple.

— Il en vient d'autres ! avertit Crisp.

— C'est ce qu'on va voir, cria Hunter.

Il courut vers le bastingage et mitrailla les deux hommes qui escaladaient la coque. Ils coulèrent à pic.

Mais aussitôt des bras le saisirent par-derrière. Il se retourna et frappa. L'individu esquiva.

Bon Dieu !

Il passa la jambe entre celles de son agresseur.

Nouvelle parade.

L'individu connaissait tous les gestes. Ils devaient avoir suivi le même entraînement.

— Je te parie que tu ne connais pas celui-là, gronda Hunter, se rappelant une action qu'il avait apprise en se battant à l'école.

L'individu perdit l'équilibre. Hunter en profita. Il lui flanqua un bon coup dans le nez. Sonné, l'agresseur s'écroula sur le pont.

Hunter se retourna. Une sirène retentit au même moment.

— *Souvenirs Précieux*. Ici, les garde-côtes. Nous allons monter à votre bord.

Il y eut un bruit d'eau éclaboussée, puis le ronflement d'un moteur de zodiac.

Crisp courut vers Marty, toujours allongée sur le pont, à moitié K.O.

— Ça va, Marty ?

Elle cligna des yeux.

— Ce n'est franchement pas drôle, grogna-t-elle.

Hunter se pencha sur elle. Elle avait le nez cassé et la joue éraflée.

— Vous allez avoir un œil au beurre noir. Mais bravo, vous vous êtes défendue comme une lionne.

Marty serra dans sa main le pendentif qu'elle avait autour du cou. Un camion de pompier miniature.

— J'ai eu un bon professeur.

Un projecteur éclaira brusquement le pont.

— Descendez, murmura Marty. Je m'occupe d'eux. Il y a un canot de sauvetage attaché à l'arrière, à tribord : le zodiac du garde-côte est à babord, ils ne vous verront pas. Faudrait pas qu'ils vous trouvent ici.

Hunter tapa dans la main de Marty.

— Merci.

— Prenez soin de votre famille, Hunter. C'est terrible de perdre ceux qu'on aime.

Elle embrassa son pendentif et ferma les yeux.

— Marty !

Hunter posa la main sur son cou. Elle s'était évanouie.

Des larmes plein les yeux, le vieux Crisp poussa un cri.

— Non ! Je ne veux pas la perdre, elle aussi !

— Vous ne la perdrez pas. Elle est plus résistante que vous et moi.

— Partez, vous ! ordonna Crisp. Elle me tordra le cou si vous vous faites prendre.

— Holà, du bateau ! Montrez-vous ! lança une voix dans un mégaphone.

Les mains levées, Crisp se redressa.

— On a besoin d'un médecin.

Hunter descendit dans le carré et rejoignit Erin. Elle avait déjà rangé toutes leurs affaires dans le sac.

— T'ai-je déjà dit que tu es très intelligente ?

Il balança le sac sur son épaule et se dirigea vers la cuisine.

— On ne remonte pas sur le pont ? demanda-t-elle.

— Non, à moins que tu ne tiennes à subir un interrogatoire.

Hunter s'accroupit sous la table et appuya sur une trappe qui s'ouvrit. Un souffle d'air marin emplit le carré. Il regarda à l'extérieur. Tout était clair. L'annexe était bien là où Marty avait dit.

En quelques minutes, ils étaient tous à bord de l'annexe, lui, Erin, le bébé et le sac.

Il regarda le rivage. Grâce au ciel, ils n'en étaient qu'à quelques encablures. Pagayant discrètement, ils s'éloignèrent du bateau de pêche de Marty et du garde-côte dont les gyrophares éclairaient, heureusement, l'autre côté de l'étrave.

— Où sommes-nous ? chuchota Erin.

— Au sud de Corpus Christi. Si tout va bien, notre contact sera là à nous attendre. Finalement, nous n'avons pas pris trop de retard.

Manœuvrant entre les voiliers à l'ancre, Hunter finit par accoster.

Courbés en deux, ils longèrent un bâtiment. Erin tenait Brandon dans ses bras. Une voiture de police passa devant eux. Hunter lui fit signe.

— Allons-y, lança-t-il.

— Des policiers ?

— Un policier et pas n'importe lequel. Tu vas faire la connaissance d'un des rares flics en qui j'ai toute confiance. Blake Redmond. Le shérif de Carder.

Un ronflement de moteur qui provenait de quelque part

près du ponton attira brusquement l'attention de Hunter. Il pila, tendit l'oreille.

Le bruit s'arrêta aussitôt.

Saisi par un mauvais pressentiment, il prit Brandon à Erin.

— On ne reste pas ici une minute de plus, dit-il. Allez, vite !

Ils coururent vers le véhicule du shérif et s'engouffrèrent à l'arrière.

— Fonce ! lança Hunter.

8

La voiture du shérif quitta le bord du golfe dans un crissement de pneus à crever les tympans. Hunter se baissa, Erin serrée contre lui.

Une fois loin de la civilisation, il releva la tête.

— Tu veux bien me dire dans quoi tu t'es encore fichu, Hunter ? demanda Blake.

— Justement non !

— Vous avez de la chance que j'aie confiance en Hunter, dit le policier, en s'adressant à Erin. Sinon, je vous laisserais au bord de la route.

Sur ces mots, il accéléra, et, vers 3 heures, ils arrivèrent à Carder.

Blake passa deux feux, puis tourna dans un coupe-gorge au bout duquel se trouvait une maison complètement décrépie, en briques rouges. Hunter l'avait visitée quelques mois seulement avant la naissance de Brandon.

— Logan m'a dit que tu avais à faire avec Exley, reprit Blake.

Il arrêta la voiture et se tourna vers l'arrière.

— Si tu veux le voir aujourd'hui, vaut mieux te magner. Le bonhomme ferme son bureau à 3 heures tapantes.

Blake piaffait de ne pas savoir ce qui se tramait dans sa ville, comprit Hunter.

Il se tourna vers Erin. Assis entre eux, Brandon s'était assoupi. Avec un peu de chance, il dormirait pendant un petit moment.

— J'aimerais que tu m'accompagnes, Erin. Ça ne sera pas long, ajouta-t-il, s'adressant au shérif.

— Pas d'inquiétude, répondit Blake. Je surveille l'enfant.

Erin sortit du véhicule et prit la main de Hunter.

— Où va-t-on ?

— Quand Brandon est né, je l'ai su presque aussitôt, commença Hunter.

Elle s'arrêta, interdite.

— Comment l'as-tu appris ?

— Je t'expliquerai ça plus tard, rétorqua-t-il.

Butée, elle resta plantée au milieu du trottoir.

— Je ne t'accompagne pas si tu ne me donnes pas d'explications.

— Tu me manquais, se justifia-t-il. Alors, un jour, je suis revenu et je t'ai vue. Tu étais enceinte. D'environ sept mois. A partir de là, j'ai suivi, de loin, ce que tu devenais. Je voulais être sûr que tout allait bien pour toi.

Amère, elle le fixa.

— Je ne sais pas si tu as mesuré à quel point je pouvais être terrifiée. J'étais seule au monde avec un bébé. Sans parents. Sans famille. Et toi, tu suivais de loin… Te rends-tu compte de ce que tu me dis ?

— Oui, mais je ne pouvais pas faire autrement. Je t'aurais mise en danger.

Il serra les dents.

— Tu ne penses pas que j'aurais préféré être avec toi ? Toi et le bébé… Dans mon métier, je me suis fait des ennemis. Des ennemis tout-puissants. Si jamais ils avaient fait le lien entre nous, ils se seraient servis de toi et de Brandon contre moi. Je ne pouvais pas prendre ce risque.

Il aurait compris qu'elle soit en colère. En revanche, la voir triste, déçue, lui était insupportable.

— Erin…

— Non, tais-toi ! Tu étais au courant pour Brandon, et tu n'as pas bougé ! Pourquoi sommes-nous ici ?

— Je voulais m'assurer, si jamais il m'arrivait quelque chose, que Brandon et toi seriez à l'abri du besoin. J'ai créé un fonds pour notre fils. Dorénavant, puisque vous allez changer d'identité, je veux tout vous léguer.

Elle se frotta les yeux.

— Parfait, dit-elle avec une froideur qui le glaça. Allons-y.

Sentant la tension le gagner, il se frotta la nuque. C'était la migraine assurée, il en connaissait les signes avant-coureurs. Point positif, elle avait accepté son cadeau. Ce n'était pas gagné d'avance. Avait-elle enfin admis la réalité de la situation ?

Il l'observa. Son expression était indéchiffrable. En soupirant, il poussa la porte de l'étude notariale et entra. Une odeur qu'il ne connaissait que trop bien l'assaillit. Une odeur ignoble.

Erin plaqua la main sur sa bouche et recula.

— Qu'est-ce que c'est que ça ? dit-elle.

Hunter empoigna son arme et poussa Erin dehors.

— Va chercher le shérif.

Il s'arrêta.

— Erin, as-tu toujours le revolver que je t'ai prêté ?

Elle fit oui de la tête.

— Dégaine et reste avec Brandon.

Pâle mais déterminée, elle courut vers la voiture tandis que Hunter passait au peigne fin le hall d'accueil. La pièce était immaculée et vide.

Rien ne semblait avoir été dérangé, mais le silence était inquiétant et l'odeur… Celle d'un corps en décomposition.

Normalement, il aurait appelé du renfort, mais la situation était tout sauf normale.

Soudain, des pas résonnèrent derrière lui. Le shérif Blake Redmond jura, branchant sa radio.

— J'ai besoin de renfort. Chez Exley. Et faites venir le médecin légiste.

Il s'approcha de Hunter.

— Nous sommes en présence d'une scène de crime. Ta place n'est pas là.

— Ecoute, shérif, j'ai quelque chose à voir absolument.

Blake l'attrapa par le col de chemise.

— Je ne vois pas pourquoi je te laisserais faire. Je devrais même t'interroger. Tu venais voir Exley, et l'on trouve un cadavre dans son bureau. Avoue que…

Hunter chercha son regard.

— Ecoute-moi. Logan a confiance en toi, et moi je te demande de m'aider. Il y a deux innocents dans ta voiture. Si tu ne veux pas qu'il leur arrive malheur, il faut que je sache pourquoi Exley est mort.

Blake le scruta, perplexe.

— Je te donne cinq minutes. Et je veux t'avoir constamment dans mon champ de vision.

— Marché conclu, répondit Hunter.

Blake lui tendit une paire de gants. Il les enfila, puis entra dans le bureau d'Exley. Une paire de jambes dépassait de sous la table.

— C'est madame Exley, l'hôtesse d'accueil de son mari. Elle ne faisait pas confiance aux minettes qui se présentaient pour ce poste.

Il fit le tour du bureau.

Elle avait été étranglée.

Près d'elle gisait le corps du notaire. Du sang avait séché dans ses cheveux blancs.

— Regarde le coin de la table, Blake.

Celui-ci se tourna pour voir. Rien n'avait été dérangé, sauf un tiroir.

Hunter se figea. Quand il avait eu son rendez-vous avec Exley pour signer les documents concernant la création du fonds pour Brandon, le notaire avait sorti son dossier de ce tiroir.

Il jeta un coup d'œil dans le tiroir. Il contenait un dossier sur lequel était inscrit Clay Griffin, mais ce dossier était vide. Ou presque. Il restait un petit bout de papier à l'intérieur. Hunter le prit et lut avant que Blake n'ait le temps de le lui arracher des mains.

— Hunter Graham, lut-il tout haut.

Il jura.

— Qu'est-ce que c'est ? s'enquit Blake.

Il regarda le morceau de papier que Hunter tenait à la main.

— Tu ne devais pas y toucher, lui reprocha-t-il. Tu vas embrouiller les empreintes. C'est une pièce à conviction.

— Elle ne te servira à rien, shérif. Tu ne trouveras pas l'assassin.

Il mit le papier dans sa poche.

— Pourquoi ? Tu sais qui a fait le coup ? demanda Blake.

Hunter regarda le notaire et sa femme : ils n'avaient jamais fait de mal à personne. En demandant à Exley de l'aider, il avait signé l'arrêt de mort du couple.

Il soupira. S'il caressait encore l'espoir de vivre, un jour, avec Erin et Brandon, cet espoir venait de s'éteindre.

Ceux qui avaient perpétré le massacre qu'il avait sous les yeux savaient exactement ce qu'ils cherchaient. Autrement, la pièce aurait été mise à sac. Ce qui n'était pas le cas. Ils connaissaient donc le nom *Clay Griffin*. Pire encore, en plus de faire le rapprochement entre ses deux identités, Clay Griffin et Hunter Graham, ils avaient fait le lien entre lui et Erin et Brandon Jamison. Il y avait une dizaine de groupuscules terroristes qui voulaient sa mort. Ils avaient maintenant un fabuleux moyen de chantage.

Le général Miller l'avait prévenu, et tout ce qu'il lui avait prédit se réalisait. Son patron avait raison. Il ne pouvait pas avoir de famille. Ni maintenant. Ni plus tard. Jamais.

— Ne reste pas comme ça les bras ballants, lui lança Blake. Qui les a tués ?

— Je l'ignore, shérif.

C'était vrai.

— Ce que je sais, en revanche, c'est que tous mes plans pour protéger les deux personnes qui attendent dans ta voiture tombent à l'eau l'un après l'autre.

Erin était épuisée par toutes les ruses que Hunter avait imaginées. Ils étaient allés en voiture jusqu'à la ville voisine pour revenir aussitôt à leur point de départ. Ils avaient changé deux fois de véhicule et, maintenant, Brandon et elle se trouvaient à l'arrière d'un gros 4x4 dont la couleur grise se confondait avec le gris poussiéreux du ciel.

Brandon avait fini par s'endormir. Compte tenu des deux

dernières journées qu'il avait passées, il y avait des chances pour qu'il ne se réveille pas avant le lendemain matin. Merci pour le répit.

Depuis qu'il était sorti du bureau du notaire, Hunter était sur les nerfs. Quant à elle, elle avait encore du mal à admettre que les malheureux avaient été assassinés. Et le regard glacial de Hunter lui faisait peur.

Il engagea le 4x4 sur un chemin de terre qui se perdait au cœur d'un paysage désolé.

— Où allons-nous maintenant ? demanda-t-elle d'une voix lasse.

Elle était morte de fatigue.

— Dans un lieu sûr, du moins je l'espère. Jusqu'à ce que je puisse organiser quelque chose définitivement à l'abri de tout danger pour Brandon et toi.

Elle appuya sa tête contre le dossier de son siège.

— Tes plans me semblent de plus en plus compliqués, Hunter. On pourrait peut-être mettre un terme à cette course infernale et demander à l'agence gouvernementale pour laquelle tu travailles de nous aider ?

Il n'eut pas le temps de répondre et freina. Brutalement. Un 4x4 noir était garé devant un petit chalet.

— Qui est-ce ? s'enquit-elle.

— Je ne sais pas.

Il passa la marche arrière puis recula. Au même moment, le shérif Redmond sortit du chalet et leur fit un signe de la main.

Hunter jura et alla se garer devant la petite maison.

Erin sortit de la voiture et prit dans ses bras Brandon qui dormait toujours. Hunter attrapa leur sac dans le coffre.

— Je ne m'attendais pas à te voir là, shérif, lança-t-il à Blake.

Un petit garçon caché derrière le shérif pointa son nez. Blake lui caressa les cheveux.

— Voici Ethan, dit-il.

Une femme apparut et vint près de lui. Elle était très enceinte.

— Bonjour, je suis la femme de Blake, Amanda Redmond.

Elle sourit à Erin.

— Quand Blake m'a dit que vous alliez vous installer ici, j'ai pensé que ce ne serait pas mal d'arranger un peu le chalet pour le rendre plus accueillant. Et plus commode avec un bébé.

Ethan s'approcha d'Erin pour regarder dans le porte-bébé.

— Il est petit. C'est quoi son nom ?

— Brandon.

— Moi, je vais avoir une petite sœur, poursuivit Ethan avec fierté. Je serai son grand frère et je serai très gentil avec elle.

— J'en suis sûre. Elle a beaucoup de chance, ta petite sœur.

Ethan rit.

— Tu veux voir ce que ma maman a apporté ? Elle a fait des pâtes avec du fromage, et des gâteaux. Et puis, elle a fait encore plein d'autres choses.

Le garçon prit la main d'Erin, et ils entrèrent dans le chalet. Celui-ci était tout petit. Il ne comprenait que deux pièces.

Dans la cuisine, Amanda avait stocké toutes sortes de bonnes choses. Une boîte en fer avec des gâteaux attendait sur la table. Des plats tout préparés, des fruits et des légumes étaient au frais dans le réfrigérateur.

Erin posa le porte-bébé dans un coin pour ne pas gêner le passage et regarda autour d'elle. Amanda s'était donné beaucoup de mal pour eux alors qu'elle ne les connaissait même pas. C'était d'une gentillesse rare.

— Merci, dit Erin. C'est adorable de votre part. Vous n'auriez pas dû.

Amanda lâcha la main de Blake et repoussa ses cheveux roux en arrière.

— C'est normal. Blake et moi ignorons ce qui se passe, mais peu importe. Il n'y a pas si longtemps encore, je me suis retrouvée dans une situation impossible. Je ne savais plus vers qui me tourner. J'ai atterri dans cette ville qui est devenue un havre de paix pour moi. J'aimerais que ce soit la même chose pour vous.

Erin réprima un soupir. A Pensacola, elle ne s'était pas fait d'amis parce qu'elle ne pensait qu'à son travail. Mais cela ne l'avait pas empêchée d'espérer qu'un jour elle aurait un cercle d'amis proches, chez lesquels elle pourrait passer prendre un café ou une tasse de thé au débotté, des amis à qui elle pourrait demander un peu de farine si l'envie la prenait subitement de faire des gaufres... Bref, de vrais amis. Chaleureux. Accueillants. Sans chichis.

Mais même cette vie-là serait-elle possible ? N'était-elle pas condamnée à vivre en se méfiant perpétuellement de tout et de tout le monde ?

Devenue méfiante, elle s'était même demandé si Blake et Amanda n'avaient pas quelques mauvaises idées derrière la tête. Comment Hunter pouvait-il vivre ainsi ?

C'était un enfer.

Malheureusement, c'était dorénavant sa vie.

— A quoi ressemble le ranch Triple C ? demanda Hunter à Blake.

Le shérif laissa échapper un sifflement qui en disait long.

— Il n'en reste rien. Même pas un tas de cendres. Ils ont tout rasé et construit une écurie à la place. Il faudra du temps avant de tout reconstruire. Tout ce qu'il reste, c'est le système de sécurité. Pour ce que ça a servi !

Erin tendit l'oreille.

— Il fonctionne ?

— Logan dit qu'il va le remplacer, lui répondit Blake.

— Vous pensez qu'il m'autoriserait à aller jeter un coup d'œil ? Je pourrais peut-être trouver des choses qui m'intéressent.

Avec un peu de chance et ses compétences, elle parviendrait peut-être à le refaire fonctionner et bien dormir cette nuit. Enfin.

— Allez-y, acquiesça Blake. Je ne suis même pas sûr que Logan remette les pieds ici un jour.

Amanda se racla la gorge. Ethan s'était appuyé contre elle, les yeux à moitié fermés.

— Je crois qu'on va s'en aller, conclut Blake. Il y a quelqu'un qui a sommeil, ici.

Amanda embrassa Erin.

— N'hésitez pas à nous appeler si vous avez besoin de quelque chose. J'ai appris à mes dépens qu'il faut savoir demander de l'aide quand on en a besoin. Ça ne sert à rien de garder le silence, qu'à avoir des problèmes.

Hunter serra la main de Blake.

— Merci. Je ne pense pas que nous resterons ici très longtemps, mais merci de ton accueil.

— Les gens à qui Logan fait confiance sont mes amis, répondit le shérif. C'est précieux par les temps qui courent.

Les Redmond quittèrent le chalet, soulevant derrière eux un nuage de poussière.

Le soleil se posait sur l'horizon dans un flamboiement de rouge et d'orange.

Appuyée au chambranle de la porte, Erin ferma les yeux.

— Je suis morte de fatigue. Je pense que je ne dînerai pas. A ton avis, y a-t-il une douche dans la maison ?

Hunter la conduisit à la salle de bains.

— Tu as de la chance. C'est même une baignoire à griffes de lion. Quelqu'un a aménagé le chalet pour des chasseurs. Pendant que tu prends ta douche, je fais réchauffer le dîner.

Elle referma la porte derrière lui. Sous le lavabo, il y avait des sels de bain. Le bonheur !

Et l'eau était chaude. Elle la tâta d'abord avec un orteil, puis y plongea le pied et s'immergea totalement. Les sels de lavande teintaient l'eau en mauve et dégageaient une odeur délicieuse. C'était le paradis. Elle ferma les yeux, s'abandonnant au plaisir d'un bain chaud sans penser à rien. Peu à peu, elle sentit ses muscles se détendre, sa tension retomber.

De l'autre côté de la porte, Hunter s'agitait. Elle entendait des bruits de placards que l'on ouvre et qui se ferment, la porte du réfrigérateur qu'il claquait.

Elle aurait aimé qu'il la rejoigne dans la baignoire. C'était un rêve qu'elle avait souvent caressé depuis Santorin. Une baignoire. De la mousse. Les stores baissés et juste des bougies pour éclairer la pièce. Leurs deux corps enlacés sous l'eau, comme dans les films. Malgré les apparences, elle était une incorrigible romantique. Avec un petit quelque chose d'une midinette. Mais tant pis, c'était son secret, personne ne le connaîtrait jamais. Et personne ne l'empêcherait jamais de continuer de rêver.

Le jour où elle avait perdu ses parents, elle avait compris que la vie était injuste. Que les rêves ne se réalisaient jamais. Alors pourquoi espérait-elle encore ? Même ses recherches essayaient de circonvenir Mère Nature. Etait-elle folle pour croire qu'elle pouvait changer quelque chose ?

— Tu es toujours vivante ? lui lança Hunter.

Un gazouillis joyeux la fit sourire. Brandon était debout. Aussi vite qu'elle put, elle sortit de l'eau et s'habilla.

— Alors ? C'était bon ? demanda-t-il en posant un plat sur la table.

— Plus que ça ! répondit-elle.

Hunter lui tendit une assiette pleine puis en mit un peu dans un ravier.

— Brandon en a mis la moitié par terre, expliqua-t-il.

— J'ai dit que c'était son plat préféré, mais ce n'est pas une raison pour lui en donner une pleine assiette. Il est gourmand, pas glouton.

Elle piqua sa fourchette dans le gratin et la porta à sa bouche.

— Hum, c'est bon. Je ne sais pas quel fromage Amanda a utilisé. Il faudra que je lui demande sa recette. Je me régale.

— J'avoue que, en comparaison, le gratin de ma mère était assez quelconque.

— Comment les préparait-elle ?

— Avec les moyens du bord. On ne roulait pas sur l'or à la maison.

— Et ton père ? Tu ne parles pas beaucoup de lui.

Hunter regarda son fils, et son visage changea d'expression.

— Mon père ? Je ne l'ai jamais connu. Ma mère l'avait fréquenté au lycée. Quand il a su qu'elle était enceinte, il s'est volatilisé !

Il leva les yeux vers Erin. Elle le regarda avec tristesse.

— Je me suis juré que je ne ferais jamais comme lui, reprit-il. Mes choix m'ont empêché de respecter cette promesse. Pardon.

— Ta mère sait ce que tu fais ?

— Elle est morte quand j'avais seize ans. Elle s'est tuée au travail sans avoir de quoi manger à sa faim, ni de quoi se soigner.

— Qu'as-tu fait ?

Il haussa les épaules.

— J'ai traîné dans la rue pendant deux ans. Et puis un jour, j'avais donc dix-huit ans, je me suis engagé dans l'armée. Il y avait un bureau de recrutement juste en face de l'abri pour S.D.F. où j'allais dormir quelquefois, ou prendre une douche. J'ai passé mon G.E.D., tu sais, le diplôme d'études générales, que j'ai obtenu, et voilà ! Chaque mois, j'avais ma paye de soldat, c'était régulier, c'était bien. Les autres sont devenus ma famille. Et moi, ils pouvaient tout me demander.

— Comme Logan. Et le médecin.

— Et comme le général Miller. C'est lui qui m'a sélectionné. Il a été le premier à me faire sentir que j'étais quelqu'un d'aussi valable qu'un autre. Il m'a appris que j'étais capable de faire beaucoup de choses.

— Mes parents m'avaient appris cela avant de mourir.

Il la regarda avec une infinie compassion.

— Dans le fond, nous sommes tous les deux des orphelins, et tous les deux nous avons surmonté les épreuves. Je ne l'avais pas réalisé.

Il se leva, et Brandon se blottit contre sa poitrine.

— Je pensais que nous étions très différents, poursuivit-il. A la seconde où je t'ai aperçue à Santorin, j'ai eu envie de toi. Mais j'ai très vite pris conscience que nous n'étions pas du même monde.

Ne comprenant pas ce qu'il entendait par ces mots, elle resta à le regarder bouche bée.

— Quand tu es venu vers moi, dit-elle enfin, je me suis dit que tu te trompais sûrement.

Il s'approcha d'elle et lui caressa la joue.

— Non, Erin, je ne me trompais pas. Tu as illuminé ma vie. Avant de te rencontrer, je n'avais jamais connu ce… cette… lumière.

Brandon battit des paupières plusieurs fois puis ferma les yeux. Il venait pourtant de se réveiller, songea Erin. Il devait être épuisé.

— Je vais aller le mettre au lit, Hunter. Donne-le moi.

Tandis que Hunter s'affairait dans la cuisine, elle mit son pyjama à Brandon et l'allongea dans le lit-parapluie qu'Amanda avait apporté. Deux secondes plus tard, il dormait.

Elle se pencha sur lui, repoussa une mèche de cheveux de son front et chuchota :

— Bonne nuit, mon amour. Maman t'aime.

Debout devant le lit de fortune, elle sentit soudain une chaleur dans son dos. Hunter l'avait rejointe. Il la fit pivoter dans ses bras et plongea son regard dans le sien.

— Il ne faut pas que je t'embrasse, Erin. Nous savons tous les deux que nous sommes dans l'impasse.

Ses yeux étaient voilés et doux comme du chocolat chaud. Comment pourrait-elle lui résister ?

Elle posa les doigts sur ses lèvres.

— Tu m'as anéantie quand tu es parti, me laissant seule dans cette île grecque. Si je succombe aujourd'hui, cela recommencera. Je ne veux plus souffrir, Hunter. Je ne peux plus.

Il prit sa main dans la sienne.

— Je ne sais que te répondre. Tout ce que je puis te dire c'est que, depuis mon départ de Santorin, je n'ai aspiré qu'à une chose, te serrer dans mes bras. Je peux, Erin ? Tu veux bien ? Accepteras-tu que je t'aime sachant que cela ne nous mènera à rien ? Qu'il faudra se dire au revoir.

Il posa les mains sur ses épaules et elle frissonna. La raison qui animait d'habitude la scientifique qu'elle était l'abandonnait. Pour la première fois depuis l'île paradisiaque, elle laissa son cœur lui dicter sa conduite.

Elle passa les bras autour du cou de Hunter et l'attira à elle.

— Aime-moi, Hunter. Je suis fatiguée de refréner mes sentiments, mon désir. Aime-moi, et tant pis si l'on doit se dire au revoir. D'ici là, aime-moi.

*
* *

Leona entra comme une furie dans le bureau de Trace Padgett et lança la dernière liste des personnes à surveiller sur sa table.

— Qu'est-ce que c'est que ça ? gronda-t-elle en pointant le doigt sur le nom de Hunter. Un danger pour la sûreté nationale ? Etat mental douteux. Qui a demandé cela ?

— Madame…

Son obséquiosité acheva d'irriter Leona.

— Et arrêtez de m'appeler madame, Trace. Maintenant, expliquez-vous !

— C'est Terence Mahew, madame. Il s'est souvenu de quelque chose. L'homme qui l'avait contacté a dit qu'il connaissait Erin Jamison. J'ai découvert que Clay Griffin et Erin Jamison avaient eu une aventure, il y a un peu plus d'un an. Quelqu'un au bureau avait tenté d'étouffer l'affaire.

Leona ferma les yeux.

C'était cuit. Elle pensait avoir colmaté toutes les brèches. Elle avait échoué.

— Il a couché avec elle ? Bon, et alors ?

Il fallait qu'elle sache exactement ce que Padgett avait appris. Et ce que savait le général Kent Miller.

— Hunter Graham a de nombreux contacts, reprit Padgett. Erin Jamison a commencé à développer son prototype il y a plusieurs années déjà.

Il sortit son calepin.

— Graham a fait plusieurs voyages en Floride au cours des quatorze derniers mois. Je pense qu'il travaille au noir, mais j'ignore pour qui, depuis qu'il l'a rencontrée. Si on ne le retrouve pas, Erin Jamison risque d'être tuée, et son prototype de finir entre les mains de terroristes.

Leona se leva et se tapa sur le front. Trace Padgett était vraiment très, très bon. Trop bon.

— A votre avis, Padgett, où est parti Graham ?

— On n'en sait rien. Si j'étais lui, je ne resterais pas en

Floride. Et si j'avais rendez-vous avec quelqu'un, j'irais au Mexique. A la frontière avec le Nouveau-Mexique ou l'Arizona.

— Renseignez-vous auprès des policiers qui patrouillent à la frontière. Voyez s'ils ont constaté une activité inhabituelle.

Pas mal, Trace. Pas mal du tout.

Leona quitta la pièce, ses mains tremblaient.

Tout ça ne sentait pas bon.

Hunter ne répondait pas à ses appels. Elle n'avait pas la moindre idée de l'endroit où il se trouvait. Leurs plans ne tenaient plus la route.

Elle prit son portable.

— Nous avons un problème. Est-ce que les comptes offshore sont sécurisés ?

— Evidemment, lui répondit son mari. Je suis prêt si tu es prête, mon amour.

— Si Hunter n'appelle pas très vite, on est fichus.

— Il va appeler, Leona. Il a confiance en toi.

— J'espère. Quand il aura appelé, il faudra déguerpir très vite. Nous devons en terminer avec Hunter Graham une bonne fois pour toutes.

9

— Aime-moi, murmura-t-elle.

Interdit, Hunter crut à un rêve.

— Aime-moi, répéta-t-elle.

Comment lui résister ? Il la prit dans ses bras et happa sa bouche comme il avait rêvé de le faire depuis Santorin.

Elle se frotta contre lui en gémissant puis recula.

— Je t'ai fait mal ? s'enquit-il.

Elle avait les yeux brillants. Etait-ce des larmes de tristesse, ou du désir ?

— Ne t'arrête pas, s'il te plaît, reprit-elle. J'attends cela depuis toujours.

— Moi aussi, mon amour, moi aussi.

Sans la lâcher, il l'emmena dans la petite chambre et ferma derrière eux. Puis il alluma la lampe de chevet. Aussitôt une lumière douce éclaira les murs en rondins. Ses cheveux prirent des reflets dorés comme les mèches qu'elle avait à Santorin quand le soleil les avait décolorées.

Il lui prit la tête à deux mains et la serra.

— Je vais te faire l'amour. S'il te plaît, ne me dis pas non.

— Fais-moi oublier, Hunter. Fais-moi tout oublier. Tout sauf toi. Au moins, ce soir.

Il recula avec elle jusqu'au lit et tomba sur le dos, Erin allongée sur lui.

— Fais ce que tu veux de moi, murmura-t-il. Je suis tout à toi.

Elle sourit et se mit à califourchon sur ses hanches. Il sentait sa chaleur à travers son long T-shirt. Elle ondula sur lui, ouverte à son désir.

— Tu as envie de moi, dit-elle, penchée sur lui. Je le sens.

Elle se pencha davantage et toucha son torse avec ses seins.

Sentant ces rondeurs pulpeuses contre lui, il ôta le long T-shirt qu'elle portait en guise de chemise de nuit.

Il commença alors à faire courir ses mains sur elle, à aller et venir, à la toucher, la caresser, la palper, avide, impatient, affamé, insatiable.

Il releva légèrement la tête et happa un mamelon, le mordilla, puis l'autre. Elle gémit, se redressa, ondula de plus belle sur lui. A lui faire mal.

— Ne me fais pas attendre, susurra-t-elle. Je ne veux pas.

Il la fit rouler sous lui et enfouit le nez entre ses seins. Ecartant alors ses jambes, il se pressa contre elle. Elle soupira, se cambra. Il avait oublié comme elle était ardente, passionnée, généreuse. Il avait oublié à quel point elle était sensible à ses caresses.

— Tu es belle, murmura-t-il. Tu es vraiment belle.

— Et toi, tu es trop habillé, répondit-elle doucement.

Elle défit un bouton de sa chemise, puis le suivant et encore les suivants jusqu'à ce qu'apparaissent ses épaules. D'un mouvement du bras, il se débarrassa de sa chemise. Elle trouva alors la ceinture de son jean, la défit. Abaissa sa fermeture Eclair et passa la main dessous.

— Arrête, souffla-t-il, ou tout sera fini avant que nous ayons commencé !

Elle s'arrêta. Il ôta son jean et se cala entre ses cuisses.

— Un préservatif, grogna-t-il.

— Dis-moi que tu en as, supplia-t-elle.

Il hocha la tête.

— Je n'ai pas refait l'amour depuis…

Il regarda au loin. Après Erin, il n'avait plus eu envie d'aucune femme. Il était sorti avec deux ou trois filles, pour tenter de l'oublier, mais ses yeux vert émeraude n'avaient cessé de le hanter.

Etonnée, elle rejeta la tête en arrière.

— Moi non plus.

Il roula sur le côté.

— Je ne serai pas imprudent avec toi cette fois-ci, dit-il. Si la situation était différente…

Il ne termina pas sa phrase et tendit le bras vers le tiroir de la table de nuit, en sortit un paquet et le lui donna.

— Amuse-toi, sourit-il.

Avec toute la délicatesse qui l'habitait, elle déroula le préservatif en jouant avec son sexe. Elle se pencha, le caressa, le prit dans sa bouche et le mordilla. Son jeu terminé, elle planta son regard dans le sien.

— Pourquoi me tortures-tu, Erin ? Une vengeance ?

Elle ne répondit pas, enroula les jambes autour de ses hanches et bougea avec lui, en cadence, unis comme jamais ils ne l'avaient été. Comme s'ils ne devaient plus jamais faire qu'un.

Autour d'eux, bientôt, le monde cessa d'exister. Il n'y avait plus qu'elle, que lui, qu'eux.

Il se tendit et plongea en elle une dernière fois. Il tremblait de tout son être. Elle se cambra pour mieux s'offrir, pour mieux le sentir et, tremblant elle aussi, laissa échapper un long et langoureux soupir.

— Encore mieux que dans mon souvenir, murmura-t-elle. Merveilleux.

Il jeta le préservatif et la serra contre lui. Elle appuya la tête sur son torse :

— Merci, Hunter.

Il lui prit les mains, enlaça ses doigts. Il s'endormait, d'émotion, de fatigue. Elle se lova contre lui et, à son tour, s'assoupit calmement.

Il rouvrit à demi les yeux et, la voyant si sereine, soupira de satisfaction. Il ne bougerait pas, de peur de la réveiller. Ce soir, à cet instant, elle était à lui. Ils étaient l'un à l'autre.

Terence posa la main sur son pansement, il ne sentait plus son visage. C'était peut-être mieux ainsi. Il avait essayé de téléphoner à sa mère. Elle n'avait pas répondu.

Il fallait qu'il s'en aille de là.

Il se sentait moins faible mais s'était bien gardé de le dire à ses geôliers. Il avait suivi la formation, il savait tout de leurs jeux, de leurs stratégies. La seule chose qu'il ignorait, c'est ce qu'ils désiraient vraiment. Il avait reçu des signaux qui n'étaient pas clairs.

Le type qui l'avait amené ici aurait été heureux de le tuer à la première occasion. La femme, aussi.

Et ils ne l'avaient pas fait.

S'ils voulaient se débarrasser de lui, ils n'avaient qu'à le livrer à ses clients. Il ne resterait alors pas grand-chose de lui, si sa mère décidait de le faire incinérer…

Des pas lourds venaient dans sa direction. La porte en acier s'ouvrit. L'homme qui entrait avait l'air puissant. Il était sûr de lui. Terence se redressa dans le lit. Mauvais pressentiment.

— Monsieur Mahew.

L'homme se pencha sur lui.

— Je veux que vous me disiez tout ce que vous savez. Et tout de suite. C'est votre dernière chance.

Terence se mit à trembler. Il y avait quelque chose dans cet homme, dans ses propos, qui sonnait dangereusement.

Il détourna les yeux de ce regard inquiétant.

— Qui vous a engagé, Terence ?

— Je vous l'ai dit, je ne sais pas. J'ai pris ce boulot pour le fric. Argent facile.

— Vous connaissiez le nom de Graham.

— Je ne l'avais jamais vu avant ce jour-là. Un imbécile avait glissé son nom au téléphone. C'est tout ce que je sais, je le jure.

— Je m'attendais à ce que vous me répondiez cela.

L'homme sortit une seringue.

— Avec ça, votre cœur va cesser de battre. Les médecins penseront que vous êtes mort des suites de vos blessures. Votre mère aura un corps à enterrer et, Terence… Peut-être que finalement le contrat que vous aviez accepté n'était pas si juteux que ça.

La voix de l'homme avait changé. Il avait déjà entendu cet accent-là.

— Mince alors ! C'est vous ! Qu'est-ce que vous fichez ici ?

— Vous n'avez pas encore compris ? Il n'y avait pas de clients étrangers. Personne ne vous a engagé, espèce d'imbécile. Vous avez été choisi pour une raison, Terence. Parce que vous êtes quelqu'un dont on peut se débarrasser sans que ça gêne personne.

L'homme lui planta l'aiguille dans le bras et Terence la regarda en sortir. Le liquide le brûlait déjà sous la peau.

Il n'avait pas prévu ça. D'habitude, il flairait les pièges avant même que le type ouvre la bouche. Il avait été trop gourmand.

— Vous l'aviez deviné, non, Terence ? Vous saviez que vous ne sortiriez pas vivant de ce boulot-là. J'avais besoin d'un pigeon. Vous êtes cet homme.

Une chaleur intense et anormale fit rougir Terence. Il cligna des yeux. Son pouls s'affola. Sa gorge se serra.

Il plaqua la main sur son cou.

— S'il vous plaît… ne dites… pas.

Une porte s'ouvrit brutalement.

— Personne n'a l'autorisation d'être ici.

Terence se tourna vers la femme et lui tendit la main.

— S'il te plaît… aide-moi.

La femme écarquilla les yeux.

— Oh non ! Ce n'est pas toi ! Ce n'est pas possible. Dites-moi que ce n'est pas vrai.

— Bon Dieu, Leona. Pourquoi a-t-il fallu que tu sois aussi efficace.

Terence battit des paupières. Sa vue se brouilla. L'homme plaqua la main sur la bouche de la femme et lui planta la seringue dans le bras.

Il t'a tuée, toi aussi.

Terence entendit ces mots dans sa tête, mais pas un son ne s'échappa de sa bouche. Sa respiration ralentit. Le noir envahit son cerveau.

Maman. Je voulais que tu aies une belle maison. J'ai essayé, maman. J'ai vraiment essayé.

*
* *

La mer turquoise léchait les abords de la villa. Erin blottie contre lui, Hunter la regardait dormir. Il jouait avec ses tresses blondes et les laissait filer entre ses doigts. Elle était belle, ne cessait-il de se répéter.

Ils avaient passé six jours ensemble. Six jours d'une passion incroyable. Et il n'avait plus que quelques heures devant lui avant de partir.

— Tu me regardes encore, Clay ? murmura-t-elle, les yeux mi-clos.

Il fit la moue. Il avait envie qu'il l'appelle par son nom, son vrai nom. Pour une fois. Mais comme beaucoup de ses rêves, celui-ci ne pouvait se réaliser.

Il embrassa son épaule, savoura la douceur de sa peau, puis la mordilla du bout des dents. Elle frissonna. Il adorait cette façon qu'elle avait de réagir très fort à ses caresses.

Elle se tourna dans ses bras, et le drap glissa, découvrant ses seins. Ils étaient ronds et pulpeux. Après la première nuit qu'ils avaient passée ensemble, elle ne s'était plus cachée quand il la regardait. Elle avait confiance en lui.

Il caressa sa joue et sentit son désir pour elle renaître instantanément. Son rire rauque le fit sourire. Ses cuisses nues cherchèrent les siennes, et leurs jambes s'emmêlèrent. Elle se cambra, ce qui lui arracha une plainte, une plainte venue de ses reins qui remonta jusqu'à sa poitrine.

Elle lui sourit. Elle était aimante, passionnée, généreuse.

Elle se pencha sur lui et l'embrassa, lui faisant avec ses lèvres des choses qu'il n'avait jamais expérimentées.

— J'ai tellement de chance, Clay. Je viens ici pour fêter la fin de six années passées enfermée dans un labo, et je te trouve.

Elle se lova contre lui en ronronnant comme un chaton.

Il sursauta comme chaque fois qu'elle le touchait, mais son cœur était triste et plein de remords.

Peut-être, mais seulement peut-être, pourrait-il oublier encore un peu le monde qui les entourait.

Il la fit rouler sur le dos et s'allongea sur elle.

— C'est moi qui ai de la chance, corrigea-t-il alors qu'il la pénétrait.

Elle ferma les yeux et poussa un cri plein d'amour. Elle ne cherchait pas à lui cacher ses sentiments et il aimait cette sincérité.

— Je n'aurais jamais cru que quelqu'un comme toi puisse m'aimer, lui murmura-t-il à l'oreille.

Il remua sur elle. Elle l'entoura de ses jambes, et ensemble ils s'envolèrent loin de ce monde, serrés dans les bras l'un de l'autre.

Il se perdit en elle, happé par sa passion. Il la désirait. Il la voulait à lui. Pour toujours.

Son téléphone vibra dans la poche de son pantalon et les sortit brutalement de leurs songes.

Ah non ! C'était impossible. Pas maintenant.

Mais il savait.

Le rêve était fini.

La réalité le rattrapait.

Il allait devoir dire au revoir.

La lumière du jour filtrait à travers les fentes des volets. Erin s'étira. Son corps était un peu meurtri, courbatu, mais c'était délicieux.

Elle croisa les bras et se rappela.

Le passé. Le présent. Le futur.

Comme elle était nue, elle chercha son grand T-shirt et le passa, puis sortit de la chambre.

Hunter était assis dans le rocking-chair, Brandon sur les genoux. Ils regardaient tous les deux dehors. Il y avait une tasse de café sur la petite table à côté d'eux.

Elle s'éclaircit la voix pour annoncer sa présence. Hunter tourna aussitôt la tête vers elle. Il n'avait pas l'air heureux.

— Que se passe-t-il ? demanda-t-elle.

— Logan a appelé. On a rendez-vous avec la femme qui va vous procurer vos nouveaux papiers d'identité.

C'était donc fini. En proie à une grande tristesse, elle ferma les yeux. La dernière fois, quand il l'avait quittée, elle avait subi un vrai choc. Cette fois-ci, bien qu'elle s'y attendît, le choc était aussi violent.

— Quand ? s'enquit-elle.

— Cet après-midi.

Il regarda dehors.

— Est-ce que tu montes à cheval ?

— Ça fait longtemps que je ne l'ai pas fait. Pourquoi ?

— Ça te dirait ? Logan a des chevaux dans une écurie pas très loin d'ici.

— Ce n'est pas dangereux ?

— Moins que traîner ici.

Sa réponse lui donna la chair de poule. Elle se frotta les bras, mais cela ne changea rien.

— Allons-y, dit-elle. Je deviens claustrophobe ici, de toute façon.

Cela leur ferait du bien à tous les deux. Ils commençaient à étouffer, coincés entre quatre murs.

Ils sortirent. Hunter prit le volant du 4x4 et roula par des chemins de terre vers un bâtiment tout neuf. Une écurie.

Elle descendit de voiture et regarda autour d'elle. Tout avait brûlé. La terre, l'herbe et une demi-douzaine de bâtiments réduits en cendres. Il ne restait rien.

— Que s'est-il passé ? On dirait qu'il y a eu la guerre.

— C'est tout ce qu'il reste du ranch Triple C. Il appartenait à la famille de Logan. C'était une espèce de forteresse imprenable jusqu'à ce qu'il croise des déments, des malades de la guérilla et des explosifs. Voilà le résultat.

— Tu es sûr qu'on ne risque rien, ici ?

— On n'est jamais en sécurité nulle part, Erin, mais personne ne vit ici. Des ouvriers commencent à reconstruire la maison principale et les étables, et les ouvriers agricoles s'occupent des chevaux. Logan est maintenant dans sa propriété de Bellevaux. Il habite le manoir avec sa femme et ses enfants.

Hunter entra dans l'écurie et harnacha une jument qui semblait très douce. Erin vérifia que Brandon était solidement attaché dans son harnais.

— Tu es sûre que tu ne préfères pas que je le prenne avec moi ? lui proposa Hunter. Il est lourd.

— C'est idiot, mais j'ai besoin de le sentir contre moi. Je suis un peu nerveuse, il me calmera.

Le visage de Hunter s'assombrit, mais il ne dit rien. Il harnacha un étalon noir un peu plus loin, en silence.

— Allons-y, dit-il.

La jument sortit la première de l'écurie. Elle avait beau avancer calmement, Erin ne se sentait pas à l'aise. Elle dut trotter un petit peu pour se détendre enfin.

— Tu as une bonne position, la félicita Hunter.

— J'ai appris à monter quand j'étais petite, je pense que ça ne s'oublie pas.

Ils longèrent les ruines des bâtiments et s'engagèrent sur un sentier qui partait en serpentant vers les collines avoisinantes. En quittant le ranch, Erin regarda en l'air. Au sommet d'un poteau téléphonique était attaché un système de surveillance apparemment sophistiqué. Avec un pareil équipement, comment quelqu'un avait-il pu s'approcher de la ferme ?

Fonctionnait-il encore ?

Elle ne dit mot jusqu'à ce qu'ils passent devant un autre poteau qui, lui, était tombé à terre.

— Attends, lança-t-elle. On va ramasser la caméra…

Elle lui montra l'appareil qui gisait au sol.

— … et la ramener au chalet pour l'examiner.

— A quoi penses-tu, Erin ?

Elle s'arrêta.

— Je vais t'expliquer. Peux-tu d'abord la ramasser pour moi ? Avec le bébé, c'est difficile de descendre de cheval.

Il mit pied à terre, prit la caméra et remonta sur son étalon.

— Je t'explique, reprit-elle. Au chalet, il n'y a rien pour nous avertir si quelqu'un approche. Je pense que je dois pouvoir faire fonctionner cette caméra.

— Bonne idée. Je me sentirais nettement plus à l'aise si nous avions un système de sécurité. Fais marcher tes petites cellules grises, ma chérie. N'hésite pas.

Son encouragement lui fit chaud au cœur. Elle sourit.

— Avec un appareil d'une telle qualité, je pense pouvoir inventer un système inviolable.

Elle imaginait déjà les circuits dans sa tête.

Ils repartirent mais par un autre chemin. Hunter lui montra des plantes et des oiseaux qui n'existaient que là. Un peu plus tard, entendant le gargouillis d'un ruisseau, ils dévièrent de leur route pour s'en approcher. Dans la chaleur du Texas, un peu d'eau était bienvenue.

— Ça te plairait que l'on s'arrête un peu ? lui demanda-t-il. J'ai apporté des bricoles à grignoter et un petit quelque chose au cas où…

Erin s'agita sur sa selle, ce qui dérangea Brandon qui geignit.

— Si je ne m'arrête pas, je ne pourrai plus faire un pas ce soir, répondit-elle en remuant de plus belle.

Hunter l'aida à descendre et prit ses jumelles et des petits paquets dans la poche de sa selle.

— Je vais faire un feu, annonça-t-il.

Erin s'approcha du ruisseau, rêveuse.

— J'ignorais qu'il y avait autant d'eau dans l'ouest du Texas.

— Si. Il y a quelques sources comme celle-là au Texas. Celle-ci multiplie par cent la valeur des terres de Logan.

Il regarda autour de lui, d'un air nostalgique.

— C'est le genre d'endroit où j'aurais toujours eu envie de vivre, poursuivit-il. Tu sais, ma mère et moi, nous vivions dans un appartement minuscule. Moi, je dormais sur le canapé et je rêvais de grands espaces. De grand air. C'est une des raisons qui m'ont poussé à m'engager dans l'armée.

— Moi, mon rêve était très différent, raconta-t-elle doucement. Je rêvais de monter un labo pour inventer des choses qui amélioreraient la vie des êtres humains. Et des animaux.

Elle se pencha et cueillit la fleur qui lui chatouillait la jambe.

— J'ai atteint mon objectif. Hélas, ça ne se passe pas comme je l'avais imaginé. Avec ce qui nous tombe dessus en ce moment, je crois que je vais changer d'orientation.

Hunter ouvrit un paquet de marshmallows et une tablette de chocolat.

— Si on commençait par des douceurs ?

— Tu plaisantes ?

— Non. J'en meurs d'envie. Nous sommes au milieu de nulle part, alors pourquoi pas ?

Elle le regarda faire les brochettes de marshmallows en souriant. Cela lui rappelait des souvenirs... Il lui en tendit une qu'elle tint au-dessus du feu mais qui, soudain, s'enflamma.

Elle souffla dessus pour éteindre la flamme et regarda ce qu'il en restait. Des petits carrés noirs, coulants et caramélisés.

— Je t'en donne une autre ? proposa-t-il.

— Non, passe-moi plutôt les crackers et le chocolat.

Elle fit glisser les petits carrés sur la brochette de bois et se lécha les doigts. Puis elle regarda Hunter.

— Ça y est, triompha-t-elle. Je sais qui tu es. Tu es un marshmallow qui a grillé sur le feu. Croquant à l'extérieur et fondant dedans.

— Qu'est-ce qui te fait dire ça ?

— Tu es dur et sans pitié.

— Je suis un espion. Heureusement que je suis dur.

Elle lui tendit Brandon qu'il embrassa sur le front.

— Et tu es tout tendre à l'intérieur.

Brandon fit des bulles avec sa salive en les regardant. Puis il tendit les bras à Hunter.

— Pa... pap...

— Il sait que tu es tout tendre toi aussi, reprit Erin.

Soudain, elle était triste : c'était sans doute les derniers moments que son enfant passait avec son père.

— Il va me manquer, soupira Hunter. Je ne me doutais pas de ce que cela me ferait, mais je réalise qu'avoir un fils représente beaucoup pour moi. Beaucoup plus que ce que j'imaginais. Le laisser…

Il s'arrêta et regarda Erin dans les yeux.

— Vous laisser tous les deux est un crève-cœur.

Elle inspira une grande bouffée d'air.

— Et si tu quittais tout, Hunter ? Et si tu demandais toi aussi à changer de nom ? Comme nous. Quand nous verrons cette femme tout à l'heure, parle-lui-en. Tu pourrais venir avec nous. Nous pourrions trouver un endroit comme celui-ci pour nous installer, loin de tous les conflits qui nous environnent. Nous formerions une famille.

Hunter ne répondit pas. Raide, crispé, il regarda autour de lui. Les herbes se balançaient dans le vent, et le ruisseau coulait en chantant. Mais lui, il ne disait toujours rien.

Elle avait osé demander, supplier presque. Elle qui s'était juré de ne jamais le faire ! Il aimait Brandon. Il la désirait. Mais l'aimait-il ? Ou s'était-elle trompée sur ses sentiments ? S'était-elle ridiculisée ?

— Oublie ce que je viens de te dire et…, commença-t-elle.

Il se retourna brusquement et se planta devant elle.

— Je ne peux pas oublier.

Il avait dans le regard une expression qui ne trompait pas…

— Erin, écoute-moi. Je veux venir avec vous. Tout ce que tu as dit, je le veux moi aussi, mais comment puis-je être certain que mes ennemis ne me trouveront pas ? Le général Miller avait raison quand il m'a mis en garde contre les dangers qu'il y avait à fonder une famille. Je sais aujourd'hui que je ferais n'importe quoi pour vous protéger Brandon et toi. Oui, tout.

Il lui pinça tendrement la joue.

— Même vous laisser partir. Me priver de vous.

Elle regarda au loin et, d'un revers de main, essuya les larmes qui commençaient à couler.

Son avenir était donc sans lui. Personne dans le futur ne connaîtrait jamais sa vraie identité. Personne ne saurait jamais qui elle avait été. Le Dr Jamison, l'inventeur de choses formidables. La femme réservée et naïve qui s'était laissé séduire et aimer par un homme magnifique. Une femme qui avait connu et fait l'amour comme elle ne pensait pas que ce soit possible. On ne saurait d'elle que ce que sa nouvelle identité, fabriquée de toute pièce, voudrait bien dire d'elle. Une inconnue, en somme.

Erin Jamison n'existerait plus. La seule chose qu'il resterait de sa vie antérieure, mis à part Brandon, serait un cœur en miettes.

Hunter se pencha vers elle et cueillit les larmes qui coulaient sur ses joues.

— Si je pouvais trouver un moyen, je le ferais, Erin. Je dois beaucoup au général, mais je quitterais facilement ma vie avec l'équipe. Sans regrets même, à condition d'être certain de pouvoir vivre avec vous deux et de ne pas vous faire courir de danger.

Il prit ses lèvres et les embrassa tendrement.

Si seulement il pouvait trouver un moyen, rêva-t-elle.

Elle laissa échapper un soupir. Il la serra très fort contre lui.

Le hennissement d'un cheval les interrompit.

Un grand animal blanc venait vers eux avec Ethan, le petit garçon du shérif Redmond, assis bien droit sur sa selle. Il s'arrêta et flatta le col de la bête.

— Vous faites un bébé tous les deux ? Mon nouveau papa, il dit que quand on se caresse et qu'on s'embrasse, on fabrique des bébés. Moi, je comprends pas.

Erin rougit, heureuse que le jeune garçon ne soit pas arrivé quelques minutes plus tard : il aurait sans doute été le témoin direct de la façon dont on fait un enfant.

— Tu es tout seul ? lui demanda Hunter.

— Non, je suis le premier, car je monte Sugar. Moi, il m'aime bien, mais on peut pas trop s'approcher de lui. Il est tê… têtu. Ça veut dire en fait qu'il n'aime pas trop les gens. Il a été pas bien traité quand il était jeune, mais moi il m'adore.

Hunter se leva et aida Erin à en faire autant. Il vérifia ensuite le harnais de Brandon.

— Tu es le premier… Tu es devant qui, alors ? Tes parents ?

— Oui, papa amène maman en voiture avec plein de couvertures. Elle peut pas faire de cheval à cause du bébé.

Il rit de toutes ses dents.

— Ils ont dû se caresser et s'embrasser beaucoup, c'est pour ça.

10

Hunter fixait la route : une ligne droite qui filait plein ouest, et au bout, la femme qui devait leur remettre les nouveaux papiers d'Erin. Autour d'eux, quelques collines, beaucoup de champs et aucun autre véhicule que le leur.

Il regarda l'heure à sa montre. Ils avaient compté juste et seraient peut-être un peu en retard. Il n'aimait pas ça.

Quand ils avaient rendu Ethan à ses parents, le soleil baissait déjà. Ils avaient avalé quelque chose en route et changé Brandon. A présent, le 4x4 roulait vers leur rendez-vous.

La femme qui créait les papiers pour Erin et Brandon les attendait en principe quelque part par-là, au milieu de nulle part. Elle n'attendait pas les retardataires. Son occupation l'appelait un peu partout, et elle n'aimait pas traîner longtemps au même endroit. Aucune exception à la règle.

Erin regarda autour d'elle, l'air un peu inquiète.

— Tu es sûr que c'est par là ?

— Selon Logan, c'est dans le coin. Un peu plus loin.

Il quitta la route principale pour s'engager dans un chemin de terre. Le nuage de poussière que soulevait sa voiture devait être visible des kilomètres à la ronde. Il avait fait quelques détours en venant et n'avait pas vu l'ombre d'une auto, mais les criminels qui voulaient mettre la main sur Erin connaissaient certainement l'endroit où ils se trouvaient.

Il avait tout retourné pour essayer de comprendre, cherché la présence d'un micro ou d'un autre système d'écoute. Mais il n'avait rien trouvé.

Il leur fallait les papiers, ensuite ils fileraient. Vite. Il y avait urgence à disparaître.

Finalement, de l'autre côté d'une petite colline, il aperçut une camionnette avec une roulotte déglinguée à l'arrière.

— Exactement ce que Logan m'a décrit. Cette femme doit être complétement parano. Il n'y a rien d'autre ici que des acacias et des lézards.

Il roula jusqu'à la roulotte et s'arrêta comme convenu à une dizaine de mètres de l'attelage. Puis il prit son pistolet dans la poche arrière de son jean et le posa sur le siège près d'Erin.

— Prends ma place, lui dit-il. Si tu remarques quelque chose d'anormal, file. Va voir Blake et dis-lui d'appeler Logan. O.K. ?

Elle s'empara de l'arme et, dès qu'il mit pied à terre, prit sa place au volant.

— Je t'en supplie, fais attention.

— Ne t'inquiète pas. Ça va aller, mentit-il.

Il avait beau avoir confiance en Logan, quelque chose lui disait de se méfier. Cette impression désagréable avait commencé dès qu'ils avaient été attaqués dans le chalet de Floride où ils s'étaient réfugiés. Comment cette bande de voyous avait-elle su où ils se trouvaient ? L'abordage du *Souvenirs Précieux* par le zodiac avait encore renforcé cette impression. Et, de nouveau, il flairait quelque chose d'anormal.

— Halte. C'est assez près comme ça, dit une voix métallique dans un porte-voix. Qui est avec vous ?

— Scorpion, répondit Hunter.

C'était le nom de code dont ils étaient convenus au préalable.

— Restez où vous êtes. Je viens.

Une petite femme plutôt jolie, chignon noir au sommet de la tête, sortit de la roulotte, un pistolet Uzi à la main.

— Vous êtes Clay Griffin ?

Logan avait donc décidé de se servir de son pseudo. Pourquoi pas ? Moins on connaîtrait sa véritable identité, mieux ce serait.

Il fit donc oui de la tête et leva les mains en l'air.

— Je ne suis pas armé.

Elle hocha la tête.

— Je suis Annie la petite orpheline. Appelez-moi Annie.

Et ne vous amusez pas à sortir le couteau de votre botte. Je suppose que vous avez aussi une arme cachée quelque part sur vous.

Il ne répondit pas.

— C'est bien ce que je pensais. Heureusement que Logan se porte garant pour vous. J'aime pas qu'on me mente. Dans ce cas-là, la détente me démange.

Elle s'approcha et s'arrêta à cinq mètres de lui, jambes écartées, dans une attitude agressive, visiblement prête à tout.

D'un signe de tête, elle montra Erin et Brandon.

— C'est ces deux-là pour qui je dois faire des papiers ?

— Oui.

— Je ne savais pas qu'il y avait un bébé. J'aurai besoin de deux signatures pour le passeport, le père et la mère. Vous êtes d'accord pour ça ?

— Donnez le nom et je signerai, répondit Hunter.

— Faites les entrer.

Elle se retourna et rentra dans sa roulotte.

Hunter revint sur ses pas, ouvrit la portière.

— Tu viens, Erin ?

Elle le regarda d'un air inquiet, puis sembla reprendre confiance.

Il prit Brandon dans son porte-bébé et se dirigea vers la roulotte, Erin à quelques pas derrière lui.

Et ils entrèrent.

L'intérieur était stupéfiant. La moitié de la roulotte était encombrée de matériel high-tech digne de la NASA. Annie se tenait devant l'appareil photo.

— Les photos pour commencer, ordonna-t-elle.

Elle désigna le tabouret à Erin.

— Asseyez-vous. Ne souriez pas.

— Ça tombe bien, je ne suis pas d'humeur à sourire, rétorqua Erin.

— J'ai bien compris, répliqua Annie.

Elle prit cinq clichés de suite.

Erin avait la mine défaite, elle faisait peine à voir. Hunter aurait donné ciel et terre pour la faire sourire. Si seulement il avait pu l'enlever ! L'emmener avec Brandon au sommet d'une montagne où personne ne serait venu les chercher. Lui promettre que plus jamais elle n'aurait d'ennuis. Mais c'était impossible. La seule façon qu'il avait de la protéger était de la laisser vivre une nouvelle vie, loin de lui.

Annie recula.

— Le gosse, maintenant. Mettez-le sur vos genoux et tenez-le, mais je ne veux pas voir vos mains sur la photo.

Brandon sourit en gazouillant à Annie. Pour la première fois depuis leur arrivée, celle-ci se décida à rire. Elle était charmante quand elle souriait, elle était même belle. Pourquoi se donnait-elle tant de mal pour paraître revêche ? se demanda Hunter

Elle lui lança un coup d'œil.

— On ne peut pas se tromper, c'est bien votre fils.

— A quoi voyez-vous ça ? demanda Erin.

— Les cheveux, les yeux, les fossettes. Monsieur Sérieux ne rit pas beaucoup, mais quand il vous regarde et croit que personne ne le voit, il sourit sans s'en rendre compte. On voit ses fossettes qui se creusent.

Hunter sentit le sang lui monter aux joues. Il était donc si transparent ?

Annie se tourna vers lui d'un air moqueur.

— Pas besoin de faire cette tête, Clay. C'est mon métier. Je suis morphologue. J'étudie les gens en fonction de leurs visages. Maintenant, assis.

— Vous avez dit que vous aviez seulement besoin de ma signature. Vous ne me prenez pas en photo !

— Désolée, mais j'ai besoin de fabriquer une fausse identité pour le père de l'enfant. Pas le choix.

Hunter garda un instant le silence. L'idée qu'elle prenne une photo de lui allait à l'encontre des règles élémentaires imposées aux membres des Forces spéciales. Puisqu'ils travaillaient dans la clandestinité, il ne devait exister aucun cliché d'eux, rien qui permette de les identifier.

Après un regard à Brandon, puis à Erin, il prit place sur le tabouret. Annie l'avait dit, il n'avait pas le choix.

Il ferait tout pour eux, dut-il y laisser sa vie.

Annie prit le cliché.

— Je vous ai déjà trouvé un nom, l'informa-t-elle. Ransom Grainger. Ça vous convient ?

— C'est bien.

Incapable de détacher les yeux d'Erin, il soupira. Chaque minute qui passait les rapprochait du moment où ils devraient se dire au revoir. Adieu même.

Ce moment arrivait à grands pas, trop vite pour son cœur, pas assez pour leur sécurité.

Annie fit signe à Erin.

— Et vous, vous êtes Marina Grainger, et votre fils, Brady. Il vaut mieux que vos nouveaux noms ressemblent aux anciens. C'est plus facile à retenir. Vous avez de la chance que votre fils soit petit. Ce changement de nom ne lui posera aucun problème. C'est pour vous que ce sera le moins facile. Vous voulez mon avis ? Ne pensez plus à ce que vous laissez derrière vous. Pensez à ce que vous allez avoir. Et dites-vous, dans votre malheur, que tout le monde n'a pas cette chance.

A ces mots, une ombre passa sur son visage, mais disparut aussi vite. Elle descendit de son siège et alla vers la table.

Elle étala des papiers devant chacun d'eux et leur donna un stylo.

— Bienvenue dans vos nouvelles vies.

Hunter lut les documents, signa et tendit le stylo à Erin.

— Merci, Hunter, soupira celle-ci.

— N'oubliez pas de vous appeler par vos nouveaux noms, insista Annie. Désormais, ce sont eux qui feront la différence entre la vie et la mort.

— Oh !

Erin plaqua la main sur sa bouche.

— Je viens de t'appeler Hunter.

Il lui prit la main.

— Ne t'inquiète pas, ma chérie, il va te falloir un peu de temps pour t'y faire, mais je ne suis pas inquiet.

Elle le regarda et se mit à pleurer.

— Non, ma chérie, non, ne pleure pas.

Se mordant les lèvres, elle se pencha sur les documents et signa.

Erin et Brandon Jamison étaient morts, songea Hunter.

Ransom, Marina et Brady Grainger étaient nés.

Une famille.

Une famille qui n'existerait jamais dans les faits.

Annie posa deux nouvelles feuilles sous leurs yeux.

— C'est la fin, annonça-t-elle.

C'était le jugement de divorce. Il accordait à Marina Grainger les droits de garde exclusifs de l'enfant.

A la lecture de ce document, Hunter tiqua. Il regarda Annie.

— Est-ce vraiment nécessaire ?

— Vous devez renoncer à vos droits en tant que père pour que Marina puisse prendre toutes les décisions concernant votre fils. Pour cela, il faut qu'elle ait la garde exclusive de l'enfant. De cette façon, personne ne posera de question, et il n'y aura aucune raison de rechercher Ransom Grainger, puisque les choses seront claires. Parfaitement en ordre.

Hunter serra les dents. Son cou et sa tête commençaient à lui faire mal. Toujours ce maudit stress. Les papiers étaient des faux, la situation était un fabuleux mensonge, mais lui, il était bien là, bien réel et complètement ravagé de tristesse. Le travail d'Annie était un déchirement.

Après avoir signé la première feuille, il prit Brandon sur ses genoux. Le petit garçon logea sa tête sous son menton.

Puis Hunter caressa la joue d'Erin. Elle lui serra le bras, bouleversée.

Quand il l'avait enlevée, trois jours plus tôt, elle se serait certainement réjouie qu'il renonce à la garde de Brandon. Quant à lui, il aurait signé le document, sans hésitation.

Mais maintenant il était éperdument amoureux d'Erin. Elle était différente de ce qu'il imaginait. Encore plus intelligente, encore plus courageuse, encore plus passionnée que toutes les femmes qu'il avait connues. Jamais il n'aurait osé rêver d'une femme aussi merveilleuse.

Dorénavant, il ne pourrait lui exprimer tout ce qu'il éprouvait. Il faudrait qu'il garde ses sentiments comme un secret, pour lui, toute sa vie.

Quant à Brandon, cet enfant avait été une révélation pour lui. Il ne se serait jamais cru capable de s'attacher à ce point à un bébé. Il voulait le voir grandir, voir l'adolescent et l'adulte qu'il deviendrait. Brandon avait le rire de sa mère. Il prenait déjà la vie à bras-le-corps. Rien ne semblait lui faire peur. Brandon avait pris en chacun d'eux ce qu'ils avaient de meilleur.

Et Hunter ne le verrait jamais évoluer, se développer.

Il prit le stylo et signa la renonciation aux droits de garde. Il devait le faire. Il devait les laisser vivre leur vie. Les oublier.

La signature de Ransom Grainger officialisait cette renonciation.

Désormais, il n'était plus un père. Il ne faisait plus partie d'une famille qui avait failli exister.

Un bip bip sourd résonna dans la roulotte. Annie pâlit. Elle tripota une manette, et un écran s'alluma. C'était une rue de Carder. Une grosse auto noire se garait devant le bureau du shérif.

— Finissons-en vite, s'agaça-t-elle. Il faut que je m'en aille.

Hunter lui empoigna le bras. Elle s'immobilisa et regarda durement la main qui l'emprisonnait.

— Je ne ferais pas ça si j'étais vous.

— Pardon, dit-il en la lâchant. Mais je peux peut-être vous aider ?

Elle hocha la tête de droite à gauche.

— C'est mes histoires, ma vie. Vous avez assez à faire avec la vôtre.

Elle mit la dernière main aux documents et leur donna la liasse de feuillets.

— Passeports, certificats de naissance, permis de conduire du Montana. Jugement de divorce et renonciation aux droits de garde. Marina et Brady vont pouvoir commencer leur nouvelle vie sans problème.

Elle regarda l'heure.

— C'est bon.

Puis, elle ouvrit la porte de sa roulotte et leur désigna les trois marches.

— Je ne pense pas qu'on aura l'occasion de se revoir, Ransom et Marina. Je vous souhaite beaucoup de chance. Ce n'est pas toujours facile de semer ses poursuivants.

Ils sortirent, et Annie leur emboîta le pas. Hunter attacha Brandon à l'arrière de la voiture et démarra. Au volant de son drôle d'attelage, Annie partit aussi en direction… d'un champ. Il n'y avait pas de route visible à l'horizon.

La tête calée contre l'appuie-tête, Erin s'adressa à Hunter.

— Je ne tiens pas à devenir une autre Annie. Elle est complètement seule et…

Hunter lui prit la main.

— Ça n'arrivera pas. Je sais que tu as coupé tous les ponts avec ton ancienne vie, mais je vais tout faire pour que la nouvelle soit sûre pour toi et Brandon. Tu vas te faire de nouvelles relations. Vous serez heureux tous les deux.

Il se pencha et prit ses lèvres.

— Mais tu ne vivras pas avec nous, se lamenta-t-elle.

— Non, répondit-il doucement. Je suis désolé, mais vous devrez vivre sans moi.

Le paysage texan défilait derrière la vitre du 4x4 lancé à toute vitesse sur la route qui les ramenait de Carder au chalet. Une fois encore, nota Erin, ils empruntaient des chemins détournés et roulaient depuis plusieurs kilomètres en sens inverse de la bonne direction. Elle se tourna vers Hunter.

— Tu peux me dire où tu nous emmènes ? A San Angelo ? A San Antonio ?

— Il faut les semer.

Il semblait convaincu qu'on les poursuivait, sur les nerfs. Mais comment était-ce possible ? Erin avait beau se poser la question, elle ne comprenait pas non plus. Où pouvait se trouver le micro qui les avait trahis ? Ils avaient tout déplacé, cherché partout. Ils n'avaient rien vu.

Elle serra l'enveloppe qui contenait leurs nouveaux papiers.

C'était leur avenir qui était là, sur ses genoux. Nerveuse elle aussi, elle serrait tellement les mains que ses ongles, enfoncés dans ses paumes, en avaient entamé la chair.

Elle ne désespérait pas de retrouver un jour son ancienne vie. Mais, pour l'heure, elle devrait se contenter de vivre sans avoir à se méfier de tout et de tout le monde.

Si cela l'obligeait à être, un certain temps, Marina Grainger, elle n'en mourrait pas.

Elle réprima un soupir.

Une semaine plus tôt, elle n'aurait jamais parlé comme ça.

Elle lança un regard en coin à Hunter.

Une semaine plus tôt, elle n'aurait jamais imaginé le revoir…

Et voilà qu'elle ne voulait plus le laisser partir.

Mais elle n'avait pas le choix.

Hunter gara le 4x4 devant le chalet.

— Garde le pistolet à portée de main. Je vais m'assurer que personne n'est entré avant que tu sortes le bébé de la voiture.

Il laissa tourner le moteur, mit pied à terre et s'approcha de la porte qu'il examina. Il passa un doigt sur le chambranle puis sur l'huisserie de la fenêtre.

De quoi se méfiait-il pour prendre autant de précautions ? C'était énervant, se dit-elle.

L'enveloppe qu'elle avait sur les genoux commençait à lui peser. Elle contenait tous leurs papiers, plus une grosse liasse d'argent que Blake avait remise à Hunter sans un mot, juste un regard.

Elle avait passé toute sa vie professionnelle à manipuler des informations dites confidentielles, mais rien ne l'avait préparée à cette vie clandestine dans laquelle il se mouvait comme si elle avait été normale.

Il avait mentionné le général Kent Miller plusieurs fois et dit tout le respect qu'il lui inspirait. Elle ne connaissait pas exactement le rôle qu'il avait pu jouer dans la vie de Hunter, mais Hunter avait changé et voulait faire autre chose. Il devait bien y avoir un moyen pour contourner la règle qui interdisait aux membres de leur organisation d'avoir une famille. Ce général Miller pouvait sans doute faire une exception pour lui.

Hunter lui fit signe de venir. Serrant les documents, elle se tourna vers Brandon.

— Petit bonhomme, cette fois notre aventure est presque finie. J'essaie de trouver un moyen de garder ton papa avec nous, mais ça n'a pas l'air facile.

D'un sourire triste, elle chatouilla le ventre de Brandon qui rit aux éclats. Si seulement elle avait pu être encore un bébé sans souci…

Elle suivit Hunter dans la maison.

Puis, ils dînèrent en silence, ne sachant trop que se dire. Elle mit Brandon au lit et retourna s'asseoir dans la cuisine avec le matériel qu'ils avaient ramassé près du poteau téléphonique.

— Je suppose que tu n'as pas de tout petits outils dans ton sac de magicien ? dit-elle.

Hunter fouilla dans le sac et en sortit une boîte jaune.

— Ton sac est aussi merveilleux que celui de Mary Poppins, plaisanta-t-elle.

Il haussa les épaules.

— Je me sentirais mieux si je trouvais quelque chose qui permette d'identifier la puce qui a servi à nous localiser.

Il sortit l'appareil que Leona lui avait remis.

— Il ne comporte aucune indication de mouvement. Je ne comprends toujours pas comment ils ont pu nous trouver.

— Tout ce que je peux faire, c'est installer un signal qui nous prévienne à distance, précisa Erin. Le système d'Annie m'a donné une idée. Il nous faut un appareil qui nous alerte si quelqu'un approche. Il faut qu'il soit mobile et facile à utiliser.

Hunter approcha une chaise et s'assit à califourchon.

— A quoi penses-tu ?

Après quelques tours de vis, Erin ouvrit la caméra, puis expliqua son idée à Hunter. Il la bombarda de questions qui la surprirent. Il avait le flair pour détecter certaines faiblesses des systèmes de sécurité auxquelles elle-même n'avait pas pensé.

Ensemble, ils bricolèrent un système en empruntant des câbles ici, des éléments là, pillant certains appareils présents dans le chalet — qui n'étaient pas indispensables — jusqu'à ce que, enfin satisfaite, Erin bascule dans sa chaise et s'étire.

— Voilà ! lança-t-elle.

Elle actionna un interrupteur, et un témoin lumineux clignota. Sur un écran apparut l'intérieur du chalet en haute résolution.

— Qu'en penses-tu ? demanda-t-elle à Hunter.

— Que tu es un génie.

Il la prit dans ses bras et l'embrassa.

— Tu es brillantissime.

Elle ferma les yeux pour ne plus penser qu'au bonheur d'être serrée contre lui, de sentir son corps qu'elle aimait tant pressé contre le sien.

— Aime-moi, dit-elle tout bas, comme pour elle-même. Aime-moi encore une fois avant que l'on ne se quitte pour toujours.

Il s'immobilisa comme s'il avait entendu sa prière tacite ou avait fait la même. Elle retint son souffle.

Il se racla la gorge et recula.

— Il faut le tester, reprit-il. Voir s'il marche. Nous partons demain matin, mais ils ont le temps, ce soir, de nous trouver.

Elle le regarda, déçue. Elle comprenait sa réaction, mais c'était tout de même frustrant.

Elle ouvrit son ordinateur portable, brancha la Wifi pour entrer les données de la caméra et lui lança un coup d'œil. Cette aventure ne devait pas prendre fin. Les choses ne pouvaient pas finir comme ça. Il fallait qu'elle tente quelque chose, qu'elle essaie au moins. Elle se lança.

— On forme une bonne équipe, tu ne trouves pas ?

Il prit un air solennel.

— Oui.

— Hunter, es-tu sûr de…

— Non, Erin. S'il te plaît, ne me demande pas encore de… Je ferai tout pour Brandon et toi, tout sauf vous faire prendre des risques. Si quelque chose vous arrivait à cause de moi, je ne me le pardonnerais jamais.

*
* *

Hunter prit la caméra et se dirigea vers la porte.

— Je vais l'installer dehors tout de suite.

Il fallait qu'il s'éloigne d'elle, que cesse la douleur qui lui étreignait la poitrine quand il pensait à Daniel et Noah qui allaient venir les chercher, le bébé et elle, le lendemain. Il ne les reverrait plus jamais. Le manque serait terrible. Pourrait-il le surmonter ?

Il ouvrit la porte et sortit après un dernier regard à Erin. Il n'avait jamais vu de femme aussi belle. Ni aussi triste. Et cette tristesse, c'était à cause de lui. Pourvu qu'une fois loin de lui elle retrouve la joie de vivre.

Pour lui, le bonheur, c'était fini. Mieux valait rayer ce mot de son vocabulaire.

S'aidant de sa lampe de sa poche, il se dirigea dans la nuit. Un coup d'œil alentour, rien d'anormal.

Rien ne bougeait. Tout était calme.

Le monde était immobile, peut-être même trop. Il ne se sentait pas totalement tranquille.

Il s'arrêta pour écouter. A droite un coyote hurlait. En l'air une chouette ululait. Plus loin, une colonie de crickets stridulait. Les bruits habituels de la nuit sauf que, à gauche, dans les collines, la vie semblait s'être arrêtée.

Il dégaina et attendit, analysant l'environnement, inquiet. Mieux valait qu'il se dépêche d'installer l'appareil qu'Erin avait fabriqué.

Nouveau coup d'œil autour de lui. Le petit acacia qui se dressait à quelque dix mètres de la maison ferait parfaitement l'affaire. La caméra serait dissimulée dans les branches.

Un petit clic derrière son dos lui fit dresser l'oreille.

Il se retourna d'un bloc. Un rayon rouge frappa sa poitrine. Il connaissait.

En jurant, il se jeta sur le côté mais pas assez vite. Quelque chose de pointu se planta dans sa cuisse. Pas une balle. Non. Une fléchette. Il l'arracha, mais c'était trop tard. Ses genoux se mirent à claquer, ses bras devinrent gourds. Il tomba le nez dans la poussière.

Erin !

Aucun son ne sortit. Il essaya de ramper vers la porte, mais ses muscles semblaient gelés. Un agent paralysant les avait annihilés.

Dans le silence, trois formes en noir traversèrent la pelouse devant le chalet. Incapable du moindre mouvement, Hunter paniqua. Erin ne se doutait sûrement de rien. Il n'avait pas eu le temps de brancher la caméra.

Les assaillants tambourinèrent sur la porte et entrèrent. Un cri déchirant s'éleva dans la nuit.

— Hunter !

S'il te plaît, Erin, sers-toi du pistolet.

Il entendit des coups. Des poings qui cognaient contre des os. Et Erin se tut.

— Prends le gosse. Je m'occupe de la femme ! hurla une voix bourrue.

Non, Erin, non !

Des pneus hurlèrent. Un gros 4x4 noir fonçait sur la colline, en soulevant beaucoup de poussière.

Les hommes se ruèrent hors de la maison avec leurs prisonniers et passèrent devant lui, allongé par terre, paralysé par la drogue chimique qu'ils lui avaient injectée. Impuissant, il les regarda embarquer Erin, sans connaissance, à l'arrière du véhicule, ainsi que son bébé. Quelques secondes de plus, et ils disparaissaient.

Erin ! Mon Dieu ! Ils l'ont embarquée avec le bébé. Je te retrouverai, mon amour. Reste en vie s'il te plaît, et je te retrouverai, je te jure.

La porte qui donnait sur le bureau de Leona était fermée. Trace Padgett regarda l'heure à sa montre. Il avait un entretien avec elle prévu cinq minutes plus tôt. Il frappa de nouveau à la porte.

Toujours pas de réponse.

Voilà qui ne lui ressemblait pas. Leona arrivait toujours avec un quart d'heure d'avance, sinon plus, à ses rendez-vous.

Il regarda autour de lui. Le faisait-elle mariner ? Elle semblait en colère contre lui, mais il ne comprenait pas pourquoi.

Et puis zut, il n'avait pas de temps à perdre avec ces petites histoires. Il se passait trop de choses bizarres depuis quelque temps, et ça ne lui plaisait pas trop. Il lui accordait encore deux minutes, et si elle ne se manifestait pas, il lancerait les recherches.

Peut-être avait-elle un rendez-vous très privé avec le général Miller ? Elle était un peu secrète ces derniers temps, et le général et elle passaient pas mal de temps ensemble, en tête à tête. Cela n'augurait rien de bon ni pour l'Organisation ni pour le pays. Ils étaient tous les deux très au fait de ce qui se passait dans les cellules terroristes du monde entier. Ils savaient exactement quand quelque chose d'énorme se tramait quelque part.

Quelque chose d'énorme, justement, avait peut-être éclaté, et on avait appelée Leona pour une réunion urgente ? En ce cas, elle avait pu oublier leur rendez-vous.

Malgré tout, d'instinct, ça ne lui semblait pas normal. Il se sentait d'ailleurs assez mal. Elle n'avait pas pu oublier. Elle n'oubliait jamais. Rien.

Il admettait de ne pas tout savoir de l'Organisation. Il y avait des secrets et des situations dites confidentielles dont il était exclu. Le métier voulait ça. Et il ne s'en offusquait pas. Mais les événements récents dans lesquels Hunter Graham était impliqué sentaient le soufre.

L'homme avait une carrière exemplaire. Pourquoi aurait-il soudain franchi la ligne rouge ? Cela n'avait pas de sens.

Et la porte de Leona était toujours fermée.

Il regarda à droite puis à gauche dans le couloir, et tourna la poignée du bureau. La porte était ouverte. Il entra.

Vide.

Le malaise qu'il éprouvait quelques instants plus tôt l'oppressa de plus belle. Une tasse à moitié pleine était posée sur la table, un dossier ouvert à côté. Ça non plus, ça ne lui ressemblait pas.

On marchait derrière lui. Il se retourna.

— Monsieur ? Mme Yates est-elle revenue ?

— Non, caporal. Quand l'avez-vous vue pour la dernière fois ?

— Elle descendait interroger le prisonnier.

Bon Dieu ! Mahew était fou. Il s'était peut-être détaché ?

Ignorant les appels du caporal, Trace partit en courant vers l'infirmerie de la prison. Un garde se tenait à la porte. Trace brandit son badge et entra comme une bombe.

Le prisonnier était allongé sur le lit, les yeux vides, les mains encore attachées.

Trace lança une bordée de jurons. Leona l'avait-elle tué ? Ou était-elle tombée sur un meurtre en train d'être commis ?

Pestant et jurant, il inspecta la chambre.

Le plateau de Mahew était renversé par terre ainsi qu'une chaise qui avait les quatre pieds en l'air.

C'était une certitude, on s'était battu dans cette pièce. Mais qui ? Et avec qui ?

Quelques gouttes suspectes près de la porte attirèrent son attention. Il se pencha. Il allait faire tester le liquide. Mais pour lui, pas de doute possible, c'était du sang.

Et de toute évidence, pas celui de Mahew.

De qui alors ? De Leona ?

Il s'apprêtait à tirer la sonnette d'alarme mais suspendit son geste. Cette fois-ci, ça faisait trop. Trop de choses bizarres. Un héros bardé de médailles comme Hunter Graham passé subitement au rang de danger potentiel. Leona Yates, le mentor de Graham, disparue. Une ingénieure renommée, spécialiste des nanorobots, et son fils volatilisés, déclarés morts au début puis vivants au vu de l'incohérence des empreintes dentaires de la femme prétendument décédée. Encore que cette information ait été détruite, non pas enterrée mais détruite.

Et maintenant, c'était Terence Mahew, mort pendant sa garde à vue dans leurs locaux. Ceci, après avoir été identifié comme l'auteur de l'explosion qui avait coûté la vie à une personne et dans laquelle Graham était peut-être impliqué.

La longue liste des événements avait un nom inscrit en bas de la page. Une taupe. Au sein du service. Mais qui tirait les ficelles ?

Trace dégaina son portable et appela le général Miller. Pas de réponse.

Ça faisait trop. D'abord Leona. Maintenant Miller.

Il appela la sécurité pour qu'elle dépêche des hommes sur la scène de crime et partit par le couloir. Tout mouvement dans les bâtiments était surveillé. Les vidéos de la sécurité allaient parler. Il allait savoir qui avait perpétré le meurtre. Il devait trouver Leona et Miller… et essayer de comprendre qui avait pu tuer Mahew.

Hunter Graham et Erin Jamison n'étaient manifestement qu'un petit morceau d'un immense puzzle. Que se passait-il donc ici ?

Si Hunter n'essayait pas de vendre le prototype au meilleur enchérisseur, alors il essayait de protéger la chercheuse et son fils. En ce cas, il fallait qu'il se dépêche de les mettre à l'abri, loin du feu croisé des cellules terroristes rivales. C'était urgent. Pour tout le monde.

Les cris de Brandon perçaient la nuit. Un moteur démarra. Erin cligna des yeux et revint à elle. Elle était à l'arrière d'une voiture qu'elle ne connaissait pas. Sa tête cognait. Sa joue lui faisait mal. L'homme avait frappé fort. Elle devait avoir une fracture, c'était enflé. Brandon pleurait toujours. Elle regarda autour d'elle.

Oh ! Hunter n'était pas là ! Où était-il ?

Elle regarda par la vitre arrière. Il y avait de la lumière dans le chalet. Mais pas de Hunter en vue. Elle remarqua soudain un corps allongé par terre devant le chalet. Il ne bougeait pas.

— Hunter ! appela-t-elle. Hunter !

— Pas la peine ! Il ne t'aidera pas, lança l'homme. Et fais taire ton gosse ou je vous tue tous les deux.

Abasourdie, elle tenta de se rassurer : Hunter ne pouvait pas être mort. Pas après ce qu'ils avaient vécu. C'était impossible.

Un homme cagoulé lui balança Brandon par-dessus le siège. Il était paniqué. Elle le serra contre elle pour le calmer. Il enfouit la tête dans sa poitrine et ne bougea plus.

Quelqu'un, devant, monta la vitre de séparation entre la cabine et Brandon et elle.

Elle tapa dessus.

— Où est-ce que vous nous emmenez ?

— Assis, et la ferme, Jamison. On a de la route.

Brandon releva la tête.

— Maman… Pa… ? bredouilla-t-il, les joues barbouillées de larmes.

Elle ferma les yeux et câlina son fils.

— Je ne sais pas, mon petit garçon. Je ne sais pas si papa va bien.

Brandon lui posa une main sur la joue.

— Maman a mal, murmura-t-elle, en lui prenant la main. Faut pas toucher.

Allez, tu es un génie, paraît-il.

Qu'est-ce que Hunter lui dirait de faire ?

Penser à lui lui faisait terriblement mal. Elle sentit son cœur se serrer. Mais ce n'était pas le moment de craquer. Elle avait Brandon à protéger. Il n'avait qu'elle. Elle avait le devoir de dominer sa peur et son chagrin.

Elle regarda devant. Ils se dirigeaient vers une autoroute peu éclairée. Il n'y avait de lumière que sur le tableau de bord.

Serrant Brandon très fort dans un bras, elle tâta autour d'elle à la recherche d'une arme, n'importe quoi qui lui permettrait de sortir de cette voiture. Les types avaient verrouillé la porte, elle ne pourrait donc pas se sauver par la portière. Il faudrait qu'elle se batte.

Mais avec quoi ? Il n'y avait aucun objet à l'arrière.

Elle tâta le tapis de sol. Il y avait peut-être des outils ou autre chose dessous. Si Hunter lui avait bien rappelé quelque chose, c'est qu'elle était capable de créer un objet à partir de presque rien. Elle allait bien trouver un moyen de sauver son bébé.

Elle changea de place pour palper la moquette un peu plus loin. Soudain, elle sentit une bosse sous ses doigts. Elle souleva le coin du tapis et tira. Quelque chose de froid, comme une manivelle, était logé là. Etait-ce le compartiment où était rangée la roue de secours ? Reprenant espoir, elle tâta le métal, sentit une ailette, tourna. Quelque chose lâcha en faisant un clic très sonore. Une plaque de fer.

Elle se pétrifia. Avaient-ils entendu le bruit, devant ?

Elle osa un coup d'œil. Les quatre individus assis à l'avant discutaient entre eux en regardant la route.

Sans faire de bruit, elle souleva la plaque métallique et fouilla dessous. Il y avait bien un pneu et… Elle tâta avec soin. Un cric !

Hourra !

Elle sortit le cric de son logement et le posa à côté d'elle. Il ne lui restait plus qu'à bien se défendre le moment venu.

Quand la voiture s'arrêterait et que les quatre verraient ce qu'elle avait fait, ils seraient fous de rage. Ça ne serait pas le moment de rester les bras ballants et de se montrer docile comme un agneau. Elle leur ferait payer pour ce qu'ils leur avaient fait.

A son fils. A elle. A Hunter.

Elle ravala la boule qui lui nouait la gorge et berça Brandon dans ses bras, sans chercher à sécher les larmes qui lui coulaient sur les joues.

Hunter, mon amour, qu'allons-nous devenir sans toi ?

11

En allant visionner les vidéos prises par les caméras de surveillance, Trace Padgett fit un détour par le bureau de la responsable des badges donnant accès aux bâtiments.

— Avez-vous les infos que je vous ai demandées ? demanda-t-il à la préposée qui se trouvait derrière son bureau.

L'air ennuyé, elle le regarda.

— Vous êtes sûr de vouloir aussi le dossier de Leona Yates ? Vous rendez vous compte des conséquences de votre requête lorsqu'elle l'apprendra ?

— J'ai mes raisons, et j'ai aussi toute autorité pour me procurer les dossiers de tous les personnels présents sur cette base. Cela vous convient ?

— Oui, monsieur, répondit la femme, raide sur sa chaise.

— En ce cas, faites ce que je vous demande et trouvez-moi ces informations. C'est un ordre.

Visiblement troublée, elle quitta le bureau en courant.

Trace se frotta la nuque. Il se sentait tendu. C'était comme si des griffes lui enserraient le cou. Ce qu'il faisait là était risqué, Soit il détruisait l'Organisation, soit… sa propre carrière, s'il se fourvoyait.

Mais, ses doutes étaient certainement fondés. Il l'espérait, en tout cas.

En moins d'une minute la femme revint avec une pile de papiers.

— Vous avez là tous les mouvements de la journée. J'espère que vous savez ce que vous faites, monsieur.

Il ne répondit pas.

Il sortit et, tout en longeant le couloir, commença à examiner les déplacements de Leona. Elle était entrée mais n'avait jamais quitté le bâtiment. En ce cas, où avait-elle pu passer ?

Il retourna voir dans son bureau. Personne. Il l'appela au téléphone. Personne. Il la bipa. Personne non plus.

Comme il raccrochait, le labo appela.

— Padgett, répondit-il. Qu'avez-vous trouvé ?

— Les premières analyses montrent à quatre-vingt-dix pour cent que le sang relevé dans la chambre de Mahew est celui de Yates. J'en saurai plus d'ici à une heure.

Mince !

Il remit son portable dans sa poche et se frotta la nuque de plus belle. Terence avait été attaché, il n'avait donc pas pu se battre et n'avait pas perdu de sang. Qui avait fait le coup ?

Son estomac se mit à gargouiller.

Il admirait Leona. Dès le début de leur collaboration, il l'avait admirée. Elle ne pouvait être impliquée dans les événements récents. Et pourtant... Il avait noté pas mal d'anomalies dans son comportement, et la découverte de comptes en banque ouverts dans les Caraïbes ne faisait que renforcer ses soupçons.

Mais Leona était un agent brillant. Elle n'aurait jamais laissé de trace de son sang sur une scène de crime.

Il voulait des preuves, vite, de sa culpabilité... ou de son innocence.

Il entra dans la salle de surveillance interne et referma derrière lui. Il y avait des écrans partout. L'agent qui assurait la permanence regarda la porte fermée avec une certaine méfiance.

— Je veux voir les trois dernières heures sur la caméra 15, ordonna Trace. Passez-les en accéléré, je vous dirai quand vous arrêter.

— Oui, monsieur.

Manifestement impressionné par son ton autoritaire, le jeune agent, les doigts tremblant, fit défiler les bandes-vidéo.

— Stop ! s'écria soudain Trace.

L'écran se figea sur une vue d'une netteté saisissante. Le préposé rembobina un peu. Leona entrait dans la chambre de Mahew, mais elle n'était pas la première à rendre visite à ce bougre.

Le général Miller était entré avant elle.

— Revenez dix minutes en arrière et passez-la à la vitesse normale.

L'agent, qui semblait avoir retrouvé ses moyens, obéit.

Refusant d'admettre l'évidence qui défilait devant ses yeux, Trace grommela. Pas de doute. Miller était bien entré le premier. Quelques minutes plus tard, Leona avait suivi.

— Continuez ! A la vitesse normale.

Un petit moment plus tard, Miller et Leona marchaient, serrés l'un contre l'autre. Miller papotait et riait comme s'il rendait visite à une vieille amie. Le sourire de Leona était plus forcé, elle semblait beaucoup moins à l'aise.

— Zoom ! ordonna Trace.

Il plissa les yeux pour mieux voir. Il ne l'aurait pas juré, mais, compte tenu de la posture de Leona, Miller semblait lui enfoncer le canon d'une arme dans les côtes.

— Sortez ! lança Trace. Je prends votre suite.

Surpris, l'agent se leva, hésita puis sortit.

Trace commença à actionner les diverses manettes. Il cherchait d'autres vues, d'autres couloirs par où Miller et Yates avaient pu passer. Ils semblaient s'être dissous dans les airs quand soudain :

— Bingo ! cria Trace pour lui-même.

Miller la faisait entrer dans son bureau.

Dix minutes plus tard, le général en ressortait en grand uniforme. Seul.

Qu'avait-il fait de Leona ?

Bon sang de bon soir, que voulait dire tout ce mystère ?

Très vite, il visionna la suite. Personne n'était entré ni sortit du bureau du général depuis. Leona s'y trouvait donc encore. Normalement !

Sans perdre une seconde, il fonça vers le bureau et tourna la poignée de la porte. Fermée. Se servant de sa clé codée, il entra, enfreignant toutes les règles de l'Organisation. En agissant ainsi, il risquait la cour martiale.

Tant pis, le général n'aurait qu'à le faire condamner.

Une fois entré, il dégaina et avança vers le bureau de chêne.

Des photos de Miller serrant les mains des présidents précédents s'étalaient partout.

Complètement noué, avec le sentiment qu'il violait une terre sacrée, Trace fit le tour de la table. Il n'y avait rien dessus, excepté un cliché du fils Miller en uniforme, dans un angle.

Le général avait changé après le décès de son fils. Il travaillait plus, pardonnait moins. Le bonheur qu'il affichait sur les vidéos n'en paraissait que plus suspect.

Arme au poing, prêt à tirer, Trace arpenta la pièce, ouvrit un placard et en inspecta l'intérieur. Il ne restait plus que les toilettes privées du général.

Mais où était Leona ?

Il regarda du côté des toilettes, y entra, en ressortit, puis, intrigué, regarda de nouveau, mesurant de tête la profondeur de la pièce. Ça ne collait pas. Il devait y avoir quelque part une porte dérobée et un petit espace derrière.

Il tapa sur le mur, appela.

— Leona ?

Il tapa une deuxième fois.

— Leona !

Un bruit étouffé qui semblait venir de l'intérieur répondit à son appel. Puis trois coups courts. Trois plus longs, de nouveau trois coups courts. SOS en morse.

Trace posa son arme sur le lavabo, fit courir ses mains sur la cloison, appuya. Il finit par sentir, sous ses doigts, une anfractuosité. Il passa l'index dedans et tira.

Une poignée sortit, et il ouvrit une porte.

Recroquevillée par terre et couverte de sang — elle avait une blessure à la tête — Leona battit des paupières en le voyant. Elle était blême, transpirait à profusion.

— Trace, réussit-elle à articuler. Je suis sauvée ! Il faut arrêter Miller. Il est devenu complétement fou. Il a tué Mahew.

Trace se pencha et l'aida à se relever. Affaiblie, chancelante, elle s'assit sur l'abattant des toilettes.

— Oh lala ! Miller a voulu me tuer, soupira-t-elle, portant

la main à sa tête. Mais il a dû injecter trop de drogue à Mahew, il n'en a pas eu assez pour moi. A un moment, j'ai cru que j'étais morte. Jamais il ne m'aurait laissée en vie s'il s'était douté que mon cœur ne s'était pas complètement arrêté.

— Qu'est-ce qui s'est passé ?

Trace lui écarta les cheveux pour évaluer l'étendue de la plaie, mais elle repoussa sa main.

— Disons qu'il m'a projetée contre… je ne sais pas trop quoi. Mais peu importe. Ma tête ne compte pas. Ce qu'il faut, c'est le rattraper. Il a reçu un coup de fil d'un aérodrome, quelqu'un qui lui disait que son avion l'attendait, mais je n'ai pas compris où.

Trace sortit son portable de sa poche.

— J'appelle la sécurité.

Elle l'arrêta.

— Surtout pas. Nous ignorons qui roule pour lui. Il a reçu un autre appel et parlé de ses hommes qui devaient le retrouver à un arrêt.

Elle se mit à trembler.

— Je n'en reviens pas. Quand je pense qu'il y a deux jours encore, j'aurais tué n'importe qui pour lui ! Et sans me poser de question, en plus !

— Moi aussi, renchérit Trace. Moi aussi.

Il aida Leona à se lever.

— Par quoi commence-t-on ?

— Par son ordinateur, répondit-elle. Occupez-vous-en. Moi, pour l'instant, je vois double, si ce n'est triple ! Pendant ce temps, je vais fouiller dans ses dossiers.

Trace marqua une seconde d'hésitation.

— Vous savez qu'on pourrait nous accuser de trahison.

Leona se passa la main dans les cheveux. Ils étaient collés par le sang.

— Vous êtes libre de partir, Padgett.

— Sûrement pas. Quoi qu'il ait fait, Miller a utilisé son bureau à mauvais escient.

Après avoir aidé Leona à revenir dans la pièce principale, il s'arrêta.

— Je le voyais comme un héros.

— Il l'était, répliqua Leona. Il n'empêche qu'aujourd'hui il ne l'est plus.

Elle se redressa, fit le tour de la table et ouvrit un tiroir. Sans hésiter une seconde, elle actionna un bouton. Le fond d'un classeur glissa lentement, laissant apparaître une pile de documents.

— On finit par apprendre pas mal de choses à force de vivre avec un homme, confia-t-elle à Trace, éberlué. Pouvez-vous me donner une chaise avant que je m'effondre ?

Trace l'installa devant le classeur et retourna s'asseoir devant l'ordinateur. Il pianota sur le clavier, mais le système était verrouillé.

— Vous connaissez les codes ? lui demanda-t-il.

Elle opina très lentement et approcha. En entrant les codes, ils allaient déclencher une cascade d'événements sans fin.

— Regardez ailleurs, Padgett. Je prends la responsabilité de ce que je tape.

Concentrée sur le clavier, elle entra un interminable code.

L'écran du général s'éclaira. Trace passa en revue tout ce qui s'affichait puis cliqua sur une vidéo. C'était la dernière chose qui avait été vue sur l'ordinateur de Miller.

Des images commencèrent à défiler. Apparut soudain une pièce sombre, sale, avec un lit en fer et un matelas couvert de taches dans un coin. Par terre, un jeune soldat dans un uniforme déchiré gisait, en sang.

Leona se pétrifia et fixa l'écran.

— Mon Dieu ! C'est Matt.

— Matt Miller ? s'enquit Trace. Le fils du général ?

Il monta le volume et, incapable de regarder ailleurs, resta figé, fasciné par la scène qui se déroulait sous ses yeux.

Des insultes et des coups pleuvaient sur un jeune homme sans défense. Il était bombardé de questions et de sarcasmes provenant de voix off. Mais Trace reconnut la voix d'un des hommes. Pedro. Le chef de file le plus brutal, le plus dangereux, le plus diabolique que la scène terroriste mondiale ait connu depuis des années.

Sur l'écran, un homme gifla le jeune homme en lui criant de supplier, devant la caméra, qu'on l'épargne. Matt Miller ne supplia pas. Il donna des coups de pied qui terrassèrent les deux terroristes les plus proches de lui.

Fou furieux, Pedro hurla :

— Tue-le.

L'un des terroristes attrapa Matt par les cheveux et le jeta à terre, pendant qu'un autre prenait une épée et le décapitait.

Pedro, au fond de la pièce, riait aux éclats.

— Attention à vous, les Américains. Voici ce qu'on fait à ceux qui se mettent en travers de notre route. N'attendez pas de pitié de moi. Attendez la mort.

C'était la fin de la vidéo.

Quelques instants plus tard, elle recommençait.

Trace jura.

— Elle tourne en boucle. Pas étonnant que Miller soit devenu fou.

— C'est pire que ça.

Leona sortit un dossier.

— Miller a été en contact direct avec Pedro en utilisant un pseudo pour se faire passer pour un marchand d'armes. Avez-vous entendu parler de cette opération ?

— Il n'est pas question de Pedro dans les missions projetées actuellement par Miller, répondit Trace. J'ai participé à toutes les réunions concernant les projets en cours et à venir, le nom de Pedro n'a jamais été cité.

Leona examina le document et pâlit.

— Kent, mon Dieu, Kent, qu'avez-vous fait ?

Décomposée, elle regarda Trace.

— Miller utilise Hunter et sa famille comme appât. Il a promis à Pedro de lui livrer le Dr Jamison et son prototype.

Trace poussa un soupir sans fin.

— Miller a décidé d'être un héros pour la dernière fois et d'abattre le terroriste qui a assassiné son fils sur le sol américain.

Le ricanement d'un coyote se perdit dans la nuit. Hunter grogna. Sa tête cognait et ses gestes étaient mous. De la terre et des cailloux lui éraflaient la joue. L'esprit embrumé, hébété, il s'agenouilla et regarda autour de lui. Que faisait-il dehors ? Et qu'est-ce qu'il s'était passé ? Il n'avait pas les idées claires et ses membres ne lui obéissaient pas.

Des images incohérentes défilèrent devant ses yeux. Des hommes qui couraient. Un point rouge sur sa poitrine. Une fléchette dans sa jambe et la paralysie. Du curare ? De la kétamine ?

Il regarda le chalet. La porte était ouverte.

Aïe ! Il se rappela soudain les cris d'Erin.

Ils les avaient enlevés, elle et le bébé.

Paniqué, il tenta de se mettre debout. Ses membres ne répondaient plus. Ou à peine. Il réussit quand même à se lever, à rester plus ou moins en équilibre. En titubant et s'armant de toutes ses forces, il se traîna jusqu'au chalet et entra. Là, il prit une lampe torche et les clés et, cahin-caha, alla jusqu'au 4x4.

Lentement, il suivit les empreintes laissées par la voiture précédente sur la route.

Il les avait perdus.

Il empoigna son portable et appela Blake.

— Redmond, répondit le shérif d'une voix endormie.

— Erin et Brandon ont été enlevés. Il faut m'aider à les retrouver. Sans alerter personne. Ils sont dans un gros 4x4 noir. Ils filent vers l'ouest par Old Market Road, mais c'est tout ce que je sais.

— Tu as l'immatriculation ?

— Non. Ils m'ont drogué avec je ne sais quel produit pour me paralyser. C'est tout ce dont je me souviens.

Il regarda sa montre.

— Ils sont partis il y a plus d'une heure.

— Je vais voir ce que je peux faire, répondit Blake. Mais s'ils n'ont pas brûlé cinquante feux rouges ni dépassé la limitation de vitesse sur l'autoroute, ils n'auront pas attiré l'attention sur eux. Appelle tous les contacts que tu as de ton côté. Ce n'est pas avec les trois policiers d'un malheureux shérif d'un trou paumé qu'on risque de retrouver un 4x4 noir qui circule au milieu de la campagne texane.

Hunter resta un moment sans voix, puis réattaqua.

— Blake, ils sont dangereux. Ils n'hésiteront pas à tuer s'il le faut. Préviens tes gens.

— Compris.

Hunter raccrocha. Il y avait un problème : il était vivant. Ces types ne l'avaient pas tué. Pourquoi l'avaient-ils seulement drogué ? Ça n'avait pas de sens.

Il appela Logan.

— Carmichael, répondit celui-ci.

— C'est Hunter. Je veux Daniel et Noah. Tout de suite. Brandon et Erin ont été enlevés il y a une heure, et je ne sais pas comment faire pour les retrouver. Avec son équipement, Annie a des images des rues de Carder. Elle peut peut-être savoir quelle direction le 4x4 a prise en partant d'ici. Ils étaient quatre.

Logan lança des jurons à faire rougir un bataillon.

— Si Erin et Brandon ont été enlevés il y a une heure, ils peuvent se trouver dans un rayon de cent kilomètres. Il faut réduire le périmètre.

Hunter se gratta la tête.

— Je vais appeler Leona. Elle a peut-être vu quelque chose par le satellite.

— Ce n'est peut-être pas une bonne idée.

Parcouru par un frisson, Hunter se raidit.

— Que veux-tu dire ?

— Il y a une fuite, c'est sûr. Mais on ne sait ni d'où elle vient, ni comment on vous suit. Leona est une des rares personnes que je connaisse qui soit capable, parce qu'elle est douée, de monter ce genre de coup sans se faire prendre.

Hunter sentit son estomac se nouer. Il avait d'autant moins envie d'entendre ces propos qu'il en était arrivé à la même conclusion. Il s'en voulait d'accuser Leona sans savoir. Mais le doute s'était insinué et…

— Je vais voir avec Annie, conclut Logan. Je te rappelle.

Quelques minutes passèrent. Une éternité, pesta Hunter.

Daniel et Noah finirent par l'appeler et lui donnèrent l'heure approximative de leur arrivée.

Désespérant de trouver des indices qui lui donnent une idée de la destination d'Erin et de Brandon, il recommença à fouiller le chalet. Les hommes n'avaient rien emporté. Sauf sa famille.

Son téléphone sonna. C'était Logan.

— Quoi de neuf ?

— Non, rien. Le 4x4 n'est pas passé par Carder. Ils ont dû emprunter des voies détournées.

Hunter donna un coup de poing contre le mur du chalet.

— Qu'est-ce que je fais maintenant, Logan ? Comment vais-je faire pour les trouver ?

Leona essayait d'oublier sa tête qui cognait. Il fallait qu'elle se concentre. Kent avait disjoncté.

Impossible de reconnaître dans le fou prêt à sacrifier, pour se venger, une femme innocente et son enfant — et un de ses meilleurs agents — l'homme auprès duquel elle avait combattu le mal depuis tant d'années.

Le cœur brisé, elle soupira.

— J'aurais dû me douter que Miller voudrait se venger. Il avait accepté trop facilement l'assassinat de son fils. Ce n'était pas normal qu'il ne pense plus qu'à travailler.

Elle se raidit.

— Il faut l'arrêter avant qu'il ne mette la main sur Hunter et sa famille. L'ennui, c'est que nous ne savons pas du tout où ils sont.

— Leona, venez voir, l'appela Trace d'une voix étrange.

Elle s'approcha et, penchée sur l'écran d'ordinateur, regarda les centaines de photos que Trace avait retrouvées d'Erin Jamison et de son enfant. Un dossier joint montrait divers lieux, des comptes rendus d'expériences, des entretiens avec la directrice de la crèche de Brandon, et même des notes de la clinique d'Eglin.

— Miller la surveillait depuis un an, résuma Trace.

Il montra du doigt le nom d'un pédiatre.

— Cet homme a un contrat avec nous. J'ai même, personnellement, vérifié son système de surveillance, l'année dernière, à la demande du général.

Un frisson parcourut le dos de Leona. Elle continua de lire. « Vaccin. Brandon Jamison. TX9125. Insertion effectuée. Activée. »

Trace la regarda, stupéfait.

— Il a inséré une puce sous la peau du bébé ? Bon Dieu !

Elle prit son portable et composa un numéro.

— Vous croyez que Hunter va répondre ? demanda Trace. A sa place, je crois que je ne décrocherais pas. Après tout ce qui s'est passé…

— Il a intérêt, répondit-elle.

— Leona ?

La voix de Hunter était hésitante. Réservée. Il n'avait pas son ton habituel.

— Ecoute-moi, Graham. S'il te plaît. Miller tire les ficelles. C'est lui qui est derrière tout ça. Je ne sais pas où tu es, mais, où que tu sois, il faut que tu t'en ailles, tout de suite et ne t'arrête nulle part. Il a inséré une puce sous la peau de ton fils. Il faut que tu l'enlèves, sinon vous n'avez aucune chance de vous en tirer. C'est pour cela qu'ils vous retrouvent partout où vous êtes. Ils veulent faire main basse sur Erin et son prototype.

— C'est trop tard, Leona, répondit Hunter d'une voix glaciale qui lui fit peur. Ils m'ont administré une drogue paralysante et ont embarqué Erin et Brandon. Toute ma famille a disparu.

Il avait dû lui fracturer la mâchoire, car sa joue tremblait bizarrement. En plus, elle lui faisait mal.

La brute ! pensa Erin.

Elle se força à oublier sa douleur et à regarder par la vitre pour mémoriser chaque arbre, chaque tournant.

Ils venaient de doubler une statue géante à l'entrée de Fort Stockton, puis un coureur à pied.

Ses ravisseurs s'engageaient à présent sur une route déserte, juste à la sortie de la petite ville texane. Ils avaient pris le virage à la corde, et elle s'était cognée contre le montant de la portière. Heureusement, elle tenait Brandon bien serré contre elle.

Le cric avait failli toucher la portière, le bruit du choc aurait sans doute attiré leur attention. Elle l'empoigna donc. Prête…

Soudain, le véhicule ralentit et, finalement, s'arrêta. Les battements de son cœur redoublèrent. Il fallait qu'elle fasse quelque chose. Qu'elle s'échappe ou laisse un indice pour que Hunter ait une chance de les retrouver.

Elle posa Brandon sur la moquette, à ses pieds. Puis elle se tourna pour faire face à l'arrière du 4x4.

Elle serra très fort le cric et attendit, les muscles tétanisés par l'appréhension. La lumière des phares se réfléchissait un peu dans la vitre arrière, l'aveuglant.

Les quatre portières latérales s'ouvrirent, et les hommes descendirent pour saluer de nouveaux venus.

Deux firent le tour du 4x4 par l'arrière. Elle avait espéré qu'il n'en viendrait qu'un. Elle allait devoir agir vite.

Le hayon se souleva.

Elle n'hésita pas. Prenant son élan comme si elle tenait une batte de base-ball, elle frappa l'homme cagoulé sur le côté de la tête. Sous l'effet du coup, des os craquèrent. Il n'eut pas le temps de crier, il s'écroula.

Sans hésiter, elle recommença. Mais le deuxième homme fut plus rapide qu'elle. Il empoigna le cric et le jeta par terre. Puis il l'attrapa et prenait son élan pour lui administrer un coup de poing quand un autre l'arrêta.

— Pas de ça, soldat, lui ordonna une voix dure. Il faut que les clients la reconnaissent. Elle a déjà été frappée, et ça se voit. Si elle n'est pas identifiable…

L'homme baissa le bras et recula.

Un autre homme en grand uniforme approcha.

— Docteur Jamison. Enfin, on se rencontre. Vous êtes plus débrouillarde que je ne l'aurais cru.

Il lorgna l'homme recroquevillé par terre.

— J'aurais dû vous engager dans mon équipe.

Erin nota sa poitrine couverte de médailles. Cet homme devait être le…

— Général Miller ? s'étonna-t-elle.

L'homme en qui Hunter avait toute confiance. L'homme de qui elle attendait de l'aide. C'était donc lui qui était derrière tout cela !

Elle se mit à trembler, trembler, et vacilla.

— Attachez-lui les mains et les pieds, et mettez-la avec l'enfant à l'arrière de ma voiture. Et, s'il vous plaît, messieurs, assurez-vous qu'elle ne trouvera pas d'arme cette fois-ci.

Ils l'empoignèrent, lui lièrent les mains derrière le dos avec du papier collant et la jetèrent dans la voiture dont le moteur tournait toujours. Ils poussèrent à côté d'elle Brandon qui hurlait. Il rampa sur elle, pleurant pour qu'elle le prenne dans ses bras, mais elle ne pouvait pas. Elle pouvait seulement lui frotter la joue avec son nez.

Miller prit place au volant. Un des hommes cagoulés longea la voiture et tapa à sa fenêtre.

— Oui ?

— Voulez-vous que nous vous suivions, monsieur ?

— Non. Je prends la relève. Montez dans le 4x4 et regagnez vos quartiers.

Il hésita et reprit.

— Au fait, remerciez les hommes pour moi. Vous avez rendu un grand service à la nation, ce soir.

L'homme fit un salut et s'éloigna. Flanqué de ses deux complices, il ramassa ensuite le corps qui gisait inanimé, et ils le balancèrent dans le gros 4x4 noir. Puis, ils allumèrent leurs phares et démarrèrent en trombe.

— Vous nous avez donné du mal, docteur Jamison. Ce sera de votre faute si je perds quatre de mes hommes.

Il appuya sur un bouton, et le gros 4x4 noir explosa.

— N'oubliez jamais ce que vous venez de voir, ajouta-t-il. Si je traite mes amis de cette façon, mieux vaut ne pas être mon ennemi !

A l'autre bout de la ligne téléphonique, Hunter entendit le soupir exaspéré de Leona. Ou bien elle ne se doutait de rien, ou c'était une fabuleuse comédienne. Mais cela, il le savait déjà.

— Pourquoi devrais-je croire ce que tu me racontes sur Miller ? gronda-t-il.

— Kent a voulu me tuer ce soir, juste après avoir assassiné Terence Mahew. Il a perdu la tête. Je m'en veux, j'aurais dû voir venir.

Mahew n'avait eu que ce qu'il méritait, songea Hunter. En revanche, que Miller s'attaque à Leona… Ça, il ne l'aurait jamais cru.

— Je suis avec Trace Padgett, reprit-elle. Tu n'as aucune raison de me croire, mais je te dis qu'on peut t'aider. Miller a pris un avion et il vole vers le Texas. Je suppose que tu es là-bas.

Hunter garda le silence.

— Si l'on en croit l'ordinateur de Miller, la drogue qu'ils t'ont injectée est un composé synthétique de curare et de nicotine. On l'utilisait dans les années cinquante comme agent paralysant, mais on l'a abandonnée à cause de sa dangerosité. Les équipes de Miller l'ont quand même utilisée. Si nos infos sont correctes, d'ici deux heures, tu auras complètement récupéré, et tes fonctions intellectuelles ne seront pas altérées.

— Je ne suis pas inquiet pour moi. Dis-moi plutôt, quelle est la fréquence de la puce de Brandon ? Tu peux le savoir ?

— Chaque puce a une fréquence différente, intervint Trace. Je cherche dans les données.

Hunter s'énerva.

— Grouillez, bon Dieu !

— Hunter, soupira Leona. Hunter, on est désolés. On fait tout ce qu'on peut.

— Pourquoi Miller les a-t-il enlevés ?

— Pour se servir d'eux pour appâter Pedro. Le terroriste pense que Kent va lui remettre le Dr Jamison et le prototype.

— Pedro ?... Le Pedro qui a tué Matt ?

Hunter jura. Il comprenait la soif de vengeance. Il avait vu le corps de Matt. Décapité.

Monstrueux.

Si ça avait été Brandon, il aurait égorgé le salaud qui avait fait ça.

Mais jamais il ne se serait servi d'innocents. Une femme et un enfant, de surcroît.

Non, jamais.

— Trouvez-les, s'écria-t-il.

— J'ai une idée, lança Trace. Quand Noah et Daniel doivent-ils arriver ?

Hunter ne répondit pas.

— Je ne sais pas de quoi vous parlez.

— Scorpion, laissa tomber Trace d'une voix parfaitement neutre.

Hunter serra l'appareil dans sa main. Il reconnaissait le code. Trace bénéficiait donc de la confiance de ses supérieurs, il avait tissé des liens avec eux.

Il avait été contacté par Logan Carmichael.

Trace Padgett était un homme en qui il pouvait avoir confiance.

Leona ne disait plus rien, mais Hunter imaginait son cerveau tournant à trois mille tours minute.

— Ils seront là dans moins d'une heure, lâcha enfin Hunter. Leur avion est équipé de matériels qui permettront de suivre la position de la puce. Ecrivez !

Trace nota la fréquence.

Hunter termina de donner des chiffres et alla chercher son sac.

— Si ma famille s'en sort vivante, Padgett, il faudra qu'on parle tous les deux. Et je vous inviterai à une grande fête. Toi aussi, Leona.

— Ça méritera au moins du champagne, répondit-elle. Et une bonne bouillie pour le bébé.

*
* *

Quarante minutes plus tard, Hunter faisait les cent pas au bout de la piste du ranch Triple C. Il attendait que l'avion de Noah et Daniel atterrisse. Son corps et sa tête avaient retrouvé leurs fonctions normales, l'angoisse et la peur en plus.

Trace Padgett avait vu juste pour la drogue qu'on lui avait injectée. Deux heures pile après la piqûre, l'effet s'était dissipé.

Arrivé presque en même temps que lui, Blake avait placé son véhicule de police en bout de piste, tous phares allumés.

Posté à l'autre extrémité, Hunter attendait, prêt à mettre le feu au filet d'essence qu'il avait répandue. La piste était toujours utilisée de jour, mais Blake et lui avaient vu assez d'avions de dealers se poser clandestinement pour être capables de les imiter.

De nouveau, il consulta sa montre : il avait regardé l'heure une minute plus tôt ! Ça n'en finissait pas. Encore un peu, et ses nerfs allaient craquer. Cela faisait une éternité que Brandon et Erin avaient été enlevés. Ils avaient eu beau quadriller la zone, ils n'avaient rien trouvé. Mais Miller avait besoin d'Erin. Et il la lui fallait vivante.

Avait-il aussi besoin de Brandon, maintenant qu'il avait Erin, pour appâter Pedro ? Mieux valait croire que oui.

Un moteur d'avion ronfla au-dessus de leurs têtes. L'appareil fit un virage sur l'aile, puis un rond au-dessus d'eux.

Vite ! Hunter mit le feu au trait d'essence pour délimiter la piste.

Le Lear atterrit, à l'aise. Loin du véhicule de Blake et du feu de Hunter.

Une fois arrêté, il tourna alors que Blake approchait sa voiture :

— Hunter, j'ai entendu dire qu'on a trouvé un 4x4 noir en train de se consumer près de Fort Stockton, il y a un petit moment. J'ai interrogé les autorités locales, et ils viennent de rappeler. On a trouvé des traces d'explosifs dans la voiture et quatre corps carbonisés.

Flageolant sur ses jambes, Hunter s'accrocha à la portière.

— Non, Hunter. Il n'y a pas de bébé et de femme. J'ignore si ce sont ceux qui ont enlevé Erin et Brandon, mais je sais une chose : c'est qu'il y a quelqu'un derrière tout ça qui ne plaisante pas. Il est bien décidé à ne laisser aucun témoin. Fais gaffe.

Incapable de dire un mot, même pas *merci*, Hunter hocha la tête.

— Bonne chance, lui lança Blake. Si je peux t'être utile, n'hésite pas. Appelle-moi.

Puis il disparut dans la nuit.

Blake lui avait prouvé qu'il était digne de confiance, songea Hunter. Et fidèle. Décidément, Logan connaissait des gens bien.

Mais serait-ce suffisant ?

La porte du Lear s'ouvrit. Daniel, l'équipier de Logan, passa la tête.

— Prêt, Graham ?

Hunter rassembla ses affaires et grimpa à bord.

L'appareil était luxueux.

Hunter donna les derniers renseignements à Noah et Daniel en rangeant son sac dans un compartiment.

— Parfait, acquiesça Noah, assis à la place du pilote. On va commencer par aller survoler la voiture qui brûle. Attachez vos ceintures. Je vais piquer droit au sud par la route la plus courte. Une voiture nous attendra où que nous nous posions. Dès qu'on verra le signal, on donnera l'ordre.

Courbé en deux, Daniel vint s'installer près de Hunter au lieu de prendre place dans le cockpit comme il le faisait normalement. Avait-il complètement récupéré depuis la mission où il avait été torturé ?

— Tu ne pilotes pas, ce soir ? lui demanda Hunter.

Son ami hocha la tête.

— Non, ce n'est plus trop mon truc. C'est trop étroit là-dedans, la nuit. J'ai l'impression d'être enfermé dans un placard.

— Tu es quand même d'accord pour cette… expédition ?

— Les psys pensent que je suis dingue, mais c'est pas

nouveau. Je viens juste de découvrir que j'aime les grands espaces et le beau ciel bleu. Ça, c'est nouveau.

Hunter le détailla : il avait des cicatrices au visage et aux mains. Ferait-il le poids ? Allait-il pouvoir assurer ? En dépit de leur amitié, il n'était pas question de mettre la sécurité d'Erin et de Brandon en péril à cause de lui.

Comme s'il avait deviné ses pensées, Daniel le rassura.

— N'aie pas peur, tu peux compter sur moi. Je te le promets. La rogne est plus forte que la peur, et cette situation me met en rogne. Alors…

Ils décollèrent.

A peine dans les airs, Daniel sortit une mallette en fer de sous son fauteuil. Il l'ouvrit et actionna un interrupteur.

— C'est quoi, la fréquence de la puce de ton fils ?

Hunter lui donna l'information qu'il avait entrée dans son portable.

Daniel fit quelques manipulations, et un bip bip assez faible se fit entendre.

— On devrait pouvoir entendre le son dans un rayon de mille six cents kilomètres.

— Ils sont peut-être plus loin que ça.

Daniel se cala contre son dossier.

— On va quadriller la zone, et on les trouvera.

Il ouvrit une carte sur laquelle Hunter se pencha. C'était tout le sud des Etats-Unis.

— Leur premier rendez-vous était prévu dans le golfe du Mexique, au large de la Floride, précisa Hunter. Le 4x4 en feu a été vu au sud. Si je voulais faire disparaître quelqu'un, je le ferais sortir du pays le plus vite possible.

— Miller a un avion, fit remarquer Daniel. S'il les a déjà embarqués…

Hunter pesta tout bas. Avec des si…

Les yeux rivés sur le récepteur, ils attendirent en silence. Le signal ne venait pas. Avec chaque kilomètre avalé, l'atmosphère à bord devenait plus tendue.

Soudain, il y eut un grésillement. Puis un bip très net. Hunter regarda l'appareil, puis la carte.

— Ça y est. On les a, triompha Daniel. Tu avais raison, Hunter, ils ne sont pas loin de la frontière.

Hunter fixa le point sur l'écran. Il avançait. Il posa le doigt dessus comme si ce geste le rapprochait de son fils et de la femme qu'il aimait.

— Ils se dirigent vers Big Bend National Park, l'informa David. Pour se poser là-bas, ça ne va pas être de la tarte, le terrain est trop irrégulier.

— Où va-t-on se poser alors ? demanda Hunter.

— A Lajitas, répondit Noah. Il y a un petit aérodrome qui fera l'affaire. J'appelle pour qu'une voiture nous attende.

Hunter se pencha pour vérifier ses armes et ses chargeurs, puis il glissa son couteau dans son fourreau. Il croisa alors le regard de Daniel.

— La priorité de cette opération, c'est la sécurité d'Erin et de mon fils. Peu importe le reste. On est bien d'accord ?

Daniel le regarda, l'air grave.

— Tu nous couvres, Hunter. Et nous ferons ce qu'il faut.

— Parfait. Le jour baisse et, avant qu'il fasse nuit, j'ai bien l'intention de capturer Miller. Pedro et tous les salauds impliqués dans l'enlèvement de ma famille vont payer. Et cher.

Hunter fixa le point rouge sur l'écran et pâlit soudain. Rien ne bougeait plus.

— Faites du mal aux miens et vous ne vous en tirerez pas comme ça, bande de pourris !

12

Le jour baissait et l'ombre commençait à assombrir les montagnes. A travers les branches des acacias et des pins, Erin devinait le ciel, zébré de traînées rouges et roses. Par endroits, les derniers rayons de lumière pénétraient profondément dans les crevasses creusées dans le rocher et donnaient à la nature, déjà sauvage, un relief saisissant. Effrayée, Erin se sentait comme environnée par le feu.

Miller s'était enfoncé très loin dans Big Bend National Park, puis il avait quitté la route pour parcourir plusieurs kilomètres jusqu'à ce qu'il avait appelé leur point de rencontre.

— La cascade toute proche atténuera le bruit que nous pourrions faire, expliqua-t-il avec un sourire qui la glaça.

Depuis l'instant où elle avait vu le sang-froid avec lequel il avait exécuté ses hommes, elle avait compris sa folle détermination à ne laisser aucun témoin derrière lui.

Il fallait qu'elle trouve une façon d'éloigner Brandon de ce monstre. Elle ignorait ce qu'il avait décidé de faire, mais le sentait capable de tout.

Pour l'heure, elle était assise à la lisière d'une clairière, les mains toujours liées dans le dos. Brandon était dans un harnais que Miller avait sorti de sa voiture. Dans son malheur, elle lui était reconnaissante de l'avoir laissé à côté d'elle.

Son fils était tout froid et tout mouillé, il geignait. Elle le regarda en souriant pour tenter de le consoler, mais ce simple mouvement fit trembler sa joue toujours douloureuse. Son visage était enflé, et elle avait du mal à ouvrir l'œil droit. Elle essayait de bouger un peu les épaules pour faire circuler le sang, mais la position de ses bras, tordus en arrière, la faisait souffrir.

Sur la route, elle avait fouillé l'arrière de la voiture pendant au moins une heure dans l'espoir de trouver quelque chose de coupant avec lequel elle puisse briser le papier collant. Elle n'avait rien trouvé. Mais si Miller avait la bonne idée de s'éloigner un peu, elle trouverait bien un caillou ou une roche un peu saillante avec laquelle cisailler l'adhésif.

Elle devait se sortir de cette situation. Mais comment échapper à cet homme ? En plus, personne ne savait où Brandon et elle se trouvaient.

Elle se retourna pour regarder Miller. Avec un peu plus de jour, elle aurait vu ce qu'il faisait. Savoir, c'est pouvoir, non ? Combien de fois avait-elle entendu cette formule-là !

C'était le moment de s'y accrocher.

Décidée à se battre, elle observa Miller. Il faisait le tour de la clairière, scrutant la forêt, écoutant, son arme au poing. Soudain, il ouvrit le petit sac qu'il portait à l'épaule et recommença son tour, mais cette fois en s'arrêtant à chaque pas, ou presque. De temps à autre, il entrait dans les fourrés, passait sous les arbres. A un moment, il s'accroupit même et tripota quelque chose, puis sortit du buisson et recommença deux pas plus loin.

Comme il approchait d'elle, elle le regarda attentivement. Il s'arrêta, sortit un petit objet de son sac et l'aligna avec le précédent.

Mais bien sûr ! Il installait un périmètre de sécurité électronique. Celui qui oserait s'aventurer trop près déclencherait le système, et une mine exploserait. Une mine assez puissante pour ébranler le… Pour tuer.

Si les visiteurs déclenchaient la mine d'un côté ou de l'autre de l'endroit où elle se trouvait avec Brandon, c'était fichu. Ils sauteraient tous les deux.

Miller regarda l'heure.

— Ce ne sera plus long, déclara-t-il.

Erin recula, légèrement pour ne pas attirer son attention, et tendit les bras en arrière le plus loin possible. Elle passa les mains sous les feuilles, sous les aiguilles de pin, sous les petits bouts de branche, mais ne trouva rien d'intéressant.

Tout d'un coup, alors qu'elle ramenait les mains derrière son dos, sa main gauche toucha quelque chose de dur. Elle s'arrêta, tâta avec le pouce : c'était une pierre aux arêtes vives.

Folle d'espoir, mais ne l'affichant surtout pas, elle saisit le caillou et, pliant les poignets comme elle pouvait, commença à frotter l'adhésif. Juste un peu. Pas besoin de le couper sur toute la hauteur, une entaille suffirait. Ensuite, elle le déchirerait facilement.

Mais il résistait, ce maudit papier collant !

Elle recommença, encore et encore, se mordant les lèvres à force de concentration, jusqu'à ce qu'elle s'aperçoive que Miller regardait de son côté.

Reprenant son air accablé, résigné, qui n'était pas si éloigné de ce qu'elle éprouvait réellement, elle s'arrêta.

Qu'il se retourne ! pesta-t-elle. Il ne fallait pas qu'il voie ce qu'elle était en train de faire. Il devait penser qu'elle abandonnait.

Elle jeta un coup d'œil à Brandon : il s'était endormi. Elle était tout ce qu'il restait entre lui et la mort. Elle n'avait pas le droit de baisser les bras.

Miller se crispa. Il avança vers elle et l'obligea à se lever. A côté d'elle, Brandon faillit tomber de son harnais et se mit à pleurer.

— Faites-le taire, cria Miller.

— C'est un bébé. Il a peur. Vous n'avez qu'à défaire mes poignets, et je le bercerai. Il se taira.

Les pleurs mêlés de cris redoublèrent. Miller jura un bon coup et trancha le papier collant.

— Maintenant, vous le faites taire ou je le tue. Je suis trop près du but, tout ne va pas être fichu en l'air à cause de ce gosse !

Erin câlina Brandon, le berça, essayant de le calmer… et de se calmer elle-même.

— Et n'essayez pas de vous sauver, gronda-t-il. Nul n'est irremplaçable, je l'ai déjà démontré.

Erin déglutit. Le sang recommençant à circuler normalement dans ses épaules, ses bras lui firent mal, et elle grinça des dents, mais elle avait les mains libres. Libres.

Et Brandon pleurait toujours. Certes moins, mais encore trop. Si elle ne parvenait pas à le faire taire, ce fou de Miller…

Elle serra Brandon encore plus fort contre elle en lui racontant n'importe quoi et réussit à le calmer.

Un bip sonna dans la ceinture de Miller.

Il empoigna Erin, la plaqua contre lui et planta le canon de son arme dans ses côtes.

— Ils arrivent. Faites ce que je vous dis, si vous voulez vivre.

Sous le choc, elle se mit à trembler. Avait-elle la moindre chance ? Après avoir tué ses hommes…

Il la fit se tourner vers le sud. Un homme grand et mince sortit des fourrés. Deux individus l'encadraient, chacun avec un fusil pointé directement sur elle et Miller.

— Baissez vos armes, Pedro ! Ou c'est le Dr Jamison qui mourra la première.

Furieux, l'homme, les paupières plissées, fit un signe aux deux autres. Aussitôt, ils pointèrent leurs fusils vers le sol. Puis, tous trois avancèrent, et Pedro prit la parole.

— Depuis le début, vous avez tout fait pour ne pas faciliter la transaction, général. Mais, comme vous le voyez, je peux très facilement franchir la frontière de votre pays. Il suffit de la passer au sud. Quoi qu'il en soit, je suis heureux de voir que vous avez honoré votre parole. Cependant, je suis mécontent : vous me livrez une marchandise abîmée. Grâce au ciel, la valeur du Dr Jamison ne réside pas dans sa beauté. Qu'elle soit défigurée ne changera rien à ses compétences. Autrement, vous seriez déjà mort.

Sur ces mots, il adressa un sourire à Erin. Elle frissonna, terrorisée. Avait-elle bien compris ? Miller la livrait à Pedro ? A ce despote psychotique dont elle avait entendu parler lors de conférences sur le terrorisme ? Un homme sans foi ni loi qui avait décimé les rangs de petits groupes de militants révolutionnaires. Des factions rivales. Après les avoir bien *allégées*, il avait regroupé les cellules ennemies sous une même bannière. La sienne. Et personne n'osait contester son leadership.

Pedro avança vers eux.

— Je veux le Dr Jamison. Tout de suite.

— Elle est là, mais je n'ai pas encore vu l'argent.

Erin regarda Miller par-dessus son épaule. De l'argent ? Il la vendait à un terroriste pour de l'argent ?

Pedro fit signe à un de ses hommes qui s'approcha, s'agenouilla et ouvrit une petite valise qu'il tourna vers Miller.

Elle était pleine à craquer de dollars.

— Parfait, fit Miller.

Il recula d'un pas, Pedro avança de deux.

— Pour mon honneur, reprit-il, j'ai absolument besoin de l'extraordinaire savoir du Dr Jamison.

Il se tourna vers Erin.

— Vous et moi allons surprendre tous ceux qui doutent de la... sincérité de mes... intentions, docteur Jamison.

Dégoûtée, Erin plaqua la main sur son estomac qui gargouillait. Les yeux de Pedro brillaient. Il y avait dans son regard la fascination de la mort. Hunter avait raison. Elle avait été naïve. Elle aurait dû voir que son prototype pouvait être détourné de son objectif et utilisé à des fins militaires. Meurtrières. Le monde était capable de transformer le bien en mal. Si les hommes laissaient faire.

Miller empoigna le bras d'Erin.

— J'ai encore une petite chose à voir avec vous, dit-il d'une voix menaçante.

— Cela m'étonnerait, général, dit Pedro tout sourires. Ce serait absurde de chercher à nous trahir. Vous êtes seul, nous sommes trois. Une balle dans la tête, et ce rendez-vous est terminé.

— En ce cas, vous ne quitterez pas cette clairière vivants, répliqua Miller.

Il sortit de sa poche une télécommande et appuya sur une touche.

— J'ai installé un filet de sécurité tout autour de cet endroit. Si l'un de vous le franchit, il saute.

— Vous bluffez ! s'esclaffa Pedro.

— Essayez !

Pedro fit signe à l'un de ses gardes.

— Va !

L'homme salua avec respect et, sans hésitation, avança jusqu'à la limite de la clairière. Là, il fit un pas. Un deuxième pas. Encore un. Il y eut un éclair et une terrible explosion. Le corps de l'homme s'enflamma, mais il ne cria pas.

Il était déjà mort.

Cachés derrière un énorme rocher, Hunter, Noah et Daniel surveillaient la clairière à travers les branches de gros arbres quand ils virent un nuage de fumée s'élever dans le ciel. Une odeur de chair brûlée emplit l'air aussitôt. Effrayé par les cris d'Erin et de Brandon, Hunter sursauta.

— Go ! murmura-t-il. Vous savez ce que vous avez à faire.

Rampant sur le ventre, Noah, caché par les buissons, arriva jusqu'aux fils qu'avaient tendus Miller. Tandis qu'on continuait de se battre dans la clairière, il dégoupilla deux grenades puis, sans se faire voir, se posta en arrière de Pedro, prêt à attaquer. Daniel l'imita.

Hunter, lui, fit le tour de la clairière pour se positionner en arrière de Miller et Erin, et dégoupilla une autre grenade.

Pedro et le garde du corps visaient Miller, Erin et Brandon.

— Personne ne gagnera à ce jeu-là, général, tonna Pedro.

— Ce n'est pas un jeu, répliqua Miller. Vous avez tué mon fils, Pedro. Vous allez mourir aujourd'hui.

Il poussa Erin vers le garde du corps de Pedro. Elle se rangea prudemment sur le côté. Le garde du corps leva son arme. Miller ne cilla pas. Il pointa son revolver sur Pedro et l'abattit d'une balle à la tempe. Au même instant, un coup de feu claqua. Le garde du corps venait de frapper Miller en pleine poitrine.

Pedro tomba en arrière sur une autre grenade qui explosa.

Hunter bondit alors, traversa le champ de bataille et plaqua le garde du corps encore en vie par terre. L'homme le frappa à la tête avec la crosse de son arme et visa Erin.

Rapide comme l'éclair, Hunter se jeta sur le garde du corps et lui tordit le cou. Le terroriste ne bougea plus.

— Erin ? cria Hunter, essayant de la voir à travers la fumée.

— Hunter !

C'est alors qu'il la vit, Brandon serré dans ses bras. Derrière elle, Miller se relevait. Sa veste était déchirée, mais son gilet pare-balles l'avait protégé. Il empoigna Erin et la plaqua contre lui.

— Non ! cria Hunter. Laissez-les partir. Vous avez eu ce que vous vouliez. Pedro est mort.

Miller serra Erin plus fort.

— Bon Dieu, Hunter. Je ne voulais pas de vous, ici. Je ne voulais pas faire ce que je vais faire, mais je ne laisse jamais de témoins derrière moi. Vous le savez.

— Non, général. S'il vous plaît ! Ne faites pas ça !

Hunter s'approcha, le regard braqué sur Noah et Daniel qui se tenaient derrière Miller. Il fallait qu'il s'arrange pour attirer toute l'attention du général.

Il fixa Erin. Allait-elle comprendre qu'il avait un plan, qu'il allait la sauver ?

— Que vous arrive-t-il, général ? demanda Hunter. Jamais vous n'auriez sacrifié une mère innocente et son enfant.

— Vous ignorez tout. Avez-vous conscience qu'on allait détruire l'Organisation que j'ai créée ? On a dit que j'étais trop vieux. Que je ferais mieux de profiter de la vie après tant d'années de bons et loyaux services. Mais personne n'aurait jamais attrapé ce salaud. Il a tué mon fils, il l'a décapité comme un animal à l'abattoir, et personne n'aurait rien fait.

— Miller, je suis infiniment triste…

— Pas la peine. Notre Compagnie combat pour la bonne cause et ces bâtards de politiciens ont décidé de me prendre cela aussi. Il ne serait resté personne pour faire payer ces assassins. Ils ont tué mon fils. Ils allaient détruire ma Compagnie, et vous… vous m'auriez abandonné vous aussi. Après tout ce que j'ai fait pour vous.

— Pardon ?

— Matt n'avait pas à retourner en Europe, la dernière fois. Il y est allé comme engagé volontaire. Quatre fois, il est allé dans cet enfer. Chaque fois, il en est revenu. Je voulais qu'il reste ici et travaille pour moi, mais quand il vous a croisé, il vous a admiré, Graham. Il voulait devenir comme vous. Il voulait sauver le monde. Alors, il y est retourné et il est tombé entre les mains de Pedro. Et *vous*, Graham, vous ne l'avez pas sauvé.

Hunter se sentit blêmir.

— C'est pour cela que vous avez choisi Erin ?

— Le hasard, Hunter. Le jour où l'information sur son prototype est tombée sur mon bureau, je savais que Pedro le voudrait et la voudrait, elle aussi.

Hunter fixa son mentor.

— La fuite… C'était vous ? C'est vous qui avez parlé aux terroristes de son prototype ?

— Il fallait que j'attire Pedro ici. Que je le tue. Dans mon pays. J'ai tout organisé.

Il regarda Erin méchamment

— Elle a tout fichu en l'air. Elle et le bébé disparus, vous n'auriez plus eu de raison d'être distrait. Pedro serait mort. L'équipe aurait reçu les félicitations. Les politiciens auraient versé de nouveau des fonds. Evidemment, il y aurait eu des dommages collatéraux, mais je vous aurais gardé parmi mes agents. Puisque j'ai exécuté Exley, votre notaire ridicule, votre identité aurait été préservée. Nous aurions fait de grandes choses ensemble.

Le général déraisonnait complètement, comprit tristement Hunter.

— Cela n'arrivera jamais, Miller. Cette opération est terminée.

Miller regarda Erin avec cruauté, puis Brandon.

— Je le pense, en effet.

Il pointa son arme sur Brandon.

— Non !

Hunter lui arracha son revolver des mains. Miller voulut le lui reprendre. Une bagarre s'ensuivit. Erin et son bébé tombèrent. Elle réussit à reculer jusqu'à la lisière de la clairière et se cacha derrière le piège que Miller avait tendu.

— Erin, ne bouge pas ! cria Hunter.

Miller le regarda dans les yeux et sourit, un sourire de dément.

Hunter regarda alors Erin puis le général qui s'élançait sur lui, le revolver en avant.

— Il n'y aura pas de témoins, Graham.

Hunter n'hésita pas. Il bondit entre Miller et sa famille. Une rafale de balles l'atteignit. Il tomba à genoux en grognant.

Miller laissa échapper un hurlement de fou et explosa d'un rire effrayant. Hunter en profita pour pousser Erin et Brandon loin du bord de la clairière. Miller, visiblement dérangé, partait en titubant dans les arbres.

« Boum ! » La force de l'explosion ne lui laissa aucune chance.

Sonné, Hunter roula sur le dos, haletant, cherchant de l'air.

Erin rampa jusqu'à lui. Elle pleurait.

— Hunter, non, ne meurs pas. S'il te plaît. J'ai besoin de toi. Je t'aime.

Il toussa plusieurs fois et se releva sur les coudes.

— Non, je ne vais pas mourir. Grâce à toi. A tes mots magiques.

Elle posa la main sur sa poitrine et la caressa.

— Il t'a touché.

— Il n'est pas le seul à porter un gilet pare-balles, ma tendre chérie. On en porte à chaque opération. Règlement !

Erin éclata en sanglots, il l'attira à lui. Brandon grimpa sur ses genoux.

— Pa … Pap, dit-il entre ses pleurs. Pa… pa.

Hunter sécha les larmes de son fils.

— Tu as eu une rude journée, mon bonhomme. Pour un petit garçon d'un an…

Hunter serra Erin encore plus fort.

— Si je te perdais comme Miller a perdu son fils, je ne survivrais pas. Ou je perdrais la tête, comme lui.

— Mais tu ne te vengerais pas sur des innocents, ajouta Erin.

Elle lui pinça le bras.

— C'est fini ? Je peux revivre comme avant ?

Hunter regarda Daniel et Noah. Ils ne les regardaient pas. Tout le monde savait.

— Je suis désolé, Erin. Pedro voulait absolument ton prototype. Et il n'est pas le seul. Tout le monde en parle. Tu as ton nom partout.

Il lui caressa la joue.

— Tu es le concepteur de ce prototype et tout le monde te veut. Il faut que tu fasses le mort jusqu'à la fin de tes jours, ou que tu acceptes d'être pourchassée.

Brandon dans les bras, Erin écoutait le murmure de la chute d'eau. La cascade dansait sur les rochers et terminait sa course dans une grande mare. Si elle avait eu du courage, elle se serait baignée pour effacer toutes les traces de terre et les odeurs de fumée dont elle était imprégnée. Mais, au fond, cela lui était égal.

En temps normal, elle aurait trouvé cet endroit idéal pour camper, pour se reposer et dormir sous les étoiles, pour faire l'amour.

Mais plus rien n'était normal dans sa vie.

Hunter, Daniel et Noah passaient au peigne fin la scène du massacre. Hunter l'avait éloignée des lieux pour lui épargner le spectacle douloureux du cadavre à moitié calciné de Miller.

Le carnage ne serait pas simple à expliquer, d'autant plus que, pour tout le monde, Brandon et elle étaient morts. Il ne devait donc rester sur place aucune trace de leur passage.

Elle embrassa son fils sur la tête et se caressa la joue sur ses cheveux. Mon Dieu, comme ils étaient fins ! Et soyeux !

Elle était à bout, épuisée. Même le fait de respirer lui faisait mal.

Soudain, des branches bougèrent, les buissons s'écartèrent. Elle se crispa. C'était Hunter. Il venait vers elle.

— Daniel et Noah seront bientôt prêts à partir. Ils vont t'emmener prendre l'avion de Logan, mais ils vont faire des détours pour tromper d'éventuels poursuivants. Quand tu seras dans ta nouvelle maison, tu seras en sécurité.

— Où se trouve-t-elle ?

— Je ne sais pas. Je n'ai pas voulu qu'on me le dise.

Il s'agenouilla près du rocher et caressa sa joue, celle qui n'était pas blessée.

— J'avais trop peur, si je connaissais l'adresse, de m'y précipiter.

Allait-il enfin comprendre que c'était ce dont elle rêvait ? Etre avec lui.

— Si je comprends bien, tu nous chasses, dit-elle en le regardant dans les yeux. Tu nous chasses alors que Pedro est mort, que le général est mort !

— Compte tenu de mes liens avec Miller et de mes missions passées, je suis sur la liste des hommes à abattre. Sur plusieurs listes, même. Je ne veux pas vous faire prendre de risques.

Elle empoigna le bas de sa chemise et l'attira à elle.

— Je t'en supplie, trouve un moyen de rester avec moi. Je sais que tu peux.

— Si je peux…

Il lui embrassa le bout du nez.

— … je vous rejoindrai. Je te le promets, Erin. Je le ferai.

Daniel et Noah apparurent à leur tour à travers les branchages.

— Il est temps.

Les yeux d'Erin s'emplirent de larmes.

— Je t'aime, Hunter. Je t'aimerai toujours.

Il déposa un baiser sur son front mais ne lui renvoya pas les mots qu'elle espérait…

Il resta à la regarder, visiblement angoissé, détruit, mais il ne prononça pas les paroles chéries.

Le cœur brisé, elle suivit Noah et Daniel et s'installa dans le 4x4 qui attendait.

Hunter ouvrit la portière et déposa Brandon dans le siège de bébé.

— Au revoir, lui dit-il en l'embrassant.

Alors que la voiture démarrait, elle remonta sa vitre et pleura de plus belle. Mais elle ne se retourna pas, elle murmura simplement,

— Au revoir, mon amour. Tu seras toujours dans mon cœur.

— Ransom ! appela Leona depuis l'entrée du bunker, dans le ranch de Logan.

Hunter, qui finissait d'équiper le bunker d'un système de surveillance, se cogna la tête sous le bureau en voulant se relever.

— Ransom ! s'impatienta-t-elle.

— Une minute, Leona.

Il ne se ferait jamais à ce nouveau nom qui lui brisait le cœur chaque fois qu'il l'entendait. Il avait songé à le changer encore, mais c'était le seul lien qu'il lui restait avec Erin et Brandon. Des noms virtuels pour une famille virtuelle, mais qui, dans son cœur, était bien réelle.

Leona avait une fois de plus fait un travail formidable. Jusqu'à la Compagnie, qui le croyait mort. Hunter Graham s'était tué dans un accident de la route à La Nouvelle-Orléans, pas loin de chez lui. Clay Griffin était allé rejoindre le Créateur au paradis après un accident d'avion au-dessus de la Méditerranée. Maintenant, seul existait Ransom Grainger. Un homme brisé au passé fracassé. Dont il ne se remettrait sans doute jamais.

Il s'essuya le front avec un vieux chiffon et sortit de sous la table.

Logan avait téléphoné. Depuis deux semaines, le nom de Clay était effacé des listes des agents à abattre, dressées par les terroristes. L'organisation clandestine de Pedro avait pris acte de la mort de Clay et, par respect pour leur leader également décédé, ils avaient décidé de ranger provisoirement les armes.

Trace Padgett lui avait fait savoir que le groupe terroriste s'était dispersé. Pour l'instant du moins.

Hunter ne désespérait pas de rejoindre Erin. Si les choses continuaient sur cette bonne voie, d'ici un an ou deux, ils se retrouveraient peut-être.

Avec un peu de chance, ça ne serait pas trop tard.

Démoralisé, il considéra le bunker antitornade de Logan. Il avait quand même meilleure allure. Il lui avait fallu un mois de travail intensif, dans la poussière et la terre, pour le nettoyer. Mais le groupe électrogène était réparé, l'installation électronique terminée, et il venait de mettre en place, devant la grille principale, la dernière caméra bricolée par Erin.

Bon sang, ce qu'elle pouvait lui manquer ! Son sourire, son amour pour leur fils et ses observations judicieuses lui manquaient.

Si son absence le rendait malheureux, celle de Brandon le dévastait. Il aurait tant aimé tout lui apprendre. A monter à cheval, à lancer le lasso, à apprécier la vie au ranch. Il aurait aimé lui apprendre les vraies valeurs de la vie et à ne jamais en démordre. Il aurait aimé parler des filles avec lui.

C'étaient des rêves qui ne se réaliseraient jamais. N'était-ce pas horrible de savoir qu'on mourrait avec plein de regrets ?

— Ransom ! Téléphone. Logan.

Leona, debout à côté de la trappe ouverte, lui lança le téléphone.

— Attrape !

Hunter s'assit sur une chaise pliante et regarda en l'air en clignant des yeux. Le soleil de juillet l'aveuglait, mais le ciel était bleu. C'était beau.

— Oui, Logan. Que se passe-t-il ? Je sais qu'on dépense beaucoup d'argent, mais…

— Ce n'est pas le problème.

Logan reprit son souffle.

— Kat et moi avons parlé. On aimerait venir au ranch pour les enfants, pour leur faire connaître la campagne, mais en ce cas, je n'aurai pas beaucoup de temps à consacrer à la Compagnie. Contrairement à ce que je t'avais dit. D'autre part…

Il baissa la voix.

— Kat est enceinte, il va falloir que je reste pas mal ici pour l'aider. Elle souhaite que je m'occupe plus de Bellevaux. Je vais devoir tirer ma révérence.

Hunter eut un haut-le-cœur.

— Je comprends. Il n'y a pas plus important que la famille. J'en sais quelque chose. Tu veux que j'arrête les travaux ?

— Pas question. Covert Technology Confidential, ma société, doit continuer. Mais je ne pourrai plus la diriger. Des gens comme Annie ont besoin de nous. Je veux que tu t'en occupes.

Hunter tomba de sa chaise et se cogna la tête sur le sol en ciment.

— Tu plaisantes ? Et Daniel ?

— Il a pris le large. Pour le moment. Il a besoin de temps pour se refaire. Quand il aura récupéré, on lui proposera d'intégrer CTC.

Logan marqua un temps d'arrêt.

— Tu es prêt pour ce job, Hunter. Avec Leona et Chuck comme assistants, il n'y a aucune raison pour que tu ne réussisses pas.

Hunter se releva et se mit à marcher de long en large. CTC serait un moyen de faire du bien autour de lui, d'aider les plus démunis. L'Organisation donnerait à des personnes comme Annie et Erin, qui ne savent plus vers qui se tourner, la chance de vivre à peu près normalement. Et sa vie reprendrait du sens. Car, même si son cœur était brisé, il aurait un but.

— Marché conclu, répondit Hunter. Je m'associe.

Il raccrocha et, hébété, regarda autour de lui. Le bunker était vide. Si seulement Erin avait pu être là…

Une alarme se déclencha sur la console qu'il venait d'installer. La grille. Il actionna la caméra.

Un 4x4 noir attendait qu'on lui ouvre.

Tendu, Hunter empoigna son pistolet. Il n'attendait personne.

Une portière s'ouvrit, et une femme brune aux jambes interminables descendit en plein soleil.

Elle fixa la caméra et sourit. Sapristi ! Comme elle était belle !

Hunter sentit son cœur se serrer. Elle lui rappelait étrangement quelqu'un…

Elle se pencha à l'arrière de la voiture et sortit un porte-bébé dans lequel se trouvait un enfant qu'elle détacha et mit juste devant l'œil de la caméra.

Le bébé rit aux éclats.

Hunter vacilla.

Brandon.

Comme un fou, il sortit du bunker et courut vers la grille. Arrivé là, il s'arrêta brusquement.

C'était une inconnue qui était là. Et, pourtant, elle ne lui était pas complètement étrangère.

Il la dévisagea, ses traits d'abord, puis ses yeux. Des yeux vert émeraude pleins de sourire. Peut-être plus tellement candides, mais francs, droits. Directs.

Il connaissait ces yeux. Evidemment ! C'était le visage et la couleur des cheveux qui avaient changé.

— Erin…

Elle pencha la tête.

— Dis-moi, que penses-tu de mon nouveau look ? La couleur n'est pas définitive, mais elle n'est pas mal. Elle te plaît ?

Hunter resta sans voix, incrédule, abasourdi, assommé. Erin était là. Il appuya sur le bouton, et les grilles s'ouvrirent. Il sortit. D'une main tremblante, il caressa sa joue, son nez fin, descendit vers sa bouche.

— Qu'as-tu fait ?

Elle se mordit la lèvre, une manie qu'elle avait et qui lui

donnait toujours envie de la prendre dans ses bras et de la rassurer.

— J'avais la pommette explosée, dit-elle. Comme j'avais besoin de chirurgie réparatrice, je me suis dit que, tant qu'à faire, puisque je n'étais plus Erin Jamison, ils n'avaient qu'à me refaire complètement. Je ne veux plus me retourner sans arrêt pour voir si quelqu'un me suit. Et puis, j'avais l'espoir que, si l'on ne me reconnaissait plus, peut-être… peut-être que je pourrais avoir la vie que je souhaitais vraiment.

Il retint son souffle, n'osant espérer…

— Plus qu'une carrière de scientifique, plus que la renommée, plus que les honneurs, c'est toi que je veux, Hunter. Je crois que tu m'aimes. J'espère que je ne me trompe pas.

Le cœur serré, il hocha la tête. Elle était tout pour lui. Tout ce qu'il désirait depuis toujours. Avec elle, sa vie serait comblée. Le triomphe du bonheur.

— Je vous aime plus que… plus que… la vie elle-même. Toi et Brandon, vous êtes mes… mes…

Les mots se bousculaient sur sa langue, il en bégayait d'émotion. Cela faisait deux ans qu'il se languissait de lui déclarer son amour, sa tendresse, son admiration.

Elle se jeta dans ses bras.

Noah sortit du 4x4 et déposa deux valises aux pieds de Hunter.

— Pas de bêtises, cette fois, Ransom. Si seulement je pouvais avoir une femme qui m'aime autant qu'elle t'aime.

Noah remonta dans le 4x4 et fila en direction de l'autoroute qui l'éloignait du ranch.

Erin regarda par-dessus l'épaule de Hunter et rit.

— Je vois que tu as installé ma caméra.

Il sourit.

— Elle est ingénieuse. Pourquoi ne l'aurais-je pas installée ?

Elle empoigna sa chemise en le regardant dans les yeux.

— Noah m'a parlé de CTC. J'aimerais en faire partie. Je pourrais vous aider. Laisse-moi mettre mes compétences au service de personnes qui en ont besoin. Laisse-moi être celle que j'ai toujours voulu être. Ici. Avec toi. Je serai ta Marina Grainger et nous formerons, toi et moi, une belle équipe.

Il devait rêver ?

— Tu es sûre ?

Elle lui prit la main.

— C'est mon choix, Clay, Hunter, Ransom… qui que tu sois aujourd'hui. Je t'aime. Je m'endors chaque soir en rêvant de toi. Tu me manques. Dans mon cœur, dans ma tête, tu es partout. Je n'ai jamais éprouvé avec personne ce que je ressens avec toi. Je t'ai vu te battre pour nous sauver. Aujourd'hui, c'est moi qui me bats pour te conquérir. Tu es le père de mon enfant, et je ne te laisserai pas partir une autre fois.

Elle prit son visage dans ses mains.

— Sois honnête. M'aimes-tu ?

La joie qu'il éprouva était indescriptible. Son cœur bondissait de joie dans sa poitrine. C'était magnifique. Elle l'aimait. Il ne laisserait sûrement pas son rêve filer entre ses doigts comme il l'avait fait deux ans plus tôt.

— Je suis tombé amoureux de toi à la seconde où je t'ai vue sur cette plage de Santorin, où tu m'as fait un grand discours sur un certain coquillage. Tu te rappelles ? Tu étais exaltée par ton sujet et, moi, complètement époustouflé d'admiration et sous le charme. Avant de te rencontrer, j'ignorais le sens du mot « espoir ». Je t'aime, Erin.

— Marina, rectifia-t-elle en l'entourant de ses bras. Mais peu importent nos noms, aussi longtemps que nos cœurs battent l'un pour l'autre.

— Pap… pap…, gazouilla Brandon.

— C'est une chance que ce mot-là fonctionne, plaisanta-t-elle.

Hunter lâcha Erin et regarda son fils. Il le prit dans ses bras et le câlina.

— Pa… pa… pa…

En soupirant de bonheur, il prit Erin par la taille et la serra contre eux.

— Je ferai tout ce qui est en mon pouvoir pour vous protéger tous les deux, je te le promets.

Elle pencha la tête sur son épaule.

— Non, mon amour, dorénavant *nous* nous protégerons mutuellement.

Il froissa ses cheveux bruns.

— Ils sont de la même couleur que ceux de Brandon, maintenant. Et si je me décolorais en blond ? se moqua-t-il. Ou, tu préfères peut-être que je me rase ?

— Je préfère peut-être, monsieur Grainger…

Elle l'embrassa.

— … que nous retournions au chalet et que vous me fassiez l'amour.

Ses lèvres étaient tendres, et ses baisers débordaient de passion et d'amour. Hunter la serrait contre lui, savourant le plaisir de sentir son corps contre le sien. Ses courbes, se rappela-t-il.

Il la fit tourner dans ses bras.

— Je préfère ton idée aux miennes, Erin Marina. Tu as décidément du génie. Désormais, formons une famille.

Les yeux brillants, elle leva la tête et le regarda.

— Cela veut-il dire que nous devons nous remarier, monsieur Grainger ?

Elle avait tellement d'amour, d'espoir… et de larmes dans les yeux qu'il suffoquait. Il les serra tous les deux dans ses bras et ferma les paupières. Il ne les laisserait jamais plus lui échapper.

— Assurément, madame Grainger. A ce propos, je connais une plage de rêve pour notre lune de miel. A Santorin.

Le 1er mars

Black Rose n°289

Une femme en fuite - Nora Roberts

Série *Le secret des diamants 1/3*

Dès qu'il la voit entrer dans son bureau, Cade Parris en est certain : Virginia est la femme de sa vie. Mais, avant toute chose, il doit aider cette jeune femme affolée et désemparée à recouvrer ses souvenirs, son passé – un choc l'a rendue amnésique. Tout ce qu'elle sait, c'est qu'elle est en danger. Et tout ce qu'elle possède, c'est un sac contenant des billets de banque, un pistolet et... un énorme diamant bleu, d'une valeur inestimable. Parce qu'il aime les défis, mais aussi parce qu'il sait que Virginia ne pourra lui ouvrir son cœur tant qu'elle n'aura pas retrouvé la mémoire, Cade décide de tout faire pour l'aider...

Un jour, on se reverra - Beverly Barton

Un jour, on se reverra. Et alors, je te tuerai.

Ces mots, prononcés cinq ans plus tôt par le criminel qu'elle a fait emprisonner à vie, Joanna n'a jamais pu les oublier. Aussi, quand elle apprend qu'il vient de s'évader du pénitencier dans lequel il purgeait sa peine, voit-elle ses pires craintes refaire surface. Est-il possible qu'il la retrouve et mette sa menace à exécution ? Bouleversée, elle décide de demander à son voisin, J.T. Blackwood, de la protéger. J.T., un policier qu'elle redoute de côtoyer tant il est froid et cynique, mais qui, sans qu'elle puisse s'expliquer pourquoi, l'attire irrésistiblement...

BLACK ROSE

Black Rose n°290

Pour retrouver Mary - Beverly Long

Elle doit retrouver Mary. Liz ne peut se défaire d'un terrible sentiment d'urgence depuis qu'elle a appris la disparition de cette adolescente enceinte de huit mois dont elle est la psychologue. Mary et l'enfant qu'elle porte sont en danger, c'est certain, car jamais la jeune fille n'aurait quitté la ville de son plein gré sans la prévenir ! Alors tant pis si, pour parvenir à ses fins, elle doit supporter les sarcasmes de Sawyer Montgomery, l'inspecteur qui a été chargé de l'affaire. Un homme hautain et arrogant, qui semble prendre un malin plaisir à la faire passer pour une folle...

Une bouleversante ressemblance - Suzanne McMinn

Serait-il possible que ce soit... Leah ? Quand, par le plus grand des hasards, Roman croit apercevoir sa femme dans la petite station balnéaire où il est venu passer ses vacances, il pense être victime d'une hallucination : Leah est morte dans un accident de voiture deux ans plus tôt, bon sang ! Incapable de rester dans le doute, il aborde la jeune femme – mais celle-ci ne le reconnaît pas. Elle semble même avoir peur de lui... Cependant, l'espoir et l'amour sont plus forts que tout. Et, parce qu'il y a une chance que cette inconnue soit Leah, sa femme, celle qu'il n'a jamais cessé d'aimer, Roman entreprend de mener l'enquête...

BLACK ROSE

Black Rose n°291

Un ténébreux partenaire - Marie Ferrarella

Beau. Brillant. Et surtout, magnétique. Voilà comment Kari définirait l'inspecteur Esteban Fernandez, son nouveau coéquipier à la police d'Aurora. Un portrait qui s'assombrit bien vite quand Esteban lui jette au visage qu'il déteste travailler en équipe – et en particulier avec une femme. Kari décide qu'elle s'en accommodera : des machos de son espèce, elle en a connu ! Pourtant, malgré les efforts qu'elle fournit pour ne pas s'investir, elle est irrésistiblement intriguée par son trop séduisant partenaire – quelles épreuves a-t-il pu traverser pour se montrer si hostile, si écorché ? Une question qui la taraude et la rapproche de lui à mesure qu'ils mènent ensemble l'enquête qu'on vient de leur confier, sur un dangereux tueur en série...

L'amour en cavale - Carol Ericson

Jenna est folle de rage. Comment Cade ose-t-il venir sonner à sa porte, sans même s'être annoncé, après l'avoir quittée du jour au lendemain trois ans plus tôt, alors qu'elle venait de mettre au monde leur enfant ? Il comprend sa colère, lui assure-t-il, mais le temps des explications viendra plus tard car, pour l'instant, chaque seconde compte : de dangereux criminels le traquent, et malgré toutes les précautions qu'il a prises, ils ont découvert l'existence de Jenna et de Gavin, leur fils de deux ans. Pour leur échapper, ils n'ont donc pas le choix. Ils vont devoir se cacher. Ensemble...

Black Rose n°292

La falaise du souvenir - Linda Castillo

Au bord de la falaise escarpée, enveloppée de brouillard, la maison de son enfance est toujours là, comme dans son souvenir... chargée du mystère qui, près de vingt ans plus tôt, a coûté la vie à ses parents. Mais en revenant à Cape Darkwood pour enfin élucider ce drame, Sara Douglas était loin de se douter qu'elle y retrouverait Nick Tyson : l'adolescent espiègle qui lui a autrefois volé son premier baiser est devenu un homme fort, sûr de lui... et terriblement séduisant. Un homme qui, lui aussi hanté par le passé, ne tarde pas à partager sa quête, au mépris de tous les dangers...

L'ombre du secret - Kylie Brant

Fuir. Et éviter de se lier à quiconque. Tel est le quotidien de Sara Parker. Depuis six longues années, elle n'a cessé de changer de ville et d'identité, afin d'échapper au dangereux criminel qui la poursuit et a juré sa perte. Aussi, lorsqu'un mystérieux inconnu se met à fréquenter chaque jour le bar où elle travaille comme serveuse, se tient-elle immédiatement sur ses gardes. Pourtant, sans trop savoir pourquoi, elle se sent irrésistiblement attirée par cet homme au regard sombre, posé sur elle comme si elle était la plus désirable des femmes...

A paraître le 1er janvier

Best-Sellers n°593 • thriller

Indéfendable - Pamela Callow

Lorsqu'Elise Vanderzell bascule par-dessus la rambarde de son balcon par une belle nuit d'été, ses enfants se réveillent en plein cauchemar. Leur mère est morte. Et c'est leur père qu'on accuse du meurtre.

Kate Lange, jeune avocate, sort tout juste d'une période personnelle très noire dont elle garde de profondes cicatrices. Elle sait ce que c'est que de vivre un cauchemar, aussi accepte-t-elle de défendre Randall Barrett, son patron – mais également un être très cher –, soupçonné du meurtre de sa femme. Elle découvre alors un dossier complexe, car Randall est le suspect idéal. En apparence, tout l'accuse : son ex-femme l'a trompé, il a la réputation d'être un homme impulsif et violent, il s'est disputé avec la victime quelques heures avant sa mort... Confrontée à une famille hostile, meurtrie par le doute et les conflits, Kate sait qu'elle n'a rien à attendre non plus des légistes d'Halifax. Ceux-ci préfèrent à l'évidence voir Randall en prison, plutôt que de défendre l'indéfendable. Et elle est désormais la seule à pouvoir prouver l'innocence de Randall. Il y a urgence, car dans l'ombre, un personnage silencieux attend le moment propice pour porter le coup fatal.

Best-Sellers n°594 • suspense

Les secrets de Heron's Cove - Carla Neggers

Une collection de somptueux bijoux russes, mystérieusement disparue quatre ans plus tôt, serait sur le point de refaire surface à Heron's Cove ? Quand Emma Sharpe, agent du FBI spécialisé dans le trafic d'oeuvres d'art, apprend cette incroyable nouvelle, elle est aussitôt convaincue que cette affaire est liée à celle dont s'occupe Colin Donovan, son collègue au FBI, qui revient tout juste d'une périlleuse mission d'infiltration auprès de trafiquants russes... Certes, elle se serait bien passée de collaborer avec Colin, pour lequel elle éprouve des sentiments ambigus, très déstabilisants. Mais elle sait pourtant qu'elle n'a pas le choix : ce n'est qu'en joignant leurs forces qu'ils parviendront à déjouer les plans de ces dangereux criminels...

Best-Sellers n°595 • suspense

La demeure des ténèbres - Heather Graham

L'adolescent surgit de la forêt et s'arrêta au milieu de la route. Il était nu. Et couvert de sang...

Le jeune Malachi Smith a-t-il massacré les membres de sa famille à coups de hache ? Sam Hall, le célèbre avocat qui a choisi de le défendre, exclut cette hypothèse : jamais cet adolescent malingre et inoffensif n'aurait pu commettre un crime d'une telle violence. Tout comme il refuse de croire que Malachi ait été – comme tous le murmurent dans les ruelles de la vieille ville de Salem – possédé par le démon... Non, Sam en est persuadé : le véritable meurtrier court toujours, et il doit à tout prix le démasquer. Voilà pourquoi il a accepté l'aide que Jenna Duffy lui propose. Bien sûr, il ne croit pas un seul instant au don que cette rousse incendiaire prétend posséder – et qui lui permettrait de communiquer avec les morts. Mais Jenna est un agent reconnu du FBI. Et puis, comme lui, elle est prête à tout pour faire éclater la vérité...

Best-Sellers n°596 • thriller

Dans les griffes de la nuit - Leslie Tentler

Des cadavres de femmes aux ongles arrachés, marqués d'un chiffre gravé à même la peau… L'agent du FBI Eric Macfarlane en est convaincu : après avoir passé plusieurs années à se faire oublier, le Collectionneur – ce psychopathe qu'il n'est jamais parvenu à arrêter et qui, prenant un plaisir malsain à le provoquer, à le défier, a été jusqu'à assassiner sa femme – vient de sortir de sa tanière… Mais cette fois, une de ses victimes a réussi à lui échapper. Et bien qu'elle soit frappée d'amnésie suite aux mauvais traitements qu'elle a subis, Mia Hale est la seule à avoir vu le visage de son tortionnaire… Alors, qu'elle le veuille ou non, elle devra l'aider, pour qu'il puisse enfin mettre un terme aux agissements de ce tueur fou qui l'obsède jour et nuit depuis trois ans…

Best-Sellers n°597 • roman

L'enfant de Kevin Kowalski - Shannon Stacey

Après une folle nuit d'amour dans les bras du sublime Kevin Kowalski, Beth est contrainte de redescendre de son petit nuage. Même si elle totalement sous le charme, même si elle frissonne de désir dès que Kevin pose les yeux sur elle, que peut-elle attendre de ce don Juan impénitent, qui collectionne les conquêtes sans jamais penser à l'avenir ? Seulement voilà, trois semaines plus tard, Beth apprend que cette nuit qu'elle pensait sans lendemain va en réalité changer toute sa vie : elle est enceinte de Kevin.

Déjà très déstabilisée par cette nouvelle qui remet en cause tous les choix qu'elle a faits jusqu'à présent, Beth a la surprise de constater que Kevin semble plutôt bien accepter l'idée de devenir père. Et qu'il est même prêt à l'épouser et à vivre avec elle ! Loin de l'apaiser, l'attitude de son amant d'une nuit la perturbe encore un peu plus : comment pourrait-elle accepter ce qu'il lui offre uniquement pour le bien de leur enfant ?

Best-Sellers n°598 • historique

La comtesse amoureuse - Brenda Joyce

Cornouailles, 1795

Désespérée, la comtesse Evelyn d'Orsay doit se rendre à l'évidence : la mort de son mari la plonge dans le dénuement le plus total. Et dans ces conditions, qu'adviendra-t-il d'Aimée, sa petite fille adorée ? Le comte d'Orsay a bien laissé une fortune en France, avant de fuir les affres de la Terreur, mais comment la récupérer dans ce pays en proie à la guerre ? Evelyn n'a plus qu'un recours : faire appel aux services du célèbre contrebandier John Greystone, qui les a aidés à quitter la France quatre ans plus tôt. Pour l'amour de sa fille, la comtesse devra remettre leur sort entre ses mains. Mais n'est-ce pas folie de confier son destin à un homme que l'on dit espion, traître à sa nation ? Pire, de s'exposer à l'irrépressible désir que lui inspire ce hors-la-loi…

Composé et édité par les

éditions HARLEQUIN

Achevé d'imprimer en Italie (Milan)
par Rotolito Lombarda
en janvier 2014

Dépôt légal en février 2014